・ミステリ

F KORELITZ

盗作小説

THE PLOT

ジーン・ハンフ・コレリッツ
鈴木　恵訳

TOKYO
HAYAKAWA
BOOKS

A HAYAKAWA
POCKET MYSTERY BOOK

THE PLOT
by
JEAN HANFF KORELITZ

Translated by
MEGUMI SUZUKI
First published 2023 in Japan by
HAYAKAWA PUBLISHING, INC.
This book is published in Japan by
arrangement with
WILLIAM MORRIS ENDEAVOR
ENTERTAINMENT, LLC.
through THE ENGLISH AGENCY (JAPAN) LTD.

装幀／水戸部 功

ローリー・ユースティスに

よい作家は借用し、偉大な作家は盗用する。

——T・S・エリオット（だが、オスカー・ワイルドからの盗用か）

目次

盗作小説

登場人物

ジェイコブ（ジェイク）
・フィンチ・ボナー…………作家
エヴァン・パーカー
マーティン・パーセル…………創作講座の受講生
マティルダ……………………………ジェイコブのエージェント
ウェンディ……………………………マクミラン社の編集者
オーティス……………………………同連絡係
アナ・ウィリアムズ………………ラジオ局のプロデューサー
ランディ・ジョンソン……………ラジオの人気司会者
ルビー…………………………………エヴァンの小説の登場人物
ディアンドラ…………………………ルビーの母
マリア…………………………………小説『クリブ』の登場人物
サマンサ………………………………マリアの母
ダニエル（ダン）
・ウェイブリッジ……………マリアの父
ギャブ…………………………………マリアの友人
ダイアナ・パーカー………………エヴァンの妹
ローズ・パーカー…………………ダイアナの娘
ウィリアム・ゲイロード
アーサー・ピケンズ…………弁護士
ベティ…………………………………マーブル・ストリートの住人
シルヴィア……………………………ベティのパートナー

第一部

1　誰でも作家になれる

《ニューヨーク・タイムズ・ブック・レビュー》〝注目の新刊〟欄に取りあげられた小説『驚異の発明』の著者として、かつては前途を嘱望されたこともあるジェイコブ・フィンチ・ボナーは、リチャード・パン・ホールの二階の割りあてられたオフィスにはいると、傷んだ革の肩掛け鞄《かばん》を殺風景なデスクに置いて、暗澹《あんたん》たる気分であたりを見まわした。リチャード・パン・ホールにおける彼のこの四年間で四つめの拠点となるそのオフィスは、前の三つとさしてかわりばえしなかったものの、デスクの後ろの窓からいくぶん大学らしく木立の中の歩道をながめられる分だけ、駐車場に面した二年目と三年目の部屋や、ゴミ収集容器を見おろす一年目の部屋よりはましだった（皮肉なことに、一年目のほうがまだ、あの程度のものではあれ自分の文学的名声の絶頂にずっと近いところにいたし、さらにすばらしいものを期待できたのだが）。室内で唯一実際に文学性を示すもの、多少なりとも温かみのあるものといえば、彼がいつもノートパソコンを持ちはこぶのに使っているくたびれた鞄だけだった。この日はまもなく到着する学生たちの作品サンプルも入れてあるその鞄を、彼はもう何年も持ちあるいていた。最初の小説が出版される直前にフリーマーケットで、〝修業時代に使用していた古い革鞄をいまだに持ちあるく著名若手小説家！〟という、いかにも作家らしい自意識を抱いて買ったものである。そんな人物になる希望はとうのむかしに消えうせて、かけらも残っていなかった。かりに残っていたとしても、新しい鞄を買う余裕などどこにもなかった。いまはもう。
リチャード・パン・ホールは一九六〇年代にリプリー大学のキャンパスに加えられた醜悪な白色コンクリートブロックの建物で、体育館の裏手の、リプリーが一九六六年に女子学生の入学を認めるようになったさい（これは感心にも時代の先端を行っていた）急造された〝男女共用〟学生寮の脇に建っている。リチャード・パンは香港出身の工学部の学生で、財を成したのはむしろリプリーのあとに通った大学（すなわちマサチューセッツ工科大学）のおかげだったはずなのだが、そちらの大学はリチャード・パン・ホールの建設に、少なくとも彼の申し出た寄付金の額では応じなかったのである。リプリーのこの建物はもともと工学部用に建てられたものだったので、窓の多い誰もくつろげないロビー、殺風景な長い廊下、気の滅入るそのコンクリートブロックの壁と、理系棟の紛れもない特徴をいまも残している。しかしリプリーが二〇〇五年に工学部を（というより、理系の全学科と社会科学系の全学科をまとめて）廃止したのを機に、血迷った理事会の言によれば〝芸術と人文学がますます過小評価され必要とされている世界において、それらを研究・実践するため〟に、リチャード・パン・ホールは〝詩と小説と私的ノンフィクション（回想録）の短期滞在型芸術修士課程〟の建物として再利用されることとなった。

かくして作家志望者たちが、ヴァーモント州北部のこのなじみの薄い一隅にあるリプリー大学のリチャード・パン・ホールにやってくるようになった。名高い北東部の田園地帯《ノースイースト・キングダム》にほど近いため、その独特の奇妙さを多少帯びてはいるものの（かの地は一九七〇年代から、小規模だが頑強なキリスト教カルトの拠点となっている）、州最大の都市バーリントンやハノーヴァーからさほど遠くもないため、まったくの田舎でもない土地である。むろん文芸創作はこの大学でも一九五〇年代から教えられていたものの、その取り組みはけっして本気でも意欲的でもなかった。生き残りに腐心する教育機関がこぞってカリキュラムにさまざまなものを付加するようになったのは、教育機関を取り巻く文化が変容して学生たちがいかにも学生らしい形でもろもろの〝要求〟を突きつけはじめたころのことだ。女性の学問、アフリカ系アメリカ人の学問、コンピューターを〝あたりまえのもの〟として使えるコンピューター・センター。しかしリプリーが最大の危機を迎えた一九八〇年代末、この大学が生き残るには何が必要かを冷静に、深い憂慮とともに検討したおりに、もっとも明るい前途を示してくれたのは——なんと！——文芸創作だった。そこで大学は、最初（にして、いまだに唯一）の大学院課程である〈リプリー・シンポジウム文芸創作科〉を立ちあげた。すると〈シンポジウム〉はその後の歳月のあいだに大学の残りを基本的に食いつくしてしまい、残ったのはついにその短期滞在型教育課程だけとなり、二年間の修士課程のためにいっさいを投げうったりはできない学生たちに、ますます迎合するようになった。そんな無茶は必要ないのだ！　創作とは、リプリーの豪華なパンフレットときわめて魅惑的なウェブサイトによれば、幸運な少数者のみが参加を許されたエリート主義的活動ではない。人はみなそれぞれに唯一無二の声と、自分にしか語りえない物語とを持っている。それゆえ誰でも——なかんずくリプリー・シンポジウムの指導と支援とがあれば——作家になれるのである。

ジェイクことジェイコブ・フィンチ・ボナーは、ずっと作家になりたかった。ロングアイランドの郊外で暮らしていたころから、**ずっと、ずっと、ずっと**。ロングアイランドは本格的芸術家などおよそ輩出しそうにない土地柄だったが、ジェイクは何の因果か、そこで税理士の父親と高校の進路指導員の母親のひとりっ子として育った。なにゆえ彼が地元図書館の〝ロングアイランド出身の作家たち！〟と記された貧弱な書架をみずからの理想と定めたのか、それは誰にもわからないが、その理想は、この作家志望の少年の家庭ではけっして大目に見てもらえなかった。税理士の父親は猛反対したし（作家なんかだめだ！　シドニー・シェルダン以外は儲からん。おまえは第二のシドニー・シェルダンになれるというのか？）、進路指導員の母親はことあるごとに彼に、進学適性予備試験における当人の平均点止まりの読解力を思い出させた（読解より数学のほうがまだよくできたのには、さすがに彼もばつが悪かった）。これらは克服すべき嘆かわしい課題ではあった。しかし、克服すべき課題のない芸術家などいるだろうか？　少年時代を通じてジェイクはかたくなに（しかも注目すべきことには、早くもライバル心を燃やして羨望とともに）読書をつづけ、必修のカリキュラムを離れ、通常の青少年向けのがらくたを飛びこえて将来のライバルたちのいる新興分野を渉猟《しょうりょう》した。その後、創作を学ぶべくウェズリアン大学に入学し、小説や短篇を書こうとする作家の卵たちの緊密なグループに加わった。みな彼と同じほど異様に競争心を燃やしていた。

　若きジェイコブ・フィンチ・ボナーには数々の夢があったものの、小説を書くという夢はかならず実現させるつもりでいた（〝ボナー〟という姓は実のところかならずしも由緒正しいものではなく、百年前に父方の曾祖父が〝ベルンシュタイン〟のかわりに勝手に使いはじめたものだったが、〝フィンチ〟というミドルネームも、高校時代に小説への愛に目覚めさせてくれた作品に敬意を表して彼が勝手に加えたものだった）。ときどき特に好きな作品を、実は自分が書いたのだと空想して、批評家や書評家から作品についてインタビューを受けるところや（相手の賞賛はつねに謙虚に受けながす）、書店やホールの座席を埋めつくした大勢の熱心な聴衆の前でそれを朗読するところを夢想することもあった。本のカバーの後ろの折り返しに自分の写真が載っているところ（雛型にするのは、いまでは時代遅れの〝タイプライターをたたく作家〟や〝パイプを手にした作家〟である）を空想し、テーブルの後ろに座った自分が長蛇の列を作る読者のために著書にサインをするところをたびたび思い描いた。〝ありがとう〟とひとりひとりに鷹揚に繰りかえすところを。〝うれしいですね、そう言ってもらえて。ええ、あれはぼくも好きな一冊なんです〟と。

自分が将来の小説を実際に執筆する姿を一度も思い描かなかったわけではない。書物がみずから勝手に書かれるわけではないこと、著書をこの世にもたらすには現実の作業が——想像力と、粘り強さと、技術を総動員した作業が——必要だということは、ジェイクとて承知していた。それにこの分野が空《す》いているわけではないことも、よくわかっていた。多くの若者が本に対して彼と同じような思いを抱いており、いつかそれを書いてやろうと考えていたし、そういう若者のなかにひょっとすると彼よりも才能に恵まれた者や、たくましい想像力を持つ者、あるいは仕事をやりとげる強い意志を持つ者が、いないともかぎらないのである。そんなふうに考えるのはあまり愉快とはいえなかったが、しかし幸いにもジェイクは自分の気持ちがよくわかっていた。公立学校の英語教師の免許を（〝作家になれない場合にそなえて〟）取るつもりはなかったし、法科大学院の入学試験を（〝いちおう〟）受けるつもりもなかった。自分はもうコースを選んで泳ぎだしたのであり、泳ぎをやめるつもりはなかった。みずからの著書をみずからの手で抱きしめる日が来るまで。その日こそ世界は彼自身が長年確信していたことを、たしかにそのとおりだと悟るはずなのだ。

この男は作家だ。

偉大な作家だと。

そうなるはずだった。少なくとも彼の頭の中では。

ジェイクがリチャード・パン・ホールの新オフィス

のドアをあけたのは六月末のことで、ヴァーモント全域でかれこれ一週間、雨が降りつづいていた。中にはいると彼は、自分が廊下から室内まで泥を残してきたのに気づいて、みすぼらしいジョギングシューズ――元は白かったのだが、いまは雨と泥で茶色に変色し、ジョギングには一度も使ったことのない靴――を見おろし、いまさら脱いでも始まらないなと考えた。その日、ニューヨーク市からはるばる車を運転してきた彼が持ってきたのは、スーパーマーケットのビニール袋ふたつ分の衣類と、古びたその革の肩掛け鞄だけで、鞄のほうには目下それで新作を――建前上は（現実とは異なり）――執筆しているはずのこれまた古びたノートパソコンと、彼に割りあてられた学生たちの提出した作品のフォルダーがはいっており、彼はふと、そういえば自分がリプリーに持ってくるものは毎年減っているなと思った。一年目は？　大型スーツケースに手持ちの衣類をあらかたと（ヴァーモント州北部で三週間も、ごますり学生とやっかみ同僚教員に囲まれて過ごすのにどんな服装がいいかなど、わかるはずがない）、二作目の小説の草稿をすべてプリントアウトして詰めこんできて、その小説の締切について人前でしきりにぼやいてみせたものだが。今年は？　ふたつのビニール袋に放りこんだジーンズとシャツ、それに、もっぱら夕食を注文するのとＹｏｕＴｕｂｅを見るのに使用するパソコンだけだ。

来年もまだこの気の重い仕事をつづけているとしたら、パソコンすら持ってこないのではなかろうか。

そう、これから始まるリプリー・シンポジウムの授業がジェイクは憂鬱だった。退屈で鬱陶しい同僚たち（心から賞賛したくなる作家はひとりもいない）とふたたび顔を合わせるのが憂鬱だったし、熱心な学生の新たな一団にわくわくしているふりをするのも、むろん憂鬱だった（どいつもこいつも自分はいつか〝アメリカ文学の傑作〟を書く――もしくは、すでに書いた

——と思いこんでいる）。

何より憂鬱なのは、自分がいまでも作家だというふりをすることだった。ましてや、偉大な作家のふりなどしたくもなかった。

目前に迫ったリプリー・シンポジウムの新学期の準備など、もちろん何もしていなかった。腹が立つほど分厚いそれらのフォルダーに収められた作品サンプルには、どれもまったく目を通していない。リプリーで教えはじめたころは、〝偉大な教師〟になれば〝偉大な作家〟に箔がつくと自分を納得させ、彼のもとで学ぶためにけっこうな学費を支払った連中の作品サンプルをかなり真剣に読んだものだったが。いま彼が鞄から取り出したそれらのフォルダーは、本来なら数週間前ルース・ステューベン（シンポジウムのきわめて辛辣な事務長）から速達小包で送られてきたときに読みはじめていなければいけなかったというのに、一度もひらかれることなく、ましてじっくり検分されるなどという目に遭うこともなく、小包の箱から革鞄に直行していた。ジェイクはいま、それらを敵意のこもった目で見つめた。これまで読まなかったのはおまえらのせいだ、おかげで今夜はつらい思いをしなくてはならない。そういわんばかりに。

どうせそれらのフォルダーに収められた連中の精神生活に、知るべきことなどありはしないのだから。こうしているあいだにもヴァーモント北部に、リチャード・パン・ホールの殺風景な教室に集合し、数日後に一対一の指導が始まればまさにこのオフィスにやってくる今回の学生たち、熱意あふれる弟子たちも、これまでの学生たちと少しも変わらないはずだ。クライブ・カッスラー風の冒険小説をひねり出せると思いこんだ中年社会人たち。子供のことをブログに綴っているのに、なぜ自分がそれで《グッド・モーニング・アメリカ》のレギュラー陣になれないのかわからない母親たち。近頃〝フィクションに復帰中〟だという（フィクションが自分たちを待っていたという認識に疑問を持たない?)退職者たち。最悪なのはジェイクにもっぱら自分自身を思い出させる連中。すなわちやたらと真面目で、一作目をものした連中への敵意に燃える〝純文学作家〟だ。クライブ・カッスラーもどきや母親ブロガーたちが相手なら、ジェイクもまだ自分を有名作家か、せめて〝注目の〟若手作家(ないし〝まだ若手作家〟)ぐらいには思いこませることもできるだろう。だが、これらのフォルダーの中にかならずやいるはずの、デイヴィッド・フォスター・ウォレスやドナ・タートになりたいさんたちは? そうたやすくはない。このグループは、ジェイコブ・フィンチ・ボナーが早々にボールをファンブルしてしまい、まともな第二作も生み出せなければ、第三作にいたっては痕跡すら残せないまま、〝かつては前途を嘱望された作家〟専門の煉獄行きになったことも、そこから甦った者はいまだかつてほとんどいないことも、知りすぎるほど知っているはずなのだから(第三作を生み出していないというのは事実ではないが、この事例では事実より虚偽のほうが望ましい。実は第三作どころか第四作も存在したし、それらの原稿は完成させるのに合計で人生の五年近くを費やしたのだが、この一大斜陽産業のすべての出版社からことごとく拒絶されたのである。『驚異の発明』の版元である〝大手〟出版社から、第二作の『余韻』を出してくれたまずまずの大学出版局、《詩人と作家》誌の後ろにリスト化されている多数の群小出版社まで。その競争に加わるのにジェイクはささやかな運を使ったあげく、もちろん敗北した。意気阻喪するこれらの事実を考慮すれば、学生たちには、彼がまだその途方もない架空の第二作と格闘していると思わせておくほうがましだった)。

作品など読まなくとも、新たな学生たちのことなど以前の学生たちと同じくらいよく知っている気がして、それ以上知りたいとは思わなかった。たとえば、学生たちは当人が思いこんでいるよりはるかに才能に乏しいか、もしくは当人がひそかに恐れているとおり見込みのないことを、ジェイクは知っていた。彼らがジェイクに求めるのは、ジェイクがまったく分けあたえられないもの、そもそも持っているふりをする資格さえないものだということも知っていた。彼らがことごとくものにならないことも、三週間の講座が終了してひとたび別れたら彼らのことなどすっかり忘れ、二度と思い出したりしないことも。それだけが実のところ、ジェイクが彼らに望むことだった。

しかしその前にまず、自分たちはみな、〝学生〟も〝教師〟も、同じ芸術家仲間であり、それぞれがかけがえのない声と、その声をもって語るべき唯一無二の物語を持ち、それぞれが等しく〝作家〟というあの魅惑的な呼び名に値するという、リプリーの夢物語をかなえてやらなくてはならなかった。

時刻は七時をまわったところで、雨はまだ降っていた。明日の夜の歓迎バーベキュー・パーティで学生たちと対面するときまでには、にこやかな笑顔と、激励の言葉と、才知あふれる指導を用意して、〈リプリー・シンポジウム芸術修士課程〉の新入生全員に、『驚異の発明』を書いた〝才能ある〟（フィラデルフィア・インクワイアラー紙）〝気鋭の〟（ボストン・グローブ紙）作家本人はすでに彼らを文学的名声のシャングリラへ案内する準備ができている、と信じさせなくてはならない。

だがあいにくと、ここからそこへ行くには、その十二冊のフォルダーを通過しなくてはならない。

ジェイクはリチャード・パン・ホールの標準的デスクランプをつけて、リチャード・パン・ホールの標準的オフィスチェアに耳ざわりなきしみとともに腰をおろすと、コンクリートブロックの縁に沿って延びる一条の汚れをしばらく目で追い、長く不愉快きわまりない夜の始まりをぎりぎりまで引き延ばした。

のちにこの夜のことを――時代をそれ〝以前〟とそれ〝以後〟に分けることになるこの夜のことを――ふり返って、彼はいったい何度悔やんだことか。なぜあそこまで致命的にまちがえてしまったのか。そのフォルダーのひとつによってどんな幸運が舞いこむことになろうと、殺風景なそのオフィスを出ていけばよかった。廊下に残してきた泥だらけの足跡をたどって車に戻り、ニューヨークへ、いつもの自分の個人的失敗へと引き返していればよかったと、いったい何度後悔したことか。だが、いかんせん、もはや手遅れだった。

2 凱旋ヒーロー

あくる日、ジェイクは三時間の短い睡眠のあと、午前中の職員会議に這うようにして出席し、夕方の歓迎バーベキュー・パーティが始まるころにはもう、ガス欠寸前だった。今年のささやかな勝利は、ルース・ステューベンがついにみずからを詩人と規定する学生たちをジェイクの担当からはずして、みずからを詩人と規定するほかの教員たちの担当にしてくれたことで（やる気満々の詩人に教えられるようなことなどジェイクには何もなかった。彼の経験からいえば、詩人はよく小説を読むにしても、詩をよく読むなどと言う小説家は嘘つきである）、したがって彼に割りあてられた十二人の学生は、とりあえず散文作家だと言ってよかった。だが、その散文たるや！　レッドブルを燃料に徹夜で読みきったそれらの作品では、語りの視点がやたらと移動し、まるで真の語り手はノミだとでもいうように登場人物から登場人物へと跳ねまわるし、物語（というか……章？）はぐだぐだであると同時に狂騒的で、ひどいものは意味がまったく伝わらず、ましなものでも充分には伝わらない。時制は段落内で（ときにはひとつの文中でも！）ころころ変わり、単語はときとして書き手がその意味を充分に理解していないことを明瞭にうかがわせる使いかたをされている。文法的に最悪のものは、あのドナルド・トランプが俳優兼作家のスティーヴン・フライに見えてくるほどだし、あとの大半はまったく……平凡としか言いようのない文が書きつらねられている。

それらのフォルダーに収められていたのは、砂浜でショッキングな腐乱死体を発見する話（死体の乳房は不可解にも〝熟れたハニーメロン〟と表現されていた）や、DNA検査で自分が〝部分的アフリカ系〟だと知ることになる書き手の芝居がかった報告、古い屋敷に住む母親と娘の退屈な人物描写、〝森の奥〟のビーバーダムを舞台にした小説の冒頭などだった。これらのサンプルのいくつかは、とりたてて文学を装ってはおらず、対処も容易だろう。プロットをはっきりさせて、文章を最低限まともなものに直してやれば、それで充分に給料分の働きをして職業上の責任は果たしたことになるはずだ。しかし、もう少し自覚的に〝文学的な〟作品サンプル（そのうちのいくつかは、皮肉なことに、最悪のできだった）のほうは、気力を吸い取られることになりそうだ。それはわかっていた。早くもそうなりつつあった。

幸いにも、職員会議はさほどつらくはなかった（ルース・ステューベンが例年どおりリプリーのセクハラ・ガイドラインを読みあげているあいだに、少しばかりうとうとすることまでできた）。リプリー・シンポジウムに毎年やってくる教員たちとの関係はそれなりに良好で、真の〝友人〟になったと言える相手はいないにしても、コルビー大学英文学部の元教授で、地元メイン州の独立系出版社から六冊の小説を出しているブルース・オライリーとは、毎年学期の終わりに〈リプリー・イン〉でビールを飲むという揺るぎない関係を築いていた。今年はリチャード・パン・ホール一階の会議室にふたりの新顔がいた。ひとりはジェイクと同年輩のアリスという神経質な詩人、もうひとりは〝多ジャンル〟作家を自称する男で、自分の名は全員が知っているはずだ――少なくとも知っているべきだ――といわんばかりに、フランク・リカード、とゆっくりした明瞭な口調で名乗った。フランク・リカード？　ほかの作家に関心を払うのは、四作目の小説がどこへ持ちこんでも断わられだしたころに――つらすぎてとてもつづけられず――やめてしまっていたとはいえ、フランク・リカードという名前を聞いたことがあるとは思えなかった（フランク・リカードなんてやつが、全米図書賞かピューリッツァー賞を取ったか？　そんな名前のやつの無名のデビュー作が、口コミで《ニューヨーク・タイムズ》ベストセラーリストの一位に押しあげられたことがあったか？）。ルース・ステューベンはガイドラインの朗読を終えて、次にスケジュール（日ごとと週ごとの予定、夜の朗読会、評価書類の提出期限、学期末の作品賞の審査締切）を再確認すると、歓迎バーベキュー・パーティは教員のみなさんの場合、参加自由ではありませんから、とにこやかに、だがきっちりと念を押して一同を解散させた。ジェイクは――顔見知りであれ新人であれ――同僚たちに話しかけられないうちに、さっさと会議室を出た。

彼が借りているアパートメントは大学から東へ数キロの、その名も貧困通り《ポヴァティ・レーン》という街道沿いにあった。所有者は地元の農家――というより、もっと正確にいえばそこの未亡人――で、街道と倒壊しかけた元牛舎の眺めを堪能できる。その女性は現在、ルース・ステューベンの兄弟のひとりにその土地を貸し、母屋でデイケア・サービスをやっている。彼女はジェイクがどんなことをして本を作っているのかも、それがリプリーでどんなふうに教えられているのかも、そんなものを誰が金を払って学びたがるのかもわからないと、そう公言していたものの、ジェイクがリプリーで教えはじめて以来毎年、そのアパートメントを彼のために空けてくれていた――静かで、礼儀正しくて、家賃をためないというのは、きわめてまれな組み合わせのようだった。その朝ジェイクは、明けがたの四時ごろベッドに倒れこんで、職員会議の始まる十分前まで眠った。寝不足だった。だからいま、窓にカーテンを引いてふたたび気絶した。そして五時に目を覚ますと、学期の始まりとなる公式行事のために気合のはいった顔を整えはじめた。

バーベキュー・パーティがひらかれたのは大学の芝生で、周囲を囲むリプリーの最初期の建物は――リチャード・パン・ホールとは異なり――大学らしい安らぎをそなえていて実に美しかった。ジェイクは紙皿にチキンとコーンブレッドを載せると、ハイネケンを一本取ろうと近くのクーラーボックスに手を伸ばしたが、その瞬間に誰かが体を押しつけてきて、ブロンドの毛にびっしりとおおわれた長い前腕でジェイクの腕を軌道からはね飛ばした。

「おっと、すまない」見えない人物はそう言いながらも、ジェイクの狙っていた瓶をつかんで水から引きあげた。

「いいんだ」ジェイクは反射的にそう応じた。

なんとも惨めなひとこま。むかしよくコミックブックの裏に載っていた漫画を思い出した。いじめっ子が体重四十五キロの痩せっぽちの顔に砂を蹴り飛ばす。痩せっぽちはどうしたらいい？　むろん、ムキムキのいじめっ子になる、だ。男はすでに背を向けて、瓶の栓をぽんと抜き、ビールを口元へ運んでいた。中ぐらいの背丈に、中ぐらいのブロンドで、広い肩をしているが、顔は見えない。

「ミスター・ボナー」

ジェイクは体を起こした。そばに女がひとり立っていた。午前中の会議で顔を合わせたあの新顔。アリスなんとかという神経質な詩人だ。

「やあ。アリス、だったよね？」

「ええ、アリス・ローガンです。あなたの作品がとても好きですと、ひと言お伝えしたくて」

そう言われることがいまでもときたまある。その言葉にたいてい付随する肉体感覚をジェイクはふたたび感じ、それを意識した。この文脈で〝作品〟とは『驚異の発明』のことでしかありえない。これはジェイクの出身地ロングアイランドを舞台に、アーサーという若者を主人公にした静かな小説だ。アーサーはアイザック・ニュートンの生涯と業績に魅せられており、それがこの小説を貫く一本の線となって、アーサーの兄が急死したときには混乱を抑止する力ともなるのだが、彼は断じて、断じて若いころのジェイクの分身ではない（ジェイクには兄弟も姉妹もいないし、アイザック・ニュートンの生涯と業績に精通している人物を創造するには膨大な調査をしなければならなかった）。『驚異の発明』は刊行当時、大いに読まれたものだし、現在でも、小説というものやそれの行方に関心を寄せる人々にはぽつぽつ読まれている。だが、『余韻』（彼の最初の版元に拒絶された短篇集で、ニューヨーク州立大学のダイアデム・プレス――評価の高い大学出版局！――が〝連鎖する短篇からなる長篇小説〟として再編集したもの）のことを指して〝あなたの作品が好きです〟と言われたことはいちどもない（おびただしい献本がなされたにもかかわらず、紹介記事は結局ひとつも出なかった）。

いまだにそう言われるとうれしいはずだったが、なぜかちがった。なぜかいやな気分になった。だが正直なところ、何を言われてもそうなのではなかろうか？

ふたりはピクニックテーブルのひとつに行って腰をおろした。ジェイクはハイネケン泥棒のせいで、かわりのビールを持ってくるのを忘れてしまった。

「とても力強い作品です」とアリスは話を再開した。「それにあなた……二十五歳ぐらいであれを書いたんでしょう？」

「ああ、そのぐらいだ」

「なんていうか、心を揺さぶられました」

「ありがとう、そう言ってくれてうれしいよ」

「読んだのは芸術修士《MFA》課程にいたときなんですけれど。わたしたち同じ学校にいたと思うんです。同じときにではありませんが」

「おや？」

ジェイクの学んだ——そしてどうやらアリスも学んだ——修士課程は、最近はやりのこの〝短期滞在〟型ではなく、古くからある〝まる二年間生活を投げうって芸術に身を捧げよ〟タイプで、正直言って、リプリーの修士課程よりはるかに権威のあるものでもあった。中西部の大学に置かれたその修士課程は、アメリカ文学に〝重要な位置を占める〟詩人や小説家を多数輩出しており、たいへんな狭き門だったので、ジェイクは三年がかりでようやく入学できた（その間に才能の劣る友人や知人が何人も入学を許可されるのを目にした）。それまでの三年間はクイーンズの極小アパートメントで暮らしながら、ＳＦとファンタジー専門の著作権エージェントで働いていた。ＳＦとファンタジーというのはジェイクが個人的に惹かれるジャンルではなかったものの、それが引きよせる野心的書き手たちには高い比率で——まあ、はっきり言えば——変人がいるようだった。とはいえ、ジェイクがそれに匹敵する何かを持っていたわけではない。なにしろ大学卒業後に応募した著名な著作権エージェントからはことごとく、きみの才能は不要であると門前払いを食ったのだから。〈ファンタスティック・フィクションズ有限会社〉は、マンハッタンのヘルズキッチンにある（実際にはそこのオーナーたちの安アパートメントのちっぽけな奥の部屋にある）野郎ふたりの会社で、四十人ほどのクライアントを抱えていたものの、その大半は少しでも職業的に成功すると、すぐにもっと大きなエージェントに移籍していった。ジェイクの仕事はそういう恩知らずな書き手に弁護士を差しむけることや、全十巻の長篇シリーズ（書きあげられているものもいないものも）について電話でオーナーたちに説明したがる持ちこみ作家の意気込みをくじくことであり、何よりも、遠くの惑星にあるディストピア的異世界やら、地球の地下深くで行なわれる暗黒の懲罰制度やら、サディスティックな軍事支配者らに立ちむかうポストアポカリプス的反乱同盟やらについて書かれた原稿を、次から次へと読むことだった。

一度、これはという作品をボスたちに代わって本当に掘り出したことがあった。どこかの懲罰植民惑星から、ポンコツの銀河系間宇宙船のようなものに乗って逃亡したガッツあふれる女が、ゴミの中に棲息するミュータントの一群を見つけ、彼らを復讐に燃える軍隊に仕立てあげて最後は戦いへ導くという物語だ。まちがいなく売れる可能性があったが、雇い主のぼんくらふたりはその原稿を何カ月もデスクに放置したまま、ジェイクがいくら推薦しても耳を貸さなかった。ジェイクはとうとう匙を投げ、一年後《ヴァラエティ》誌で、ハリウッドの四大エージェントのひとつと言われるICMがその本をミラマックス・フィルムに（主演女優のサンドラ・ブロックつきで）売ったという記事を読むと、記事を丁寧に切り抜いておいた。そして半年後、修士課程入学パーティへの輝かしい切符が届くと、事務所を辞めて——オー・ハッピー・デイ！——ボスのデスク上の埃まみれの原稿の上にその切り抜きをきちんと載せてきた。雇われた分の仕事はしたのだ。いいプロットは見ればかならずわかった。

仲間の学生の多くとはちがって（学生のなかには入学時にすでに作品を実際に発表したことのある連中もいた。媒体はたいてい文学雑誌だったものの、ひとりは——幸いにも小説家ではなく詩人だったが——あのいまいましい《ニューヨーカー》誌だった！）、ジェイクはその貴重な二年間を一瞬たりとも無駄にしなかった。あらゆるセミナー、講義、朗読会、ワークショップ、それにニューヨークから招いた客員編集者やエージェントとの非公式な集まりまで、ことごとく勤勉に出席し、何よりあの（それ自体小説じみた）〝執筆の行きづまり〟という病にかかるまいとした。大学で授業に出たり講演を聴講したりしていないときにはひたすら執筆をしており、二年後、のちに『驚異の発明』という作品になる初期の草稿を書きあげた。これを彼は学位論文として提出し、大学の勧める応募可能なあらゆる賞に応募して、そのひとつを受賞した。そしてさらに重要なことに、彼にエージェントがついた。

アリスがその中西部のキャンパスに到着したのは、ジェイクがそこをあとにしてほんの数週間後のことだったという。彼女がそこで一年を過ごしたとき、ジェイクの小説が出版されて、〝同窓生の出版物〟と記された掲示板に表紙のコピーが貼り出されたのだ。

「興奮しましたよ！　課程を修了してわずか一年なんですから」

「ああ。わくわくしたよ」

その言葉は気の抜けた不愉快なもののようにふたりのあいだに沈んだ。「じゃあ、きみは詩を書くんだ」

しばらくしてジェイクは言った。

「ええ。去年の秋に初めての詩集を出しました。アラバマ大学から」

「おめでとう。ぼくももっと詩を読めるといいんだが」

それは本心ではなかったが、もっと詩を読めるといいと思えるといいとは思った。詩にもなにがしかの価値はあるはずだ。

「わたしは小説が書けたらいいなと思います」

「書けるかもしれないよ」

アリスは首を振った。まさか……ばかげてはいるが、この青白き詩人はぼくに甘えてみせているのか？　いったいなぜ？

「無理ですよ、わたしになんか。だって、小説を読むのは好きだけれど、一行書くだけでへとへとになっちゃうんですから。何ページも何ページも書きつづけるなんて想像もできません。ましてや現実味のある登場人物や、人をびっくりさせるような物語を書くなんて。どうかしてますよ、そんなことを実際にできる人たちがいるなんて。それも一度ならず！　だって、あなたは二作目を書いたんでしょう？」

〝三作目も四作目もね〟と彼は思った。現在パソコンにはいっているものをふくめれば五作目もあるが、それはもう一年近く見る気にすらなれずにいる。彼はうなずいた。

「で、この仕事が来たとき、教員のなかで知っている人はあなただけだったんです。というか、作品を知っている人ですね。でも、あなたがいるのならきっとだいじょうぶだろうと思ったんです」

ジェイクはコーンブレッドを慎重にひと口かじった。案の定ぱさぱさだった。作家としてこれほどの賞賛を受けたのは二年ぶりだったので、麻薬のように温かいあの感覚がたちまち押しよせてきたことが信じられなかった。これが賞賛されるということ、それも深く賞賛されるということなのだ。すぐれた散文を書くことの難しさをよくわきまえた人物から！　かつてのジェイクは、このような出会いが自分の人生にはあふれているだろうと考えていた。作家仲間や熱心な読者（着々と増え、着々と深化していく彼の全作品の）ばかりでなく、学生たちとの（最終的にはたぶんもっとずっといい大学での）出会いが。彼らが指導作家兼教師と仰ぐのは、新進気鋭の小説家ジェイコブ・フィンチ・ボナー。ワークショップのあとには一緒にビールを一杯やれるような教師だ！

まあ、ジェイクとてこれまで学生とビールを飲んだことがないわけではなかったが。

「そう言ってもらえるとうれしいよ」わざとらしい謙遜とともに彼は答えた。

「わたし、この秋からジョンズ・ホプキンズで非常勤講師をするんですけれど、教えた経験がないものですから。なんだか途方に暮れてしまって」

ジェイクは彼女を見た。もともと少なかった好意の蓄《たくわ》えが、急速に底を突きつつあった。ジョンズ・ホプキンズ大学の非常勤講師というのは、なまなかのものではない。その職を手に入れるには、おそらく何百人もの他の詩人を打ち負かさなければならなかったはずだ。そういえば大学出版局から詩集を出したというのも、何かの賞を受賞した結果だったのかもしれない。修士課程終了時に何かを書きあげている連中はほぼ全員が、賞にかたっぱしから応募する。このアリスという女はことによると大物のたぐいではないのか。少なくとも詩の世界では大物として通っているのではないのか。そう考えてジェイクはすっかりへこんだ。

「きみならうまくやれるよ。どうしていいかわからないときは、勇気づけてやればいいんだ。そのためにむこうはぼくらに大金を払うんだから」彼はにやりとしてみせたが、ひどくぎこちなく感じられた。

一瞬ののちアリスもにやりとしてみせたが、彼女もやはり気づまりなようだった。

「おい、それ使ってるか？」という声がした。

ジェイクは目を上げた。長細いその顔にも、奥二重の目まで垂れさがったブロンドの髪にも見憶えはなかったものの、腕には見憶えがあった。その先端まで視線を移動させ、伸ばした人差し指のかなり鋭い爪の先にあるものを見ると、ピクニックテーブルの赤い格子縞のビニールシートの上に栓抜きが載っていた。

「え？　ああ、いや」とジェイクは言った。

「みんなが探してるんでね。ビールのそばに置いとかないと」

言わんとしていることは明白だった。ジェイクとアリスという明らかに重要ならざるふたりが、リプリー・シンポジウムの中心で鼓動するこの偉大な才能とその友人たちとから大事な栓抜きの利用機会を奪っているせいで、こんどはその明らかに才能ある学生たちから好みの飲料を飲む機会まで奪っていると、そう言いたいのだ。

アリスもジェイクも返事をしなかった。

「じゃ、もらっていくからな」ブロンド男はそのとおりにし、ふたりの教員は黙って男を見送った。ふたたびあの背中が向けられ、中ぐらいの背丈、中ぐらいのブロンド、広い肩が、勝ち誇ったように栓抜きを振りかざしつつ、悠然と立ち去っていった。

「へええ、魅力的な人がいるんですね」アリスが先に口をひらいた。

男はほかのテーブルのひとつに揚々と引きあげていった。そのテーブルは満員の盛況で、大勢がベンチの端に腰かけたり、引きずってきたローンチェアに座ったりしていた。学期初日の夜に早くもこの新入生の一団はアルファ集団の地位を確立しており、ブロンド男がテーブル仲間から受けている凱旋ヒーローなみの歓迎ぶりからすると、この偉そうな男がどう見ても集団の中心のようだった。

「あの男が詩人でないことを祈るわ」アリスが溜息をつきながら言った。

その可能性は低いだろう、とジェイクは思った。そいつのいっさいが〝小説家〟だと叫んでいた。もっとも、小説家という種は以下の三つの亜種にほぼ均等に分かれる。
一、アメリカ文学の傑作を書いた作家
二、《ニューヨーク・タイムズ》のベストセラーリスト入りした作家
それに、両者の交配種であるきわめて稀少な……
三、《ニューヨーク・タイムズ》のベストセラーリスト入りしたアメリカ文学の傑作を書いた作家
つまり、拉致された栓抜きのこの華々しい救出者がなりたいのは、ジョナサン・フランゼンかジェイムズ・パタースンのどちらかだということになる。だが、実際的に考えれば、どちらでも同じだった。リプリー大学は文学的見栄っぱりと職人的ストーリーテラーを区別していない。ということは、いずれにせよこのレジェンド気取りは明朝ジェイク自身のセミナーに現われるということだ。そしてジェイクにはそれをどうすることもできなかった。

3 パーカー・エヴァンことエヴァン・パーカー

はたせるかな翌朝十時、その男はほかの学生とともにパン一〇一教室（一階の会議室）にはいってくると、セミナーテーブルの端に着席したジェイクのほうに漫然と目を向け、その場の明らかな権威者である人物（ジェイコブ・フィンチ・ボナー！）が何者なのか気づいたふうもなく、席のひとつに腰をおろした。見ていると、テーブルの中央に置かれた資料を一部手に取って、つまらなそうにぱらぱらとページをめくり、先制の冷笑をひとつ浴びせてから、自分のノートとペンと水のボトルの横に置いた（水は登録時に配布されたもので、リプリー・シンポジウム最初で最後の無料提供品）。それから隣の学生と大声でしゃべりはじめた。

相手はケープ・コッド出身のまるまると太った紳士で、前夜ジェイクに少なくとも自己紹介はしていた。

定刻五分過ぎに授業は始まった。

きょうもまたじとじとした天気で、総勢十二名の学生たちは授業が進むにつれて上着類を脱ぎはじめた。ジェイクは授業の大半を自動操縦モードで進めていた。自己紹介をし、経歴をざっと語り（自著のことはあまり話さなかった。関心を持ってもらえなかった場合や業績を高く評価してもらえなかった場合に、それを彼らの顔に見たくはなかった）、創作ワークショップで達成できることとできないことについて少しばかり話した。楽観的な条件を満たした最良の事例をいくつかあげたあと（ポジティブさが基本！　個人的意見や政治イデオロギーは避けるべし！）、こんどは学生ひとりひとりに本人のことを少々話してもらった。自分は何者なのか、何を書くのか、作家となるためにリプリー・シンポジウムに何を期待しているか（例年この方法で初回の授業時間をほぼ使い切ることができた。時間があまったら、初回用にコピーしておいた三篇の作品サンプルに移るつもりだった）。

こと学生集めに関してはリプリーは大きな網を投じており——近年では豪華なパンフレットとウェブサイトに加えて、フェイスブックにターゲティング広告まで出していたため——志願者数は確実に増加していたものの、志願者が定員を超えた講座はいまだにひとつもなかった。つまり、リプリーにはいりたい者は、リプリーにはいる資力さえあれば誰でも歓迎されるということだった（しかしいったん入学したら、退学になる可能性もなくはなかった。シンポジウム創設以来この栄に浴した学生は数人ではきかない。いちばん多いのは授業中の極端な迷惑行為によるもので、銃を携帯していたり、異常なふるまいをしたりする事例だった）。予想どおり、学生たちは全米図書賞の受賞を夢見るグループと、空港のペーパーバックの回転ラックに自著が置かれるのを夢見るグループのふたつにほぼ均等に分かれ、どちらの目標も達成していないジェイクは、自分が彼らの教師として少々難しい立場にいることを悟った。ジェイクのクラスには、刺激を受けた作家としてエリザベス・ギルバートをあげた女が（ひとりではなく）ふたりと、〝数秘学の原理〟をもとに構成したミステリ・シリーズを書きたいという女がひとり、自分の人生にもとづいた小説をすでに六百ページも書いているという（まだ未成年の）男がひとり、『レ・ミゼラブル』の新版を、ヴィクトル・ユゴーの〝誤り〟を正したうえで書いているという、モンタナから来た紳士がひとりいた。栓抜きの救出者に順番がまわってきたときには、ジェイクはもう、この面々のレベルは数秘学者と現代のヴィクトル・ユゴーのあほらしさをさして超えないだろうと、かなり確信していた。そのブロンド男がにやにや笑いをろくに隠さなかったのがおもな理由だが、まだ予断は許されなかった。

次に起こることとしだいだ。

ブロンド男は腕組みをした。椅子にふんぞり返り、その姿勢がどうにか気楽に見えるようにした。「エヴァン・パーカーだ」と前置きもなしに言った。「でも、名前を逆にしようかと思ってる。プロになったら」

ジェイクは眉を寄せた。「つまり、ペンネームということ？」

「そう、プライバシーを守るためだ。パーカー・エヴァンに」

笑わないようにするのが精一杯だった。おおかたの作家の私生活は、本人が望むよりはるかにプライバシーが保たれている。スティーヴン・キングかジョン・グリシャムなら、スーパーマーケットで誰かが近づいてきて震える手で紙とペンを差し出すなどということもあるだろうが、たいていの作家の場合、多くの著作があって充分に食えている作家でも、プライバシーは盤石だ。

「で、どんな種類の小説を書くつもり？」

「レッテルのことはあまり考えてないね」とパーカー・エヴァンことエヴァン・パーカーは言い、豊かな前髪を額から後ろへ払いのけた。髪はたちまちまた顔にかかったが、ひょっとするとそれが狙いだったのかもしれない。「頭にあるのはストーリーのことだけだ。これがいいプロットなのか、そうじゃないのか。いいプロットじゃなけりゃ、文体がいくらすばらしくたってよくはならないし、いいプロットなら、文体がどんなにひどくたってだめにはならない」

なかなか大胆なこの意見は沈黙に迎えられた。

「短篇を書いてるの？　それとも長篇を書こうとしてる？」

「長篇さ」とパーカーはジェイクに疑われたといわんばかりに、ぶっきらぼうに答えた。まあたしかに、ジェイクは信じていなかった。

「それは大仕事だよ」

「わかってるさ」パーカーは辛辣に答えた。

「じゃ、書こうとしてる小説について、みんなに何か話してくれるかな」

パーカーはすぐさま警戒するような顔をした。

「〝何か〟って？」

「たとえばまあ、設定とか。登場人物とか？　プロットの概略とか。プロットはもう考えてある？」

「ある」とパーカーは言った。「それについいちゃ話したくない。この場じゃ」と敵意をみなぎらせて周囲を見まわした。

一同の顔を見なくても反応は感じ取れた。全員が当惑しているようだったが、ジェイクだけはそれに対処しなくてはならなかった。

「となるとまあ、ここで話してもらいたいのは、きみが作家として向上する手助けをぼくが――このクラスが――どうすればうまくできるかだね」

「いや」とパーカー・エヴァンことエヴァン・パーカー

ーは言った。「おれは別に向上なんかしなくていい。文章はすごくうまいし、小説はばっちり軌道に乗ってる。それに正直なところ、創作ってものが人に教えられるものなのかどうかもよくわからない。たとえ最高の教師がいたとしても」

セミナーテーブルに動揺が走るのがわかった。おそらく複数の新入生が授業料をどぶに捨てたと考えているのだろう。

「ま、ぼくはもちろんそれには同意しないけどね」ジェイクは笑おうとした。

「そう願いたいよ!」とケープ・コッドから来た男が言った。

「なら聞きたいんだけど」とジェイクの右側にいる女が言った。クリーヴランド郊外で過ごした子供時代について〝小説風の回想録〟を書いているという人物だ。「創作は人に教えられるものじゃないと思うのなら、どうして修士課程に来たの? ひとりで勝手に自分の本を書けばいいじゃない?」

「いやまあ」――とパーカー・エヴァンことエヴァン・パーカーは肩をすくめ――「この種のものに反対ってわけじゃないんだ、もちろん。役に立つかどうか、まだ判断がつかないだけで。おれはもう自分の本を書きはじめてるし、それがすごくいいのもわかってる。しかしまあ、講座自体はおれの役に立たなくても、学位はあっていいと思ったんだ。肩書きが増えたって害にはならないだろ? そうすりゃエージェントがつく見込みだってあるし」

しばらくは誰も口を利かなかった。少なからぬ学生が、にわかに自分の前にある作品サンプルのコピーに関心を引かれたふりをした。やがてジェイクが言った。

「きみの課題作が順調に進んでるというのはうれしい話だね。ぼくらがきみの力と支えになれることを願ってるよ。ひとつはっきりしてるのは、物書きというのは公式な講座に一緒に参加していようといまいと、つねに他の物書きを助けているということだ。ものを書くのは孤独な作業だということをぼくらはみんな知っている。仕事はひとりでやっている——電話会議も、集団発想ミーティングも、チームビルディング活動もなく、部屋には自分しかいない。だからこそ、自分の作品を仲間の作家に読んでもらうという習慣が、こんなふうに発展してきたのかもしれない。むかしからたくさんの作家グループがあって、集まって作品を朗読したり、原稿をまわし読みしたりしてきた。それもたんに友人や仲間意識を求めてのことじゃなくて、執筆には他人の目が本当に必要だからなんだ。どこがうまくいっていて、どこがうまくいっていないかを、作家は知らなくちゃならないが——とくに後者のほうをね——それに関してはたいていの場合、自分を信頼できない。どんなに成功した作家でも、その成功がどれほど大きくても、彼らにはかならず信頼する読み手がいて、エージェントや版元よりも先に作品に目を通してるはずなんだ。それにまあ、実際的な面についてもひとこと触れておくと、いまの出版業界では、旧来の〝編集者〟の役割は縮小している。今日《こんにち》の編集者が求めるのは、そのまま出版できるような本、ないしは可能なかぎりそれに近いものだ。だからきみがもし、あのマックスウェル・パーキンズがきみの原稿の完成を待っていて、それがデスクに到着したら腕まくりをして『グレート・ギャツビー』に仕立ててあげてくれるなんて思ってるとしたら、時代錯誤もはなはだしいよ」

見たところ彼らには、スコット・フィッツジェラルドらを見出した名編集者〝マックスウェル・パーキンズ〟の名はなじみのないものだったようだ。嘆かわしいことではあったが、驚きではなかった。

「つまり、書き手ならばそういう読み手を探し出して自分の創作プロセスに招き入れるのが得策だし、それこそぼくらがこのリプリーでやってることなんだ。それを堅苦しいものにしようと気楽なものにしようと、それはみなさんの好きにしてかまわないけれど、このグループの役割とは、仲間の書き手の作品にできるだけのものを付け加えることであり、仲間の指導にできるかぎり心をひらくことだと思う。ちなみに、その仲間にはぼくもふくまれる。ぼく自身の作品でクラスの時間を奪うつもりはないけれど、この教室にいる書き手から多くのことを学べるのをぼくは心から期待している。みなさんが課題として取り組んでいる作品だけでなく、みなさんがクラスメイトの作品に向ける目と耳と洞察からもね」

この少々情熱的なスピーチのあいだ、パーカー・エヴァンことエヴァン・パーカーは、にやにや笑いを一度もやめなかった。そしていま首を横に振って、自分が大いに面白がっていることを強調した。「みんなの文章には喜んで意見を言わせてもらうよ。だけどおれが自分の書いてるものを、誰かの目だの耳だの鼻だののせいで変えるとは思わないでくれ。自分がどんなものを持ってるのかはわかってる。おれのみたいなプロットを台なしにできるようなやつは、この世にいないと思うね。どんなにへたくそな作家だって無理だ。おれの言いたいことはほぼそれに尽きる」

そう言うと彼は腕組みをして、これ以上はひと言たりとも自分の叡智を漏らすまいとするようにぴたりと口をつぐんだ。こうしてパーカー・エヴァンことエヴァン・パーカーが執筆中の傑作小説は、リプリー・シンポジウム新年度散文創作講座のぼんくらな目と耳と鼻とから守られたのである。

4　絶対確実なもの

古い家に暮らす母親と娘——それが彼の作品サンプルだった。だがもしこれ以上に途轍《とてつ》もない、成功確実な、失敗しようのないプロットと無縁な散文作品があるとしたら、それはペンキの乾燥の観察記ぐらいのものだっただろう。ジェイクは念のため最初の個人指導の前にこの作品を読み返し、《レイダース／失われたアーク》の萌芽のようなものが埋もれていないか、『指輪物語』の壮大な旅の種子のようなものを見落としていないか確かめてみたのだが、かりにそんなものがあったとしても、娘が宿題をしたり母親が缶詰のクリームコーンを温めたりする日常描写や、家そのものの描写には、それを見出せなかった。

その一方で、文章自体はひどくないことに気づいて彼は少々いらだった。エヴァン・パーカー——秘密の傑作の出版に本当に成功して、プライバシーを守ってくれるペンネームが必要になるまでは、エヴァン・パーカーと呼ぶべきだろう——は、授業では自分のすばらしいプロットについてたしかに得々と語りはしたものの、彼が書いた八ページにわたる文章のほうは、当人の傲慢さとは裏腹に少しも嫌味がなく、明らかな欠点も、よくある書き手の自己満足も見あたらなかった。つまり、ありのままの事実を認めれば、あのくそったれは天性の書き手であり、言葉とのあいだにくつろいだ楽しげな関係を築いているようだった。それはリプリーよりはるかに権威のある創作講座でさえ教えることのできないもので、ジェイク自身は一度も学生に分けあたえたことのないものである（なにしろ彼自身、一度も教師から受け取ったことがないのだから）。パーカーは細部に対する目と、言葉をまとめあげるための耳を持っていた。主人公と思《おぼ》しきふたり（ディアンドラという名の母親と、ルビーという十代の娘）と、ふたりの暮らすひどく古い家とを、雪深いどこかの土地に現出させており、その環境における母娘の姿を、ふたりのあいだに立ちこめる異様なまでの緊張とともに、無駄のない筆致で伝えていた。娘のルビーは勉強熱心だが不機嫌な少女で、詳細に観察された、手触りさえ感じられるキャラクターとして、ページからくっきりと立ちあらわれてきた。母親のディアンドラのほうはそこまで明瞭ではないものの、娘の視野の端々に厳として存在していた。大きな家にふたりしか住んでいなければ、さほど顔を合わせないのも当然に思われたが、しかし家の反対側で暮らしていてさえ、ふたりは憎しみを発散しあっていた。

　その文章をジェイクはすでに二度通読していた。一度目は数日前に徹夜したときで、二度目は最初の授業を終えた晩、この男のことがもう少しわかるのではないかと、純然たる好奇心からフォルダーをもう一度ひらいたのだ。パーカーが自分のプロットについて大層な口を利いたとき、ジェイクは必然的にそのプロットを、あの砂浜で発見された死体、激しく腐敗していながらいまだに〝ハニーメロン〟の乳房を持っているという理屈に合わない死体の話だろうと考えたのだが、その強烈に矛盾する死体の話は、ロアノークの病院経営者で三人の娘の母でもあるクリスという学生の想像力豊かな頭脳から生まれたものだと知って、少なからず驚いた。そしてすぐに、エヴァン・パーカーが書いたのはこの母娘の話――文章はたしかにうまいが、〝へたくそな作家〟でも台なしにできないほどすごいプロットどころか、いかなるプロットも見あたらない話――なのだと気づいて、笑いたくなった。

　いま、最初の個人指導のために作者本人が現われるのを待ちながら、ジェイクはその抜粋をもう一度、これを最後にしたいと思いつつ読んだ。

電話中の母親の声が、上階の寝室からはるばる聞こえてきた。言葉までは聞き取れなかったものの、〈心霊ホットライン〉のひとつにかかってきた電話に出ているのはわかった。なぜかといえば、声が甲高くなってうねりだしたからで、まるでディアンドラが（というより、霊媒名シスター・ディーディーが）上空を浮遊して、気の毒な相手の暮らしを何もかも見ているかのようだった。声が中ぐらいの高さで淡々としているときは、母親がオフサイトの顧客サービス回線のひとつに接続して仕事をしているのだとわかった。声が低くてやたらと息が混じっているときは、ポルノ・チャットの回線で、この二、三年のルビーの生活の大半はそれを背景音にしていた。

ルビーは階下のキッチンで、歴史のテストをもう一度、先生に特別に頼んでこんどは持ち帰りでやらせてもらっていた。テスト範囲は南北戦争から戦後の復興までで、学校でのテストでルビーは〝カーペットバガーとは何かを、その名称の由来とともに答えよ〟という問題をまちがえてしまった〝戦後、鞄ひとつで南部に乗りこんで一旗あげようとした北部人のことで、当時広く用いられていた絨毯地《カーペット》の鞄《バッグ》からそう呼ばれる〟というのが正解だった。小さなまちがいにすぎなかったが、そのせいで彼女は定位置のクラス一番から陥落した。当然、追加の十五問を要求した。

九十四点なら成績には影響しないよ、とブラウン先生はルビーを説得しようとしたが、ルビーはそれを拒んだ。

「ルビー、きみは一問まちがえただけだ。この世の終わりが来たわけじゃない。それに、きみはこれで一生カーペットバガーとは何かを忘れない。大切なのはそこだよ」

いや、大切なのはそこではなかった。まったくちがう。大切なのはクラスでAを取って、〝上級〟アメリ力史とやらの三年生春学期クラスから脱出し、かわりにコミュニティ・カレッジで歴史の授業を取らせてもらえるようにすることだ。そうすればここを出て大学へ行くのに有利になるし、うまくすれば奨学金をもらい、うまくすればこの家から遠い遠い大学へ行ける。もっとも、そんなことをブラウン先生に説明するつもりは毛頭なかったけれど。ルビーは懇願し、先生はとうとう折れた。

「いいだろう。だけど、持ち帰りテストだ。暇なときにやりなさい。答えを調べて」

「今夜やります。それに、答えを調べたりは絶対にしないと約束します」

先生は溜息をついて腰をおろし、追加の十五問を書いてくれた。ルビーのためだけに。

ルビーがクー・クラックス・クランについて必要以上に長々と答えを書いていると、母親が二階からおりてきて静かにキッチンに現われた。電話を耳と肩のあいだにはさんだまま、早くも冷蔵庫のドアに手をかけている。

「ハニー、彼女はすぐそばにいる。まさにいま。わたし、感じるの」

しばしの沈黙。情報を集めているのだろう。ルビーはクー・クラックス・クランに戻ろうとした。

「ええ、彼女もあなたを恋しがってる。あなたを見守ってる。わたしに何か言ってほしがってたけれど……なんのことかしらね？」

ディアンドラは扉をあけて冷蔵庫の前に立った。一瞬ののち、ダイエット・ドクターペッパーの缶に手を伸ばす。

「猫？　猫があなたには大切なの？」

沈黙。ルビーはテスト用紙を見おろした。あと九問やらなくてはならないが、狭いキッチンを霊の世界に占領されていては無理だ。

「ええ、トラ猫だと言ってた。〝トラ〟という言葉を使ってた。その猫ちゃんは元気？」

ルビーは小さな長椅子に背筋を伸ばして座っていた。空腹だったけれど、やるべきことをやって自分の力を証明しおえるまでは、夕食を作らないと心に誓っていた。その日は週に一度の食料買い出しの前日だったので、冷蔵庫は空っぽで、彼女がチェックしたところ、冷凍ピザが一枚とサヤインゲンが少しあるきりだった。

「そう、それはよかった。彼女もすごく喜んでる。さてと、ハニー、そろそろ三十分になるけれど。ほかにわたしに訊きたいことはある？　まだ電話を切らずにいてほしい？」

ディアンドラはそう言いながら階段のほうへ戻っていき、ルビーは母親が出ていくのを見送った。家はひどく古かった。元をたどれば祖父の両親から祖父母に受け継がれたもので、壁紙も塗装も、居間に敷きつめられた元はベージュ色の絨毯も、むかしとはちがっていたが、いくつかの部屋の壁にはいまだに往時のステンシルが残っていた。たとえば玄関扉の内側などに、不格好なパイナップルがぐるりと一列に。そのパイナップルになんの意味があるのか、ルビーにはさっぱりわからなかったのだが、クラスでむかしのアメリカの生活を展示した野外博物館を見学に出かけて、建物のひとつにまったく同じものを見たときに、初めてわかった。パイナップルはもてなしの象徴だというのだ。それは彼女の家の壁にはまるで似つかわしくないものだった。なにしろ母親の生涯は、もてなしとはおよそ正反対のものだったのだから。最後に誰かが誤配の郵便物を持ってきてくれたのがいつのことかさえ憶えていなかったから、誰かが母親のいれるまずいコーヒーを飲みにきた記憶など、ルビーにはまったくなかった。

彼女はテストに戻った。食卓はべたべたしていた。今朝の朝食のシロップのせいか、それとも昨夜の夕食のマカロニ・アンド・チーズのせいか。でなければルビーが学校へ行っているあいだに母親がそこで何か食べたか、何かしたのかもしれない。ふたりが食卓で一緒に食事をすることはなかった。ルビーは自分の栄養上の健康を母親の手にゆだねるのを極力避けていた。母親はセロリ・スティックとダイエット・ドクターペッパーを常食とすることで少女のような体形を――文字どおり少女のような体形で、後ろから見ると母娘は滑稽なほどそっくりだった――維持しているようだった。ディアンドラはルビーが九歳になったころ、娘に食事を作るのをやめてしまった。それはまた、ルビーがスパゲティの缶詰を自力であけられるようになったころでもあった。

皮肉なことに、ふたりは体形が似てくるにつれてたがいに口を利かなくなった。もっとも、それまでに優しい母娘関係なんてものがあったわけではない。ルビーには添い寝をしてもらった記憶も、おままごとをしてもらった記憶も、誕生日を祝ってもらった記憶も、一緒にクリスマスツリーの飾りつけをした記憶もなかったし、小説やディズニー映画で（たいていは母親が死んだりいなくなったりする直前に）見かけるような母親らしい忠告やお節介な愛情を受けた記憶もなかった。ディアンドラは母親として最低限の義務だけを果たしてすませようとしているようだった。つまり主として、ルビーを生かしておくこと、彼女にワクチンを接種させ、住むところをあたえ（凍えるように寒いこの家を人の住むところだと言えればだが）、教育を受けさせること（レベルの低い田舎の学校でまともな教育が受けられればだが）である。母親は一刻も早くそれが終わってほしいと、ルビー本人と同じくらい切実に望んでいるようだった。

だが、ルビー本人の切実さにはかなわなかった。遠くおよばなかった。

前の夏、ルビーは町のベーカリーに働きにいった。もちろん内緒で。そして秋には、日曜日に隣家でアルバイトをするようになった。家族が教会へ行っているあいだ、幼い子供ふたりの子守をするのだ。稼ぎの半分は家計費として食費と折々の修繕費にあてたが、残りの半分は早期履修化学の教科書にはさんでおいた。そこなら母親もまず探そうとは思わないはずだった。その化学は去年、学校のみすぼらしい理科コースを先へ進ませてもらうために指導教員と取引をして、どうしてもやらなければならなかったものだ。それに加えてコミュニティ・カレッジでの人文学の授業と、自主選択したフランス語と、ふたつのアルバイトももちろんあったので、やりとげるのは容易ではなかったものの、それはみな彼女が初めてスパゲティの缶詰をあけたころから考えてきた計画の一部だった。それは〝こんなところからはとっとと出ていく〟という計画であり、彼女はその目標から一秒たりとも目をそらしたことはなかった。いま十五歳だったが、幼稚園で一年飛び級をしているので高校の三年生だった。あと二カ月で大学に出願できる。一年後には永久におさらばしているつもりだった。

むかしからこうだったわけではない。この家にいて母親の影響下で暮らしていることに少なくとも無頓着だった時期があるのを、ルビーはさほど苦労しなくても思い出すことができた。彼女にしてみれば母親はほぼ唯一の存命の家族であり、まちがいなく唯一の面識のある家族だったのだから。泥んこ遊びをしたり、絵本を見たりといった、たいていの子供がするようなことを自分もしていたのを、嘆きや怒りをともなわずに思い出すこともできた。それにいまではもう、自分の家庭生活や〝家族〟がどれほど不快だろうと、広い世間にはもっとひどい家族がそれこそ無数にあるのだということもわかるようになっていた。では何が彼女をこんな崖っぷちに追いつめたのか？　何がふつうの子供をこんなルビーにしたのか？　何が彼女をこれほど多くのことを左右する——と少なくとも当人は思いこんでいる——歴史の持ち帰りテストを受けさせせているのか？　出発までの日数を（文字どおり）数えさせているのか？　答えはわからなかった。誰も教えてくれなかった。答えなどもはやどうでもよかった。重要なのはそれに付随する事実だけ、彼女が何年も前に悟り、それ以来一度も疑問に思ったことのない事実だけだ——自分は母親に嫌われている。おそらくずっと嫌われていたのだ。

こんな情報をどうしたらいいというのか？いったい。

まずはテストで満点を取る。ブラウン先生に推薦状を書いてもらう（運がよければ、先生は今回のことをそのまま書いてくれるだろう。追加の課題をあたえてほしいと言って譲らなかった逸話を）。そうしたら、あの古いパイナップルの天蓋の下からこの誰が見ても優秀な頭脳を連れて、少なくともこちらを評価してくれる世界へ出ていくのだ。ルビーは愛など期待しないようになっていたし、とくに欲しいとも思わなかった。それが母親のもとで過ごした十五年で身につけた何より深い知恵だった。十五年終了。残るはあと一年。どうか神様、あと一年だけにしてください。

ジェイクは原稿を置いた。母親と娘。引きこもりぎみで、やや孤立してはいるものの、決して世捨て人ではなく（母親はスーパーマーケットで買い物をしているし、娘は高校に通っていて、気にかけてくれる教師もいる）、ふたりのあいだには明らかにぴりぴりした緊張がある。なるほど。母親は（いかがわしくはあっても）稼ぎのいい仕事をしていて、雨露をしのぐ屋根と、まあまあの食事を確保している。なるほど。娘は野心的で、実家を出て大学に行くことを目指している。なるほど、なるほど。

ジェイク自身が修士課程にいたとき、彼の創作の教師は、もっと生意気な散文作家のひとりにこう言ったことがある。「で……だからなんなんだ？」

〝おれのみたいなプロット〟――エヴァン・パーカーはそう言った。だが、実際のところ、〝おれのみたいなプロット〟というほどのものがあるだろうか? ジェイクよりも(そしてもちろん、賭けてもいいが、エヴァン・パーカーよりも)偉大な人々がすでに明らかにしているとおり、古来、物語にはいくつかの基本的プロットというものがあり、ほとんどの物語は、探求、旅と帰還、成長、怪物退治などの基本プロットに沿って展開する。古い木造の家に住むこの母娘の――というか、具体的には娘の――物語は、どうやら成長物語か、自己形成物語《ビルドゥングスロマン》、もしくは成り上がり物語のようだが――こういう物語はたしかに読者をとらえるにしても、わくわくするような波瀾万丈の疾走する物語になることはめったになく、かわりに物語自体が読者をとらえるため、へたくそな文章の影響など受けようがなかった。

教師をしてきたこの数年のあいだに、ジェイクはみずからの才能をきちんと把握できていない学生を大勢相手にしてきたが、彼らに足りないのはもっぱら基礎的文章能力だった。登場人物がどんな姿をしているか自分にわかれば、それで読者にもその姿が魔法のように伝わる、そう誤解して苦労している未熟な書き手が大勢いた。かと思えば、登場人物を印象的にするにはディテールがひとつあればこと足りると思いこんでいる連中もいた。そういう連中の選ぶディテールは例外なくつまらなかった。女性登場人物は〝ブロンド〟とひとこと書かれているだけだし、男の場合は〝割れた腹筋〟の有無だけが読者に伝わればいいというぐあいだ。彼はそれを持っていた! とか、持っていなかった! とか。あるいは、どの文も――名詞、動詞、前置詞句、名詞、動詞、前置詞句と――単調な連鎖にしてならべ、歯ぎしりしたくなるようなその繰りかえしのいらだたしさに気づいていない連中もいた。特定の趣味や関心にはまった学生が、生彩に富むとは言いがたいディテールのてんこ盛りか、でなければ物語を伝えるには不充分な速記のような文体のどちらかで、ページじゅうに勝手な情熱をぶちまけていることもあった。男がストックカーレースの大会に足を踏み入れるとか、女が大学の友愛会の仲間たちとエキゾチックな島での同窓会に出席するとか（それが実のところ、あのハニーメロン死体が砂浜で発見されるきっかけだった）。さらには、書き手が代名詞の森で迷子になっていて、ジェイクのほうが再三引き返しては、誰が誰に何をしているのか解き明かさなければならないこともあった。さらには、内容はきちんと理解できるページや、合格点以上の文章の中でさえ……まったく何ごとも起こらないこともあった。

だが、彼らはしょせんアマチュア作家だ。だからこそリプリーに来ているのだろうし、だからこそリチャード・パン・ホールのジェイクのオフィスに来るのだろう。彼らはここで学んでうまくなりたいと考えているから、たいていはジェイクの意見や提案に心をひらいている。それゆえジェイクが、きみの書いた文章からは登場人物がどんな外見をしているのかも、何を気にかけているのかもわからないとか、ぼくは登場人物の人生に充分惹きつけられていないから彼らの個人的な旅に付き合う気にもなれないとか、ストックカーレースや友愛会の同窓会について充分な情報がないから描かれていること（もしくは描かれていないこと）の重要性を理解できないとか、文章が重苦しいとか、会話がとりとめもないとか、物語を読んでも〝だからなんだ？〟としか思わないとか……そう伝えると、学生たちはたいていうなずいてメモを取り、ことによると涙をひとつふたつ拭ってから、また執筆に取り組んだ。そして次に会うときには、書きなおしたページを握りしめてきて、おかげさまでよくなりましたとジェイクに感謝する。

しかしなぜか、これもそうなるだろうとは思わなかった。

　エヴァン・パーカーが廊下を歩いてくる足音が聞こえた。すでに十分近く遅刻しているというのに、のんびりした足取りだった。ドアは半びらきになっていたので、パーカーはノックもせずにはいってくると、リプリー提供の水のボトルをジェイクのデスクに置いてから、予備の椅子をつかんで斜めに向けた。デスクをはさんである程度の堅苦しさなり上下関係なりを（形ばかりでも）維持して対面するのではなく、まるで仲間同士がコーヒーテーブルのまわりに集まって討論でもするようなぐあいだった。ジェイクが見ていると、パーカーはキャンバス地の袋から表のページが乱雑に破り取られたレポート用紙を取り出した。それを膝の上に置くと――教室でやったのと同じように――胸の前できっちりと腕組みをして、かならずしも好意的とはいえない面白がるような表情で教師を見た。「さ、来ましたよ」

　ジェイクはうなずいた。「送ってくれた抜粋をもう一度見ていたんだが。きみはなかなかいい書き手だ」

　これは率直に認めようと決めていた。〝なかなか〟と〝いい〟という言葉を使うべきかどうかは徹底的に検討したが、結局、これが最善のように思えたし、実際、学生のほうも心もち態度を軟化させたようだった。

「ま、そう聞いてうれしいですよ。ことにおれは、このあいだ言ったとおり、創作ってものが人に教えられるもんだとは全然思ってないんで」

「それでもきみはここに来たわけだ」ジェイクは肩をすくめた。「で、ぼくはどんなふうに力になれるんだ？」

　エヴァン・パーカーは笑った。「おれはエージェントが欲しいんだ」

　ジェイクにはもうエージェントはいなかったが、その事実は明かさなかった。

「講座の最後に業界の人たちとの交流日がある。誰が来るのかは知らないが、たいていエージェントや編集者が二、三人は来る」

「個人的な推薦があればもっといけるんじゃないかな。新人がしかるべき人々に作品を見てもらうのがどれだけたいへんかは、あんたも知ってるだろう」

「まあ、コネが役に立たないとは言わないが、親切で本を出してくれるところなんかないってことは忘れないでくれ。かかってるものが多すぎる。うまくいかなかった場合には、大きな負債と職業上の責任を負うことになるわけだから。個人的なつながりできみの原稿を誰かの手に渡すことはできるかもしれないが、たいへんなのはそこからだよ。それにね、エージェントや編集者はいい本を本気で探しているから、別に新人作家に門戸が閉ざされているわけじゃないんだ。その逆だよ。ひとつには、新人作家は前の本の残念な販売部数を引きずっていないし、読者のほうもつねに新しい作家を発見したがっているからね。新人作家がエージェントの関心を引くのは、彼がギリアン・フリンやマイケル・シェイボンになるかもしれないからで、そうしたらそのエージェントはその一冊だけじゃなくて、その作家の書くすべての本のエージェントになるかもしれないからだ。つまり現在の利益だけじゃなくて、将来の利益にもなるわけだ。信じないかもしれないが、きみはコネのある作家よりずっと有利なんだよ。大ヒットしたわけでもない本を二冊ばかり出している人間より」

〝つまり、ぼくみたいな人間だ〟とジェイクは思った。

「ま、あんたがそう言うのは簡単だ。かつては大物だったこともあるんだから」

ジェイクはエヴァンを見つめた。道はたくさんあったが、どれも行き止まりだった。

「ぼくらはみんな、いま取り組んでいる作品で評価されるんだ。だから、いまきみが書いているものに集中したい。それが向かっている方向に」

驚いたことに、エヴァンは頭をのけぞらせて笑った。ジェイクは戸口の上にある時計に目をやった。四時半。指導時間はすでに半分終わっている。

「プロットが欲しいんだよな？」

「なに？」

「おい、頼むよ。言っただろ、おれはすごいものを書いてると。あんたはそれがどんなもんか知りたいんだ。作家だもんな？」

「ああ、ぼくは作家だ」とジェイクは答えた。不快感を声に表わさないようにするのに全力を尽くしていた。

「しかしここでは教師だからね。ぼくは教師として、きみが書きたい本を書けるよう力になろうとしている。きみがストーリーについてこれ以上話してくれなくても、提出してくれた抜粋については検討できるけれど、それが最終的に物語全体の中にどう収まるのかがわからないと、ぼくはやりにくい」

〝まあ、大したちがいはないけどね〟とジェイクは腹の中で付け加えた。〝ぼくにはどうでもいいんだから〟

オフィスにいるブロンドの傲慢男は何も言わなかった。

「この抜粋だけど。これはきみの言った小説の一部？」ジェイクは訊いてみた。

このきわめて無害な質問に、エヴァン・パーカーは根拠があるとはとうてい思えないほど長々と考えこんだ。それからうなずいた。豊かなブロンドの髪のひと房が片方の目をほぼおおい隠した。「最初のほうの章からの抜粋だ」

「まあ、ディテールはいいね。この冷凍ピザと、歴史の教師と、心霊ホットラインは。この原稿からだと、母親より娘のほうがどんな人物かはっきりわかるけど、それはかならずしも問題じゃない。それにもちろん、ぼくはきみが語りの視点をどうするつもりでいるのか知らない。いまのところ明らかに娘だね。ルビーだ。

小説の最後までルビーのままでいくの？」

またしても、ほとんど根拠のない間。「いや。でも、そうだ」

ジェイクは意味がわかったかのようにうなずいた。

エヴァンは言った。「つまり……おれは、ほら、あの教室で何もかもばらしたくなかったんだ。おれの書いてる話は、なんていうか、絶対確実なものだから。わかるか？」

ジェイクはエヴァンを見つめた。笑いたくてたまらなかった。「いや、わからないと思う。何が絶対確実なの？」

エヴァンは身を乗り出した。リプリー提供の水のボトルを取ってキャップをあけ、ボトルを傾けてひとくち飲んだ。それからまた腕組みをし、まるで後悔するように言った。「この話は万人に読まれる。大金を稼いでくれる。映画化もされるだろうな。誰かすごく有名な、一流の監督によって。あらゆる成功を手に入れてくれるはずだ。言ってることはわかるか？」

わかるような気がして、ジェイクはまさしく言葉を失っていた。

「オプラ・ウィンフリーが番組で取りあげたりとか。いろんなテレビ番組が話題にするはずだ。ふだんは本のことなんかあつかわない番組が。あらゆるブッククラブが。あらゆるブログが。おれの知りもしないあらゆる何かが。この本は失敗しようがない」

それは言いすぎだった。それで呪縛は解けた。

「どんなものだって失敗することはある。出版の世界じゃ。どんなものだって」

「これはちがう」

「あのね、エヴァン」とジェイクは言った。「エヴァンと呼んでもいいかな」

エヴァンは肩をすくめた。急に疲れたように見えた。まるで自分のすごさの表明で消耗したかのようだった。

「エヴァン、自分のやっていることを信じるのはとてもいいことだと思う。ほかのクラスメイトにも自分の作品をそんなふうに思ってほしい。というか、いつかはそう思ってほしいものだ。たとえきみの言ったそのいろんな……ま、成功が、いまはまだきわめて、きわめて見込み薄だとしてもだ。だって世の中にはすごい小説がたくさんあって、それがつねに出版されているんだし、競争も激しいからね。だけど、芸術作品の成功を測るにはほかにもいろんな方法がある。オプラ・ウィンフリーや映画監督には結びつかない方法が。もちろん、きみの小説にたくさんいいことが起きてほしいとは思うが、その前にきみはまず、その小説の最良のバージョンを書く必要がある。考えうる最高の形に仕上げる必要が。ぼくはきみの提出した数枚の原稿から、これについて多少の考えはたしかに持っているけれど、率直に言うと、ぼくが読んだ実際のページのなかに見えているのは、どちらかといえば静かな本だ。

〝一流の監督〟だの〝ベストセラー〟だのとはかならずしも叫んでいないけれど、潜在的にはとてもいい小説だ。母親と娘が一緒に暮らしていて、ふたりの仲はあまりうまくいっていないらしい。ぼくはすでにこの娘を応援している。彼女には成功してほしい。出ていきたいのなら出ていってほしい。ぼくはそのすべての根っこにあるものを知りたい。母親が娘を憎んでいるように見える理由を。母親がほんとに憎んでいるならだけどね——十代の子供というのは、親に関してはあまり信頼の置ける案内役ではないかもしれないから。でも、これらはすべて、小説の土台としては充分にわくわくするものだから、ぼくはなぜきみがそんなに極端な合格基準を求めるのか、そこがたぶん理解できないんだと思う。いい処女作を書いて、きみの将来を信じてくれるエージェントと、さらにはきみの作品に賭けてくれる出版社まで見つけられれば、それで充分じゃないか。これだって、ぼくらの思うとおりにはならない目標がふたつもはいってる。たくさんだろ！ どうしてその映画の監督が一流ではなく二流だったら失敗だ、みたいなそんな高望みをするんだ？」

エヴァンはまたしても長いあいだ、腹立たしいほど長いあいだ反応しなかった。その不愉快さを断ち切るだけのために、ジェイクはさらに何か言いたくなった。それでこの面談が早めに終わることになろうとかまわなかった。さきほどから何も進んでいないのだから。まだ実際の文章を検討しはじめてもいない。今後のもっとマクロな問題など話し合えるはずもない。しかもこいつはずばぬけてナルシスティックだ。それはもう否定できない。たとえこいつが、古い家で母親と暮らしている利発な少女の物語を首尾よく書きあげたとしても、それが望めるものといえば、せいぜいのところ、ジェイク自身がつかのま味わった文学的注目と同程度のものだろう。その体験が——というよりその体験のあとが——どれほどつらいものか、語れと言われればいくらでも語ってやれる。だからもしパーカー・エヴァンことエヴァン・パーカーが第二の『驚異の発明』の著者になりたいのなら、それは歓迎だった。手ずから月桂冠をこしらえてパーティをひらいてやり、かつてジェイク自身が修士課程の指導教員から受けたそれはそれは気の滅入る忠告を、そのまま伝えてやるだろう。〝きみがどの程度成功するかは最後に出した本で決まるし、どの程度よくなるかはいま書いている次の本で決まる。だから黙って書け〟

「これは失敗になんかならない」とエヴァンが言うのが聞こえた。「話してやるよ」

そう言うと、エヴァンは話しだした。話しに話した。いや、語りに語ったと言うべきか。聞いているうちにジェイクは、その忘れがたいふたりの女が部屋にはいってきて、戸口の両脇に冷ややかに立っている気がしてきた。わたしたちから逃げられるものなら逃げてみろ、そう挑まれている気がした。ジェイクは逃げようとは思わなかった。その物語のことしか頭になくなった。それは有名な基本プロットのどれでもなかった——成り上がりでも、探求でも、旅と帰還でも、復活でも（実際に復活するわけではない）、怪物退治でも（実際に怪物を退治するわけではない）。それはジェイクにとってまったく新しい何かであり、それを読む誰にとっても新しいものになるはずだった。そして、読む人々は膨大な数になるはずだった。この不遜な学生がさきほど言ったように、あらゆる読書グループ、あらゆるブロガー、出版と書評の広大な多島海に棲息するあらゆる業界人、自分だけのブッククラブを持つあらゆる有名人、あらゆる読者が、あらゆる場所でそれを読むはずだった。スケールといい衝撃といい、これは彗星のごとく現われた規格外の物語だった。エヴァンが語りおえたとき、ジェイクはがっくりとうなだれたくなったが、自分の心の内を、心の内に宿る恐怖を、この傲慢野郎に見せるわけにはいかなかった。傲慢になるのも当然の男に。こいつはいずれパーカー・エヴァンになるはずだ。〝口コミで《ニューヨーク・タイムズ》ベストセラーリストのトップに躍り出た恐るべきデビュー小説〟の匿名の著者に。ジェイクはいまやそう確信していた。そんなくそったれに心の内を見せるわけにはいかなかった。だから彼はうなずいて、いくつかサジェスチョンをあたえた。母親の人物像を徐々に前景に持ってくる手もあるとか、語りの視点と声を発展させ適合させるにはふたとおりの検討方法があるとか、まったく無意味な、まったく的はずれのサジェスチョンを。エヴァン・パーカーの言うとおりだった。このプロットはどんなにへたくそな作家でも台なしにできない。そしてエヴァン・パーカーはなかなかの書き手だった。

　エヴァンが帰っていくとジェイクは窓辺に行き、その学生が小さな松林のむこうにある食堂のほうへ歩き去るのを見送った。いままで気づかなかったのだが、松の木々が暗い障害物になって、林のむこうにある大学の建物の光はほとんど見えない。それでもみな、林を迂回するのではなく、その中を通りぬけていた。毎回かならず。〝人の世の旅路なかばにして、われ正しき道を見失い、気づけば暗き森の中にありき〟ジェイクは思わず心の中でダンテの『地獄篇』の冒頭の一節をつぶやいていた。むかしから知っている一節だったが、いま初めて心から理解した。

自分の旅路はとうのむかしに見失われており、ふたたび見出される可能性はいっさい、いっさいない。ノートパソコンにはいっている現在進行中の小説など小説ではないし、ろくに進行もしていない。次の小説のためにどんなアイディアを持っていたにせよ、それはきょう以降、自分がいまここで聞いた物語ではないという意味で、致命的影響をこうむるはずだ。この誰にも——教員たち自身にさえ——本気で相手にされていない三流修士課程の、コンクリートブロック造りのにわかオフィスで自分がいま聞いた物語、それだけが物語なのだ。パーカー・エヴァンが自分の小説の将来について語ったことはすべて、かならず実現する。かならず。ジェイクにはそれがわかった。その出版権をめぐる闘いがあり、そのあとこんどは世界中でまたそれをめぐる闘いがあり、さらに映画化権をめぐる闘いがあるだろう。オプラ・ウィンフリーがカメラに向かってそれを手にしてみせるだろうし、どこの書店にはいっても入口にいちばん近い平台にそれが積まれているだろう。たぶん何年間も。そして、知り合いの誰もがそれを読むだろう。ジェイクが学部で競い合った書き手や大学院で嫉妬した書き手たちも、彼が寝た女たちも(ま、あまり多くはないが)、彼がこれまでに教えた学生たちも、リプリーの同僚たちも、彼の元教師たちも、本などろくに読んだこともない彼の父母も(ふたりは無理をして『驚異の発明』を読んだようだったが、本当に読んだかどうか彼はふたりに証明させたりはしなかった)。もちろんあの、サンドラ・ブロックの主演映画になった小説をハリウッドに売りこむチャンスをみすみす逃した〈ファンタスティック・フィクションズ〉のぼんくらふたりも、それにもちろん、サンドラ・ブロック本人も。誰も彼もがその本を買ったり、貸し借りしたり、ダウンロードしたり、聴いたり、贈ったり贈られたりするだろう。パーカー・エヴァンというこの傲慢な、くそったれの、成功に値しない、ろくでなしが執筆中の本を。〝あのくそ野郎め〟とジェイクは思ったが、〝くそ野郎〟などというのは言葉を操る能力が人一倍高いとされる自分のような人間にしてはなんともお粗末な言葉づかいだと、すぐさま忸《じく》怩《じ》たる思いに駆られた。だが、いまこの瞬間には、それしか思い浮かばなかった。

第二部

5　都落ち

　それから二年半後、『驚異の発明』の著者にして、いちおうは権威ある短期滞在型修士課程リプリー・シンポジウムの元教員でもあるジェイコブ・フィンチ・ボナーは、ニューヨーク州シャロン・スプリングスにある〈アドロン創造芸術センター〉の裏手のこちこちに凍った駐車場に、旧式のプリウスをそろそろと乗りいれた。とくに頑丈でもないこのプリウスは、州都オールバニー西方のこの（“革脚絆《かわきゃはん》地方”なるいくぶんおどけた呼称で知られる）地域で三度目の一月を乗りきろうとしていたものの、雪中ではなだらかな坂を登るのすら――〈アドロン〉へつづく坂はなだらかとはとうてい言いがたいが――年々困難になっていた。プリウスの命についても、さらに言えば、冬場それに乗りつづけた場合の自分の命についても、ジェイクは楽観していなかったが、車を買い替える経済的余裕については、もっと楽観していなかった。

　リプリー・シンポジウムは二〇一三年、そっけないメールひとつで唐突に教員を解雇した。そして、その後ひと月もしないうちに、より短期滞在型の、というより完全にオンラインだけのゼロ滞在型の修士課程として再編され、いまとなっては懐かしいリチャード・パン・ホールの代わりにビデオ会議方式が採用された。ジェイクも同僚の大半とともに再雇用されはしたし、それは彼の自尊心にとってたしかに慰めではあったものの、リプリーから提示された新たな契約条件ではニューヨーク市での慎ましい生活すら維持できなくなった。

そんなわけでジェイクは、ほかに選択肢もないので、文学界の中心地を去るという恐ろしい可能性を考慮せざるをえなくなった。

年々新たな作品が加わる偉大なるアメリカ文学の書架に二冊分のちっぽけな不動産を持つだけの落ち目の作家が、二〇一三年にできることといえば何か？　ジェイクは五十通の履歴書を送り、彼の才能という福音を世のあらゆる雇い主候補に広めることを約束するすべてのオンラインサービスに加入し、会うことに耐えられる相手には誰にでも連絡を取って、自分は求職中だと伝えた。バルーク・カレッジの面接にも行ったが、講座担当者は、その職にはまもなくFSG社からデビュー作が出るうちの最近の卒業生も応募していましてね、と漏らさずにはいられなかった。さらにジェイクは、大繁盛しているヒューストンの自費出版社で働くかつてのガールフレンドも捜し出したが、二十分にわたるぎこちない思い出話と彼女のかわいい双子の乳児の話題のあと、結局、仕事の話は切り出せずに終わった。〈ファンタスティック・フィクションズ〉にも行ってみたが、会社は売却されて〈サイ・スペック〉という新会社のちっぽけな一部になっており、もとの経営者ふたりはどちらもその再編を生き延びられなかったようだった。

最後に完全な敗北感とともに、ジェイクはほかの連中がすでにやっていることをやった。好評を博した二冊の純文学小説の著者にして、国内屈指の短期滞在型芸術修士課程の長年の教員として、自分の添削スキルを宣伝するウェブサイトを作ったのだ。そして待った。

徐々にあたりが来た。あなたの〝成功率〟は？（ジェイクは芸術家にとって〝成功〟とはいかなるものかを考察する長文を添えて回答した。相手は二度と何も言ってこなかった）。ボナーさんは自費出版サイト〈インディ・オーサーズ〉の仕事をなさいますか？（ジェイクは即座に〝やります！〟と返信した。その後その相手も消えた）。ヤングアダルト小説における擬人化についてどうお考えですか？（有意義だと思います！　ジェイクはそう返信した。ほかにどう答えればいい？）依頼する値打ちがあるかどうか判断したいから、現在執筆中の作品を五十ページ〝お試し添削〟してみてくれないか？（ジェイクは大きく息を吸ってから、こう書いた。それはできませんが、最初の二時間は特別に五割引にします。二時間あれば、共同作業をすべきかどうかおたがいに判断できるでしょう）

もちろん、この人物は最初のクライアントになった。

オンライン編集者兼コーチ兼コンサルタント（すばらしく融通のきく言葉）というこの新たな役割のなかで出会う文章を読むと、リプリーで教えた最低の学生でさえヘミングウェイのように思えた。ジェイクは新たなクライアントに毎回繰りかえしこう助言した。スペルをチェックしましょう、登場人物の名前を忘れないようにしましょう、作品が伝えるべき最低限の内容についてほんの少しでもいいので考えてから〝終わり〟というぞくぞくする単語を打ちましょう。耳を傾ける連中もいたが、あとの連中はどこか、プロの書き手を雇えば自分の文章が魔法のように〝プロっぽく〟なると思いこんでいるようだった。しかし何より――リプリーでもっとも才能のなかった学生よりはるかに――驚いたのは、新しいクライアントたちが出版というものを、ジェイクやジェイクの賞賛する（と同時に妬んでもいる）すべての作家がつねに考えてきたような魔法の世界への入口ではなく、純粋な商行為だと見なしているらしいということだった。回想録の第二部を完成させたいと望んでいるフロリダ在住の老婦人と最初にメールをやり取りしたさい、ジェイクは彼女が最近出版した第一部（『風の川――ペンシルヴェニアでの少女時代』）を儀礼的に褒めた。するとその老婦人は感心にもそのおべんちゃらをすげなくはねつけた。〝よしてちょうだい。本の一冊ぐらい誰だって出版できます。小切手を書けばいいだけなんだから〟それは実のところ〝誰でも作家になれる〟の別の言い方であり、ジェイクでも同意できる言葉だった。

ある意味では、境界線のこちら側のほうがはるかにましだった。もちろんこちら側にも、闘わねばならないとんでもないエゴはあったし、クライアントが送信してくる短篇や長篇や回想録（それに、彼のほうが求めたわけではないにせよ、詩）の実際の品質と当人の思っている品質とのあいだには大きな隔たりもあった。だが、報酬をめぐる正直で直截なやり取りや、ウェブサイトを訪ねてくる人々（なかには彼がすでに〝力を貸した〟クライアントから勧められてきた者もいた）との関係の明快さは、これまでの偽りの仲間意識と比べると実に……清々《すがすが》しかった。

とはいえ、このコンサルタント業が新たなリプリーの仕事とならんでほぼ常時あったとしても、ジェイクはもはやニューヨーク市ではやっていけなかった。あるクライアント（バッファロー在住の短篇小説書き）がビデオ通話の最中に、あたし〈アドロン創造芸術センター〉に〝滞在〟してきたばかりなの、と口にしたとき、ジェイクはその聞き慣れない名前を書きとめておいた。そして通話が終わったあと、そのセンターのウェブサイトを見つけてじっくり読んでみた。それはかなり斬新な着想だった――ひとつの有料芸術家村が、シャロン・スプリングスというジェイクの聞いたこともない州北の村で繁盛しているようだった。

ジェイク自身はむろん、真面目な芸術家に援助と休息をあたえることを目的とする旧来の芸術家村に滞在経験があった。『驚異の発明』が出版された直後の幸福な時代には、あの格式ある〈ヤドウ〉のフェローシップを受けたし、ワイオミングに飛んで〈ユークロス・センター〉で生産的な二週間を過ごしもした。〈ヴァージニア創造芸術センター〉にも〈ラグデイル〉にも滞在した。『余韻』の出版の一年後に〈ラグデイル〉が彼の幸運期の最後となっても、こんどはそれらの錚々《そうそう》たる組織の名を自分の履歴書やウェブサイトに列挙して、作家として箔をつけることはできたし、事実ジェイクはそうした。けれども、それらの場所では一セントたりとも自分の金を請求されたことはなかったので、〈アドロン〉のウェブサイトにじっくりと目を通してようやく、そこが体現している新しさを理解した。つまりそこは芸術家を自認する人々の保養所で、エリートや〝伝統的に恵まれた〟文人ばかりではなく、そこを必要とするすべての人々が――というか、正確に言えば、そこを必要とするすべての人々が週千ドルで――名高い〈ヤドウ〉や〈マクダウェル〉と変わらぬ環境を利用できるのである。

その古い建物の写真をジェイクは仔細にながめた。一八九〇年代にまでさかのぼる巨大な白亜のホテルで、心もち傾《かし》いでいる（それとも、たんに写真の角度のせいだろうか?）。〈アドロン〉はシャロン・スプリングスにいまでも残る数軒の大ホテルのひとつだった。シャロン・スプリングスは硫黄泉の周囲にひらけた往時の保養地で、かつてはヴィクトリア朝様式の浴場が点在していた。有名な温泉保養地サラトガ・スプリングスから南西へ一時間のところに位置しているが、当時でさえさほど賑わってはおらず、今日《こんにち》ではまちがいなく寂れている。凋落《ちょうらく》が始まったのは前世紀の初頭で、一九五〇年代にはすでに、常連客が夏の慣例を取りやめたり、たんに死亡したりした結果、六軒のホテルが倒壊したり、解体されたり、閉館したり、なくなったりしていた。やがて〈アドロン〉を経営する一族の誰かが、避けられない事態を避けるため、ないしはせめてそれを先延ばしにするために、この斬新なアイディアを思いついた。それはいまのところ図にあたっており、二〇一二年以降、物書きたちがこのホテルに集まって、静けさと安らぎに、清潔な部屋とアトリエに、ダイニングルームで供される朝食と夕食（それに、民芸調のバスケットに入れられて、気難しい作家の執筆を妨げぬよう部屋の外にそっと置かれる昼食）に金を払っているという。物書きたちは好きなときに来て、好きなように時間を過ごし、仲間の芸術家たちと交流したければ好きなときに交流し、好きなときに帰るのである。

はやい話が……まるでホテルだった。

ウェブページのいちばん上にある〝求人情報〟をなんとなくクリックすると、プログラム・コーディネーターを一名募集していた。新年から現地で勤務してほしいとある。給料のことは書いていなかった。ニューヨークから通勤できるだろうかと、ジェイクは地図を調べてみた。できなかった。それでもこれは働き口だった。

彼はなんとしても働き口が必要だった。

一週間後、ジェイクは列車でハドソンに行き、ウォレン通りの喫茶店でその若い事業家――〝若い〟というのはこの場合、ジェイクよりまる六歳年下ということなのだが――と会った。彼女の家族は三代にわたって〈アドロン〉を経営しており、彼女がこのみごとな手品を思いついた当人だった。面接が終わったとき、ジェイクはどう見てもプログラム編成の経験がないにもかかわらず、雇われていた。

「到着したゲストを成功した作家が迎えるというアイディアが気にいってるんです。彼らの憧れる本物がそこにいるというのが」

そのすばらしい見解は、どのような形であれ訂正しないことにした。

どうせこれは当座しのぎの解決策なのだ。ニューヨークからちっぽけな田舎町にわざわざ移住する人間はいない。少なくとも、帰ってくる予定もなく行く人間は。ジェイク自身の予定を左右するのは、にわかにおしゃれになってきたブルックリンで彼がいま支払っている家賃と、シャロン・スプリングスの数キロ南にあるコーブルスキルの町で支払うことになる家賃との差額であり、個人添削の仕事と再編されたリプリー・シンポジウムの短期仕事を維持しながらも、〈アドロン創造芸術センター〉から給料を受け取れるという事実だった。すべてを考え合わせると、都落ちは二年か、せいぜい三年の予定であり、それはまた、いま執筆中の作品のあとにもうひとつ小説を書きはじめて完成させられるほどの時間でもあった！

もっとも、実際にはいま執筆などしていなかったし、次作などアイディアのかけらもありはしなかったが。

仕事そのものは、受付担当者とツアー添乗員と植物の世話係を兼ねたようなものだったが、全部合わせてもさして大変な仕事ではなかった。むしろ厄介だったのは、当然だが日中は（厳密には夜間と週末に呼び出される場合も）物理的に〈アドロン〉にいなければならないことだった。だが、たいていの仕事につきものの実際の労働を考えれば、自分はかなり運がいい、ジェイクはそう感じることが多かった。自分は慎ましく暮らして金を貯めている。いまだに文学と作家の世界にいる（まあ、作家としての野望からはますます遠ざかってしまったが）。執筆中の小説にも（執筆中のものがあれば）まだ取り組めるし、しかも引きつづきほかの作家たちを育て、指導することもできる。新米作家や、苦闘している作家や、自分と同じようにキャリアなかばでスランプに陥っている作家を。それは旧リプリー・キャンパス（そこは社員旅行や研修を行なう会社に買い取られたという）にあったコンクリートブロック造りの教室で彼自身がかつて述べたように、作家たちがつねにおたがいにやっていることにすぎなかった。

この日の〈アドロン〉には六人の作家が来ていた。それはこのセンターが二割しか埋まっていないということだった（が、それでも、サラトガ・スプリングスを真似るという良識すらなかったこの雪に閉ざされた瀕死の温泉村で一月を過ごそうなどと考える人間の数は、ジェイクの予想より六人も多かった）。そのうちの三人は六十代の姉妹で、数世代にわたる家族の物語を共同で執筆していたが、モデルは当然ながら自分たちの家族だった。もうひとりはどことなく凄味のある男で、実際にはクーパーズタウンのすぐ南に住んでいるのだが、毎朝ホテルまで車でやってきて、一日じゅう書き、夕食をすませると帰っていく。あとはモントリオールから来た詩人——彼女は食事におりてきたときでさえ、あまり口を利かなかった——と、二日前に南カリフォルニアからやってきた男だった（正気の人間がなんだって南カリフォルニアから一月のニューヨーク州北部なんかにやってくるのか？）。いまのところその六人は穏やかで協調性のある、少しもドラマチックではない一団であり、〈ラグデイル〉や〈ヴァージニア創造芸術センター〉で彼が目にした集団狂気のようなものとはおよそ無縁だった。ホテル自体は築百三十年の建物としてはこのうえなく円滑に運営されていたし、〈アドロン〉のふたりの料理人でコーブルスキルから来ている母と娘は、すこぶる美味な食事を作っていた。冬のこのあたりの辺鄙《へんぴ》さを考えれば、それは注目に値した。だからこの日の朝、ジェイクの知るかぎりでは、それからの数時間が約束するものといえば、かつてのチェックイン・デスクの後ろに座って、ミルウォーキーのクライアントから送られてきたいっこうにスリリングでないスリラー小説の第四稿を添削することぐらいだった。

要するにそれは平凡な一日だったが、しかし彼の人生はまもなく、平凡さとはかけ離れたものになろうとしていた。

6　なんという恐ろしいもの

カリフォルニアから来た男が現われたのは昼食後まもなく、もっと正確に言えば、昼食のバスケットが上階に運ばれて各人の部屋の外に置かれてまもなくだった。男は二十代末のたくましい若者で、両の前腕に刺青《いれずみ》を入れ、髪は払いのけても払いのけてもすぐに垂れてくる一種の横分けにしていた。かつてのチェックイン・デスクの奥にあるジェイクの小さなオフィスにずかずかとはいってくると、ジェイクのテーブルに自分のバスケットを置いた。

「なんだよこのクソは」

ジェイクは若者を見あげた。クライアントの書いたとんでもないスリラー小説に没頭していたのだ。展開があまりに型どおりなので、たとえこれが四度目ではなく初読だったとしても、何がどんな順序で起こるか正確に他人に教えられただろう。

「昼食ですか？」

「クソだ。なんだよこの茶色の肉は。このあたりで車にはねられた獣か？」

ジェイクは思わず微笑んだ。スカハリー郡では実際、多様な獣が車にはねられて死ぬ。

「肉は食べないんですか？」

「肉は食うさ。だけどクソは食わない」

ジェイクは椅子にもたれた。「そうですか。では、一緒に厨房へ行って、パティとナンシーにあなたの好きなものと嫌いなものを伝えてみましょう。別個の食事を用意できるとはかぎりませんが、こちらとしてもあなたに満足していただきたいですからね。いまは六人しか滞在していませんので、きっとメニューを微調整できるでしょう」

「ひでえ町だなここは。なんにもない」

いやいや。それはかなり決定的にまちがっている。シャロン・スプリングスの栄光の時代はたしかに十九世紀ではあったが（かのオスカー・ワイルドが〈パヴィリオン・ホテル〉で講演を行なったこともある）、近年は復活のきざしを見せている。町の看板とも言うべき〈アメリカン・ホテル〉は修復されてそれなりに気品を取りもどしているし、ちっぽけなメインストリートにはびっくりするほどすばらしいレストランが二軒、根をおろしている。それより何より、マンハッタンでメディアの仕事をしていた男ふたりが、二〇〇八年の不況で不本意ながら職を捨てて地元の農場を買い取り、山羊を飼ってチーズと石鹼を作りはじめたばかりか、さらにすごいことには、ニューヨーク州シャロン・スプリングスをはるかに超える広い世界で大評判を巻きおこしている。本を書き、自分たちのリアリティ番組に主演し、高級避暑地イーストハンプトンや高原リゾート地アスペンのメインストリートにあってもおかしくない店を、〈アメリカン・ホテル〉のま向かいにオープンさせたのだ。その店は本物の観光名所になりつつあった。まあ、一月はそうでもないかもしれないが。

「町を散策してみましたか？　みなさん、朝は〈ブラック・キャット・カフェ〉へいらっしゃいますよ。あそこのコーヒーはおいしいんです。それに〈ビストロ〉の食事もすばらしい」

「おれが金を払ったのはここにいるためであり、ここで自分の本を書くためだ。ここのコーヒーがうまくなきゃだめだし、ここの食事がクソじゃだめなんだ。だいたい、アボカド・トーストを作るぐらいどうってことないだろ？」

　ジェイクは相手を見た。カリフォルニアでは一月にアボカドが——文字どおり——木に生《な》るのかもしれないが、コーブルスキルのスーパーで売っている石のように硬いアボカドを、この男がよしとするとは思えない。

「ミルクとチーズがこのあたりの言わば主産物なんです。酪農場がたくさんあるのに気づいたでしょう?」

「おれは乳糖不耐症なんだ」

「おや」ジェイクは顔を曇らせた。「それをお知らせくださいましたか? 申し込み書式に書かれていますか?」

「知らねえよ。おれは書式なんか記入しなかった」

またしても、男は豊かな髪を後ろへ払いのけた。そしてまたしても、髪は目に垂れかかってきた。それを見てジェイクは何かを思い出した。

「とにかく、食事に出てきたらうれしい食べ物を書いてください。この時期にこのあたりで、いいアボカドが手にはいるとは思えませんが、お好みの料理があればパティとナンシーに伝えます。お嫌でなければですが」

「おれは本を書きたいんだ」と男は乱暴に言った。まるで〝おれは諦《あきら》めないからな〟とか、〝おれの力をなめるなよ〟とか、冒険映画の決め台詞でも口にしているかのようだった。「ここへ来たのはこれを書きおえるためだ。ほかのことはいっさい考えたくない。あの三人の婆さん連中が壁のむこうで一日じゅうペチャクチャやってるのなんか聞きたくない。浴室の配管の音で朝っぱらから起こされたくもない。おまけに寝室の暖炉には火を入れるなときた。おたくのウェブサイトを見たときには、どこかの部屋の暖炉にまちがいなく火がはいってたぞ。あれはいったいなんだったんだ?」

「あれは談話室の暖炉です」とジェイクは答えた。「各部屋の暖炉には許可が出ていないんです、あいにくと。でも、談話室の暖炉には毎日午後に火を入れますから、あなたが談話室で仕事や読書をしたいとおっしゃるのであれば、喜んでもっと早めに火を入れますよ。わたしどもの目的はひとえに、ゲスト作家のみなさんの力になることであり、みなさんが仕事をするのに必要なものを提供することですから。そしてもちろん、おたがいに作家として助けあうことですから」

そう言いながらジェイクは、自分が過去にそれと同じことや似たようなことを言った場合にはかならず相手は同意の印にうなずいていたことを思い出した。なぜかといえば彼らもまた作家だからであり、作家というのはみな自分たちに共通する力を理解しているからだ。毎回そうだった。ところが今回だけはちがった。いや、前にも一度あったか。それをいまジェイクは思いだしはじめた。

そのとき、男が胸の前できっちりと腕組みをしてジェイクをにらんだので、連想の最後の部分がぱちりとつながった。

エヴァン・パーカーだ。リプリーにいた。あの物語の書き手の。

そこでジェイクは、この男がオフィスにはいってきてからというものなぜ自分の脳が堂々めぐりをしているように感じていたのか、なぜ自分の思考が何かを特定できずにその周囲をぐるぐるまわっていたのか、その理由を悟った。そう、いまここにいるこの傲慢野郎に出会ったのは二日前が最初だが、だからといってこいつに既視感がないことにはならないのだ。こいつはエヴァン・パーカーを思い出させる。そっくりだ。

とはいえ、ジェイクはこの二年間あの傲慢野郎のことを絶えず思い出していたわけではない。多少なりとも職業的成功を収めた作家なら、ジェイクだけでなく誰であれ、華々しい物語というスロットマシンのレバーをここぞというときに、それも最初の十セント玉でまんまと引いて、まったく労せずして成功の大当たりを自分の膝にジャラジャラと吐き出させた新人作家のことなど、いつまでも考えたいとは思わない。エヴァン・パーカーのことが頭をよぎるたび、ジェイクはかならず妬ましさに駆られ、かならずその不公平に対する苦々しさがこみあげてきて、すばやくこう考えては頭から締め出していた。本そのものはまだ――自分の知るかぎり、明らかに自分の知るかぎりではあるが――実際の出版にはいたっていない。それはあの男が作品を完成させる自分の能力を過大評価していたということではないか、と。だが、それは大した慰めにはならなかった。あの物語は当人が指摘したように、どんな相手も斃《たお》す魔法の銃弾であり、出版されればかならずや成功し、その著者もまた本人の（そして、なお悔しいことにはジェイクの）夢にも思わぬような成功を収めるはずだった。

いま、〈アドロン創造芸術センター〉の狭いオフィスにいるジェイクの脳裡にその男が、エヴァン・パーカーがふたたび、それも実にありありとよみがえってきた。まるでパーカーもまたこの狭い部屋にはいってきて、カリフォルニアの同類のすぐ後ろに立っているかのように。

男はまだしゃべっていた――いや、あたり散らしていた。ほかのゲスト作家たちのこと、〈アドロン〉のこと、食べ物のこと、シャロン・スプリングスの町のこと。そしていまは、〝東海岸のエージェント〟から自腹で誰かに金を払って手直しをしてもらったうえで改めてその小説を持ちこむよう勧められたとか（「編集者ってのはそのためにいるんじゃないのか？ ついでに言えばエージェントも？」）、さるパーティで会った映画スカウトから物語に女の登場人物をひとり追加することを考えろと言われたとか（「男ってのは本を読むことも映画に行くこともしないからか？」）、〈マクダウェル〉と〈ヤドウ〉のクソったれどもに滞在を断わられたとか（「あいつらはどう見ても、本になるぐらいの長篇詩を十部売ることを望んでる芸術家のほうが好きなんだ！」）、南カリフォルニアのどこのコーヒーショップのどこのテーブルにも何かを書いている負け犬がいて、自分には才能がある、世界は自分の短篇集や脚本や小説を待っていると思いこんでいるとか……

「実を言うと」とジェイクは思わず言っていた。「わたし自身、二冊の小説を書いています」

「そりゃそうだろう」男は首を振った。「誰だって作家にゃなれる」

そう言うと、民芸調のバスケットを置いたまま傲然と部屋を出ていった。

そのゲスト（ゲスト作家！）が階段をドスドスとのぼっていき、そのあとを静けさが満たすと、ジェイクはまたしても考えこんだ。自分はいったいなんの罰で、どんな悪さをしたせいで、こんな連中を相手にして蔑《さげす》みまで受けなければならないのか。望んだことといえば、自分の内にある物語を――最善の順序で配列した最善の言葉で――語ることだけだ。修行も努力も、むしろ喜んでしてきた。教師には謙虚に、仲間には敬意をもって接してきた。エージェントの編集メモには（メモがついていれば）すなおに従い、編集者の赤ペンには（赤ペンがはいっていれば）おとなしく兜を脱いだ。自分の賞賛する作家の（いや、とくに賞賛しない作家のであっても）力になろうと、朗読会に参加して彼らの著書を（ハードカバーを！独立系書店で！）購入した。添削するべくあたえられた大半の文章が（ありていに言えば）まったくどうしようもないものであっても、最良の教師たらん、指導者たらん、チアリーダーたらん、編集者たらんとしてきた。そのあげくが、タイタニック号のデッキ係となって、才能のない十五人の散文作家を相手にデッキチェアをあちこちへ運びながら、もう少しがんばればきっとうまくなると思いこませている。ニューヨーク州北部の老朽ホテルの執事となって、上階の〝ゲスト作家〟たちはみな北へ一時間のところにある〈ヤドウ〉の滞在者と変わらないというふりをしている。〝到着したゲストを成功した作家が迎えるというアイディアが気にいってるんです。彼らの憧れる本物がそこにいるというのが〟

だが、〝ゲスト作家のなかでジェイクの作家としての業績を認めた者はこれまでひとりもいなかった。ましてや、彼らの憧れであるはずの分野におけるジェイクの成功から刺激を受けた者など、この三年間で皆無だった。ジェイクは世間の人々ばかりでなく作家志望者にとっても、透明人間になってしまったのだ。

なぜかといえば、作家としてものにならなかったからだ。

その言葉が頭に浮かんだとたん、ジェイクはあえぎを漏らした。信じがたいことだが、初めてその真実に気づいたのだ。

しかし……しかし……頭の中で言葉がとめどもなく、でたらめに渦を巻きはじめた。《ニューヨーク・タイムズ》注目の新刊！　《詩人と作家》誌による〝期待の作家〟！　国内最高の芸術修士課程！　コネティカット州スタンフォードの〈バーンズ&ノーブル〉書店にはいってスタッフのお薦めの棚に『驚異の発明』を発見したとき、そこに添えられていたダリアという書店員の手書きのポップにあったあの言葉。〝今年読んだ本のなかでも屈指の面白さ！　叙情的で深遠な文体〟

叙情的！　深遠！

もはや遠いむかしのことだ。

誰だって作家にはなれる。誰だって。ジェイク以外はおそらく。

7　ツンツン

その晩遅く、コーブルスキルのアパートメントで、ジェイクはこれまでしたことのないことをした。あの幸運な学生がリプリーのキャンパスの松林のむこうへ歩いていくのを見送って以来、初めてすることを。インターネットで〝パーカー・エヴァン〟という名前を検索したのだ。

パーカー・エヴァンという名前はなかった。だが、それで何かがわかったわけでもない。パーカー・エヴァンというのは彼の元学生がある時点でペンネームにするつもりでいた名前だが、その時点からすでに三年近くが経過している。別のペンネームにしたのかもしれない。本名を逆にするというのはまぬけなアイディアだし、ほかにも無数に考えられる理由から匿名性をもっと高めることにしたのかもしれない。

ジェイクは検索フィールドに戻り、〝パーカー、小説、スリラー〟と打ちこんだ。

検索結果には、ドナルド・ウェストレイクの〝悪党パーカー〟シリーズに言及したページと、ロバート・B・パーカーによる別のミステリ・シリーズに言及したページがずらりとならんだ。

ということは、かりにエヴァン・パーカーが自著を出版するところまで漕ぎつけていたとしても、出版社側はまずパーカーというペンネームを捨てるよう指示したのではないか。

ジェイクは検索フィールドからその名前を削除して、こんどは〝スリラー、母、娘〟で試してみた。

膨大な数のページがヒットした。延々と連なる本、本、本、作家、作家、作家。そのほとんどが聞いたことのない名だった。見出しを下にたどり、短い内容を読んでいったが、どれもあの学生がかつてリチャード・パン・ホールで語った物語の具体的要素には合致しなかった。手当たりしだいに著者の名前をクリックしてみた。ぼんやりとしか憶えていないエヴァン・パーカーの顔の画像に出くわすと本気で思っていたわけではないが、どことなく似ているものさえなかった――年寄りの男、太った男、禿げた男、それに大勢の女。あの男はここにはいない。あいつの本はここにはない。

　もしかしてエヴァン・パーカーはまちがっていたのだろうか？　自分もまちがっていたのだろうか、これまでずっと？　あのプロットが、毎年出版される短篇や長篇やスリラーやミステリの海に呑みこまれ、ひっそりと沈んでしまったなどということがありうるだろうか？　ありえないだろう。それよりはむしろパーカーが、本人の絶大な自信にもかかわらず、結局本を書きあげられなかった可能性のほうが高いだろう。もしかしたらそんな本は、ネット上のどこにもないのではないか。いくら検索したところで、検索結果の最初のページに現われたりはしないのではないか。なぜなら、そんなものはどこにもないからだ。この世のどこにも。

だが、なぜないのか？

　ジェイクは彼の名を、本名の〝エヴァン・パーカー〟を検索フィールドに打ちこんだ。

　フェイスブックのエヴァン・パーカーたちがぞろぞろと検索結果に現われた。クリックしてフェイスブックに飛び、リストに目を走らせた。またしても太った男、痩せた男、禿げた男、色黒の男――女も何人かいたが、みなジェイクの元学生には少しも似ていなかった。エヴァンはフェイスブックをやっていないのかもしれない（ジェイク自身はやっていなかった。〝友達〟たちの投稿する近刊のお知らせを見るのがあまりにつらくなって、やめてしまったのだ）。検索結果に戻り、〝画像〟タブをクリックして、そのページを最後まで見てから、次のページも最後まで見た。大勢のエヴァン・パーカーがいたが、どれも彼の探しているエヴァン・パーカーではなかった。〝すべて〟をクリックして元のページに戻った。こちらのエヴァン・パーカーには、高校のサッカー選手、バレエ・ダンサー、チャドに駐在中のキャリア外交官、競走馬、婚約中のカップル（未来のエヴァン・パーカー夫妻がわたしたちの婚礼サイトにみなさんをご招待します！）などがいた。けれども、ジェイクの元学生と同年輩に見えなくもない人間の男性で、彼がリプリーで知り合ったエヴァン・パーカーに多少なりとも似た人物はいなかった。

そのとき、ページのいちばん下に〝エヴァン・パーカーに関連する検索〟という項目が見えた。

そしてその下に〝エヴァン・パーカー死亡記事〟の文字が。

カーソルをリンクに合わせもしないうちに、自分が何を目にするかもうわかっていた。

ヴァーモント州ウェスト・ラトランドのエヴァン・パーカー（38）が二〇一三年十月四日夕刻、急逝した。故人は一九九五年ウェスト・ラトランド高校を卒業後、ラトランド・コミュニティ・カレッジに進学、生涯ヴァーモント州中部に居住。両親と妹もすでに他界しており、遺族は姪がひとり。追悼式については追って発表。埋葬は親族のみ。

ジェイクはそれを二度通読した。実際には大した内容ではなかったが、どうしても頭を離れなかった。

あいつが死んだ？　死んだ。それは……ジェイクは日付を見た。それはしかも最近のできごとではなかった。その死は……なんと、ふたりが教師と学生という関係を築こうとした破滅的試みからわずか三カ月後のことだった。当時ジェイクはエヴァンがヴァーモント州の人間だということも、両親と妹をすでに亡くしていることも知らなかったが、家族の死はエヴァン自身がかなり若かったことを考えると、ひどくつらいものだったはずだ。もちろん、そんな話題はふたりのあいだにいっさいのぼらなかった。実際にはふたりのあいだに会話など、エヴァンの執筆中のすばらしい小説のこと以外にはなかったし、それとて多くはなかった。それどころか、残りの学期のあいだこの学生は授業中まったく口をひらかなかったし、残りの個人指導は辞退したり無断欠席したりした。この男は自分の驚異的な小説のアイディアを教師に話したことを後悔しているのだろうか？　少なくとも講座の仲間に話すのは考えなおしたのだろうか？　当時ジェイクはそう気にしたものだが、自分自身はエヴァンの書いている作品の内容を聞いたことも、それを並はずれたものだと考えていることも、決して口外しなかった。そして学期が終わると、この不遜で、秘密主義の、とことんいらだたしい男はそのままキャンパスを去った。自分の作品を世に送り出すために必要なことをしに帰ったのだろうが、実際にはたんに死ぬために帰ったのだ。かくしてエヴァン・パーカーはいなくなり、その作品は十中八九、完成していない。

のちにジェイクはもちろん、この瞬間に立ち戻ることになる。のちにここが分かれ道だったのだと気づくことになるのだが、しかしすでにこの瞬間から彼は、起きて数年がたつこの厳然たる状況を正当化の言葉で包みはじめていた。幾重にも重ねられることになるそれらの言葉は、ジェイクが倫理的行動規範を持つはずの道徳的人間だという事実とはさほど関係がなかった。関係があるのはもっぱら、彼が作家だという事実だった。作家が忠誠を尽くすのは別のもの、さらに高い価値を持つもの——

すなわち物語そのものだった。

ジェイクはあまりものを信じていなかった。宇宙を創造した神など、どんなものであれ信じていなかったから、もちろんそんな神が数千年分のホモサピエンス全員を愉快な来世と不愉快な来世に振り分けるだけのために、いまだ万事を監視して全人類の行動を把握しているなどという話も、信じていなかった。来世も信じていなかったし、天命も、宿命も、運も、ポジティブ思考の力も信じていなかった。人は報いを受けるなどという話も、起こることにはすべて理由があるなどという話も（いったいどんな理由だ？）、超自然の力が人間の生になんらかの影響をあたえるなどという話も信じていなかった。そんな馬鹿げた考えをすべて拒んだら、あとに残るのは何か？　純然たる偶然性だ。人が生まれついた環境や、受け継いだ遺伝子の。めいめいがどこまで努力できるかの。チャンスが生じたときそれをつかむ機転があるかないかの。

だが、そういう魔術同然のもの、少なくともそこらにあるものとは別次元のもののなかに、彼が本気で信じているものがひとつだけあった。すなわち作家が物語というものに対して負っている義務である。

物語などもちろんありふれてはいる。誰しも、無尽蔵にではないにしろ、ひとつは持っているし、物語は人が気づいていようがいまいがつねに人の周囲にある。物語という井戸をのぞきこんで人はおのれが何者なのかを思い出すのであり、物語をよすがとして人は自分が、他人にはどれほど平凡に見えようとも、実は——個人の、社会の、種の——生存という進行中のドラマにとって重要かつ決定的な存在なのだという自信を取りもどす。

だが、それにもかかわらず、物語というのは腹立たしいほどとらえどころのないものでもある。地下鉱脈のように発破で掘り出せるわけでもなければ、巨大小売店のように、広い通路の両側に未使用の、夢にも思わぬ、ぞくぞくするほど斬新な語り口がならんでいて、作家が大きな空のショッピングカートを押しながらこれぞと思うものを探して歩けるわけでもない。かつてジェイクがエヴァンのさして面白くもない古屋敷の母娘物語と——怪物退治だろうか、成り上がりかだろう、旅と帰還だろうかと——比較してみたあの七つの基本プロット、その同じ七つのプロットを、小説家もその他の語り手も延々と掻きまわしてきたにすぎない。しかしそれでも……

それでも。

ときおり小さな魔法の火花がどこからともなく飛んできて、それに生命をあたえる能力のある人物の意識内に着地（そう、着地）することがある。これはときに〝インスピレーション〟と呼ばれることもあるが、作家たち自身は〝インスピレーション〟という言葉をあまり用いない。

そういう小さな魔法の火花は、名乗りをあげて時間を無駄にしたりはしない。ある朝、わけのわからない切迫感とともにツンツンとうるさく人をつつき起こし、何日も何日も追い立てる——着想、登場人物、問題、設定、何行かの会話、描写、冒頭の一文と。

ジェイクからすれば、作家とこの火花の関係を表わす言葉は〝責任〟だった。ひとたび実際の着想を手に入れたら、作家はそれがほかの人物ではなく自分を選んでくれたことに恩を負い、その恩を返すべく仕事に取りかからなくてはならない。職人的物書きとしてだけでなく果敢な芸術家として、時間を食う苦行にも等しいような手痛い失敗を恐れず、全力を尽くさねばならない。この責任に応じることはすなわち空白のページ（ないし画面）と向き合うことであり、ある程度の分量を書きあげるまでは頭の中の批評家の口をふさぐことであるが、それはどちらもきわめて困難であり、どちらも必須である。さらに、その火花を離れることも危険でもある。ほかのことにしばらく気を取られていたり、全力を尽くさなかったりして、この重大な責任を怠《おこた》ると、気づいたときにはもうその貴重な火花は……どこかへ行ってしまっている。

つまり、現われたときと同じように突然かつ不意に消えてしまい、取り組んでいた小説もそれとともに行きづまってしまうのだが、作家は事態を直視するのをかたくなに拒んで無駄骨を折り、それから数カ月、数年、もしくは生涯、ページ（ないし画面）にむなしく言葉を投げつけつづけることになる。

そればかりではない。それに加えてひとつの暗黙の迷信がある。すばらしい着想の火花を無視するような不遜な作家についての迷信が。たとえ迷信深いタイプではなくても、たとえ〝できごとにはすべて理由がある〟とは信じていなくても、たとえありとあらゆる魔術的思考を拒絶していようと、その迷信だけはどの作家も信じている。あらゆる作家のなかからほかならぬ自分を選んでこの世に生まれ出ようとしたそのすばらしい着想を、自分がもし正当に評価しなければ、そのすぐれた着想はあっさりと自分を見捨てて、無駄骨を折らせるばかりではない。ほかの誰かのもとへ行ってしまう。つまり、すぐれた物語は語られたがっているのだ。自分がそれを語らなければ、それはどこかへ行ってしまう。語ってくれる別の作家を見つけ、自分は自分の本をほかの誰かが書いて出版するのを見ているはめになる。

指をくわえて。

『驚異の発明』の鍵となる一場面がだしぬけに自分のもとにおりてきた日、前触れもなく突然この世に出現した日のことを、ジェイクはいまでも憶えていた。そんな経験は初めてだったにもかかわらず、直後にまず思ったのは――

〝捕まえろ〟だった。

彼はそのとおりにした。その火花を正当に評価して、自分に書ける最高の小説を書いた。そして〝注目の新刊〟となったそのデビュー作のおかげで――たちまちのうちに――文学界の注目を浴びた。

一方『余韻』（〝連鎖する短篇からなる長篇小説〟と題されたたんなる……短篇集）には、着想のおののきなど微塵もなかったというのに、それでも彼はその本を書きあげて、もういいだろうという地点までよろよろとたどりつくと、〝終わり〟と打った。それはとりもなおさず、〝注目の若手作家〟として〝前途を嘱望〟される期間の終わりでもあった。いっそ出版しなければよかったのかもしれないが、ジェイクは『驚異の発明』で得た評価を失うのが怖かった。まずは大手出版社にことごとく、つづいて大学出版局にもあらかた原稿を突っ返されてしまうと、第二作を出版する重要性はいよいよ大きくなり、しまいには自分の全存在がそこにかかっているような気がしてきた。この作品を片付けられさえすれば、次の着想、次の火花が訪れるかもしれない。そう自分に言い聞かせたものだった。

ところが、そうはならなかった。その後も折りにふれて、〝犬のブリーディングに取りつかれた一家に生まれた少年〟だの、〝生後ずっと施設に収容されていた兄の存在を知った男〟だの、それなりにかっちりした〝着想〟が浮かびはしたものの、どれも彼をしつこくつついて書くことを強要したりはしなかった。それ以降に行なった執筆作業は、いまのふたつも、さらにろくでもないふたつも、すべて途中で惨めにも力尽きた。

そしてついにジェイクは、自分に心から正直になればだが——いま彼はまちがいなく自分に正直になっていた——努力することもやめてしまった。最後に小説の言葉を書いたのは、かれこれ二年以上も前だった。

かつて、遠いむかし、彼は自分にあたえられたものを全力を尽くして大切に受け取った。火花に気づき、それを正当に評価し、懸命に考えることも慎重に書くことも決して厭《いと》わず、何かがうまくできれば、次はさらにうまくやろうと自分を駆り立てた。近道はいっさいせず、あらゆる努力を惜しまなかった。思いきって作品を公開し、出版社や批評家や一般読者の意見を甘んじて受け容れた……だがやがて、人気は彼を避けてほかの連中のところへ行ってしまった。二度と火花が訪れないとしたら自分はどうしたらいいのか、何者になればいいのか？

考えるだけでも耐えられなかった。

〝よい作家は借用し、偉大な作家は盗用する〟そんな言葉が頭に浮かんでいた。あちこちで目にするこの言葉は、T・S・エリオットのものである（だからといってエリオットがこれを盗用していないことにはならない！）が、ここでエリオットが冗談めかして言っている盗用とは、語句や文や段落といった実際の言葉の盗用のことであって、物語そのものの盗用のことではない。それに、これはジェイクもエリオットをはじめとするすべての芸術家と同じくよくわかっていたが、物語というのはどれも、――洞窟壁画からコーブルスキルの映画館で上映されている作品やジェイク自身のつまらない本まで――あらゆる芸術作品と同じく、先行作品に反発したり、同時代の作品から汲みあげたり、種々のパターンを踏襲したりして、他のあらゆる芸術作品と対話している。芸術作品はみな、絵画も、ダンスも、詩も、写真も、パフォーマンス芸術も、絶えず変化する小説も、永遠に回転する芸術マシンの中で果てしなく攪拌されている。それは美しく、スリリングなものだ。

芝居や書物から――この場合は、存在しない書物から！――多少の物語を拝借してまったく新しいものを創作するのは、別にジェイクが初めてではないはずである。ミュージカル《ミス・サイゴン》はオペラ《蝶々夫人》から、マイケル・カニンガムの『めぐりあう時間たち』はヴァージニア・ウルフの『ダロウェイ夫人』から、ディズニーの《ライオン・キング》はシェイクスピアの『ハムレット』から、それぞれ物語を借りているではないか！　それはタブーでさえないし、当然だが盗用でもない。かりにエヴァンの死亡時に彼の原稿がこの世に存在していたとしても、ぼくはそのうちのせいぜい数ページしか見ていないし、憶えている内容などごくわずかだ。心霊ホットラインをやっている母親、カーペットバガーのことを書いている娘、古い家のドアのまわりに描かれたパイナップルの環。この程度のものからぼく自身が何を作りあげようと、それは断じてぼくのものであり、ぼくだけのものだ。

　これがその一月の晩、ニューヨーク州北部の革脚絆地方にある小汚いコーブルスキルのアパートメントのコンピューターの前で、自尊心も、希望も、時間も、それに——もはや認めざるをえないが——自前の着想も尽きたジェイクが気づいた、自分の置かれた状況だった。

　自分からそれを求めたわけではなかった。彼は誇り高い作家として、ほかの作家たちの着想に耳を傾けたあとはつねにきちんと自分自身の着想へと向きなおってきた。自分の学生が（たしかに心ならずもではあるが）放棄した輝かしい火花を、自分のところへ招きよせたりは絶対にしていなかった。だが、それはやってきて、ここにあった。このあわただしい、きらきらしたものは、すでに頭の中で彼をツンツンとつついていた。〝着想、登場人物、問題〟と、すでに彼を追い立てていた。

　ならば自分はそれをどうすべきか？

　これは修辞疑問だ、もちろん。どうすべきかは、もうはっきりわかっていた。

第三部

8 『クリブ』症候群

　二年後、『驚異の発明』と、それより断然有名な小説『クリブ』（印刷部数二百万部を超え、目下《ニューヨーク・タイムズ》ハードカバーリストの第二位――その前は九カ月連続で一位を占めていた）の著者ジェイコブ・フィンチ・ボナーは、シアトル交響楽団のS・マーク・ティパー財団講堂のステージに座っていた。向かい側に座っている女は、いつ果てるともしれぬこのブックツアー中に彼がよく知るようになったタイプだった。やたらと手を振りまわすせわしない感激屋で、小説というものを初めて読んだとでもいうように、この一冊との出会いにすっかり夢中になっている。ひとりでぺちゃくちゃとまくしたてるばかりで、当を得た質問はほとんどしてこないので、ジェイク自身はずいぶん楽だった。しなければならないのはせいぜい、うなずいたり、ありがとうと言ったり、上品で控えめな笑みとともに聴衆を見渡したりすることぐらいだ。

　この本の販促でシアトルを訪れたのはこれが二度目だった。前回は『クリブ』がちょうど全国に知られはじめたころ、ツアーの最初の数週間のあいだに立ちよっていた。会場も通常のまだ売れていない著者向けの場所、すなわち〈エリオット・ベイ書店〉と、郊外にある〈バーンズ&ノーブル〉のベルヴュー店だった。それでもジェイクにしてみれば充分に興奮した（『驚異の発明』のときはブックツアーなど行なわれなかったし、ロングアイランドの故郷の町の近くの〈バーンズ&ノーブル〉でこちらから要望して朗読会を開催したときの聴衆は六人で、そのなかにはジェイクの両親と、かつての彼の英語の教師、高校時代のガールフレンドの母親もふくまれていた。この母親は朗読会のあいだじゅう、自分の娘はこの男に何を見ていたのだろうと首をひねっていたにちがいない）。初回のツアーでは、シアトルでの朗読会でも、全米での何百回という類似の催しでも、ジェイクが何より興奮したのは、人が本当に来てくれるということだった。両親や高校の教師でもなければ、義理で聴きにきたのでもない人たちが。たとえば〈エリオット・ベイ〉の朗読会に来てくれた四十人にしても、ベルヴューの〈バーンズ＆ノーブル〉の二十五人にしても、みな彼のまったく知らない人たちで、そこがなんとも新鮮だった。あまりに新鮮だったので、興奮しなくなるまでに二カ月もかかった。

いまはもう何も感じない。

そのツアー――厳密にはハードカバー版の販促ツアー――は、実際にはまだ一度も終わっていなかった。『クリブ』が売れだすと、日程が次々と追加され、本の購入が入場の条件となる催しのおかげでますます増えたうえ、やがてこんどは各種のブック・フェスティバルがスケジュールに加えられはじめた。マイアミ、テキサス、AWP、バウチャーコン、レフト・コースト・クライム（最後のふたつは、スリラー・ジャンル関係のほかの多くと同じように、うっかり参加してしまったもので、これまで彼には無縁だった）。本が発売されて、それとともに《ニューヨーク・タイムズ》に書評とは別に恭《うやうや》しい（かつて彼を膝が震えるほど羨ましがらせたたぐいの）人物紹介が掲載されて以降、基本的に彼はほとんど旅をしつづけていた。そこへもってきて最初の出版から数カ月後、オプラ・ウィンフリーが『クリブ』を十月の推薦図書に選んだため、あわただしくペーパーバック版が印刷され、いまジェイクはすでに訪れたいくつかの都市をふたたびまわっている最中だった。ただしこんどの会場はどこも、彼が想像したこともない場所だった。

たとえば、このS・マーク・テイパー財団講堂の座席数は二千四百あまりだ――それはあらかじめ調べてあった。二千四百！　しかもジェイクの座っているところからわかるかぎりでは、そのことごとくが埋まっていた。聴衆の膝の上や腕の中には、鮮やかな黄緑色の表紙の新しいペーパーバックが見て取れる。ほとんどの人たちは自分の本を持ってきており、それは〈エリオット・ベイ〉がロビーのサイン用テーブルでいま開梱している四千部にとっては不吉に思えたが、しかし彼にしてみればなんともいい気分だった。十数年前『驚異の発明』が出版されたとき、彼は自分の成功を実感する瞬間として、自分の本を他人が公共の場で読んでいるのを見かけるところを空想したものだが、言うまでもなくそんな瞬間はついに訪れなかった。一度地下鉄で彼の著書にそっくりな本を読んでいる男を見かけたが、じりじり近づいていって向かいの座席に座り、よくよく見てみたら、スコット・トゥローの新作だった。そんながっくりくる勘ちがいはそれから何度もあった。当然、『余韻』の場合にもそんな瞬間は訪れなかった。なにしろ売れたのは八百部にも満たない部数で、そのうちの二百部は彼自身が売れ残りを安く買い取ったのだから。しかしいまこの講堂には、生きて呼吸をしている読者がぎっしり詰めかけていた。チケット代を実際に払い、この巨大なホールにやってきて、彼の本を手に座席で身を乗り出し、彼が何か言うたびに、たとえそれが彼の〝創作過程〟や、長年使っている革の肩掛け鞄にノートパソコンを入れて持ちあるいているというつまらない話でも、どっと笑っていた。

「あ、そうそう。これをお話ししなくっちゃ」と、もう一方の椅子に座った女が言った。「飛行機の中でこの本を読んでいたときにね、あの場面にさしかかって――どこのことを言っているのか、みなさんおそらくおわかりだと思いますけど――わたしほんとに、なんか、息を呑んじゃって！　なんか、声を出しちゃって！　そしたらフライト・アテンダントがやってきて、〝だいじょうぶですか？〟って言われたから、わたし、〝あら、すみません、この本が！〟って答えたんです。〝なんの本をお読みなんです？〟って訊かれたから、見せたらね、彼女笑いだしたんです。ここのところよくあるんですよって。フライト中にお客さんが悲鳴をあげたり息を呑んだりするんですって。なんとか症候群て感じですよね、なんんか。『クリブ』症候群！」

「いや、それは傑作だね」とジェイクは言った。「ぼくはいつも飛行機で人がなんの本を読んでいるのか見たものだけど。ぼくの本は一度もなかったな、それは断言できる！」

「でも、あなたのデビュー作は《ニューヨーク・タイムズ》の注目の新刊だったんですよ」

「うん、たしかにね。それはたいへん名誉なことだった。でも、あいにくと、それで人々が実際に書店へ行って本を買ってくれるなんてことはなかった。というか、あの本は書店にさえなかったと思う。うちの母が、ロングアイランドの地元のチェーン店には置いてないと言っていたのを憶えている。わざわざ注文しなくちゃならなかったそうだ。それはかなり酷なことだよ、息子が医者ですらないユダヤ人の母親には」

爆笑。インタビュアー――キャンディという名で、地元ではそれなりの有名人――は体を折って笑った。笑いが収まると彼女はジェイクに、着想はどのようにして得たのかという、ごくありきたりの質問をした。

「着想というのは、どれほどすばらしいものでも、手に入れるのはさほど難しくないと思うね。どこから着想を得るんだと人に訊かれると、ぼくはいつもこう答える――《ニューヨーク・タイムズ》には毎日百篇もの小説が載っていると。でも、ぼくらはその新聞をリサイクルに出したり、鳥籠の底に敷いたりしてしまう。

自分の体験に閉じこもっていると、自分の身に起きたこと以外のものを見るのは難しくなるかもしれないし、《ナショナル・ジオグラフィック》級の冒険に満ちた人生を送っていなければ、小説に書くようなことは自分には何もないと思うかもしれない。でも、ほんの数分でいいから他人のニュースについて考えて、こう自問するようになればどうだろう？　〝これが自分の身に起きたとしたら？〟とか。〝これが自分とはまるでかけ離れた人物に起きたとしたら？〟とか。〝自分の暮らしているのとはちがう世界で起きたとしたら？〟とか。〝少しだけちがった状況で、少しだけちがった形で起きていたら？〟とか。そうすれば可能性は無限に広がる。自分の行ける方向も、その途中で出会える人物も、学べることがらも。ぼくは芸術修士課程で教えていたことがあるから言えるんだけど、これがもしかするとみなさんに教えられるいちばん大切なことかもしれない。自分の頭の外に出て周囲を見まわすことだ。そうすればたくさんの物語が木々に生っている」

「なるほど」とキャンディは言った。「でも、どの木からあなたはこれをもいだんです？　だって、はっきり言いますけど、わたしつねに本を読んでるんです。去年は七十五冊の小説を読みました、数えたんです！　まあ、〈グッドリーズ〉（読書家向けSNS）が数えてくれたんですけどね」と聴衆に向かってにやりとしてみせ、聴衆は親切にも笑ってくれた。「でも、飛行機の中でわたしが声をあげちゃうような小説は、ほかに思い浮かばないんです。だから、どんなふうにして思いついたんです？」

　そら来た。冷たい恐怖の波がジェイクの頭のてっぺんから、笑みを浮かべた口をよぎって全身におりてきて、手足の指先の一本一本にまで広がった。信じがたいことに、彼はいまだにこれに慣れていなかった。その恐怖はずっと、いついかなるときも心の中にあったというのに。このツアーのあいだも、その前のツアーのあいだも。出版前の浮き浮きした数ヵ月間に、新たな版元が雰囲気を徐々に盛りあげて文学界が注目しはじめたころも。もっとさかのぼって、この本自体を書いていたころ、すなわち冬から夏にかけての六ヵ月間、ニューヨーク州コーブルスキルのアパートメントで、あるいは〈アドロン創造芸術センター〉の古いオフィスで上階のゲスト作家たちが部屋のことで苦情を言いにきたり有名なエージェントをつけるにはどうしたらいいかと訊きにきたりしないでくれることを願いつつ、執筆に打ちこんでいたころも。さらにさかのぼって、あの一月の晩、誰よりも忘れがたい学生だったエヴァン・パーカーの死亡記事を読んだときにも。つねにこれが心の中にあった。永久の害になるという絶え間ない不安が、それこそ一日二十四時間毎日。

　言うまでもなく、ジェイクはリプリーで読んだあの原稿からは一語たりとも盗んでいなかった。盗もうにもそもそも原稿を持っていなかったし、持っていたとしたら、見ないようにするために捨てていただろう。いまは亡きエヴァン・パーカーがたとえ『クリブ』を読むことができたとしても、ジェイクの小説に自分の言葉を見つけ出すのは不可能だっただろう。それでもジェイクは、コーブルスキルで自分のノートパソコンに〝第一章〟と打ちこんだ瞬間からずっと恐れていた。途轍もなく恐れていた。いまのこの問い――〝どうやってそれを思いついたのか？〟という問いの答えを知る何者かが立ちあがり、彼に非難の指を突きつけてくるのを。

　キャンディはどう見てもそういう人物ではなかった。彼女はろくにものを知らないし、この本については、ジェイクにさえはっきりわかるが、何も知らない。キャンディがこの対談にもたらしているのは、二千四百人あまりもの人間に見つめられながらも実にくつろいでいるというあっぱれな落ちつきだけだ。これはジェイクも決して軽んじてはいない資質だったが、しかし彼女の質問の裏には明らかに何もなかった。ただの質問だった。質問はたんなる質問にすぎないこともある。

「いや、まあ」とジェイクはようやく言った。「実際にはそんなに面白い話じゃないんだよ。実際にはいささか気まずい話なんだ。というのも、思いつくかぎりでいちばん平凡な行動を考えてみてくれるかな？――ぼくは表の道にゴミを出しにいった。するとたまたま近所の母親が十代の娘を乗せて車で通りかかった。ふたりは車の中でわめき合っていた。明らかに、ほかの母親と十代の娘が経験したこともないような、まあ、ひとときを過ごしていたわけだ」

　ここでジェイクは言葉を切って笑いを待った。このゴミ出しの話はまさにこういうときのために考え出したもので、これまでたびたび披露してきた。聴衆はかならず笑った。

「そしたらこのアイディアがポンと頭に浮かんだんだ。だってさ、正直になろう。みなさんのなかで、〝ママを殺してやりたい〟とか〝この子はあたしに人殺しをさせるつもりか〟とか一度も思ったことのない人がいたら、手をあげてみて」

　二千四百の聴衆は誰も手をあげなかった。キャンディも手をあげなかった。やがてもう一度笑いの波が起きたが、こんどは前よりもはるかに暗い笑いだった。毎回そうだった。

「そこでぼくは考えはじめた。あの喧嘩はどれだけひどいのか？　どこまでひどくなるのか？　あれははたして、そんなにひどくなるのか？　ひどくなったら何が起こるのか？」

　一瞬の間のあとキャンディが言った。「まあ、その答えはもう、みんな知っているんじゃないかしら」

　そこでまたしても笑い、それから拍手。盛大な拍手。ジェイクとキャンディは握手をして立ちあがると、手を振り、ステージから退場して別れ、彼女は楽屋に、ジェイクはロビーのサイン会用テーブルに行った。ロビーには早くも、彼がかつて夢想したような長蛇の列ができていた。テーブルの彼の左側には六人の若い女性がならんでいた。ひとりが『クリブ』を売り、もうひとりがサインをもらう人の名前を付箋に書いて表紙に貼りつけ、三人目が本のしかるべきページをひらいてくれる。彼はただ笑顔で自分の名前を書けばよかった。それを延々と繰りかえしているうちに、しまいには顎が引きつり、左手が痛みだし、どの顔もその前の顔かあとの顔に、あるいはその両方にそっくりに見えるようになった。

ハイ、来てくれてありがとう！

へえ、それはいいね！

ほんと？ それはすごい！

あなたも執筆がんばって！

それは十六日間で十五回目の夜のイベントで、例外はその前週の月曜日の晩だけだった。その晩はミルウォーキーのホテルにいて、まずいハンバーガーを食べながら、たまったメールに返信を書いたあと、《レイチェル・マドー・ショー》の途中で寝落ちした。自分のアパートメント――『クリブ』の驚異的な前払い印税で購入したものの、まだろくに家具もそろえていない新しいアパートメント――には八月の末から帰っておらず、いまはもう九月の終わりだった。常食にしているのはホテルのハンバーガーと、深夜のウィスキーサワー、ミニバーにあるジェリービーンズ、それに純然たるストレスで――なにしろ何百回もされる同じ質問に対して、絶えず新味のある回答や変化のある回答をひねりだそうとしているのだから――ジェリービーンズをさんざん食べたというのに体重が二キロは落ち、これ以上は痩せられないところまできていた。エージェントのマティルダ（ジェイクの最初の小説でヘマをして二作目には断固として関わらなかったエージェントとは別人）は数日おきに電話をよこして、次作の進行状況をさりげなく尋ねてきたし（はかばかしくないね、が返答)、学部や大学院やニューヨーク時代の知り合いの作家たちは、復讐の女神よろしく彼につきまとい、彼らの原稿への推薦文から、芸術家村への推挙や、マティルダに取り次いでくれという依頼まで、ありとあらゆる頼みごとをしてきた。早い話が、ジェイクにわかるのはせいぜい一日か二日先のことまでだった。それ以上先のことは、マクミラン社がこのツアーに同行させている連絡係のオーティスに任せていた。それは奇妙な、実体を欠いているとも言える生活だった。

しかしまた、これこそ彼の夢でもあった。〝成功した作家〟になることを夢見ていた遠いむかし(一年前ですらない!)、彼はまさにこういうことを夢想していたのではなかったか? 聴衆や、積みあげられた著書や、名高い《ニューヨーク・タイムズ・ブック・レビュー》のリストに載った自分の名前の横の〝1〟という魔法の数字を。もちろん夢想していたが、それと同時にささやかな人とのつながりも望んでいた。著作が実際に読まれる作家には、そういうことがなくてはいけないと思っていた。自分の著書をひらいて、自分の名前を書き、それを読もうとしているひとりの読者に手渡すことが。こんな地味で慎ましい褒美を望むのはまちがいだろうか? 手から手へ、頭脳から頭脳へのすばらしいつながり、書き言葉と物語る力の出会いを。ジェイクはいまそれらを手にしていた。そして考えていた――これはひとえに自分の絶えざる努力と純然たる想像力のおかげだ。

が、完全には自分のものでなかったとも言える物語のおかげでもある。

それを誰かがどこかで、ことによると知っているかもしれない。

だとしたら、自分はこのすべてをいまにも剝奪されるかもしれない。あっというまに、こちらが呆然として、なすすべもなく、何が起きているのかもわからないうちに――ひょいひょいと――奪い取られてしまうかもしれない。そうなったら自分は上訴の望みもないまま永遠に、不名誉な作家の仲間入りをさせられてしまうだろう。ジェイムズ・フライ（薬物依存からの回復を綴った〝自伝〟がベストセラーとなったのち、多くの部分が創作だったことが判明し、《オペラ・ウィンフリー・ショー》で謝罪した）、スティーヴン・グラス、クリフォード・アーヴィング、グレッグ・モーテンソン、ジャージー・コシンスキ……

ジェイコブ・フィンチ・ボナー？

「ありがとう」気がつくとジェイクは、『驚異の発明』について好意的な言葉をくれた若い男にそう答えていた。「あれはぼくも好きな一冊なんだ」

　その言葉になにやら聞き憶えがあるような気がしたあと、それもまた自分の夢想のひとつだったことを思い出し、ジェイクはつかのまの幸福感にひたった。だが、それはまさにつかのまで、そのあとはまた不安に逆戻りした。

9　最悪ではない

　ジェイクの手元にある紙のスケジュール表では翌日の午前中はオフだったが、サイン会を終えてホテルに戻る車の中で、オーティスから新たなイベントを伝えられた。《サンライズ・シアトル》というラジオ番組のインタビューだという。

「電話インタビュー？」ジェイクは期待をこめて訊いた。

「いえ。スタジオです。急な話ですが、番組プロデューサーがどうしてもやりたがっていまして。ホストのほかの企画を押しのけてこれをねじこんでくれたんです。大ファンなんですよ」

「そう。うれしいね」とジェイクは言ったが、内心はうれしくなかった。その日は正午の便でサンフランシスコに飛んで、夜はカストロ劇場で登壇することになっていたし、さらに翌日の午前中にはロサンジェルスに行かなければならなかった。映画化についての一週間近い一連の打合せのためで、そのうちの一回は監督とのランチだった。誰がどう見ても一流の監督との。

そのラジオ局KBIKは観光名所でもあるパイクプレイス・マーケットのわずか数ブロック北にあり、ホテルからそう遠くなかった。次の日の朝、タクシーからスーツケースを取り出すのをオーティスに任せて、ジェイクが局のロビーにはいっていくと、担当者と思しき女性が待っていた。つややかな灰色の髪が顔にかからないよう、いささか子供っぽいヘアバンドで後ろにまとめている。彼は近づいていって手を差し出し、まったく不必要な自己紹介をした。「ジェイク・ボナーです」

「ジェイク！　どうも！」

ふたりは握手をした。彼女の手は長くてほっそりしており、体全体もそうだった。目は明るいブルーで、化粧気はまったくない。そこにジェイクは好感を持った。それから、自分がそこに好感を持ったことに気づいた。

「で、そちらは？」

「あら、ごめんなさい！　アナ・ウィリアムズ——アナです。そう呼んでください、アナと。番組プロデューサーです。あなたをお迎えできるなんて、ほんとに光栄です。わたし、あの本が大好きなんです」

「それはどうも、そう言ってもらえるとうれしいですよ」

「いえ、ほんとに。最初に読んだとき、あの本のことが頭から離れませんでした」

「最初に！」

「あ、何度も読んでるんです。こうしてお目にかかれるなんて、ほんとに驚きです」

オーティスがふたりのスーツケースを両方とも引いてやってきて、アナと握手をした。

「で、通常のインタビューですか？」とオーティスは訊いた。「ジェイクに何か朗読してもらう必要はありますか？」

「いえ。あなたが読みたければ別ですが」と彼女はジェイクを見た。こんな大事なことを訊きわすれて申し訳ないという、しおれた顔をしている。

「全然」ジェイクは微笑んだ。年はいくつぐらいだろう？　頭の中ではそう考えていた。自分と同い年ぐらいだろうか？　それとももう少し若いのだろうか。なんとも言えなかった。すらりとしていて、黒いレギンスをはき、手織りのチュニックのようなものを着ている。いかにもシアトルらしい。「ぼくはわりとお気楽なタイプなんで。聴取者から電話がかかってきたりするんですか？」

「それが、わからないんです。ランディはちょっと予測しにくい人で、なんでもその場で決めるので。電話を受けることもあれば、受けないこともあります」

「ランディ・ジョンソンはシアトルの名物なんです」とオーティスが助け船を出した。「もうどのくらいになりますかね、二十年ぐらい？」

「二十二年です。ずっとこの局にいたわけじゃありませんけれど。休んだことは放送を始めてから数日しかないと思います」彼女はクリップボードをしっかりと胸に抱えており、あのほっそりした手がその縁をつかんでいた。

「そうですか。彼が小説家を呼びたがっていると聞いたときは狂喜しましたよ」とオーティスは言った。「ふだんは、運よくランディ・ジョンソンの番組に出られても、スポーツ選手の自伝か政治関係ですからね。小説家を連れてきたなんて、記憶にあるかぎりきょうが初めてです。あなたは自慢していいですよ」とジェイクに言う。「ランディ・ジョンソンに小説を読ませたんですから！」

「それが」とアナ・ウィリアムズが言った。「実は、ランディが最後まで読んでいるとはお約束できないんです。もちろん粗筋の説明は受けていますけれど、おっしゃるとおり、生来の小説好きとは言えませんから。でも、『クリブ』が大きな存在になっていることは知っています。文化現象にうまく乗っかるのが好きなんですよ、それが小説であれペットロック（ペットに見立てた愛玩用の石のことで、七〇年代に流行）であれ」

ジェイクは溜息をついた。本の発売からまだ日が浅かったころは、『クリブ』を読んでいない人たちからのインタビューにたびたび応じなければならず、その人たちの低レベルな質問――〝で、どんな本なんです？〟――に答えるには、プロット上のどんでん返しを明かさずに内容を紹介するという難しい技が要求された。だが、そのどんでん返しもいまではすっかり有名になり、『クリブ』がどんな本なのかは誰でも知っているようだったので、ジェイクはいろんな意味で楽になっていた。それに、自分の本について何も知らない相手をかばいつつ、愛想のいい熱心な口調を保とうとするのも、楽しいものではない。

三人で上階のスタジオへ行ってみると、ホストのランディ・ジョンソンはインタビューのまっ最中だった。相手は州の上院議員とその選挙区民で、ふたりとも犬の糞に関する新たな条例をひどく憂慮していた。ジョンソンは毛むくじゃらの大柄な男で、ジェイクが見ていると、対立するふたりをたくみに煽っており、とうとう選挙区民のほうは顔を真っ赤にし、上院議員のほうは席を立って部屋を出ていこうとした。

「おおっと、そんなことはしないほうがいいですよ」とジョンソンは明らかに笑いを押し殺しながら言った。「じゃ、電話を受けてみよう」

プロデューサーのアナ・ウィリアムズがジェイクに水を一本持ってきた。彼の指をかすめた指は温かかったが、水は冷たかった。ジェイクは彼女を見た。とてもきれいだった。文句のつけようがないほどきれいだった。女の美しさなど、ゆっくり考えたことは久しくなかった。前年の夏にマッチングアプリで出会って、二度ばかり一緒に夕食に出かけた女がいた。その前は、ニューヨーク州立大のコーブルスキル校で統計学を教えていた女。その前は、リプリーで出会った詩人のアリス・ローガン。もっとも、その関係はアリスが夏の終わりに南のジョンズ・ホプキンズ大学へ行ってしまったときに、なんとなく終わっていた。アリスはそこで終身在職権を得たという。『クリブ』が《ニューヨーク・タイムズ》のベストセラーリスト入りを果たしたときに、短い祝福のメールをくれた。

「まもなくあのふたりのインタビューは終わります」アナは静かに言った。

コマーシャル休憩がはいると、彼女は腹を立てた選挙区民が立ち去ったばかりの席にジェイクを案内し、ヘッドフォンを広げて差し出してくれた。ランディ・ジョンソンはKBIKのマグからコーヒーを飲みながら、何枚かの書類に目を通していた。「ちょっと待ってくれ」と顔を上げずに言った。「一分待ってくれ」

「どうぞ」とジェイクは答えた。オーティスを探したが、近くには見あたらなかった。アナ・ウィリアムズがもうひとつの席に着き、自分のヘッドフォンをつけると、励ますようにジェイクに微笑みかけた。

「彼はいい質問をしてきますよ」と言ったものの、確信があるようにはとうてい聞こえなかった。どう考えてもその質問は彼女自身が書いたはずだ。つまり、ホストがそれに従ってくれるかどうかわからないのだろう。

コマーシャルが終了する直前にジョンソンが顔を上げてにやりとしてみせた。「調子はどうだ。ジャック、だったよな？」

「ジェイクだ」とジェイク。握手をしようと手を差し出した。「呼んでくれてありがとう」

ランディ・ジョンソンはにやりとした。「こいつが――」とアナを指さす。「うむを言わさなかったんだよ」

「なるほど」とジェイクは言い、彼女のほうを向いた。アナは聞いていないふりをしてクリップボードに目を落としている。

「一見フェザー級に見えるが、我を通すときにはヘビー級になる」

「それだからこそ優秀なプロデューサーなんじゃないかな」赤の他人を弁護する必要があるわけでもないのに、ジェイクは言った。

「五秒前」とジェイクの耳に声が聞こえた。

「ようし！　準備はいいか、みんな？」とランディ・ジョンソン。

いいとも、とジェイクは思った。いままで各地でこれとよく似た椅子に座り、各地で地元の御意見番に愛想よく微笑みかけてきたのだから。ランディ・ジョンソンはシアトルの路上で犬のリードをはずすことについてひとしきり意見を述べてから、いよいよジェイクを紹介する前置きらしきものをしゃべりはじめた。

「ようし、じゃ、次のゲストはおそらくいまアメリカでいちばんホットな作家だ。誰のことだと思う？　ダン・ブラウンか？　ジョン・グリシャムか？　ラジオを聞きながらみんなすごくわくわくしてるだろう、え？」

ジェイクは隣にいるアナ・ウィリアムズに目をやった。とがった顎を引いて、クリップボードをじっと見おろしている。

「おあいにくさま。だけど、ひとつ質問させてくれ。『ザ・クリブ』なんて新刊を読んだやつはいるか？　どうやら赤ん坊の話みたいだな（クリブとは本来ベビーベッドのこと）。赤ん坊の話なのか？」

ホストはそこで黙りこんだ。ぞっとする一瞬ののち、ジェイクは自分がその質問に本当に答えることを求められているのに気づいた。

「ええと、『ザ・クリブ』じゃなくて、ただの『クリブ』だ。赤ん坊とは全然関係ない。何かを〝クリブ〟するというのは、それを盗む、もしくは勝手に拝借するという意味だ。それと……呼んでくれてありがとう、ランディ。ゆうべシアトルで盛大なイベントをやったんだ」

「おや。どこで？」

ジェイクは実際のホール名を思い出せなかった。

「シアトル・アーツ・アンド・レクチャーズの企画でね。交響楽団のホールでやったんだ。豪華な場所だった」

「ほう。それはでかいな。あそこはどのくらいはいるんだ？」

〝マジか？〟とジェイクは思った。こんどはホスト自身の住む都市についての雑学クイズに答えろというのか？　だが、実のところ、ジェイクは答えを知っていた。

「二千四百人ぐらいだったかな。すばらしい人たちに出会えたよ」

横でアナが一枚の紙を、ジェイクにではなくホストに向かって掲げてみせた。〝フルネーム——ジェイコブ・フィンチ・ボナー〟と書いてある。

ランディは不愉快そうな顔をした。「ジェイコブ・フィンチ・ボナー。どういう名前なんだそれは？」

〝生まれたときにつけられた名前だよ〟とジェイクは思った。もちろん、フィンチは別だが。

「まあ、ふつうはみんなジェイクと呼んでくれる。〝フィンチ〟というのは自分でつけたんだ。スカウトと、ジェムと、アッティカスにちなんで」

「誰にちなんで？」

溜息をつかずにいるのがひと苦労だった。衝動と闘わなければならなかった。

「『アラバマ物語』の登場人物たちだよ。子供のころのお気に入りの本なんだ」

「ああ、あれか。たしかおれは映画だけ見て、読むのは省略したんだった」とランディは言い、満足げな笑い声をあげた。「で、おたくはこのデビュー作を書いたわけだ。誰もが読んでるホットな本を。どんな話なのかみんなに聞かせてくれ、ジェイク・フィンチ」

ジェイクは自分も笑おうとしてみたが、自然な笑いにはほど遠いものになった。「ジェイクと呼んでくれ！　そうだな、まだ読んでいない人たちのためにネタバレは避けたいんで、とりあえず、これはサマンサという女の話だとだけ言っておこう。彼女は若くして母親になるんだ。若すぎるほど若くして」

「ふしだら娘だったわけだ」ランディが口をはさんだ。

ジェイクは少々呆れてランディを見た。「いや、かならずしもそうじゃない。彼女は子供を産むために自分の人生をちょっと諦《あきら》めて、その子とふたりで言わば孤立した形で暮らすんだ。サマンサ自身が育った家でね。でも、ふたりは仲がよくない。娘のマリアが十代になると、ふたりの関係はいよいよ悪化する」

「へええ、そりゃまるでおれんちだな」とランディはうれしそうに言った。

アナが別の紙を掲げた。〝二百万部以上売れている〟と書かれており、その下に〝スピルバーグが映画化〟とある。

「で、ジェイク！　スティーヴン・スピルバーグがそいつを映画化するんだって？　そんな大物をどうやって釣りあげたんだ？」

せめてもの救いは、話題がジェイク自身からも本からも離れたことだった。ジェイクはその映画のことを少々しゃべり、むかしからスピルバーグの大ファンだったと話した。「ぼくにしてみればすごいことだよ、彼がこの物語にそんなに熱心に関わってくれるなんて」

「ま、そうだろうが、なぜだ？　あの男はきっと、どんな映画プロジェクトだってよりどりみどりだろう。なのに『ザ・クリブ』を選んだ。なぜだと思う？」

ジェイクは目を閉じた。「そうだな、登場人物たちの持つ何かが彼に語りかけたんじゃないかな。それとも――」

「おや、それじゃ、うちのかみさんと十六になる娘だって、朝起きるとわめき合いを始めて、夜中までやめないんだから、おれもスティーヴン・スピルバーグにあいつらの映画を撮ってもらえるかな？　だっておいしい話じゃないか。ここにうちのプロデューサーがいる。アナ？　スティーヴン・スピルバーグを電話口に呼べるか？　彼がジェイクにいくら払ってるのか知らないが、おれはその半額でかみさんと娘を売るぞ」

ジェイクは愕然としてランディを見つめた。あたりを見まわしてオーティスを探したが、オーティスはいなかった。いたとしても、どうしようもなかっただろう。

「さてと！」とランディは仰々しく言った。「じゃ、電話をいくつか受けてみよう」

彼が自分の操作卓を人差し指でぽんと押すと、低い声をした女が、ジェイクにひとつ質問をしてもいいかと尋ねてきた。

「いいですよ！」とジェイクはむやみに意気込んで答えた。「こんにちは！」

「こんにちは。あの本、大好きです。オフィスのみんなに配りました」

「ほんと、それはうれしいな」とジェイクは言った。

「質問があるの？」

「ええ。あの物語をどうやって思いついたのか教えてほしいんです。だってわたし、ほんとにびっくりしたので」

ジェイクは脳内のファイルにしまってあるいちばん穏当な答えを探した。

「小説のような長い物語を書くときには、何もかも一度に思いついたりはしないと思うんだ。ひとつのパートを思いつき、次を思いつき、また次を思いつく。だからまあ、物語はだんだん発展――」

「ありがとう」とランディ・ジョンソンが電話の相手とジェイクの両方をさえぎった。「てことは、進みながら作りあげていく感じだな。前もって概略を書いたりはしないわけか？」

「そんなふうにしたことはない。これからも絶対にしないとは言えないけどね」

「やあ、電話ありがとう、ランディだ」

「ハイ、ランディ。オクシデンタル広場のあたりでドラッグをやってる人たちのことで、市が何か対策を考えてるかどうか知ってる？　先週、義理の両親とあそこへ行ったんだけど、ほんとにひどかったの、わかるでしょ？」

「ああ、そりゃもう」とランディは応じた。「このごろはとくにひどい。なのに市ときたら、見ざる、聞かざるだ。この問題をおれがどう考えてるかというとだな――」

ランディは話しだした。市長と議会とお節介焼きどもが食料やクーポンを配っているが、それで何ができるというのか？　ジェイクはアナを見た。アナは青ざめた顔でホストを見つめていた。もはや紙に書いた指示もない。諦めたようだった。そして時間切れになった。

「OK、来てくれてありがとう」自動車保険のコマーシャルが始まるなり、ランディ・ジョンソンはそう言った。「楽しかったよ。映画を楽しみにしてる」

〝ああそうだろうとも〟そう思いながらジェイクは立ちあがった。「呼んでくれてありがとう」

「礼はアナに言ってくれ。そいつの発案なんで」ランディは答えた。

「じゃあ……」とジェイクは言いかけた。

「ありがとう、アナ」オーティスだった。いつのまにか戸口に立っていた。「すばらしかったですよ」

「外までお送りします」そう言うと、アナはジェイクの先に立って歩きだした。ジェイクは急に緊張してきた。インタビューが始まるのを待っていたときでも、インタビューが始まってシアトル名物ランディ・ジョンソンという崖から落下しはじめたあとでも、これほどは緊張していなかった。アナの後ろから彼女の細い腰と、肩甲骨のあいだに垂れた灰色の長い髪を見つめながら、一階まで階段をおりた。三人はロビーに戻り、オーティスが警備員のデスクの後ろからふたりのスーツケースを回収した。

「申し訳ありませんでした」アナが言った。

「なあに、もっとひどい人もいたよ」

「本当に?」

いや、実際には最悪と言ってよかった。人は誰しも、馬鹿か下衆《げす》のどちらかにはなれるが、無知と悪意が合体している例はあまりない。

「誰かに金を払って本を書いてもらったのかと訊かれたこともあるし、インタビュアーの児童小説に目を通してほしいと言われたこともある。放送中にね。あるテレビ番組の女性なんか、番組が始まる直前にぼくにこう言ったよ。あなたの本の初めと終わりを読んで、これはすごい本だと思ったと」

「嘘でしょ」アナはにやりとした。

「ほんとの話さ。たしかに馬鹿げたフォーマットだよね。ラジオ番組やテレビ番組のわずか数分のあいだに、ひとつの小説について内容のあることをしゃべるなんて」

「でも、あんなに……わたし思ったんですよ、ランディはこの挑戦を受けて立ってくれるんじゃないかと。小説好きではないにしても、人間には関心を持っている人ですから。この本を読んでいたら、あんな態度は取らなかったと思うんです。でも明らかに……」

オーティスが電話をかけながら渋い顔をしていた。シアトル・タコマ空港までウーバーを頼んでいるところなのだろう。

「だいじょうぶ、気にしないで」

「でも、わたしちょっと、償いをさせてもらえたらと思いまして。よければ……コーヒーを飲む時間はあります？　あ、ないとは思うんですけど。でも、パイクプレイス・マーケットにいいお店があるので……」

その言葉にはジェイクと同じくらい本人も驚いたようで、彼女はすぐさま撤回しようとした。「あ、気にしないでください！　あなたはもう行かなくちゃいけないですよね、きっと。いまの話は忘れてください」

「喜んでご一緒しますよ」ジェイクは言った。

10　ユーティカ

彼女はジェイクをマーケットの向かいの建物の最上階にある店に連れていき、コーヒーを頼むように勧めた。〈ストーリーヴィル〉という地元のチェーン店で、暖炉に火を入れた店内は暖かく、窓のむこうには〝公設市場《パブリック・マーケット》〟という看板が見える。彼女は歩いているあいだに落ちつきを取りもどし、ほぼ平静になったようだった。しかも一瞬ごとにみるみる美しさを増していた。

アナ・ウィリアムズはシアトル生まれではなかった。アイダホ州北部で育ち、そのまま西の果てまで移動して――〝大量殺人犯テッド・バンディの最初の狩場として有名な〟――ワシントン大学のカレッジで学んだのち、ウィドビー島に住んで小さなラジオ局で十年間働いたという。

「そこはどんな感じだった？」ジェイクは訊いた。

「オールディーズとおしゃべり。珍しい組み合わせです」

「そうじゃなくて、島暮らしは」

「ああ。そうですね、静かでした。わたしがいたのはクープヴィルという小さな町で、局もそこにあったんです。週末には大勢の人がシアトルからやってくるので、そんなに辺鄙な感じはしません。それにほら、わたしたちこのあたりの人間はみんな、フェリーに慣れていますから。シアトルの人間にとって〝島〟というのは、ほかの人たちにとっての島とはちがうように思います」

「アイダホには帰るの？」ジェイクは訊いた。

「養母が亡くなってからは帰っていません」

「おや。それはお気の毒に」一瞬ののち、彼はこう付け加えた。「じゃ、養子だったわけ？」

「正式にではないんですが。母は――養母は――わたしの学校の先生だったんです。うちの家庭があまりにひどい状態だったんで、ロイス先生がわたしを、まあ、引き取ってくれたんです。町の人はみんな事情を理解してくれていたんでしょう。暗黙の了解みたいなものがあって、誰も過度に干渉したり、行政を介入させたりしようとはしませんでした。先生との二年間で得た安定は、それ以前の全人生で得たよりも大きかったですね」

　明らかにふたりは底知れぬ湖の縁に危なっかしく立っていた。ジェイクが知りたいことはたくさんあったが、いまはどう見てもふさわしいときではなかった。

「不思議なものだね、ふさわしい人物がふさわしいときに人生に現われるなんて」

「そうですけど」とアナは肩をすくめた。「ふさわしいときだったのかどうか。もう数年早ければもっとよかったでしょう。でも、たしかにわたし、自分にあたえられたものに感謝していました。それをあたえられているあいだずっと。だから先生のことがとても好きでした。先生が体調を崩したのはわたしが大学三年のときです。わたしは帰って世話をしました。髪が灰色になったのはそのときです」

ジェイクは彼女を見た。「ほんとに？　話には聞いたことがあるけど。ひと晩のうちに？」

「いいえ、そうじゃありません。世間の人の話だと、朝起きたらびっくり――髪の毛がそっくり入れ替わっていた、みたいな感じですけど。わたしの場合はたんに生えてくるようになって、新しい毛はすべてこの色だったんです。それはそれなりにショックでしたけれど、しばらくしてわたし、いい機会だと考えることにしたんです。自分の好きなようにできるんだからと。それで、最初の二、三年は染めていたんですけれど、結局このままにすることにしました。ちょっと戸惑わせるところが気にいったんです。わたしじゃなくて、ほかの人たちをね」

「というと？」

「つまり……〝老い〟を示す髪の毛が老いていない顔と組み合わさると、多くの人を戸惑わせるということです。そのせいでわたしを実年齢以上に老けていると思う人もいれば、もっと若いと思う人もいるんです」

「きみはいくつなの？　訊いちゃいけないんだろうけど」ジェイクは言った。

「いいえ、かまいませんよ。でも、その前に、わたしを何歳だと思うか、あなたがまず教えてください。もったいぶっているわけじゃなくて、たんに知りたいんです」

アナはジェイクに笑いかけ、ジェイクはその機会をとらえてもう一度、彼女を上から下まで見た。卵形の色白の顔、背中まで垂れた銀色の髪、子供っぽいヘアバンドと麻のシャツ、街じゅうで見かけるレギンス、でこぼこの森の径をてくてく歩いて帰れそうな淡褐色のブーツ。年齢に関してはたしかに彼女の言うとおりだとジェイクは気づいた。年齢を当てるのがとくにうまいわけではなかったが、アナに関してはざっと二十八から四十までどの年齢でもあてはまりそうで、まったく確信が持てなかった。それでも答えなければならないので、自分の年齢に近づけた。

「三十代の……半ばかな？」

「そうです」アナは微笑んだ。「おまけでもう一度やってみます？」

「ぼくは三十七なんだけど」

「いいですね。いい年齢です」

「で、きみは……？」

「三十五。もっといい年齢」

「そうだね」とジェイクは言った。外は雨が降りだしていた。「で。どうしてラジオなの？」

「そうですよね、馬鹿ですよね。この二十一世紀にラジオ放送業界にはいりたがるなんて、どうかしてますけど、わたしはこの仕事が好きなんです。まあ、今朝はちがいましたが、たいていのときは。それにわたし、いつも小説を取りあげようとしてるんです。あなたほど穏やかな態度で応じてくれる小説家は少ないと思いますけれど」

ジェイクは内心顔をしかめた。〝穏やかな態度〟で即座に思い出したのは、あのもうひとりの自分だった。かつてカリフォルニアから来たナルシスティックなゲスト作家の雑言に黙って耐えたあのジェイクだ。〝配管がうるさい！　サンドイッチがまずい！　暖炉が使えない！〟それに、忘れようにも忘れられないあの〝誰だって作家にゃなれる〟。

だが一方では、その同じ雑言がジェイクを最終的にこの店へ連れてきてくれたのだ。ここはすばらしかった。この数ヵ月間の輝かしいできごとも——オプラ！　スピルバーグ！——自著を読んでくれる人々がいまも着々と増加しているという驚異の事実も、木材をふんだんに使ったコーヒーショップで銀髪の女性と対座しているいまこの瞬間の幸福にはかなわなかった。

「たいてのぼくらは、たいていの作家は、販売部数やランキングや〈アマゾン〉の数字になんか、それほどこだわっていない。いやまあ、気にはするよ、ぼくらだって食べていかなくちゃならないんだから。でも、人に作品を読んでもらえることがいちばんうれしいんだ。誰かが作品を読んでくれていることがね。きみのボスはさっきの放送で『クリブ』をぼくのデビュー作だと言ったけど、それはちがう。二作目でもない。ぼくのデビュー作は出版社も一流で評価も上々だったんだけど、読んでくれたのはたぶん二千人ぐらいだった。でも、それでさえ二作目の読者よりはるかに多かった。だからまあ、誰もが自分の作品を読んでくれるというのは、決して当然の結果じゃない。どんなにいい作品でも、誰も読んでくれなければ存在しないも同然なんだ」

「森の木が倒れても、あたりに誰もいなければ音はしないというわけですね」アナは言った。

「そう、北西部風に言えばね。でも、人が読んでくれるとしたら、そのスリルは限りがない。見ず知らずの人が、苦労して稼いだ金を払ってぼくの書いたものを読んでくれるなんて。それはすごいことだよ。信じられないことだ。各地のイベントでお客さんに会うとき、その人たちが浴槽に落っことしたり、コーヒーをこぼしたり、ページの端を折ったりした薄汚れた本を持ってきてくれると、最高の気分だよ。目の前で新品を買ってくれるよりずっとうれしい」そこで彼は間を置いた。「ねえ、きみ自身も隠れた作家じゃないかという気がするんだけど」

「そう？」アナは彼を見た。「どうして〝隠れた〟なんです？」

「だって、自分からはまだ口にしてない」

「まだ話題になっていないからかも」

「なるほど。で、何を書いてるの？　小説？　回想録？　詩？」

アナはマグを手に取ると、その中に答えがあるとでもいうようにのぞきこんだ。「詩というタイプではないし。回想録を読むのは好きですが、自分自身の汚物をほじくりかえして人目にさらすことに関心はありません。でも、小説はむかしから好きです」アナは顔を上げて、急に恥ずかしそうな顔をした。

「おや。好きな作家を教えて」そこでふと、賞賛を求めているように聞こえるのに気づいた。「目の前にいる作家はのぞいてね」と冗談めかして付け加えた。

「そうですね……ディケンズはもちろん。ウィラ・キャザー。フィッツジェラルド。大好きなのはマリリン・ロビンソン。まあ、一冊書くのが夢なんですけど、わたしの人生にはそんなことができそうなものは何ひとつありません。どこから着想を得ればいいんでしょう？　あなたはどこから得るんです？」

うめき声が漏れそうになった。ジェイクは脳内にある無難な答えのファイルから、いちばんわかりやすいものを選び出した。スティーヴン・キングが答えたものだ。「ユーティカだよ」

アナは目を見ひらいた。「ユーティカ？」

「そう。ニューヨーク州北部の都市。誰かがスティーヴン・キングにどこで着想を得るのかと尋ねたら、キングはユーティカと答えたんだ。スティーヴン・キングでも充分に使えるところなら、ぼくにはまちがいなく使える」

「なるほど。笑えますね」笑えるとだけは思っていない顔つきで彼女は言った。「その答えをどうしてゆうべ使わなかったんです？」

答えるのが一拍遅れた。「ゆうべあそこにいたの？」

アナは肩をすくめた。「もちろんです。ファンなんですから」

こんな美人に〝ファン〟だと言われるとはなんとすごいことだろう。ジェイクがそう思っていると、コーヒーをもう一杯いかがですか、という彼女の声が聞こえてきた。

「いや、せっかくだけど。もう行かなくちゃならない。さっきラジオ局でオーティスが横目でにらんでいたからね。きみも気づいただろうけど」

「次の仕事に遅刻してほしくないんですよ。よくわかります」

「まあ、そうだけど、もう少し時間があるとうれしいよ。きみは……東部に来ることはある？」

彼女は微笑んだ。奇妙な笑みだった。上下の唇をたがいに強く押しつけているので、その表情を維持するのがつらそうに見えるほどだ。

「まだないんです」彼女は言った。

店から出たとき、ジェイクはキスをしようか、やっぱりやめようかと迷ったが、迷っているあいだに彼女のほうから求めてきた。頬に押しつけられた彼女の銀髪は柔らかく、体は驚くほど温かかった。それとも、火照っていたのは自分のほうだろうか？　次に何が起こるかを彼はその瞬間にはっきりと悟った。

ところが数分後、車の中でジェイクは一通目のメッセージを見つけてしまった。自身の著者ウェブサイトのフォーム（〝訪ねてくれてありがとう！　ぼくの仕事に関して意見や質問がある？　このフォームを使用してね！〟）から転送されてきたもので、受信時刻は彼がシアトル名物ランディ・ジョンソンとの放送にちょうどはいろうとしていたころだったから、そのメールは彼の受信箱にかれこれ一時間半もぴりぴりとひそんでいたことになる。読んだとたん、この一年の彼の人生は言うにおよばず、午前中の慶事もことごとく、ガラガラと地響きを立てて崩れ落ちた。おぞましい差出人のメールアドレスはTalentedTom@gmail.comとなっており、文面はわずか七文字にすぎなかったが、意図はしっかりと伝わった。

おまえは盗人だ。

『クリブ』

ジェイコブ・フィンチ・ボナー作

ニューヨーク、マクミラン社、二〇一七年、3〜4ページ

妊娠に気づいたのは微積分のクラスで机に嘔吐したからだった。サマンサは問題セットの注意書きを読みおえて、自分が正しい割りあて課題をやっているのを教室に残った全員と同じように確認したところだった（彼女の持論では、フォーティス先生は基本的にまぬけで、方程式自体に実際に目を通したりはしない。問題が本当に自分の出題したものかどうかチェックするだけだ）。それか

ら立ちあがり、メロドラマの登場人物みたいに気が遠くなり、体を支えようとして机に両手をつき、自分のノートの上に倒れこんだ。次の瞬間頭に浮かんだのは——〝やば〟だった。

サマンサは十五歳で、幸いにも馬鹿ではなかった。いや、馬鹿だったかもしれないが、こんなことになったのは、彼女が無知だったからでも世間知らずだったからでもないし、悪いことなんか（妊娠は悪いことだ）自分には起きるはずはないと考えていたからでもない。正真正銘のろくでなし野郎にとんでもない嘘をつかれたからだ。それもたぶんひとつならず。

吐物はぬるぬるしていて黄色っぽく、見ただけでサマンサはまた吐きたくなった。頭痛がしているのは、吐いたときというのはそういうものだったからだが、気がかりなのは、全身の皮膚が敏感になっていてひどく不快なことだった。これもきっと妊娠の徴候なのだろう。それともただの怒りだろうか。はっきりしているのは、自分は妊娠もしているし、怒ってもいるということだった。

ノートをつまんで教室の隅にある金属のゴミ箱まで持っていき、その上で振った。ぬるぬるの塊が滑り落ちると、残りをシャツの袖で拭った。正直なところもうどうでもよかったからだ。人生のこの三十秒間で長年の目標はパアになってしまった。妊娠するなんて。妊娠するなんて。もうおしまいだ。

サマンサはとくに幸運な少女ではなかった。それは自分でもよく承知していた。この夏ノーウィッチの映画館で《クルーレス》を見たので、自分と同年代の少女たちが車でビヴァリーヒルズを走りまわったり、コンピューターで服をコーディネートしたりしているのは知っていた。サマンサは明らかにそんな少女ではなかった。でも、だからといって、ひどい児童虐待や貧困と闘っている少女でもなかった。家には食べ物があった。学校もあったし、学校があれば当然本もあった。ケーブルテレビもあった。両親は彼女を二度もニューヨーク市へ連れていってくれた。ただしどちらのときも、実際に到着したあとは何をしていいやら途方に暮れているようだった。ホテルでの食事、彼女には理解できない冗談ばかり言うガイドのついたバスツアー、エンパイアステート・ビルディング（一度ならわかるが、二度も？）とロックフェラー・センター（これも二度、どちらもクリスマスツリーの飾られる休暇シーズンではなかったのに……なぜ？）。ニューヨーク州のど真ん中（つまりインディアナ州のど真ん中と変わらない）から来た三人の田舎者に、世界一の大都市が何を提供できるのか、サマンサ自身さほど詳しいわけではないけれど、一度目はまだ九歳で二度目は十二歳だったのだから、彼女にはいかんともしがたかった。

サマンサが持っているもので、たいていの人々が持っていないものといえば、それはもっぱら未来だった。

両親は共働きで、父親はハミルトンの大学で働いていた。そこでの肩書きは〝設備技術者〟とかいうたいそうなものだったけれど、実際は女子学生がトイレに生理用ナプキンを流してしまったときに呼び出されるような仕事だった。母親の仕事も掃除だったが、それは〈カレッジ・イン〉の客室清掃で、肩書きも〝清掃員〟というずっと正直なものだった。けれど、父親の仕事にも大いに重要な点があった。それは父親自身よりもサマンサのほうがよく理解しており、彼女のほうが父親に説明してやった。つまり、父親の十四年にわたる大学への勤務は、彼女自身が大学へ行く時期が来たときに大きな後押しとなり、かなりの学費をまかなってくれるはずだったのだ。父親の雇用ハンドブックによれば（ちなみに父親はそれを一度も読んだことがなく、この二年間サマンサが熟読してきたのだが）、大学はこと入学に関しては教職員の子弟にあらゆる便宜をあたえており、学資援助に関しては実際にこう明記されていた——奨学金八十％、学生ローン十％、学内アルバイト十％。サマンサのような人間にしてみればこれはまさに、未来への黄金の招待券だった。

少なくともきょうまでは。

サマンサが土壺《どつぼ》にはまったのは、アールヴィル中学のお粗末な性教育のせいでも、チェナンゴ郡のせいでもなかった（ここの人々は赤ん坊がどのようにしてできるのか、子供に教えるのをあの手この手で妨害していた）。だが、サマンサは五年生のときから詳細に知っていた。五年生のとき父親が、週末に大学でひと騒動あったという話をしたときに（友愛会のひとつで事件が起きて警察の介入が必要になったあげく、ひとりの女子学生が退学するはめになったと）。サマンサは自力で何かを調べあげるのに慣れていた。とりわけ両親がそれを、子供の知ることではないという独特の沈黙でおおい隠すときには。その後の数年で同級生たちも最低限の知識ではサマンサに追いついたものの（これまた学区や州の公式方針のおかげではなかった。なにしろそれは実際には性教育の義務化を拒むものだったのだから）、その知識はあくまでも最低限のものだった。同学年の女子六十名のうち二名がすでに〝自宅学習〟となって学校に来なくなっていたし、もうひとりはユーティカの親戚の家に預けられていた。でも、その子たちは馬鹿だったのだ。そんな目に遭うのは馬鹿な子たちのはずだった。

サマンサは残りの私物をまとめると、妊婦として教室を出た。それから妊婦として自分のロッカーに行き、外に出てみんなと一緒にバスに乗ると、いつもの後ろの席に座った。だが、いまの彼女は妊婦だった。それはこのまま何もしなければいずれもうひとりの人間を産み、それゆえ自分の人生の手綱をおそらく永遠に手放してしまう人間になったということだった。

だがもちろん、サマンサは手をこまねいているつもりはなかった。

11 才能あるトム

ジェイクは誰にも言わなかった。もちろん。

サンフランシスコに飛んでカストロ劇場に行き、その翌日にはロサンジェルスに移動して、そこでおおむね満足の行く形で打合せを終えた（スティーヴン・スピルバーグと同じ部屋にいるという興奮が、不安を数日間麻痺させてくれた）が、やがてニューヨークに戻らなければならなくなった。新作の執筆と、家具もろくにないウェスト・ヴィレッジの新しいアパートメントに。そのころにはもう、あのメールは自分の被害妄想が生み出した幻のようなものだ、つまらないアルゴリズムに支配されたどこかの気まぐれなボットのせいで妄想に駆られていたのだと、みずからをほぼ納得させていたのだが、それは長続きしなかった。フライトの翌日、むきだしのボックススプリングとマットレスの組み合わせの上で目を覚まして携帯を手に取ると、受信箱に第二のメッセージが届いていた。またしても〈ジェイコブフィンチボナー〉ウェブサイトの連絡フォームから転送されており、やはり〝**おまえは盗人だ**〟と書かれていた。しかしこんどは、〝**それはおたがいに知っている**〟とも付記されていた。

そのウェブサイトはかつての文章指導サイトを改造したもので、いまではいかにも成功した作家のウェブサイトらしく見えた。自己紹介ページ、個々の作品に対するメディアや書評のあつかい、予定されているイベントのリスト、それに昨年の『クリブ』の発売以来大活躍の連絡フォーム。連絡してくるのは誰か？　作品の問題点を指摘したり、『クリブ』のせいで（いい意味で）徹夜したと伝えたい読者たち。講演に来てほしいという図書館員たち、自分をサマンサ役やマリア役にふさわしいと確信した俳優たち。それに、連絡の途絶えたかつての知り合いのほぼ誰も彼も——ロングアイランドの知り合い、ウェズリアン大学時代の知り合い、大学院時代の知り合い、それにヘルズキッチン時代にボスだったあのふたりのぼんくらまで。そういうものが受信ボックスに届いていても冒頭の一部しかわからないので（ハイ、わたしのことを憶えているかどうか——ジェイク！　いまきみの本を読みおわったところ——こんにちは、先日あなたの朗読会に——）、そのたびに胸がきゅっと苦しくなり、そのメールの差出人がむかしのクラスメイトや、母親の友人や、ミシガンのどこかの書店で本にサインをしてやった人物や、はたまたアルファケンタウリの異星人がジェイクの家にあったオレンジの皮を通じて『クリブ』を口述したのだと信じこんでいる頭のいかれたやつだとわかるまでは、ドキドキしっぱなしだった。

作家たちからもメールが来た。弟子になりたいという者。推薦文を書いてくれという者。エージェントのマティルダか編集者のウェンディに(もちろん推薦つきで)紹介してくれという者。生涯の夢に見切りをつけるべきか〝しがみつく〟べきか、自分の原稿を読んで意見を聞かせてくれという者。出版業界の差別に関する自説——反ユダヤ主義! 性差別! 人種差別! 年齢差別!——に賛同してくれといいながらも、その実、みずからの八百ページにおよぶ非線形的で句読点のない斬新な実験小説が国じゅうのあらゆる出版社から突っ返されたことに憤《いきどお》る者。

『クリブ』が発売されて数カ月のうちに、ジェイクはリプリー・シンポジウムと個人指導の仕事をどちらも正式に(いそいそと)辞めたものの、自分にはいまや他の作家に対して傲慢になってはならないという特別な責任が生じたことも充分理解していた。他の作家に傲慢な態度をとる作家は自分の首を絞めることになる——それはソーシャルメディアが実証していたので、ジェイクはいまでは心の帯域幅のかなりの部分をソーシャルメディアに割いていた。もともと彼は比較的早くからツイッターというあの言葉好きの遊び場を利用していたが、自分ではめったに投稿していなかった(七十四人の〝フォロワー〟に何を伝えろというのか? 〝ニューヨーク州北部からハロー、きょうは執筆しなかったよ!〟か?)。フェイスブックは二〇一六年の大統領選挙までは無害に見えたものの、大統領選では怪しげな広告や、ヒラリー・クリントンの犯したとされる悪事に関して、世論調査を装ったネガティブキャンペーンがどっと押しよせてきた。インスタグラムはもっぱら写真映えのする食事と愛くるしいペットとのたわむれを投稿する場のようだったが、コーブルスキルの暮らしにそんなものはなかった。だが、『クリブ』が売れだして、マクミラン社の宣伝担当者やマーケティング担当者と協議するようになると、少なくともこの三つのプラットフォームでは積極的な露出を心がけてほしいと説得され、自分の活動量を増やすか、スタッフに一任してかわりにやってもらうか、どちらかを選ぶように言われた。それはなかなか難しい選択だった。ツイートをされるのも、DMをもらうのも、探りを入れられるのも、その他インターネットの生み出したあらゆる連絡ルートを通じて接触を受けるのも、すべて他人に押しつけてしまえればたしかに気楽ではあったが、結局、彼は自分で管理するほうを選び、本が出版されて以来毎日、朝一番で自分のソーシャルメディア・アカウントを巡回し、つづいて——ジェイコブ＋フィンチ＋ボナー、ジェイク＋ボナー、ボナー＋クリブ、ボナー＋作家、などのキーワードで——ネット上の最新情報を集めるよう設定したグーグルアラートに目を通していた。それは時間を食う面倒な作業であるうえ、うっかりはまるとみずからの不幸の迷宮に転落しかねない落とし穴だらけだった。ならばなぜマクミラン社の見習い社員かマーケティング助手に任せてしまわなかったのか？

これのせいだろう。どう考えても。

おまえは盗人だ。それはおたがいに知っている。

それなのに、このTalentedTom@gmail.comなる送信者はいまだに、ツイッターやフェイスブックやインスタグラムという公開の戦場では動きを見せていなかったし、グーグルアラートの網にもかかっていなかった。公の場にはまだいっさい登場せず、ジェイクのウェブサイトが提供する私的な窓口を選択していた。これは〝いまこのひとつだけの回路で取引をするか、それとも、あとであらゆる場所で取引をするか？〟という暗黙の交渉なのだろうか。それともジェイクの舳をかすめる一発の砲弾、迫りくるトラファルガー海戦に備えよという警告なのだろうか。

シアトル空港へ向かう車の後部席で最初に目にした

ときから、ジェイクはこれが気まぐれなメッセージではないこと、〈才能あるトム《タレンテッド・トム》〉はやっかみ屋の小説家でも、失望した読者でも、ジェイクの有名小説のアルファケンタウリ／オレンジの皮起源説（やその類！）のいかれた唱道者でもないことを承知していた。〝才能ある《タレンテッド》〟という形容詞は数十年前、パトリシア・ハイスミスの『太陽がいっぱい』という小説で〝トム〟という名前と結びつけられて忘れがたい永遠の共生関係を築き、その意味を絶えず拡張して、特定の形態を持つ自衛本能と他者への配慮の極端な欠如を意味するまでになった。しかもこの才能あるトムは人殺しでもあった。そしてこのトムの姓はといえば――

リプリー。

あのリプリーと同じだ。ジェイクがエヴァン・パーカーとひどく運命的な出会いを果たした場所と。

メッセージは暴力的なまでに明解だった。〈才能あるトム〉が何者であれ、そいつは知っている。そして自分が知っているということをジェイクに知らせたがっている。自分が本気だということも知らせたがっている。

その気になれば返信ボタンのひと押しでそいつに接触できるが、ふたりを隔てるシャッターをあけることには危険がともなう。返信するということは恐れているということ、非難を真に受けているということ、〈才能あるトム〉を相手にするに足る人物だと認めるということだ。この悪意ある他人にわずかなりとも自分を見せるのは、次に来るものへの漠とした不安以上に恐ろしかった。

だから今回もジェイクは反応しなかった。震える手でこの第二の声明も、その前の声明が放置されているのと同じ場所、すなわち自分のノートパソコン内の〝荒らし〟と名づけたフォルダーに放りこんだ（これは半年以上前に作ったフォルダーで、『クリブ』に対する低級な攻撃がすでに数十通収められていた。そのうちの少なくとも三通はジェイクを〝闇の国家《ディープ・ステイト》〟のメンバーだと非難していたし、テキサスの何者かから来た数通のメールには、ジェイクが〝血液脳関門〟を明らかに突破しているとか、ジェイクの体内でそれが突破されているとか書かれていたが、それらのメールはそもそもまったく理解不能だった）。だが、メールをそのフォルダーに放りこみながらも、それが意味のない行為だとジェイクにはわかっていた。〈才能あるトム〉のメッセージは別だと。何者かは知らないがこの人物は、瞬く間にまんまとジェイクの人生における最重要人物のひとりになっていた。そして、まちがいなくもっとも恐ろしい人物に。

　第二のメッセージを受け取って数分でジェイクは携帯の電源を切り、ルーターのプラグを引っこ抜き、学生時代から使ってきた薄汚いカウチに胎児のように丸くなって、つづく四日間をそこで、ブリーカーストリートの〈マグノリア〉のカップケーキ一ダース（少なくとも何個かは、健康的なグリーンのアイシングがかかっていた）と、映画化権が売れたお祝いにマティルダが送ってくれたジェムソンのウィスキーを糧として過ごした。このぼんやりした四日間には、起きている事態を忘れて幸福な麻痺に陥っていた期間も何度かあったものの、たいていはひたすら苦悩のなかで、今後起こりうるさまざまなことがらを分析し推測していた――待ちかまえている種々の屈辱や、自分がこれまでに知り合ったり、妬んだり、優越を感じたり、のぼせあがったり、はたまた――最近では――一緒に仕事をしたりしたありとあらゆる人々からの蔑みなどを。ときには、避けられないことならせめてさっさと片付けてしまおうとばかりに、みずからメディアキャンペーンを行なって自己批判し、おのれの罪を世間に公表しようと考えたりもした。また別のときには、長ったらしくまとまりのない弁明のスピーチを書いたり、もっと長ったらしく、もっとまとまりのない謝罪文を書いたりもした。だがどれも、ごうごうと渦巻く恐怖にはまるで歯が立たなかった。

ジェイクがようやくカウチを離れたのは、なんらかの見通しがついたからでも、計画と言えるようなものが立ったからでもなかった。ウィスキーとカップケーキがなくなったからであり、最近気づいた新たな悪臭は室内から発生している疑いが強まったからだった。窓をあけ、皿を片付け、自分の体をシャワーの下へ運んだあと、携帯とノートパソコンをふたたび世界に接続すると、心配の度を徐々に増す十件あまりのテキストメッセージが両親から、わざとらしい快活さで新作の様子を（またも！）尋ねるメールがマティルダから、それに加えて、慎重な対処を必要とするメッセージが二百あまりも届いており、そのなかには TalentedTom@gmail.com からの三通目のメッセージもあった——

おまえがあの〝小説〟を盗んだことも、誰から盗んだのかも知っているぞ。

なぜかその〝小説〟がジェイクをぷっつりいかせてしまった。

そのメッセージも〝荒らし〟のフォルダーに放りこんだ。だがそこで観念して、〈才能あるトム〉の三通のメッセージだけのために新たなフォルダーを作り、ちょっと考えてから、フォルダー名を〝リプリー〟とした。

それからたいへんな努力とともに自分のパソコンと携帯と頭以外の世界に戻り、ほかにもさまざまなことが——なかにはとてもすばらしいことも——多かれ少なかれ同時に起きているのだと自分に認めさせた。『クリブ』はオプラ・ウィンフリーによるブッククラブのインタビューが放送されたおかげで、ふたたびペーパーバックのベストセラーリスト一位に返り咲いていたし、十月の《詩人と作家》誌の表紙にはジェイク自身が登場していた《ピープル》や《ヴァニティ・フェア》のような雑誌ではないにしても、遠いむかしのウェズリアン大学時代のジェイクからしてみれば夢のようなできごとだ。さらに、ミステリ小説ファンの世界大会〈バウチャーコン〉からは基調演説をしてほしいという招待状が届いていたし、〈ヘイ・オン・ワイ文学祭〉を見てまわる英国ツアーに関する最新情報もあった。

まあまあだ。まあまあまあ。

そのうえシアトルのアナ・ウィリアムズもいて、そちらはまあまあ以上だった。

ジェイクとアナは出会ってから数日で、彼でさえ否定できない温かな形で連絡を取りあうようになっており、彼がカウチでカップケーキとジェムソンとともに過ごした四日間をのぞけば、少なくとも毎日テキストメッセージをやり取りしていた。いまではアナのウェスト・シアトルにおける日々の生活を彼はずいぶん詳しく知っていた。彼女のＫＢＩＫにおける挑戦の数々（小さなものも小さくないものも）、キッチンの窓辺でなんとか生かしておこうと苦心しているアボカドの苗木のことも、ボスのランディ・ジョンソンにつけた綽名《あだな》のことも、ワシントン大学で好きだったコミュニケーション学の教授から教えられた〝あなたの人生はあなたにしか生きられない〟という言葉を座右の銘にしていることも。猫をどうしても飼いたいと思っているのに家主に許可してもらえないことも、週に少なくとも四回はサーモンを食べていることも、旧式な〈ミスター・コーヒー〉のマシンから出てくるもののほうがシアトルの高尚なコーヒー神殿で手にはいるものより内心は好きなことも。彼女が『クリブ』の降誕以前のジェイク・ボナーのことを、現在の彼の異様に目立つ存在と同じほど気にかけているらしいことも。つまり何もかも知っているということだった。それは画期的なことだった。

彼は室内を掃除した。褒美として毎日シアトルにスカイプで電話し、おしゃべりをするようになった。アナは自宅のフロントポーチで、彼自身はアビンドン広場を見おろす居間の窓辺で。アナは彼が薦める小説を読むようになり、彼はアナの好きなワインを飲んでみるようになった。新作小説の執筆に戻り、まるひと月みっちりと仕事をして、第一稿の完成のじれったいほど近くまで漕ぎつけた。いいことずくめだった。

ところが十月の終わり近くに、新たなメッセージが〈ジェイコブフィンチボナー〉ウェブサイトから転送されてきた。

オプラがおまえのことを知ったらなんと言うかな？　少なくともジェイムズ・フライには自分自身から盗むというたしなみがあったぞ。

ジェイクはパソコンの〝リプリー〟フォルダーをひらいて、これもそこに放りこんだ。それから数日後、五通目が届いた。

ツイッターを始めた。知りたいだろう。@TalentedTom だ。

見にいくと、たしかに作られたばかりのアカウントがあったが、実際のツイートはまだなかった。プロフィール画像は初期設定のままの卵アイコンで、フォロワー総数はゼロ。プロフィール欄の自己紹介はたった一語――〝作家〟

ジェイクは相手の正体を突きとめようともせずに持ち時間を使い切ってしまったのだ。それはまずい判断だった。〈才能あるトム〉は新たな段階にはいる準備を着々と進めていたらしく、もはや手をこまねいている場合ではなかった。

12 〝ぼくは何者でもない。きみは何者？〟

エヴァン・パーカーは死んでいる——大前提として。そこには一点の疑いもない。三年前に死亡記事を見ていたし、オンラインの追悼ページにまで目を通したのだから。さして賑わってもいないページだったが、パーカーと面識のあった十数人の追想が載っており、その連中もたしかにパーカーは死んだと思っているようだった。そのページをもう一度見つけるのは造作もないことで、最後に訪問してからひとつも追悼文が増えていないのを見ても、ジェイクは少しも驚かなかった。

エヴァンとはラトランドで一緒に育ちました。よく野球やレスリングをしました。彼は天性のリーダーで、つねにチームの団結心を高めていました。以前は少々問題を抱えていたようですが、いまは元気でやっていると思っていました。こんなことになったと聞いて残念でなりません。

カレッジで同じ授業を取っていた。すごくクールなやつだった。とても信じられない。安らかに眠ってくれ。

エヴァン一家と同じ町の出身です。あの人たちはつくづく不運でした。

エヴァンがウェスト・ラトランド高校の野球選手だったときのことを憶えてます。付き合いはなかったけど、すばらしい一塁手でした。こんな悪魔に取りつかれていたことが本当に残念です。

さよなら、エヴァン、寂しくなるよ。安らかに。

エヴァンに会ったのはリプリーの芸術修士課程。ものすごく才能のある書き手、偉大なやつ。こんなことになるとは。

御家族ならびに御友人のみなさまに、心よりお悔やみを申しあげます。故人の思い出に祝福のあらんことを。

だが、親しかった友人はいないようだし、配偶者や恋人への言及もない。ここからわかることで、ジェイクがこれまで知らなかったことは何か？

エヴァン・パーカーが高校でスポーツをしていたこと。少なくとも一時期〝問題〟と〝悪魔〟――もしかして同じもの？――を抱えており、その後それが再発したらしいこと。彼ら一家には〝つくづく不運だ〟と思わせるものがあったこと。リプリーの学生のうち少なくともひとりは、エヴァンが修士課程にいたのを憶えていること。この学生はどの程度エヴァンと親しかったのか？　ジェイクが聞かされたあの途方もないプロットをやはり聞かされるほどだったのか？　クラスメイトの未完小説の〝盗作〟にこうして介入してくるほどだったのか？

この追悼の言葉を残したリプリーの学生はファーストネームしか記していなかった。マーティンというその名は、ジェイクの記憶をとりたてて呼びさましはしなかったが、幸い二〇一三年のリプリー修士課程の学生名簿がまだパソコンに残っていたので、その古いスプレッドシートをひらいてみた。事務長のルース・スチューベンは生まれてこのかた小説も詩もいっさい読んだことのなさそうな人物だったが、詳細な記録をつけることにかけては熱心で、各学生の住所、電話番号、メールアドレスの横には専攻ジャンルを記録する列が設けてあり、小説《フィクション》の〝F〟か詩《ポエトリー》の〝P〟がそれぞれ記入されていた。

マーティンという名の学生はヴァーモント州サウス・バーリントンのマーティン・パーセルだけで、名前の横に〝F〟とあった。しかしパーセルのフェイスブック・プロフィールを探し出して、本人の笑顔の写真を何枚か見たあとでも、ジェイクはパーセルを思い出せなかった。となると、パーセルは別の教員作家に割りあてられていた可能性もあるが、しかしたんに記憶に残らない学生だった可能性もまたある――それも、自分の学生を知ることに大いに関心のある教師の記憶にさえ（ジェイクは当時ですら、自分は絶対にそういう教師ではないと気づいていた）。エヴァン・パーカーをのぞけば、その年の学生のうちでジェイクが憶えているのは、ヴィクトル・ユゴーの〝誤り〟を新版の『レ・ミゼラブル』で正したがっていた男と、〝ハニーメロン〟という忘れがたい造語を生み出した女だけだった。それ以外は、彼がリプリーで教えた三年目、二年目、一年目、どの年の顔と名前も、全部忘れてしまった。

ジェイクはマーティン・パーセルの詳しい調査に着手し、〈レッドファーム〉にチキンを注文して食べたときと、アナと二十通あまりのテキストメッセージを（おもにランディ・ジョンソンの行状と、アナが計画しているポート・タウンゼンドへの週末旅行について）交わしたとき以外は休憩もせずに調べつづけ、この男が高校教師で、自前のビールを醸造し、レッドソックスを応援し、カリフォルニアの超一流ロックバンド〈イーグルス〉になみなみならぬ関心を持っていることを知った。学校では歴史を教えており、妻はスージーという名前で、地元の政治にどっぷりと関わっているようだった。フェイスブックのパーセルはとんでもない投稿魔で、ジョゼフィンというビーグル犬のことと子供たちのことをおもに書いていたが、自分が目下執筆しているもののことは何ひとつ投稿していなかったし、知り合いの作家や、いま読んでいる作家、かつて憧れていた作家のことにもまったく触れていなかった。それどころか、学歴にリプリー大学への言及がなかったら、フェイスブックからはマーティン・パーセルが小説を書こうと志《こころざ》していることはおろか、読むことすらわからなかっただろう。

　パーセルのフェイスブックの友達は残念なことに四百三十八人だった。そのなかに二〇一二年もしくは二〇一三年の〈リプリー・シンポジウム〉の短期滞在型芸術修士課程で自分と出会った連中がいるだろうか？　ジェイクはルース・スチューベンのスプレッドシートに戻り、六つの名前を見つけたあと、そのウサギ穴をひとつひとつのぞきはじめた。だが実のところ、自分でも何を探しているのやらわからなかった。

　ジュリアン・ジグラー――ウェスト・ハートフォードの弁護士で、おもに不動産をあつかう。歯をむきだして微笑む六十人の圧倒的に男性ばかり、圧倒的に白人ばかりの弁護士とともに、法律事務所で働いていた。まったく見憶えのない顔。

　エリック・ジンジェイ・チャン――〈ブリガム・アンド・ウーマンズ病院〉の血液学研修医。

　ポール・ブルーバッカー――モンタナ州ビリングズの〝へぼ文士〟（ヴィクトル・ユゴーの男！）。

　パット・ダーシー――ボルティモアのアーティスト。これまたジェイク自身には思い出せない顔。六週間前、パット・ダーシーは〈パーティションズ〉というショートショート作品のウェブサイトに作品をひとつ発表した。寄せられた多数の祝いの言葉のなかにはマーティン・パーセルのものもあった。

パット！　すごい短篇だね！　ぼくもうれしいよ！　〈シンポジウム〉のページには投稿した？

〈シンポジウム〉のページ。
調べてみるとそれは非公式の同窓会ページで、短期滞在型修士課程の六年間の卒業生たちが二〇一〇年からそこで、作品や情報やゴシップを共有していた。ジェイクは投稿をどんどんさかのぼってみた。詩のコンテスト、《ウェスト・テキサス・リテラリー・レビュー》誌からの励ましをこめた却下の知らせ、初めての小説がボストンのハイブリッド出版社（著者に一定の経済的リスクを負わせる出版社）に採用されたという報告、結婚式の写真、ブラトルボロにおける二〇一一年の詩人たちの同窓会、メイン州ルイストンの画廊での朗読会。それから、二〇一三年十月に突然〝エヴァン〟がメッセージに現われるようになった。
ただの〝エヴァン〟だ。もちろん。最初に〝エヴァン・パーカー〟で検索したときにこの同窓会ページが引っかからなかったのは、それが理由だろう。少なくともあのエヴァンと知り合いだった人間なら、誰でもファーストネームだけでわかるのだ。拉致された栓抜きを救出した〝エヴァン〟、胸の前できっちりと腕組みをしてセミナーテーブルに着いていた〝エヴァン〟だと。あんなやつは誰でも憶えているものだ。

みんな。信じられないことだが、この月曜日にエヴァンが亡くなった。こんな話を伝えなくてはならず、本当に残念だ。

（これはべつだん驚くことではないが、〝リプリー二〇一一‐二〇一二マーティン・パーセル〟の投稿だった）

ええ？　ほんと！

うっそ！

マジかよそれ。何があったんだ、マーティン？

日曜日に彼の酒場で会うことになっていて、ぼくはバーリントンから出かけようとした。ところが彼から返信が来ないんだ。すっぽかしたのか、忘れたのか、そんなところだろうと思って、数日後に電話したら、この番号は現在使われていないというんだ。いやな予感がしてググったら、すぐに出てきた。以前にエヴァンがちょっと問題を抱えていたのは知っていたけど、ここしばらくは手を出していなかったはずなのに。

なんとまあ、憐れなやつだ。

過剰摂取で死んだ友人はこれで三人目だ！　いい加減、実態に即した呼びかたをしてほしいね。〝エピデミック〟と。


なるほど、とジェイクは思った。やはり〝急逝〟と〝問題〟と〝悪魔〟は彼が思ったとおりのものを意味していたのだ。

携帯がうなった。

アナからのテキストメッセージだった。〝〈クラブ・ポット・シアトル〉〟とあり、写真が添付されている。からまりあった蟹の脚と刻んだトウモロコシの穂。そのむこうに窓と港。

パソコンに戻って〝エヴァン＋パーカー＋酒場〟でググってみると、《ラトランド・ヘラルド》紙の記事が見つかった。〈パーカー酒場〉というラトランドのステイト・ストリートにあるあまり高級そうには見えない店が、長年の経営者だったウェスト・ラトランドのエヴァン・パーカーの死亡を受けて、新しい経営者のものになったという。ジェイクはその店をとっくりと見た。ニューイングランドのたいていの町のたいていいの大通りで見かけるような、傷んだヴィクトリア様式の建物だった。かつては誰かの瀟洒な家だったのだろうが、いまは玄関ドアの上に〝パーカー酒場、食事と酒〟という緑のネオンサインがあり、〝三時～六時ハッピーアワー〟という手書きと思しき表示も見える。

携帯にひと言。**もしもし？**

うまそ、ジェイクはそう返信した。

たっぷりふたり分、彼女は即座に書いてきた。

《ラトランド・ヘラルド》の記事によると、新しい経営者はウェスト・ラトランドのジェリーとドナ・ヘイスティングス夫妻で、店の内装や幅広い品揃えのドラフトビールのほか、とりわけ、地元民と観光客の集いの場としての温かく居心地のいい雰囲気は変えたくないと語っていた。店名として〝パーカー酒場〟を引き継ぐ理由についてジェリー・ヘイスティングスは、敬意からだと答えていた。旧経営者の一族は五代前から中部ヴァーモントで暮らしていたし、エヴァン・パーカーは早すぎる悲劇的な死を迎える前に何年も苦労して店を成功させたのだからと。

そうですか、わかりました、とアナが書いてきた。**いまはおしゃべりの気分じゃないみたいね。気にしないで！　それとも詩神と語らってるのかしら。**

ジェイクはふたたび携帯を手に取った。**詩神なんてものはいないよ。霊感《インスピレーション》なんてものもない。霊とはとことん無縁の営みだよ。**

あら。〝人はみなそれぞれに唯一無二の声と、自分にしか語りえない物語とを持っている〟ってのはどうしちゃったの？

イエティとビッグフットとネス湖の怪獣と一緒にアトランティスで暮らしてる。でも、ぼくはいまほんとに仕事をしてるところ。あとで話せる？　メルローを持っていくよ。

どれがいいかわかる？

きみに訊くよ。もちろん。

彼はルース・ステューベンのスプレッドシートに戻ってマーティン・パーセルのメールアドレスを調べると、Gメールをひらいてこう書いた。

やあマーティン、リプリーで教えていたジェイク・ボナーだ。突然メールして申し訳ないが、話したいことがあるので電話してもかまわないかな？何時ごろなら話ができるか知らせてくれ。もしくは、いつでも好きなときに電話してくれてかまわない。よろしく。

最後に自分の電話番号を書き添えた。

マーティンはすぐさま電話してきた。

「うわあ」と彼はジェイクが出るなり言った。「信じられないな、あなたがメールをくれたなんて。まさかリプリーの資金集めみたいなものじゃないでしょうね？　いまは無理ですよ」

「いやいや」とジェイクは言った。「そういうことじゃないんだ。あのね、きみとはたぶん顔を合わせているはずなんだけど、ぼくはいまリプリーのファイルを持っていないんで、きみがぼくのクラスにいたかどうか確信がないんだ」

「あなたのクラスだったらよかったんですけどね。ぼくの担任だったあの人ときたら。ひたすら場所について書かせるだけなんですから。場所、場所、場所。草の葉の一本一本にもそれぞれ背景があるはずだ、みたいな。それがあの人のやりかたでした」

ブルース・オライリーのことを言っているのだろう。コルビー大学の元教授にして、徹頭徹尾メイン州中心のあの小説家のことを。オライリーとは毎年〈リプリー・イン〉で一緒にビールを飲む仲だったが、彼のことなどジェイクは久しく考えたこともなかった。

「それは気の毒に。学生を順繰りに移動させればいいんだけどね。そうすれば全員が全員を担当することになるから」

教育機関で創作を教えることについても、ジェイクは久しく考えたことなどなかった。まったくどうでもよかった。

「それはそうと、あなたの本、面白かったですよ。ほんと、あのどんでん返しは、なんていうか、すげえ、と思いました」

〝あのどんでん返し〟に特別な意味はない。ジェイクは強烈な安堵とともにそう気づいた。もちろん、〝出どころがどこなのか、かなりはっきり見当がついてます〟という含みもない。

「そう言ってもらえるとうれしいよ。でもメールしたのは、ぼくの学生が亡くなったと聞いたからなんだ。そのあと、リプリーのフェイスブック・ページできみの投稿を見かけてね。きみに訊けば――」

「エヴァンのことですね。でしょう?」とマーティン・パーセルは言った。

「そう。エヴァン・パーカー。彼はぼくの学生だったんだ」

「ええ、知ってますよ」はるばるヴァーモント州北部からマーティン・パーセルのひとり笑いが聞こえてきた。「なのにエヴァンのほうは、言いにくいけれど、あなたのファンじゃなかった。まあ、ぼくだったらそんなことは気にしませんけどね。あいつはリプリーの教員全員を自分の教師としては不足だと考えてたんですから」

ジェイクは間を取ってその言葉をゆっくりと嚙みしめた。「なるほど」

「学期の初日の晩にぼくは一、二時間で気づきましたよ、エヴァンはあの講座から多くを学ぶつもりはないんだと。何かを学ぶつもりなら、それについての好奇心が必要ですが、あいつにはそれがありませんでした。でも、付き合うのには楽しいやつでしたけれどね。愛嬌があって。笑わせてくれて」

「で、ずっと連絡を取りあっていたわけだ」

「そうです。あいつがバーリントンに来ることもありました。コンサートや何かのために。一緒にイーグルスを聴きにいきました。フー・ファイターズを聴きにきたこともあったと思います。それに、ぼくがラトランドへ行くこともありました。あいつはむこうに酒場を持ってたんですよ、知ってます?」

「実は知らなかったんだ。もう少しいろいろと聞かせてもらってもいいかな? いまごろになって知ったんで、すごく申し訳ない気がしているんだ。亡くなったときだったら、御家族に手紙を書いたんだけどね」

「あ、ちょっと失礼していいですか?」とマーティン・パーセルは言った。「電話中だと妻に伝えてきますから。すぐに戻ります」

ジェイクは待っていた。パーセルが戻ってくると、ジェイクは言った。「きみを大切な用事から引き離していないといいんだが」

「いいえ、全然。有名な小説家と電話してるんだと言っときましたから。十五歳の娘に、行かせたくないパーティのことを話すときみたいな口調で」パーセルは言葉を切って自分の冗談に自分で笑った。ジェイクも無理をしてそれに加わった。

「で、エヴァンの家族のことは何か知ってる? お悔やみの手紙を書くのはもう遅すぎるとは思うけど」

「いやあ、遅すぎじゃないとしても、誰に送ればいいんでしょうね。両親はずいぶん前に亡くなってるし。妹がいたんですが、妹もあいつが死ぬ前に亡くなってるし」パーセルはちょっと間を置いた。「あの、ぶしつけに聞こえるかもしれませんが、ぼくの印象じゃ、あなたたちふたりはそれほどの……仲じゃなかったですよね。ぼくも教師なんで、面倒な学生を相手にしなきゃならない人の気持ちはわかります。ぼくだったらエヴァンの教師にはなりたくないです。ああいうやつはどのクラスにもいますけどね。だらしない格好で席に座って、〝おまえ何様のつもりだ?〟みたいな目で教師をにらむやつは」

「〝おれに教えられるものを持ってるなんて、どうすりゃ思えるんだ?〟とかね」

「そうそう」

ジェイクはこう書きとめていた。〝両親、妹――死去〟

それはもう死亡記事で知っていた。

「たしかに、あのクラスではそれがエヴァンだった。でも、ぼくはエヴァンみたいな相手にはもう慣れていたよ。創作を教えはじめた最初の年だったら、〝おまえ何様のつもりだ?〟に対するぼくの答えは、〝ぼくは何者でもない。きみは何者?〟だっただろうけど」

マーティンの笑い声が聞こえてきた。「エミリー・ディキンソンですね」

「うん。そう言って、教室を出ていっただろう」

「で、トイレで泣くんです」

「え?」ジェイクは眉を寄せた。

「ぼくのことです。トイレで泣いてました。一年目の教育実習生のとき。いやでも鍛えあげられますよ。でも、そういう子たちはたいてい、実はただの臆病者なんです。で、自分自身の人生はものすごく惨めなんですよ。彼らこそいちばん心配な生徒だという場合もよくあります。そういう連中は自分自身がわかってませんから、自信がまったくないんです。でも、エヴァンはそうじゃありませんでした。虚勢を張るやつもぼくはたくさん見てきましたけど、それもエヴァンじゃありませんでした。あいつは自分が傑作を書けることを固く信じてました。もっと正確に言えば、傑作を書くのなんかそんなに難しいことじゃない、自分にできないはずがないと、そう考えてたんです。ぼくらの大半とはちがってね」

そこでジェイクはパーセル自身の作品について質問するきっかけを見つけた。作家の職業病だ。

「講座を終えてからあんまり進んでませんね、正直言って」

「そう。毎日が挑戦だ」

「あなたはうまくやってるようですね」パーセルの言葉には棘《とげ》があった。

「いや、いま執筆中の本はそうでもない」

自分がそう言うのを聞いてジェイクは驚いた。ヴァーモント州バーリントンのマーティン・パーセルという赤の他人に、編集者やエージェントにも漏らさないような弱音を漏らしてしまったことに驚いたのだ。

「それはいけませんね」

「いや、いいんだ、頑張るしかない。ところで、エヴァンは自分の本をどこまで書いたのか、きみは知ってる？ リプリーでの滞在が終わったあと、ずいぶん進んだんだろうか。あのときはたしか、まだ書きはじめたばかりだった。少なくともぼくの見たページは」

パーセルは黙りこんだ。ジェイクの人生においてもっとも長い数秒が経過したあと、彼はようやく口をひらいた。「すみません。あいつが本のことを話したかどうか思い出そうとしてるんですけど。進捗具合を聞かされた憶えはないですね。でも、あいつがまたクスリをやってたのなら、というか、やってたようですから、机に座ってがんがん書いていたとはとても思えません」

「じゃあ、何ページぐらい書いていたと思う？」

またしてもあの落ちつかない間。

「あいつのために何かしてやろうと考えてるんですか？ あいつの作品のために？ 信じられないぐらい親切ですね。あいつはあなたの忠実な弟子ってわけじゃなかったのに。おわかりでしょうけど」

ジェイクはほっと溜息をついた。そんな賞賛を受けるいわれはもとよりなかったが、調子を合わせたほうがいいだろうと判断した。

「いやまあ、完成した物語があればどこかに送ってやれるんじゃないかと、そう思っただけだよ。きみ自身は一枚も持っていないんだね」

「ええ。でも、いま話題にしてるのは、ナボコフの遺した未完の小説のことじゃありませんよね。エヴァン・パーカーの書かれざる小説なんか歴史にゆだねたって、大して罪の意識を覚えることもないでしょう」

「罪の意識？」ジェイクはぎくりとした。

「あいつの教師として」

「ああ。そうだね」

「だって、いまでも憶えてますが──それにあいつのことは好きでしたけど──あいつがあの本のことを話す様子からすると、ずいぶんトンチンカンなものに聞こえましたから。『シャイニング』と『怒りの葡萄』と『白鯨』をひとつにしたみたいなものだとか、とんでもないベストセラーになるとか。たしかに原稿を二枚ばかり、母親を憎んでいる娘だったか、娘を憎んでる母親だったかについて書いたものを見せてくれて、それはまあまあでしたが、ま、別に『ゴーン・ガール』というわけじゃありませんでした。ぼくは〝いいんじゃないの、好きにしろよ〟という目であいつを見ました。よくわからないけど、なんだか途轍もなくうぬぼれたやつだと思いましたね。まあ、そんな人間にはあなたはさんざん出くわしてるでしょうが。くそ、なんだかぼく、嫌なやつみたいですね。でも、あいつのことは好きでしたよ。力になろうとしてくれるなんて、あなたはほんとにいい人です」

「何かしてやりたいと思っただけさ」とジェイクは精一杯話をそらした。「でも、遺族がひとりもいないとなると……」

「まあ、姪がひとりいたかもしれませんが。死亡記事で読んだ気がします」

〝ぼくも読んだよ〟とは言わなかった。実際、マーティン・パーセルから聞き出せたことといえば、あのそっけない死亡記事に載っていることばかりだった。

「わかった」とジェイクは言った。「それじゃ、時間を割いてくれてありがとう」

「あ、ちょっと！　連絡ありがとうございます。それと……」

「なに？」

「あの、これをうかがわないと、きっかり五分後、めちゃめちゃ悔やむことになるんで……」

「なんの話？」と言いながらも、ジェイクは完璧にわかっていた。

「どうでしょうね、おいそがしいのはわかってますけど。ぼくの書いたものをちょっと見てくれませんか？　率直な意見を聞きたいんです。ぼくにとってはすごく意味があります」

ジェイクは目を閉じた。「いいとも」

『クリブ』

ジェイコブ・フィンチ・ボナー作
ニューヨーク、マクミラン社、二〇一七年、23〜25ページ

両親は当然〝相手は誰なのか〟を知りたがった。それは〝いったい何をしてると思っていたの？〟よりも知りたいことであり、〝親としてどこがいけなかったのか？〟よりもはるかに知りたいことのようだった。詳細がどうであれ、これは明らかに〝自分たちのせい〟ではないし、〝自分たちの問題〟になることもないのだ。しかし、サマンサからすれば〝相手が誰なのか〟は明かしたくない

情報だったから、選択肢は（１）教えない、か、（２）あからさまに嘘をつく、のどちらかだった。嘘をつくのは彼女にしてみれば基本的に全然かまわなかったが、ひとつ問題があった。それは、少なくともこの場合〝検査〟が――〝検査〟のことなどジェリー・スプリンガーの下世話なトーク番組を見ていればいやでも知ってしまう――あるということで、彼女が名前をあげる相手（つまり別の誰か）は結局、相手の男ではないと判明して、嘘がばれ、また一から同じことを始めるはめになるということだ――〝相手は誰なの？〟と。

だからサマンサは教えないを選ぶことにした。

「あのさ、そんなのどうでもいいよ」

「十五歳の娘が妊娠したってのに、誰が娘をそんなふうにしたのかはどうでもいいっていうの？」

まあね、とサマンサは思った。

「父さんたちの言うとおり、あたしの問題」

「ああ、そうだ」と父親は言った。母親ほどには腹を立てていない。むしろいつものシャットダウン状態にあった。

「じゃ、どうするつもりなの?」と母親が言った。「あんたは頭がいいってさんざん先生に言われてきたのに。こんなまねするなんて」

サマンサはふたりの仏頂面を見ていられず、二階にあがって自室にはいると、乱暴にドアを閉めて、古びた机の横に鞄を放り出した。部屋は家の裏側にあり、窓の外に見えるポーター・クリークは、この森の中では狭くて石ころだらけだが、森の北と南では広くて石ころだらけだった。家は古く、百年以上はたっていた。サマンサの父親の家であり、その前は祖父母の、その前は曾祖父母の家だった。ということはいつかはサマンサのものになるはずだったが、彼女にしてみればそんなことはこれまでも、いまも、どうでもよかった。必要以上には一分たりとも長くここに住むつもりはなかったからだ。それが――実を言えば――前々からの計画だったし、いまでもそうだった。このトラブルを解決して、高校の単位を取得しおわり、大学の奨学金を手にしたら、ただちに実行に移すつもりだった。

〝相手〟はダニエル・ウェイブリッジという男だった。この男は誰あろう〈カレッジ・イン〉で働くサマンサの母親の上司であり、〈カレッジ・イン〉の〝経営者〟でもあった。このホテルは看板にも、便箋にも、各部屋に置かれている紙製コースターにも記されているとおり、〝三代にわたる家族経営!〟だったので、かつてはダニエルの父親も経営者だった。ダニエルは妻帯者で、三人の元気な息子がいたから、その息子たちもきっと〈カレッジ・イン〉の次の経営者になるはずだった。おまけにダニエルはパイプカットをしていた

――というか、自分ではそう断言した。あの嘘つき野郎は。そう、サマンサは妊娠をダニエルに伝えていなかったし、伝えるつもりもなかった。あんなやつに知る資格はないのだ。

ことの顛末はこうだ。ダニエル・ウェイブリッジはサマンサの知るかぎり少なくとも一年前から――ということはおそらくもっと前、サマンサが勘づくようになる以前から――彼女に目をつけていた。〈カレッジ・イン〉の廊下ですれちがうたびに、あるいは高校の廊下で大事な息子たちの出場する試合を見にきた彼と出くわすたびに、サマンサは十五歳の自分にまとわりつく視線を意識し、彼の火照りを感じつつ脇をすりぬけていた。もちろんダニエルは充分に人目を警戒していたから、その場で捕まるようなことはなかった。まずは視線から始め、やがてお世辞と、それとない本物の大人の賞賛に移行した。〝サマンサが飛び級をした――それはすごいじゃないか！ サマンサが何かの賞をもらったそうだね――なんて頭のいい娘《こ》なんだ、きっと出世するよ！〟認めるのは悔しいが、これらはたしかに有効な戦術だった。ダニエル・ウェイブリッジはサマンサの住む世界では洗練された人物とされていたからだ。なにしろアイヴィリーグのひとつであるコーネル大学でホテル経営学を学んでいたし、新聞もユーティカの《オブザーバー・ディスパッチ》だけでなく、ニューヨーク市のものまで読んでいたのだから。一度ホテルのロビーで仕事からあがる母親を待っていたとき、サマンサはホーソーンの『緋文字』について驚くほど繊細な会話をダニエル・ウェイブリッジと交わしたことがあった。サマンサはその本を中学の英語の授業で読んでいるところで、彼の述べた意見はサマンサのレポートにも採用された。そのレポートで彼女はもちろんAを取った。

だからようやく事態がわかってきて、いま行なわれているのは息の長いゲームなのだ、プレーしているのは母親のボスなのだと気づいたとき、サマンサは自分でも意外なほど驚いてしまった。そして新たな目でものごとを見はじめた。

そのころはもう高校二年だったとはいえ、学年ではいちばん幼く、二番目に幼い生徒よりまる一歳年下だった。同学年の男子のほとんどは——本人たちの言葉を信じれば、ごく内気で奥手の生徒をのぞくたぶん全員が——ほとんどの女子の処女をせっせと奪っていたし、すでに退学したふたりの女生徒の地に落ちた評判を別にすれば、そんな事態を誰もとくに心配してはいないようだった。この時期というのはとかく年齢差が際立つもので、サマンサは中学一年で飛び級をしたときはものすごくうれしかったものの、自分がほかの誰よりも幼いことを思い知らされるのはあまり楽しくなかった。それに、問題の行為にはとりたてて意義も——ましてロマンチックな点も——なかったし、ダニエル・ウェイブリッジの望んでいることにも、それを実行する方法にも、とくに曖昧な点はなかった。

それでも、決断するのはあくまでサマンサだった。賭け金はそれほど高そうに見えなかった。サマンサが何もしなかったら、ダニエル・ウェイブリッジはきっと彼女が家を出ていく日まで彼女をちやほやしたり、からかったりしつづけ、彼女が家を出ていったら黙って肩をすくめ、次の清掃係の次の娘か、でなければ次の清掃係自身に、目を向けたことだろう。ところが、サマンサは考えれば考えるほどその思いつきが気にいった。実際面から言えば、彼女は一緒に学校へ通っている男子にはことごとく相手にされていなかったし、ダニエル・ウェイブリッジは魅力的でないこともなかった。それにダニエルは大人であり、三人の息子の父親でもあった。それはすなわち、問題の行為をする瞬間が来たら明らかにそれをきちんとやれるということだった。それにまた、口をつぐんでいることが絶対にできない同学年の男子たちとはちがい、ダニエル・ウェイブリッジは当然、誰にもしゃべらないはずだった。そしてとうとうサマンサがフェニモア・スイートに（母親がそこを掃除して一時間もたたないうちに）連れこまれるのに同意したとき、ダニエルはわざわざ彼女に、自分は元気な男の子第三号を授かったあとパイプカットをしたと伝えたのだ。それが決定打だった。
基本的には。

　だから、サマンサは実際には、誰もがつねづね考えていたほどには頭がよくなかったのかもしれない。自分がつねづね考えていたほどでは全然なかった。このトラブルをどう解決したらいいのか、彼女には見当もつかなかった。考える時間があとどのくらい残されているのかすらわからなかった。だが、それが足りないことだけはわかっていた。

13　飛んでおいで

「で、あたしはこういう女でしょ、あんまり押しの強いエージェントにはなりたくないんだけど、でも……」

　実際のマティルダは全身の分子のひとつひとつまでその〝押しの強いエージェント〟で、だからこそジェイクは長年、彼女を自分のエージェントにすることを夢見てきたのだ。これまで経験したこともないほど無我夢中の執筆期間を経て『クリブ』を書きあげたとき、彼はマティルダ・ソルターに、マティルダ・ソルターただひとりに狙いを定めて、人生でもっとも慎重に書いた自己紹介状を送った。

> わたくしは以前たしかに『驚異の発明』のために代理人を擁しておりましたし、あの小説が《ニューヨーク・タイムズ・ブック・レビュー》の〝注目の新刊〟に選ばれたことにはつねに誇らしさを覚えますが、しかし今回復帰のために書きあげた作品はまったくタイプが異なります。プロット重視の、サスペンスフルな、先の読めない作品で、意志の強い複雑な女性が主人公です。新たなスタートを切るにさいして、このような作品の持つ力をきちんと理解してくださるだけでなく、海外マーケットや映画産業からの関心にも対応できるエージェントに、これを託したいと考えております。

　マティルダは――というよりおそらく彼女のアシスタントが――原稿を送れという返信をよこし、その後はとんとん拍子にものごとが進んだ。ジェイクからすればそれはたいへんに大きな、ぞくぞくするほどの報いだった。マティルダのもとにはピューリッツァー賞や全米図書賞の受賞者をはじめ、一流の空港書店（とその他のすべての空港書店）に常時置かれている作家や、読書好きのお気に入りたち、もはやひと言も書く必要のない往年のスターなど、一流の書き手が勢揃いしているのだから。

「でも？」とジェイクはうながした。

「でも、ウェンディから電話があったの。彼女もマクミラン社の連中も、あなたが新作の締切に間に合うかどうか心配してるわけ。あなたにプレッシャーをかけたくはないけどどって。速くやるよりはきちんとやるほうが大切だけど、でも、速くてなおかつきちんとやれるのがいちばんよ」

「ああ」とジェイクはさえない声で言った。

「だってほら、いまはそんなこと起こりえないように思えるけれど、いつかはかならずそうなるんだから。だってもしかしたら、アメリカじゅうで『クリブ』を読んでない人なんて、誰もいなくなっちゃうかもしれないんだから。でもそういう人たちもみんな、いつかは新しい本を読みたくなるはず。あたしたちはその本があなたの本であってほしいだけ」

マティルダに見えるはずもないのに、ジェイクはうなずいた。「わかってる。書いてるから心配しないで」

「あら、心配はしてない。知りたいだけ。また増刷するという記事は見た？」

「え……ああ。いいね」

「いいね以上よ」そこでマティルダは言葉を切り、電話口を離れてアシスタントに何か言うと、また戻ってきた。「それじゃね。あたしはあっちの電話に出なくちゃならない。みんながあなたみたいに版元とうまくいってるわけじゃないの」

ジェイクは礼を言って電話を切った。それからさらに二十分、その古びたカウチに座っていた。目を閉じていると恐怖が体を駆けめぐり、まるで心の平穏を乱すのが目的の、逆瞑想でもしているようだった。しかたなく立ちあがってキッチンへ行った。

　新しいアパートメントの元の所有者はそこを殺風景にグレードアップして、灰色の花崗岩のカウンタートップと、ジェイクの料理能力より五段階ほど上の人間向けの、ぴかぴかのスチール製コンロを据えつけていた。ジェイクはいまのところ料理など（温めなおしを料理にカウントしなければ）一度もしていなかったし、冷蔵庫にはいっているものといえば種々の持ちかえり料理のクラムシェル形容器ばかりで、そのうちのいくつかは空だった。家具をそろえようという意欲は、すでに持っているものを運びこんだらすぐに萎えてしまい、どうしても必要なもの――ベッドのヘッドボード、新しいカウチ、寝室の窓のカーテン――だけでもなんとかしようという気持ちも、〈才能あるトム〉の出現以来ますます失われていた。

　キッチンに何をしにきたのか忘れてしまい、コップに水を汲んでカウチに戻った。離れていたわずかのあいだに、アナが二度もテキストメッセージを送ってきていた。

ハイ。

　次はその二、三分後。

いないの？

ハイ！　と彼は打ち返した。**ごめん。電話に出てた。**

いま何してる？

エクスペディアを見てるとこ、と彼女は書いてきた。**NYCへの便がめちゃ安。**

いいね。前々から行きたいと思ってたんだ。ネオンがきれいだって話だよ。

　しばらく間があった。**ブロードウェイでお芝居を見たい。**

　ジェイクは微笑んだ。**ていうか、見ないと街から出**

かった。

してくれないんだ。いやでも見るしかないと思う。

どうやらアナは休暇を取ったらしい。いつでも好きなときに取れるのだ。

でも真面目な話、と彼女は書いてきた。**わたしがそっちへ行くのをどう思う？　自分ひとりの気持ちじゃないと確信したいの、アメリカの反対側からあなたのところへ飛んでいくんだから。**

ジェイクは水をひと口ごくりと飲んだ。**ぼくの気持ちは——飛んでおいで、だ。頼む。来てくれたらすごくうれしい、たとえ二、三日でも。**

でも、仕事は休めるの？

実際には休めなかった。

もちろん。

月末にアナがやってきて一週間滞在するということで話がまとまり、メッセージのやり取りが終わると、ジェイクはネットに移動して、ヘッドボードと寝室のカーテンを注文した。やってみれば少しも面倒ではな

14　小説みたいな話

アナは十一月下旬の金曜日に到着し、ジェイクは彼女のタクシーを迎えに下へおりた。彼の住むウェスト・ヴィレッジのアパートメントビルの前には警察のならべた柵がまだそのままになっており、タクシーをおりてきたアナは少々不安げにそれを見た。

「ドラマの撮影があったんだ」とジェイクは言った。「《ロー・アンド・オーダー》の。ゆうべ」

「そう、それならよかった。ニューヨークに着いたばかりでもう犯罪現場に出くわしたのかと思っちゃった」一瞬ののち、ふたりはぎこちなくハグをした。それからもう一度、こんどはもう少し自然にハグをした。

アナは髪を五センチほど切っており、その小さな変化とともにかすかな変身の徴候が見られた――シアトル・グランジから、ある種のゴッサムシティ・スタイルへの。トレンチコートに黒のジーンズ、灰色の髪より二段階ほど色調の明るい灰色のセーター、ゆがんだ真珠がひとつだけついたチェーンのネックレス。彼女に再会したらどう感じるだろうとこの数週間不安だったが、いまジェイクは強く確信した。アナは美人だ。そしてここにいる。

贔屓《ひいき》にしているブラジル料理店にアナを連れていき、食事のあとは彼女の望みで街を歩いた。〈ワールド・トレード・センター〉のあった場所まで南下し、東の〈サウス・ストリート・シーポート〉へ。彼はだいたいの方向感覚だけで案内をしており、そのあたりの道はよく知らなかった。それを彼女はひどく面白がった。チャイナタウンでデザートバーに立ちより、本物の金箔をふくめて八種類ほどトッピングの載ったかき氷を分けあって食べた。ジェイクはホテルをとってあげようと申し出た。

アナはそれを一笑に付した。

アパートメントに帰ると、ジェイクは予備の毛布と枕をみすぼらしい古カウチに置いてみせた。アナがやってきて横に立つと、彼はこう言い訳した。「ぼく用にさ。だって、当然のことだと思いたくないから」

「いい人ね、あなたって」アナはそう言うと、ジェイクを寝室に連れていった。寝室には、少なくとも窓のカーテンはあった。それに、すばらしいこともひとつ。

あくる日、ふたりはアパートメントから出なかった。その次の日はどうにか〈レッドファーム〉まで昼食に出かけたものの、食事がすむと即座に帰ってきて、あとはずっとアパートメントにこもっていた。

一度か二度、ジェイクは自分がアナのニューヨークでの時間を独占していることを詫びた。きみがこの街に来たのは、このような愛情交換と相互の――だと自分は思うが――快感のためだけではなかったはずだよね、と。

「これこそわたしがこの街から求めていたものよ」アナは答えた。

けれどもその翌朝、アナは彼に仕事をさせておいて自分は街歩きに出かけ、それが基本的には週の残りの過ごしかたになった。アナが出かけると彼は全力で数時間を仕事にあて、午後遅くになると、ニューヨーク市立博物館やリンカーン・センター、ブルーミングデールズ百貨店など、どこであれアナがたどりついた場所まで迎えにいった。彼女はブロードウェイでどの芝居を見たらいいのかなかなか決められず、結局ニューヨーク滞在の最終日にふたりで奇妙なものを体験するはめになった。その作品では、誰もが仮面をつけて巨大な倉庫の暗闇を走りまわり、それがいちおう『マクベス』に基づいていることになっていた（二〇一一年初演の観客参加型演劇《スリープ・ノー・モア》のこと。館内のあちこちで同時に行なわれる芝居を観客が自由に動きまわって観る）。

「どう思った？」チェルシーの夜気の中に出るとジェ

イクはアナに訊いた。彼女のフライトは翌朝で、彼は早くも別れのときを恐れていた。

「そうねえ、《オクラホマ！》（一九四三年初演の国民的ミュージカル）からはずいぶん遠くに来た感じ」

ふたりは近ごろお洒落になったミートパッキング地区まで歩き、レストランをのぞいてまわって静かな店を見つけた。

「ここが気にいったみたいだね」ウェイターが注文を取っていくとジェイクは言った。

「よさそうな店じゃない」

「そうじゃなくて、この街のこと。ニューヨーク」

「気にいっちゃったかも。こんなところなら大好きになっちゃう」

「ふうん。正直な話、そう言われてもぼくは不愉快にならない」

アナは黙っていた。ウェイターがふたりのワインを運んできた。

「じゃあ、前に一度、一時間だけ会ったことのある女が、国の反対側から何日か訪ねてきて、ニューヨークが大好きだと言いだしても、あなた、少しも頭に来ない？」

ジェイクは肩をすくめた。「ぼくはいろんなことで頭に来る。でも不思議と、それは平気だ。きみが飛行機に乗ってくるほどぼくを好きだったという考えに、だんだん慣れてきたんで」

「じゃ、わたしが飛行機に乗ったのは、あなたのことが好きだからだと思ってるわけね。もしかしたら、たんに安い便を見つけたからかもよ。で、前々から、仮面をつけて倉庫を走りまわりたいと思ってたからかも。年甲斐もなく二十二歳のふりをして」

「きみは二十二歳でも充分に通るよ」ジェイクは一瞬遅れて言った。

「でもわたし、そんなふうに見られなくていい。今夜のあれは裸の王様そのものだった」

ジェイクは頭をのけぞらせて笑った。「ようし。きみはいま自分がクールなミレニアル世代だと表明したんだぞ。わかってる？」

「全然かまわない。わたしは実際に若かったころだって若くなかったと思うし、若かったのはきのうのことでもないんだから」

ウェイターがやってきた。ふたりとも同じものを注文していた。ローストチキンと野菜。両方の皿を見てジェイクは、自分たちは同じ鶏を半身ずつ食べているのではないかと思った。

「どうして実際に若かったころも若くなかったわけ？」彼は訊いた。

「ああ、それは長くて悲惨な物語なの。小説にあるみたいな」

「聞かせてほしいな」ジェイクは彼女を見た。「話すのはつらい？」

「いいえ、つらくはない。といっても、話すからにはそれなりのものではある」

「わかった」彼はうなずいた。「心して聞くよ」

アナは食事を始め、グラスからワインを飲んだ。

「じゃ、かいつまんで話すけれど。妹とわたしはアイダホで暮らすことになったの、母の生まれ育った町で。ふたりともまだ幼かったから、母のことはあまり憶えていなかった。母は自殺したのよ、悲しいことに。車を湖に乗りいれてね」

ジェイクは溜息をついた。「それはお気の毒に。痛ましい」

「そのあと、母の妹がわたしたちの面倒を見にやってきたんだけど、とても変わった人でね。他人のことはおろか、自分の身のまわりのことすらできなかったから、幼いふたりの子供の世話なんかできるはずもなかった。それはふたりともわかっていたと思う、妹もわたしも。でも、対処のしかたはおたがいに別々でね。わたしは高校にはいったあとふたりが——妹と叔母が

――わたしからどんどん離れていってしまうのを感じるようになったの。妹はほとんど学校に行かなくなって、わたしはほとんど家に帰らなくなった。そのうち担任のロイス先生がわが家の実情に気づいて、先生の家で暮らしたいかと訊いてくれて、それでわたしは〝はい〟と答えたわけ」

「だけど……どこも介入してこなかったの？　行政とか警察とか」

「保安官が何度か来て叔母と話をしたけれど、叔母の心にはかならずしも届かなかった。叔母は心からわたしたちの親代わりになりたかったんだと思うけれど、それは叔母の能力を超えていたのよね」アナはちょっと間を置いた。「でもわたし、叔母に恨みは全然ない。絵を描いたり歌を歌ったりするのが得意な人間もいれば、そうじゃない人間もいる。叔母はたんに、たいていの人と同じように生きることができない人だったというだけ。でも、あのときわたしがもっと……」彼女は首を振ると、グラスに手を伸ばした。

「なに？」

「わたし、妹も一緒に来させようとしたんだけど、妹は拒んだの。叔母のところに残るといって。そしてある日、ふたりは町を出ていった」

ジェイクは待った。だが、黙っていると落ちつかなくなってきた。

「で？」

「で？　それだけ。どこに行ったのかまったくわからない。いまどこにいてもおかしくないし、どこにもいないかもしれない。このレストランにいるかもしれない」アナは店内を見まわした。「いないわね。でもまあ、そういうわけ。わたしは残り、ふたりは出ていった。わたしは高校を卒業して大学に行った。それから先生が――わたしはロイス先生を養母と呼ぶようになっていたんだけれど、別に正式な手続きをしたわけじゃないの――先生が亡くなった。先生はわたしにお金を少し遺してくれて、わたしはとても助かったけれど。でも妹は、どうしたのかまったくわからない」

「捜そうとしたことはあるの？」ジェイクは訊いた。

アナは首を振った。「ない。叔母はわたしたちの世話をしに――というか世話をしようとしにくる前は、かなりぎりぎりの生活をしていたみたいだから、ふたりがまだ一緒にいるとしても、家賃を払ったりATMを使ったりはまずしていないと思うし、フェイスブックなんか絶対にやっていないと思う。でも、わたしはフェイスブックもインスタグラムもやっている。もっぱらそのためにね。ふたりがもしわたしを捜したくなったら、この国のどこの図書館のどの利用者用コンピューターからも、クリックを何回かするだけで見つかる。もしわたしに連絡を取ろうとしたら、メールでわたしに通知が来る。考えないようにはしているけれど、それでもやっぱりわたし……自分のコンピューターや携帯をオンにするたび、心のどこかできょうがその日じゃないかしらって思うの。あなたには想像もつかないでしょうけどね、自分の人生をひっくり返すようなメッセージを待つのがどんな気分か」

実を言えば、ジェイクにははっきりと想像できた。だが、それは黙っていた。

「きみはそのせいで……いまの話にあったことのせいで、落ちこんだ？　十代のとき」

アナはその質問をそれほど真剣に受けとめなかったらしい。「たぶんね。十代の子なんてたいてい落ちこむものじゃない？　でも、わたしはそれほど内省的な子ではなかったと思う。それにまあ、当時は大して野心もなかったから、自分のほんとにやりたいことから阻害されてるなんて感じてるわけでもなかった。そんなある日、高校四年の秋だけど、学校の進路指導室の外のベンチに置かれていた願書を手に取ったら、それがワシントン大学の願書でね。表紙に松林が写っていて、わたし思ったの……すてきじゃないって。まるで自分の家みたいに見えた。だからその場でそれに記入したわけ、進路指導室のコンピューターで。三週間後、入学許可書が届いた」

ウェイターが皿を下げにやってきた。ふたりはどちらもデザートを断わり、ワインをもう少しもらった。

「でもさ」とジェイクは言った。「考えてみれば、きみは驚くほどどうまく適応してるよ」

「へえ、そう?」とアナはくるりと目をまわしてみせた。「ちっぽけな島にほぼ十年間隠れていたし。本気のボーイフレンドもいないまま三十代半ばになっちゃったし。この三年は、どうしようもないぼんくらを、リスナーにはそれなりに説得力があってそれなりに情報通に聞こえるようにするために身を捧げてきたし。あなたにはそれが驚くほどうまく適応してるように聞こえる?」

ジェイクは彼女に微笑みかけた。「きみが経験してきたことを考えればね。きみは立派なワンダーウーマンだと思うよ」

「ワンダーウーマンはフィクション。わたしはありふれた現実の人間のほうがいい」

アナは全然ありふれてなどいない、ジェイクはそう思った。それはまちがいのない事実だ。灰色の髪をしたこの美しい女、北西部の森からやってきながら、ニューヨーク一活気のある地区の人気レストランに違和感なく存在するこの女は、平凡とはかけ離れている。青天の霹靂《へきれき》だと。だが、彼が何より驚くのは、そのすべてに自分が途轍もない安らぎを感じているという事実だった。なにしろ彼は、記憶にあるかぎりつねにさまざまなことがらで自分を苦しめてきたのだから。執筆中の本のこと、執筆していない本のこと、人々に続々と追いぬかれていくこと。上達したいと望んできた唯一のことがらに対して、自分が充分に——もしくはまったく——才能がないのではないかという深く恐ろしい不安。加えて世間では、自分と同年代の人々が次々に出会い、付き合い、貞節を誓いあい、新たに赤ん坊まで生み出しているというのに、自分のほうは詩人のアリス・ローガンと別れて以来、デートをする気になるほどの相手すら満足に見つけられずにいたのだから。しかし、いまそれはすべて終わった。突然、安らかに終わったのだ。

「まず」とジェイクは言った。「ボスを実際以上に利口に見せかけるというやつだけど、それこそおおかたの人々がやってる仕事だよ。次に、ウィドビー島はぼくからすれば、十年近くを過ごすにはなかなかいいところに思えるね。それに、本気のボーイフレンドがいないあいだは、要するにぼくを待っていたわけだ」

ジェイクが話しているあいだアナは彼を見ていなかった。自分のグラスと、それを持つ両手を見おろしていた。けれどもそこで顔を上げ、おもむろに微笑んだ。

「そうかもしれない。あなたの小説を読んだときわたし、〝こういう頭脳を持つ人なら知り合いになってもいい〟と思ったのかもしれない。シアトルでトークショーに行ってあなたを見たとき、〝あの人なら朝食のテーブル越しに見ても自分が惨めじゃないだろう〟と思ったのかもしれない」

「朝食のテーブル！」ジェイクはにやりとした。

「あなたの広報担当者に連絡を取ったときも、頭にあったのは、本物の作家を番組に出すことだけじゃなかったのかもしれない。こう考えていたのかもしれない。〝だってほら、ジェイク・ボナーと会えるようになるのなら、そんなに悪くないはずよ〟と」

「で、ほんとにそうなったと」

レストランの薄暗い明かりの中でもアナが赤面しているのがわかった。

「いや、いいんだよ。きみがそうしてくれてよかった。ものすごくうれしい」

アナはうなずいたものの、彼と目を合わせなかった。

「いまのを聞いてもほんとに少しも頭に来ない？　わ

たしはプロにふさわしくないまねをしたのよ、有名作家に一目惚れしたせいで」

ジェイクは肩をすくめた。「ぼくは地下鉄でピーター・ケアリーの隣に座ろうとしたことがある。オーストラリア一の現代作家に話しかけて、毎週日曜に一緒にブランチをするようになって、そこで小説の現状を話し合ううちに、彼がぼくの執筆中の小説を自分のエージェントにゆだねてくれる……そんな空想をしてね。わかるだろ」

「で、ほんとにやったの？」

ジェイクはワインをひとくち飲んだ。「何を？」

「隣に座ったの？」

ジェイクはうなずいた。「ああ。でも、ひと言も話しかけられなかった。それにどのみち彼は、そのあとふた駅ぐらいでおりてしまった。会話も、ブランチも、エージェントへの紹介もなく。ぼくは地下鉄に乗っていたありふれたファンさ。きみがぼくと同じくらい意気地なしだったら、ぼくらもそうなっていたかもしれない。でも、きみは自分の望むものにちゃんと手を伸ばした。ベンチからその願書をひろいあげて記入したのと同じように。それはすごいことだよ」

アナは何も言わなかった。感動しているようだった。

「きみのむかしの教授が言ったように、きみの人生はきみにしか所有できないんだよ、そうだろ？」

アナは笑った。「ちょっとちがう。教授はね、〝あなたの人生はあなたにしか生きられない〟と言ったのよ」

「ぼくらがリプリーでしじゅう唱えていたあの絵空事に似てるな。〝あなただけがあなた独自の物語をあなたの唯一無二の声で語れる〟」

「でも、それは事実じゃないの？」

「断じて事実じゃないね。それはともかく、きみが自分の人生を生きてるのなら、それはすばらしい。きみは誰にも何ひとつ借りはないんじゃないかな。養ってくれた先生は亡くなっているし。妹と叔母さんは考慮しなくていい——少なくともいまのところは。きみは自分に訪れる幸せを残らず味わう資格がある」

アナはテーブル越しに彼の手を取った。「まったく同感」

『クリブ』

ジェイコブ・フィンチ・ボナー作

ニューヨーク、マクミラン社、二〇一七年、36〜38ページ

サマンサの結論は中絶だった。それは、両親も彼女と同じくらい家族が増えるのを望んでいないようだという事実を考えれば、明白なはずだった。しかしあいにくと、ひとつ面倒な問題があった。それは両親がともにクリスチャンであり、しかも〝神は愛なり〟タイプのではなく、〝地獄には汝の落ちる特別な場所がある〟タイプのクリスチャンだという問題だった。そのうえニューヨーク州

の法律では、両親はサマンサ（彼女は何百日もの日曜の朝をノーウィッチのフェローシップ・タバナクル教会の会衆席で過ごしたにもかかわらず、いかなるタイプのクリスチャンでもまったくなかった）に対しても、サマンサの臍《へそ》の下数センチのところにある胚盤胞に対しても、拒否権をあたえられていた。両親はその胚盤胞を愛しい孫だと、あるいはせめて神の愛《いと》し子だと、見なしているだろうか？　いないだろう、とサマンサは思った。それどころか、逆にこう考えているはずだ。ここで大切なのは娘に罪の報いについてなんらかの〝教訓〟を、すなわち〝汝は苦しみて子を産まん〟という聖書の言葉と似たようなものをあたえることだと。彼女をイサカの病院へ連れていくことに同意してさえくれれば、何もかもずっと簡単になるというのに。

落第するというのもサマンサの計画のうちにはなかったが、妊娠のせいでいやでもそうするほかなくなった。というのも、彼女はそのまま学校に通ってプロムに参加したり臨月まで槍投げをしたりできるような生徒でもなければ、ときどき女子トイレで嘔吐するために教室を出る許可をもらう以外は、教師の質問にも試験にも宿題にも期末レポートにもおおむね好成績を収められるような生徒でもないと判明してしまったからだ。そう、四カ月目に血圧が上昇傾向にあると診断されて、赤ん坊の健康のために寝ているように命じられ、高校二年の地位をあっさりと、両親のどちらからもひと言のクレームもないまま取りあげられてしまったのだ。教師たちのなかにも学年を修了させるために骨を折ってくれる者はひとりもいなかった。

残りの残酷な五カ月間、身重のサマンサは体調がすぐれず、もっぱら——母親の父親だったか父親の母親だったかの使っていた古めかしい、四隅の柱の先端に丸い玉のついた——子供用四柱式ベッドに横になったまま、母親が部屋まで運んできてくれる食事をいやいや食べていた。家にある本をかたっぱしから読んだが——まずは自分の本を、つづいて母親がオニオンタ郊外のキリスト教書店で買ってきた本まで——早くも自分の脳のハードウェアが壊れかけているのに気づいていた。文は折り重なり、意味は段落の途中で消滅し、まるで体内の邪魔者に脳まで攪乱されたかのようだった。両親はもう相手の男の名前を聞き出そうとするのを諦めていた。サマンサ自身にもわからないと結論したのかもしれない（いったい何人の男子と寝たと思っているのだろう？　全員だろうか）。父親はもう彼女に口を利かなくなったが、もともと口数の少ない人だったので、サマンサは初めそれに気づかなかった。母親はまだ口を利いていた——というより、もっと正確に言えば、毎日わめいていた。どこからそんなエネルギーが湧いてくるのか不思議になるほどだった。

けれども、このすべてには少なくとも終点があるはずだった。なぜならこれには、この試練には〝期限〟があるからだ。〝終わり〟が。それはなぜか？

サマンサは十五歳の妊婦になりたくなかったのと同じくらい、十六歳の母親にもなりたくなかった。その点に関してだけは両親の気持ちも彼女とまったく同じはずだった。したがって、時が満ちたら生まれた子は養子に出され、産みの母親のほうは復学して、六年生のとき抜きさったあの愚鈍な同級生たちの一員になるはずだ。大学にはいってアールヴィルの町を出ていくという目標は一年遠ざかるにしても、そこへつづく道に戻ることはできるはずだ。彼女はそう信じていた。

なんたる世間知らず。いや、希望にすがっていたのかもしれない。両親もいつの日か自分たちのかたわらで主体的人間が、なんと十五年間も、みずからの計画と優先事項と願望を持って暮らしていたことに気づいてくれるのではないかと。サマンサはその希望を捨てず、思いきってあの《オブザーバー・ディスパッチ》紙の裏面に〝あなたの赤ちゃんに愛情あるキリスト教家庭を！〟と広告を載せている中絶カウンセラーなるものに（実際には〝中絶カウンセラー〟ではないことを承知のうえで）連絡を取りさえした。けれども母親は、送られてきたパンフレットを見ようともしなかった。

　罪の報いはどうやら永遠につづくようだった。

ちょっと待って！　とサマンサは両親に叫んだ。**あたしは子供なんて欲しくないし、母さんたちだって欲しくないでしょ。欲しがってる人にあげようよ。それのどこが問題なの？**

　問題はどうやら、それが神の望みだということらしかった。神はサマンサを試し、サマンサはそれに落第した。ゆえに、そうなるのが定めなのだ。

　腹立たしく、いらだたしい理屈だった。それどころか、非論理的だった。

　だが、サマンサは十五歳だった。だからどうしようもなかった。

15　どうして心変わりするんだ？

例のツイッター・アカウントは開設以来、幸いにもずっと休眠状態だったのだが、十二月中旬、突如ツイートを開始した――華々しくではなく、虚空に向かってめそめそと。

ジェイコブ・フィンチ・ボナー（@JacobFinchBonner）は#『クリブ』の著者じゃない。

他アカウントからの接触《エンゲージメント》はいっさいなく、ジェイクはそれを見てほっとした。接触してくる相手はおそらく誰もいないのだろう。サイトに登場して六週間、@TalentedTom という名のツイッター・ユーザーはいまだに卵アイコンを用い、自己紹介文もなく、居住地も開示していなかった。獲得しているフォロワーはふたりだけで、どちらも極東からアクセスしているボットのようだったが、当人は観衆がいなくてもまったくひるむ様子はなかった。それからの数週間、たゆみなくぽつりぽつりと辛辣な声明がささやかに投稿された。

@JacobFinchBonner は盗人だ。

@JacobFinchBonner は剽窃《ひょうせつ》者だ。

アナはいくつか用事を片付けるためにいったんシアトルに帰った。彼女がニューヨークに戻ってくると、ジェイクは彼女をロングアイランドに連れていき、父親のきょうだいやその子供たちとともにボナー家の伝統的なハヌカーを過ごした。このユダヤ教の年中行事にジェイクが客を連れてきたことはこれまでなく、いとこたちからは申し訳程度にしか注目されなかったが、アナが一同に供したサーモンの杉板焼きは盛大な感謝で迎えられた。
厳密にはアナはまだ前の人生に完全に別れを告げてはいなかったものの——ウェスト・シアトルのアパートメントは又貸しして、家具は貸倉庫に預けていた——すぐさまミッドタウンのポッドキャスト・スタジオに職を見つけ、さらにシリウスXMラジオで技術産業番組のプロデューサー職も得た。アイダホの田舎町の出身だというのに、たちまちニューヨーカーたちが街路を駆けぬけるスピードに追いつき、街に戻ってきて数日で彼女もまた、つねにせかせかした働きすぎのゴッサム市民になったようだった。だが、ニューヨーク市の住民以外なら誰でもぎょっとするような激しい環境ストレスにさらされながらも、アナは幸せそうだった。心から、いかにも。毎日その日の初めにはジェイクに抱きついて首筋にキスをした。彼の好きな食べ物を憶え、ふたりの食事を用意するという任務を円滑に引き継いだ（自分の食事すらまともに用意できたためしのないジェイクにしてみれば、大助かりだった）。この街の文化生活に頭から飛びこんでジェイクを連れていくようになり、まもなくふたりが夜自宅にいるのは珍しくなった。たいていは芝居やコンサートに出かけたり、アナが何かで読んだ小籠包の屋台を探して中国系の多いフラッシング界隈を歩きまわったりしていた。

@JacobFinchBonner の版元は#『クリブ』の購入者全員に返金する準備をしておいたほうがいい。オプラ（@Oprah）がまたインチキ作家をつかんだことを、誰か彼女に教えてやらなくては。

アナは猫を飼いたがった。何年も前から飼いたいと思っていたらしい。ふたりは動物の収容施設に行き、全身真っ黒だが一本の足先だけが白い、悠然たる態度の猫を一匹もらってきた。そいつはさっそくアパートメント内を一周すると、ジェイクがかつて好んで読書用にしていた椅子をわがものにして、そこに腰を落ちつけた（この猫は例の島にちなんでウィドビーと名づけられた）。アナはブロードウェイの芝居を見たがった――こんどは本物を。ジェイクはマティルダのクライアントのコネを通じて《ハミルトン》のチケットを手に入れ、〈ラウンドアバウト・シアター〉の会員にもなった。彼女はロウアー・イーストサイドの食べ歩きや、トライベッカ地区のガイドつき歴史散歩、ハーレムのゴスペル・ブランチにも行きたがった。どれも生粋の（ないしは少なくとも〝長年の〟）ニューヨーカーならたいてい、自分らの街について不案内だという気障なふりをするために、鼻であしらうようなものだった。ジェイクが朗読会やトークを行なうときには、アナは自分の仕事が許すかぎり――ボストン、モントクレア、ヴァッサー大学など――彼に同行するようになり、彼がマイアミ・ブック・フェアで登壇したあとふたりでフロリダに二日間滞在したこともあった。

ジェイクはおたがいの基本的ちがいに気づきはじめた。アナは見知らぬ人間からのアプローチにあけっぴろげな好奇心をもって接するのに対し、彼は恐怖心をもって接するのだ（これは彼が〝有名作家〟――そんなものは形容矛盾で、実際にはいませんが、とインタビュアーにはいつも謙遜して言っていた――になる前からで、個人的失敗の環を放射性のフラフープよろしく体にまといつかせていたころからそうだった）。さまざまな人々が彼の暮らしにはいってきはじめ、ジェイクは実に久しぶりに作家でも出版業界の人間でも熱心な小説読者でもない人々と話をするようになり、誰それの本がどこそこにいくらで売れたとか、誰それの第二作は期待はずれの売れ行きだとか、どこそこの編集者は過大評価された小説家に金を使いすぎたあと干されているとか、どこそこのブロガーはどこそこの夏期作家会議における〝無用の提案〟批判問題でどちらの肩を持ったとか、そんな話とはまるでちがう話をするようになった。物書きの世界の外には驚くほど多様な話題があった。政治、食べ物、興味深い人々とその人たちがこの世でしてきたこと、黄金期のコメディ、テレビ、キッチンカー、彼がこれまで上っ面しか意識してこなかった、周囲のいたるところで進行中の社会運動。

ジェイクの友人の物書きたちが二度目か三度目にアナに会うと、みな彼女を温かく迎え、ときには彼女とキスやハグを交わしてからジェイクのほうに向くことさえあった。アナは彼らの名前はもちろん、両親の名前やペットの名前（と種類）、彼らの職業とその職業に関する不満まできちんと憶えていて、いろいろなことを尋ねた。ジェイクのほうは強ばった笑みとともにそれを見ながら、これほど多くのことをこれほど短期間にどうやって探り出したのか、不思議に思うばかりだった。

それはアナが尋ねたからだと、後れ馳せながら気づいた。

ふたりはレストラン評論家アダム・プラットのレビューを読んで、マンハッタン橋の下にある点心レストランでジェイクの両親とともに月に一度ブランチをとるようになり、そこは彼らの行きつけの店になった。アナと暮らすようになってからのほうが、パートナーの予定や関心に理屈のうえでは邪魔されない独身時代よりも頻繁に両親に会っていた。アナは冬のあいだにふたりのことを深く知るようになった。母親の高校での仕事、父親の事務所のパートナーとの苦労、道を隔てて二軒先の一家の悲しい年代記（十代の双子がどちらも歯止めなくグレていき、家族を道連れにしたのだ）。気候がよくなってくると、アナはジェイクの母親と一緒にガレージセールに買い物に出かけたがり

(彼自身はそれを子供のころから全力で避けたものだが)、父親の長年のカントリー・ミュージック好きに感染したりした(ジェイクの目の前でふたりはエミルー・ハリスのツアー・スケジュールを調べ、その夏のナッソー・コロシアムでのコンサートを見にいく計画を立てた)。アナが一緒だと、両親はジェイクひとりのときより自分たちのことをよく話した。自分たちの健康状態や、ジェイクの成功についての自分たちの気持ちまで。それはいいことだ、誰にとってもいいことだ、そうわかってはいても彼は動揺した。両親が自分を愛してくれているのは紛れもない事実だったが、それは自然な好意の表われというより、初期設定のようなものだった。ジェイクがふたりの息子であるがゆえに、息子を誇りに思うべきかくも明白な理由をのちに彼がふたりにもたらしたとき、その初期設定が顕在化したのだ。ところがアナは——ふたりの子供でもなければ世界的ベストセラー作家でもないアナは、たんに人間としてふたりに好かれた。いや、愛された。

一月の終わりの日曜日に、いつもの点心ブランチのあと、父親はモット・ストリートの脇へジェイクを引っぱっていき、結婚についてどう思っているのかと尋ねた。

「そういうのは女の子の父親が訊くことじゃないの?」

「ま、アナの父親になり代わって訊いてるのかもな」

「そりゃ笑えるね。で、どうだったらいいわけ?」

父親は首を振った。「おまえ本気で言ってるのか? あんないい娘《こ》はいないぞ。美人で、優しくて、おまえに首ったけ。おれがあの娘の父親なら、おまえのケツを蹴り飛ばしてるところだ」

「つまり、アナが心変わりしないうちに結婚しろってこと?」

「いや、ちがう」と父親は言った。「何を待ってるんだってことさ。どうしてあの娘が心変わりするんだ?」

どうしてかは口に出して言うわけにいかなかった。ましてや父親には。だが、@TalentedTom が蔑みの言葉を虚空に投げつけはじめてからというもの、一日たりともそれを考えない日はなかった。毎朝グーグルアラートに目を通し、新たな単語の組み合わせをインターネットに投げかけては自分を苦しめていた。〝エヴァン+パーカー+作家〟〝エヴァン+パーカー+ボナー〟〝『クリブ』+ボナー+盗人〟〝パーカー+ボナー+剽窃〟などなど。まるで手洗い行為をやめられなかったり、コンロをきっちり二十一回チェックするまで出かけられなかったりする強迫神経症患者のようで、新作の執筆にかかれる程度に安心して落ちつくまでの時間は、日増しに長くなった。


@JacobFinchBonner が他人の小説を盗むのを誰がよしとするのか?

なぜ @MacmillanBooks はまだ#『クリブ』を売っているのか? 著者が他の作家からパクった小説を。

〝どうしてあの娘が心変わりするんだ?〟

これのせいだ。もちろん。

シアトルでのあの日以来、とりわけアナが国を横断してきてニューヨークで一緒に暮らすようになってからというもの、ジェイクはアナがあのツイッター投稿のことを話題にする日がいつか来るにちがいない、とずっと身がまえていた。どうして自分にそのことを話してくれなかったのか教えてほしいというしごくもっともな要求を突きつけてくるはずだと。

アナはどう見ても情報テクノロジー嫌いではなかった——メディアで働いているのだ!——が、行方不明の妹と叔母が彼女に連絡を取るよすがとしてフェイスブックとインスタグラムに拠点を開設しておきながら、どちらも放置したままで、アカウントはすっかり化石化していた。フェイスブックのプロフィールには二十人ほどの友達がならび、ワシントン大学の同期生ページへのリンクがあり、二〇一六年の民主党下院議員候補リック・ラーセンへの支持がトップに固定してあった。インスタグラム・アカウントの最初にして唯一の投稿は二〇一五年のもので、松の木のラテアートがフィーチャー――ここの用語！――されていた。ポッドキャスト・スタジオでの仕事のひとつはスタジオのインスタグラム・アカウントを管理することで、スタジオを利用したさまざまなホストやゲストの写真を投稿していたものの、個人的な〝いいね〟や、シェアや、リツイートや、フォロワーを追い求める気はないようだったし、ネット上でのジェイクの評判の浮き沈みなど絶対に監視していなかった。アナは明らかに現実の世界と、そこで起こる生身の人間同士の触れ合いが好きなのだ。おいしいものを食べ、おいしいワインを飲み、物理的な肉体で混みあった室内のヨガマットの上で汗を掻くのが。

それでも、アナが『クリブ』の著者と同棲しているのを知っている誰かが、自分のタイムラインをよぎる非難や攻撃を目にしてその話を持ち出してきたり、〝あんなことが起きているのに〟ジェイクはどうして我慢しているのかと礼儀正しく尋ねてきたりする恐れはあった。@TalentedTom の病原菌が細胞膜を透過して彼の実生活と人間関係にはいりこんでくる日がいつ来てもおかしくなかったし、アナが突然こう言いだす晩がいつ来ても不思議はなかった。「ねえ、あなたについての妙なツイートを送ってきてくれた人がいるんだけど」と。いまのところそうはなっていなかった。アナが仕事から帰ってきたあとや、ヨガのあと夕食をとるために彼と落ち合ったあと、彼とともに一日じゅう街を歩きまわったあとに、ふたりでおしゃべりをするとき、話題はありとあらゆることにおよんだが、ジェイクの人生における最重要事項はつねに別にあった。いやもちろん、アナをのぞいてだが。

毎朝アナが仕事に出かけてしまうと、ジェイクはデスクの椅子にぼんやり座ったままフェイスブックとツイッターとインスタグラムを行ったり来たりし、何か出ていないかと一時間おきぐらいに自分の名前をググり、自分は怖がっているのだろうか、それとも怖がるのを怖がっているのだろうかと、不安の度合いを測った。新たなメールの着信を知らせるチャイムが鳴るたびにぎくりとし、ツイッターの通知のビープが鳴るたび、インスタグラムで誰かが彼をタグづけしたというベルが鳴るたびに、どきりとした。

おいらが#クリブ @JacobFinchBonner を読んだ地球最後の人間なのはわかってるけど、みんな、どうなるのかバラさないでくれてありがとう。

ええーーーーー？？？？ってなったよ！

サミーのママにお薦めされた本。#パチンコ（州立公園の名前みたい）、#孤児列車、#クリブ、どれから読もう？

クリブ @jacobfinchbonner 著読了。びっくり。次は#ゴールドフィンチ（なっげー）

プロを（でなければ誰かの十代の子供でも）雇って、何者がこのツイッター・アカウントや TalentedTom@gmail.com を所有しているのか、あるいはせめてこれらのメッセージが世界のどのあたりから発信されているのか、突きとめてみようと一度ならず考えたものの、自分の個人的地獄にもうひとり人を引きこむなどありえない気がした。ツイッター社に苦情のようなものを申し立てようかとも考えたが、ツイッター社はさる大統領に、自分の支援と引き換えに女性上院議員らがフェラチオをしてくれているとほのめかすのを許していた——そんな会社が**ジェイク**などのために指一本でも動かしてくれるとは思えなかった。一日の終わりにはもはや何をする気力も失せていた。直接にも、間接にも、たんに身をかわすことさえ。そのかわり、根拠のない考えに繰りかえし逃げこんでは、こんな試練は無視しつづけていればいつか現実でなくなるはずであり、そうなったら自分は何ごともなかったかのように元の人生に戻ることができるし、そこでは自分のしたことに勘づく理由は誰にも——両親にも、エージェントにも、版元にも、何千何万という読者にも、アナにも——ないはずだと、そう夢想した。毎朝、こんなことはいつのまにかすっかりやむかもしれないというばかげた考えとともに目を覚ますのだが、そこでコンピューター画面から新たに真っ黒な点が現われてきて、気がつけば彼は迫りくる恐ろしい波の前にうずくまり、溺れ死ぬのを待っているのだった。

16　本当の成功を収めた作家だけ

やがて二月にはいり、ジェイクはそのツイッター・アカウントの自己紹介欄にフェイスブックへのリンクが追加されたのに気づいた。もはやおなじみとなった不安の高まりとともにそのリンクをクリックした。

名前……トム・タレント
職業……小説における正義の再興
学歴……リプリー大学
居住地……アメリカのどこか
出身地……ヴァーモント州ラトランド
友達……0

初めての投稿は短く、愛想のかけらもなく、核心をずばりと突いていた。

『クリブ』のあの大どんでん返しは衝撃的だったかな？　ならばもうひとつ紹介しよう。ジェイコブ・フィンチ・ボナーはあの小説を別の作家から盗んだんだ。

なぜかジェイクは、この投稿こそ長らく恐れていた転移の始まりだということを理解するまいとした。最初、周囲の反応はひかえめでそっけなく、叱責調でさえあった。

あほか。

あの本は過大評価されてるとは思うけど、人をそんなふうにおとしめるものじゃない。

なにそれ、やっかみ、負け犬さん？

だが二日後、ジェイクのツイッター通知が、マイナーな本好きブロガーのアカウントの引用リツイートをひろった。彼女はそこにこんな疑問を付け加えていた。

これどういうことか誰かわかる？

十八人がそれに反応していたが、誰も知らなかった。それから二日間、ジェイクはこれもまたいずれ過ぎ去るだろうという一縷《いちる》の希望にすがりつくことができた。ところが翌週の月曜日、エージェントのマティルダから電話があり、週のどこかで空いている時間があったらマクミラン社の面々とミーティングをしたいと打診された。彼女の口調にひそむ何かが、これはペーパーバック・ツアーの第二弾のことでも、秋に発売予定の新作のことでもないと告げていた。「どうしたの？」と彼は訊いたが、答えはすでにわかっていた。

マティルダは恐ろしいニュースを伝えるのにきわめて独特のやりかたをした。頭に浮かんだばかりの興味深い知見でも披露するように話したのだ。「そうそう、あなた知ってる？　ウェンディから聞いたんだけどね、読者サービスに、あなたは『クリブ』の著者じゃないというおかしなメッセージが届いたんだって。まあ、あなたもついに大物の仲間入りを果たしたってことよ。ほんとの成功を収めた作家だけが、そういうおつむのネジのゆるんだ連中を惹きつけるんだから」

ジェイクはひと言も声を出せず、携帯を見た。携帯は目の前のコーヒーテーブルにスピーカーをオンにして載せてあった。ようやく「なんだって？」と、かすれた声が出てきた。

「ああ、心配しないで。何かをなし遂げた人物は誰でもこういう目に遭うの。スティーヴン・キング。J・K・ローリング。イアン・マキューアンまで！　どこかのうすら馬鹿がジョイス・キャロル・オーツに言いがかりをつけたこともある。彼女がそいつの家の上空を飛行船で飛んで、そいつがコンピューターで書いてるものをのぞいたって」

「そりゃどうかしてる」ジェイクは大きく息を吸った。「で……そのメッセージにはなんて書いてあったの?」

「それがね、すごく具体的なこと。あなたの小説はあなたのものじゃないみたいな。マクミラン社は法務部を交えてそのことをちょっと話したがってる。見解を統一しておきたいのよ」

ジェイクはまたうなずいた。「なるほど、わかった」

「あしたの十時でどう?」

「いいよ」

彼は即座に前回と同じ——電話の遮断、胎児の姿勢、カップケーキ、ジェムソンという——自己隔離を繰りかえしたくなったが、意志の力を総動員してそれをこらえた。翌日には多少なりともまともな状態で人前に出なければならないとわかっていたので、それが歯止めとなり、少なくとも取り返しがつかないほどには落ちこまずにすんだ。翌朝、版元の立派なロビーでマティルダと落ち合ったときにも、自分がまだ正常でないのがわかった。一時間前に頑張ってシャワーを浴びたばかりだというのに、ぼんやりしていて、不快なにおいがした。マティルダと一緒にエレベーターで十四階にあがり、自分の編集者の助手に案内されて廊下を歩きながら、以前ここを訪れたときのことを思い出さずにはいられなかった。オークションのあとの祝賀会、緊張する(が、わくわくもする!)編集セッション、広報とマーケティング・チームとの晴れがましい最初の打合せ。その席で彼は初めて、『クリブ』には自分の以前の本には拒絶されていた出版の魔法の粉がすべて振りかけられるのだと悟った。それ以降の訪問は、その他の快挙の報告を受けるためだった——最初の実売十万部、最初の《ニューヨーク・タイムズ》ベストセラーリスト入り、オプラによる選定。どれもいいことだった。安心させる程度のものもあれば、人生が変わるほどのものもあったが、とにかくすべていいことだった。きょうまでは。

きょうはよくないことだ。

会議室のひとつで、ふたりはジェイクの編集者と宣伝担当者、それにアレッサンドロという社内弁護士とテーブルを囲んだ。アレッサンドロはジムから直行してきたと言ったので、ジェイクは滑稽にもそこに希望を見出してしまった。アレッサンドロの頭はつるつるで、てっぺんが頭上の蛍光灯で光っていた。それともあれは――とジェイクは目を凝らした――汗だろうか？　いや。汗を掻いているのは自分ひとりだ。

「さて」とマティルダが口をひらいた。「きのうも言ったとおり、これはほんとなんだけど、おかしな連中におかしなことを言われるのは珍しくもなんともないの。スティーヴン・キングでさえパクリだと難癖をつけられてるんだから。知ってる？」

それにJ・K・ローリングも。ジョイス・キャロル・オーツもね。知ってる。

「それに、気づいてると思うけど、こんなやつどうせ匿名だし」

「気づいてなかったよ」とジェイクは嘘をついた。

「あんまり考えまいとしてきたんで」

「そうね、それがいい」と編集者のウェンディが言った。「あなたにはこんな馬鹿げたことじゃなくて、新作のことを考えてほしいもの」

「だけど、あたしたちは話し合ってきたの」とマティルダが言った「ウェンディとあたしとこのチームは。で、そろそろミスター・グアリゼを交えて――」

「アレッサンドロです」と弁護士が言った。「そう呼んでください」

「一緒に検討するべきだということになったわけ。何か取るべき手段があるかどうか」

アレッサンドロは一枚のスプレッドシートをみなにまわしており、ジェイクが見るとそれは、〈才能あるトム〉のこれまでのネット上での活動を網羅したものだった。すべてのツイートとフェイスブック投稿がきちんと日付を付され、おぞましくも書き写され、出現順にならんでいる。彼は慄然とした。

「なんなのこれ？」とマティルダがページを見つめて言った。

「この男のことを助手にちょっと調べさせました。活動を始めたのは、ささやかにではありますが、十一月です」

「あなたはこんなものに気づいていた？」ウェンディが訊いた。

ジェイクは気分が悪くなった。自分はいま明らかに、その出会いについて最初の虚偽を述べようとしている。やむをえないことだし、必要でもあるが、耐えがたいことでもあった。

「全然」

「そう、それはラッキーね」

さきほどの助手が戸口から顔を出して、飲み物が欲しいかたはいますかと尋ねた。マティルダは水を頼んだ。ジェイクは水でさえそこらじゅうにこぼさずには飲めそうにない気がした。

「でね」とウェンディは言った。「こんなことを訊いてもあなたはきっと許してくれると思うけれど、これは言わば基本線だからどうしても答えてほしいの。このたわごとに関するかぎり、むこうの言っていることは実際にはひどく漠然としていて具体性がないのはわかっているけれど、なんの話をしているのか、あなた思いあたることはある？」

ジェイクは一同を見まわした。口がサンドペーパーのようにからからになっている。水をもらっておけばよかった。

「あー、ない。だって、それはあなたの言うとおり……なに、ぼくが泥棒？　なんの？」

「まったくよ」とマティルダ。

「彼はいくつかの投稿で〝剽窃者〟という言葉を使っています」とアレッサンドロが補足した。

「ふうん、うれしいね」ジェイクは辛辣に言った。

「でも、『クリブ』は剽窃なんかじゃない」マティルダが言う。

「あたりまえさ！」ジェイクはわめくように言った。

「一言一句ぼくが自分で書いたんだから。死にかけのノートパソコンを使って、ニューヨーク州コーブルスキルで。二〇一六年の冬から夏にかけて」

「そう。で、かならずしも必要ってわけじゃないけど、下書きとかメモとかそういうものは残ってるのよね？」

「残ってるよ」とジェイクは答えたが、そう言いながら首を振った。

「わたし、彼が〝才能あるトム〟と名乗ってるのが気になるのよね」とウェンディが言った。「彼自身も作家だと仮定するべきかしら？」

「才能ある作家ね」マティルダが思いきり皮肉な口調で言う。

「それを最初に見たとき」とローランドという宣伝担当者が言った。「思わずあれを連想しましたよ――リプリーを」

不意を突かれてジェイクは顔がかっと熱くなった。

「誰ですそれは？」弁護士が言った。

「トム・リプリー。『太陽がいっぱい《ザ・タレンテッド・ミスター・リプリー》』の主人公です。知ってるでしょう、あの本？」

「映画は見ました」とアレッサンドロは言い、ジェイクは詰めていた息をゆっくりと吐いた。どうやらこの部屋には、〝リプリー〟をジェイクがかつて何年か教えていた三流修士課程と結びつける者はいないようだった。

「なんか不気味な感じがするんですよね」とローランドはつづけた。「あなたを剽窃者と呼んでおきながら、〝この程度ですむと思わないことだ〟なんて言ってたりしていて」

「でも、彼が剽窃者と言ってるのはほんのときたまでしょ」とウェンディが言った。「ほかのときは、物語を盗んだとしか言っていない。あの物語はあなたのものじゃないとしか。いったいどういうことかしら？」

「一般にはあまり知られていませんが、プロットは著作権で保護できません」やがてアレッサンドロが言った。「題名さえ保護できませんからね、争うのはずっと簡単になるはずです」

「プロットを著作権で保護できたら、小説なんて書けなくなっちゃうもの」とウェンディが言った。「想像してみてよ、誰かが〝少年が少女に出会う《ボーイ・ミーツ・ガール》〟や〝少年《ボーイ・》が少女に失恋する《ルーズィズ・ガール》〟や〝少年が少女の恋人になる《ボーイ・ゲッツ・ガール》〟の著作権を所有してるところを。あるいは〝市井に育ったヒーローが権力をめぐる壮大な争いに途轍もなく重要な役割を果たすことが判明する〟とか。ありえないでしょ！」

「しかしこれは、公平に言って、非常に独特なプロットです。たしかあなた自身、編集者としてだけでなく一読者としても、こんなものに出会ったのは初めてだと言ってましたよね、ウェンディ」

ウェンディはうなずいた。「それは事実よ」

「あなたはどうです、ジェイク？」

またひとつ、くらくらしながら深呼吸をし、またひとつ嘘をついた。

「うん。これまで読んだもののなかじゃ出会ったことがないね」

「だいいち、出会ってれば憶えてるでしょ！」とマティルダ。「こんなプロットを持つ原稿が、もしうちのオフィスに送られてきたら、あたし絶対、ジェイクが原稿を送ってきたときと同じように反応したはず。だけど、その作家が原稿を送ったのが、たとえあたしじゃなくても、こんなプロットの本にはどんなエージェントだって興奮したはずだから、最終的にはあたしもみんなもその噂を耳にしたはず。それはつまり、そんな本は存在しないってことよ」

「まだ書かれていないのかもしれない」ジェイクは思わずそう言っていた。

みなが彼を見た。

「どういう意味です？」アレッサンドロが言った。

「つまり、どこかの小説家が同じアイディアを温めていたけど、実際には書いてないということはありうると思うんだ」

「勘弁してよ！」とマティルダが両手をあげた。「小説のアイディアは持ってるけど執筆にはまだ着手してないなんていう連中の話を、いちいち真に受けるわけ？ いったいどのくらいの人間が、すごいプロットを思いついたんだと言って、あたしのとこへ来ると思ってんの」

「見当はつく」とウェンディが溜息をついた。

「そういう連中にあたしがなんて言うか知ってる？〝すてき！ 書きあげたらうちのオフィスに送ってちょうだいね〟よ。で、これまでに何人が送ってきたと思う？」

〝ぼくはゼロに賭ける〟とジェイクは思った。

「ゼロよ！」とマティルダは言った。「二十年近くエージェントをやってきてゼロ！ だから百歩譲って、どこかの誰かが同じプロットを考えついたとしようか。百歩譲ってだよ！ でも、そいつは実際には自分のヘボ小説を書きはじめてなかったから、いまはむかついてる。だって別の人間に、本物の作家に書かれちゃったんだから！ しかもそいつの書けるものよりたぶん数段すぐれたものを。残念でした。次はせいぜいがんばりな、だよ」

「マティルダ」とウェンディがたしなめ、また溜息をついた（いまはどちらもいらだっているものの、ふたりは古い友人同士だった）。「わたしもまったく同感。だからこそこうして集まってるんでしょ、ジェイクを守るために」

「だけど、世間の人間がインターネットにたわごとを書きこむのをやめさせるわけにはいかない」とジェイクは雄々しく言った。「そんなことをしたらインターネットなんかなくなってしまう。無視するのがいちばんじゃないか？」

弁護士が肩をすくめた。「これまで無視してきましたが、こいつがやめる気配はありません。無視しないほうが効果があるんじゃないでしょうか」

「だけど、無視しないとしたらどうなる？」ジェイクは言った。いささか棘のある、怒気をふくんだ口調になってしまった。もちろん怒っている！「だって、熊をつつきたくはないだろ？」

「むこうが熊ならね。率直に言ってこういう連中は熊というより、ヘッドライトに照らされた鹿であることが多いものです。ちょっと光をあててやれば逃げていきますよ。キーボードの前では威勢がよかったりもしますが、立証可能な虚偽の事実を述べたり示唆したりすれば、それはたんなる意見ではなく、名誉毀損となります。そういう手合いは自分の名前を公表されるのをいやがるし、訴えられるのは確実にいやがりますからね。二度とやらなくなります」

ジェイクは希望がかすかに脈動するのを感じた。

「どうやってやるつもり？」

「コメントにいかにもお役所っぽく聞こえることを書きこみます。〝名誉毀損〟〝プラバシーの侵害〟〝誤解を生ずる記述〟――どれも訴訟に耐えうる根拠です。それと同時にホストウェブサイトとプロバイダーに連絡して、投稿を自主的に削除してほしいと要請します」

「頼めばやってくれるの？」ジェイクは意気込んで訊

いた。

アレッサンドロは首を振った。「いえ、通常はやってくれません。一九九六年の通信品位法により、彼らは第三者の行なった名誉毀損に対しては責任を問われないことになっていますから。他の人々の自由な言論の媒介者と見なされるんですよ、厳密には。だからお咎《とが》めなしです。しかし、彼らはみなコンテンツ規範を定めていますし、自分たちのサービスに一セントたりとも金を払ってくれていないような無名の負け犬の肩を持って破産などしたくないはずですから、運がよければそこで止まります。できればホストを味方につけたいですね、たとえ投稿を削除させても、まだメタデータを消去しなくちゃなりませんから。いま現在〝ジェイコブ・フィンチ・ボナー〟プラス〝盗人〟という単語でググると、それが検索結果のトップに来ます。ジェイクの名前と〝剽窃〟でググっても同じです。サーチエンジンの最適化技術で多少は緩和できますが、ホストに手伝ってもらったほうがずっと簡単です」

「だけど、相手の正体がわからないのにどうやって訴えるんです？」と宣伝担当のローランドが言った。

「訴訟をほのめかすことすら無理じゃないですか？」

「氏名不詳者に対する訴訟を起こすんです。そうすれば召喚状を出させられます。それに、プロバイダーに要求してこの男の登録情報を手に入れられるようにもなります。もっといいのはIPアドレスですね。そのアドレスが図書館などの共用コンピューターだったら、われわれには運がないことになりますが、それでも有用な情報にはなりえます。どこかのド田舎から投稿されていると判明したら、そのド田舎に住んでいる誰かをジェイクが知っていることになるかもしれない。大学かどこかでそいつのガールフレンドを奪ったのかもしれない」

ジェイクはうなずいてみた。誰かのガールフレンドを奪ったことなど人生で一度もなかったが。

「職場のコンピューターだと、われわれにはいちばん好都合です。そうなれば申し立てを変更してそいつの名前だけでなく、雇用主の名前も付け加えられますから、それだけでかなり威力を発揮します。正体がばれていなければこの男は威勢がいいですが、雇用主まで訴えられると思えば、きっと口をつぐんで姿を消しますよ」

「ぼくなら絶対そうします！」ローランドが陽気に言った。

「ま、それは……勇気づけられるわね」とマティルダが言った。「だってあんまりだもの、ジェイクがこんな目に遭わなくちゃいけないなんて。あたしたちみんなそうだけど、ことにジェイクは。彼がこれでずっと悩んできたのもわかってる。本人は言わないけど、あたしにはわかる」

一瞬ジェイクは自分が泣きだすのではないかと思った。あわてて首を振って、そんなことはないというふりをしたが、誰もだまされなかっただろう。

「だめだめ、ジェイク！」とウェンディが言った。「みんなで結束しなくちゃ！」

「そうですよ」と弁護士が言った。「わたしは自分のすべきことをします。あなたはこれから、ヘッドライトを浴びた鹿が森の奥へ逃げていく物音を聞くはずです」

「わかった」とジェイクは見えすいた空元気《から》とともに言った。

「ハニー」とマティルダが言った。「前にも言ったでしょ。いやな話だけど、これは名誉の問題。この世で何かをなし遂げた人間にはね、その人を引きずりおろしたくてしかたない連中がかならずいるもんなの。あなたは何ひとつまちがったことはしてない。これを自分の問題だなんて考えなくていいの」

だが、彼はまちがったことをしていた。だから自分の問題だった。そしてその地獄は現在も拡大中だった。

『クリブ』

ジェイコブ・フィンチ・ボナー作

ニューヨーク、マクミラン社、二〇一七年、43～44ページ

父親はサマンサを病院の玄関までは乗せていってくれた。母親はロビーの中まで付き添ってくれたが、それより先へは行こうとしなかった。それはまさに《ABC放課後スペシャル》（一九七二年から九七年まで放送されたティーン向け番組で、十代の妊娠問題もしばしば題材となった）の一エピソードと変わらず、ちがうのはサマンサの味わっている途轍もない痛みだけだった。何か薬をあたえてほしかったが、彼女の出産を担当しているらしい看護師たちの態度にはとりわけ、明白な懲罰の雰囲気があった。結局サマンサは何もあたえられないいま、いまさら無駄だと言われる時点まで来てしまい、そのまま何もあたえられなかった。さらに悪いことには――悪いことはこれ以上勘弁してほしかったが――クラスの男子の母親が同じ時間に産気づいていたため、当然の結果としてその男子が、にきびだらけのレスリング選手が病院にいて、母親に付き添って廊下を歩いたり、母親の部屋に出入りしたりしており、あけはなしたドアの外を通るたびサマンサのほうに好奇の目をこっそり向けてくるのだった。

それは屈辱と痛みに彩られた長くて新鮮な一日で、病院のソーシャルワーカーたちのひどくもの珍らしげな好奇心にもさらされた。彼女らはとりわけサマンサが書式の〝子供の父親〟欄をどう埋めるのかに関心があるようだった。

「ビル・クリントンでもいい？」サマンサは陣痛の合間に訊いた。

「本当のことじゃなければだめ」とその女は言い、にこりともしなかった。アールヴィルの人ではなかった。お金のあるところから来たようだ。クーパータウンかもしれない。

「で、子供が生まれたあとも実家で暮らすつもりね」

それは断定だった。質問ではありえない。

「そうしなきゃいけないの？　家を出ちゃいけないの？」

女はクリップボードをおろした。「実家を出たい理由を訊いてもいいかしら？」

「両親がわたしの目標を支持してくれないから」

「あなたの目標とは？」

〝この赤ん坊を誰かにあげて高校を卒業すること〟だ。でも、それは結局、口には出さなかった。というのも次の陣痛が岩のようにぶつかってきたからで、モニターで何かがピーピーと鳴りだし、看護師がふたりはいってきたところまでは憶えていたが、あとのことはほとんど記憶になかった。痛みが治まったときには目が覚めていた。外は夜更けで、ベッドの横に携帯用の水槽のようなものがあって、その中で赤い皺くちゃの生き物が金切り声をあげていた。それがどうやら、娘のマリアらしかった。

17　成功の不幸な副作用

ミーティングから約一週間後、ジェイクの版元の代理人を務める弁護士は、〈才能あるトム〉の既知の書きこみのいくつかに対して、コメント欄に次のような通知を書きこんだ。

前略。〈才能あるトム〉の名であちこちに投稿しているかたへ。

当職はマクミラン出版とその著者ジェイコブ・フィンチ・ボナーの代理人を務める弁護士です。貴殿が悪意をもって拡散している不正確な情報と、著者が不正を犯したかのような事実無根の書きこみは、きわめて迷惑であり受け容れがたいものです。ニューヨーク州法のもとでは、他者の評判を貶《おとし》める意図をもって事実に基づく証拠なしに故意の主張をなすことは違法です。訴訟前の要求として貴殿に、すべてのソーシャルメディア・プラットフォームとウェブサイト上のみならず、あらゆる形式のコミュニケーションによるすべての誹謗中傷を即座に中止することを求めます。中止されない場合には、貴殿と当ソーシャルメディア・プラットフォームないしウェブサイト、ならびに関係するすべての責任者に対して訴訟を起こすことになります。当ソーシャルメディア・プラットフォームの代理人にはすでに別途連絡ずみです。

草々。

弁護士アレッサンドロ・F・グアリゼ

数日間はありがたい沈黙がつづき、ジェイコブ＋フィンチ＋ボナーを探すグーグルアラートの恐ろしいトロール漁の網にかかるのも、せいぜい読者の感想や、スピルバーグの映画のキャスティングに関する噂話、国際ペンクラブの資金集めパーティでウズベキスタンからの亡命ジャーナリストと握手するジェイクの姿を芸能ニュースサイト《ページ・シックス》が〝目撃〟した画像ぐらいのものだった。

ところが木曜日の午前中に事態は一気に悪化した。〈才能あるトム〉が自身の公式声明を作り、それをまたしてもメールでマクミラン社の読者サービスに送ったばかりか、ツイッターとフェイスブックのほか、真新しいインスタグラムのアカウントにも投稿して、ブックブロガーや業界監視団体のみならず、《ニューヨーク・タイムズ》と《ウォール・ストリート・ジャーナル》の文芸担当記者の注意をも引くような、多数のタグを付したのである。

小説『クリブ』の多数の読者に遺憾ながらお伝えしますと、〝著者〟のジェイコブ・フィンチ・ボナーはみずからが書いた物語の正当な所有者ではありません。彼が盗作で報酬を受けるのはまちがっています。ボナーは恥知らずであり、事実を暴露され非難されるべきです。

〝ヘッドライトを浴びた鹿〟説はどうなったのか。

それが一日の幕開けだった。おぞましい一日だった。たちまちのうちに彼の著者ウェブサイト上の連絡フォーム経由で、六人のブックブロガーがコメントを欲しいというリクエストを、オンライン雑誌《ランパス》がインタビューの質問事項を、それにジョーという人物が非論理的ながらも悪意のこもったメッセージを送ってきた。**おまえの本がくだらないのはわかっていた。これで理由がわかった。**正午までにはオンライン文学雑誌の《ミリオンズ》がジェイクのことを何やらツイートし、《ページ・ターナー》がすぐそれにつづいた。

マティルダひとりが楽観的だった。というか、楽観的に見せようと骨を折っていた。彼女はまたしてもこう言った。これは成功の不幸な副作用なのだ。世間には——ことに作家の世間には——誰かに何らかの貸しがあると思いこんでいる拗ね者が大勢いる。そいつらの理屈は次のようなものだ——

文をひとつ書ける人間なら、自分を作家と見なしてしかるべきである。

〝小説〟の〝アイディア〟をひとつ持つ人間なら、自分を小説家と見なしてしかるべきである。

原稿を実際に書きあげた人間なら、誰かにそれを出版させてしかるべきである。

誰かがそれを出版してくれたら、当人は二十都市をめぐるブックツアーに送り出されたうえ、自著の全面広告を《ニューヨーク・タイムズ・ブック・レビュー》に載せてもらってしかるべきである。

そしてもしこの資格の階梯のどこかで、それら実現されてしかるべきことがらのどれかが実現しなかった場合、その責任はかならず自分が不当に妨害された地点にある。すなわち——

日々の生活——それが自分に執筆の機会をあたえてくれなかった。

〝プロの〟あるいは〝既成の〟作家たち——こいつらが人より先にその地位にたどりついたのは、何らかのズルのおかげである。

エージェントと出版社——こいつらは自分たちの既存作家の評判を守り、磨きをかけるために、新たな作家を締め出すことしかできない。

出版業界全体——こいつらは（よこしまな利益のアルゴリズムに従って）特定の有名作家にばかり力を入れ、それ以外の作家を効果的に沈黙させている。

「要するに」とマティルダは言ったが、天性の慰め役ではないので、口調は強ばっていて不自然だった。

「あんまり心配しないで、お願いだから。それにね、あなたには山のような同情が寄せられるはずよ、同業者からも、あなたのほんとに気にかけてる批評家たちからも。だから我慢して」

ジェイクは我慢した。当然ながらマティルダが正しい。

ウェンディからは〝落ちこまないで〟メールが来たし、スティーヴン・スピルバーグの西海岸事務所の担当者のほか、ジェイクがかつてニューヨークで付き合った何人かの作家（彼より先に有名な芸術修士課程にはいった連中）からもメールが届いた。メイン州のブルース・オライリーからも連絡があり（**まったく、なんなんだこのちんけなうすら馬鹿は？**）、かつての添削依頼人たちも何人か連絡をくれた。ジョンズ・ホプキンズ大学のアリス・ローガンも連絡してきて、詩人界の剽窃スキャンダルをいくつかあげてくれたうえで、新しい夫の子供を身ごもっていると伝えてきた。両親も電話をよこし、ジェイクのかわりに腹を立ててくれたし、修士課程時代のクラスメイトも何人か連絡をくれた。そのうちのひとりは自分のストーカーを撃退したという。**その女はぼくの二冊目の小説を、ぼくらの関係に関する暗号書だと思いこんでいたんだ。ちなみに、関係なんてなかったけどね。心配するな、そんなやつはいずれいなくなる。**

その日の午後四時ごろ、ヴァーモント州のマーティン・パーセルから連絡が来た。

何者かがぼくらのリプリー・フェイスブックグループに投稿していたんですけど。誰がこんなことを言っているのか心あたりはあります？ パーセルはメールにそう書いてきた。

〝きみじゃないかと思っていたよ〟ジェイクはそう思ったが、もちろんそんなことは言わなかった。

『クリブ』

ジェイコブ・フィンチ・ボナー作
ニューヨーク、マクミラン社、二〇一七年、71〜73ページ

ほぼ二年後、サマンサの父親はコルゲート大学の中央管理事務所の駐車場で倒れて、救急車が到着する前に亡くなった。このできごとのあとに起きたサマンサの人生で最大の変化といえば、にわかに経済的安定を失ったことであり、父親がどこかの女と、それもどうやら何年ものあいだ寝ていたことについて、母親がくどくど言うようになったことだった（そんなことを夫が死んでからなぜ暴露したのか、少なくともサマンサからすれば、意味不明だった。いまさら何ができるわけでもないというのに）。一方サマンサは、亡くなった父親の車をもらった。スバルを。これは大いにありがたかった。

そのころには娘のマリアはもう、歩いたりしゃべったりといった普通のことはすべてできるようになっていたが、サマンサからすれば普通ではないと思われることもするようになっていた。たとえば行く先々で文字の名前を口にして、サマンサが話しているのに聞こえないふりをしたりとか。マリアは生まれた最初の日から不満いっぱいで、わめき散らし、人を押しのけた（サマンサはもちろんのこと、祖父母や小児科医まで）。幼稚園に通うようになっても、隅でむっつりと絵本を見ているだけで、みんなと一緒に遊ぶどころか、横で同じことをするのも拒んだ。お話の時間には先生

がお話をしているのに口をはさみ、食パンの耳につけたジャムとクリームチーズのほかは食べようとしなかった。

そのころにはもうサマンサの高校の同級生たちはみな、クレープ紙で飾りたてられた体育館から丸めた卒業証書を手に巣立っていき、散り散りになっていた——何人かは大学へ、何人かは職場へ、残りは風の中へと。そのうちの誰かとスーパーマーケットや、独立記念日に二〇号線のパレードで出会ったりすると、怒りが口までこみあげてきて舌を焼き、歯を食いしばらなければ礼儀正しい会話ができなかった。この同級生たちが巣立ってから一年後、サマンサの本来の同級生たち——中学一年のときに彼女が抜きさった同級生たち——も卒業してゆき、それとともにその怒りも消えたように思われた。残されたのは低級な失望だけで、年を経るにつれてサマンサは自分が何に失望したのか思い出す気力も失ってしまった。母親はしだいに家に居つかなくなった。〝三代にわたる家族経営！〟でおなじみ〈カレッジ・イン〉のダニエル・ウェイブリッジが——心の善良さゆえか、はたまた父親としての責任感が疼いたのか——母親の時給を上げてくれたので、母親は教会のグループに加わってあちこちの婦人科医院に押しかけては、患者や職員を悩ませていたのだ。サマンサはほとんどの時間をひとりで娘の相手をして過ごすようになり、赤ん坊が乳児から幼児になるにつれてその世話は日々の隅々にまで、あらゆる時間にまで広がった。食事をさせ、入浴をさせ、服を着せ、服を脱がせ——と自動人形のようにマリアの世話をしながら、日々、後退をつづけていた。

18　一日分の嘘

新作の執筆がどうにか一、二時間できる日もあったが、できない日のほうが多かった。たいていは、朝アナが仕事に出かけていくと、ジェイクはアナがそれまでのみすぼらしいカウチのかわりに選んだ新しい綴れ織りのカウチに座ったまま、携帯（ツイッター、インスタグラム）とノートパソコン（グーグル、フェイスブック）を交互に見ては、新たな投稿がないか繰りかえしチェックして、すでに見た投稿から悪意ある反響を追った。八方ふさがりで悶々とし、出口はまったく見つからなかった。

マクミランの関係者が二週間後、こんどは電話会議で再招集されると、彼らの中止要求に対する〈才能あるトム〉の回答にも、ほかに打つべき手が特にないことにも、口々に無念が表明された。しかし宣伝担当のローランドからは、読書ウェブサイトやブロガーはこの話題をスルーしているという報告があった。それはひとつには、詳細がまったくわからないために書くべきことがないからであり、もうひとつには、率直に言えば、この匿名投稿者がいかにも大ベストセラーが登場するとかならず湧いてくる類の人物にすぎないように思われるからだった（それにジェイクの苦境は、ウィリアムズバーグ在住の小説家の元夫婦のあいだに折よく勃発してくれた戦争のおかげで救われてもいた。このふたりは数週間のあいだに相前後して――元妻は最初の、元夫は三冊目の――作品を出版し、自分たちの失敗した結婚生活をたがいに、悪役はそれぞれ異なっていたものの、告発しあっていた）。

「もちろん、もっといい結論が出せればいいのですが」と弁護士が言った。「しかし、これがこの男の最後の悪ふざけだった可能性もつねにあります。いまは自分が監視されているのを知っていますから。前はそれほど慎重にならなくてもよかったんです。そんな価値はないと判断してくれるかもしれません」

「きっとそうだと思う」とウェンディが言った。ジェイクの耳には、無理に楽観しようとしているように聞こえた。「それにどのみち、もうじきジェイコブ・フィンチ・ボナーの新作が出るんだから。そうしたらこの馬鹿はどうするのかしら。ジェイクの書くものをかたっぱしから盗作だと言い立てるのかしら。このたわごとに対抗する最善の手は、できるかぎり早く新作を発表することよ」

全員がそれに賛同したが、誰よりも賛同したのはジェイクだった。自分がひそかに〝悲報〟と呼んでいるものがネット上に出現して以来、彼は一語も書けなくなっていた。だが、電話を切ったあと、落ちつきを取りもどした。この人たちは味方なのだ。たとえ『クリブ』の広い意味での原作のことを知ったとしても、味方でいてくれるはずだ！　なんだかんだ言っても、作家と仕事をする人々は、創作物が著者の想像力に根をおろすには無数の往々にして奇妙な方法があることを充分に承知している。小耳にはさんだ会話の断片、再利用した神話の一部、出会い系サイトで読んだ告白、高校の同窓会で聞いた噂話。世間の人々は小説を詩神がもたらすものだと信じているかもしれないが——そういう連中は赤ん坊もコウノトリが運んでくるものだと思っているのではないか——それがどうした？　作家や編集者のように文学のことを一瞬でも考えたことのある人間なら、小説がどのようにして生まれるのか重々理解している。そういう人々のことだけをジェイクは考えることにした。もうたくさんだ！　そろそろ雑音を締め出して自分の原稿を完成させるべきだ。

そしてそれを、自分でも少々驚いたことに、彼は本当にやってのけた。

それからひと月もたたないうちに、新作のすばらしい第一稿を送信した。一週間後、細かな書き直しをいくつか要求しただけで、ウェンディはそれを正式に受領した。

新作の主人公はひとりの検事で、下積み時代に魔が差して賄賂を受け取り、担当事件のひとつをもみ消す。路上検問とバックシートで味わわれていた一杯のロゼワインとが関係する表面上はつまらない事件だ。しかしその小さな判断がのちに成功と満足のうちにある主人公を悩ませるものとなり、彼と家族に思いがけない災いをもたらす。『クリブ』のプロットのような衝撃的なひねりこそないものの、マクミランのウェンディたちが期待していたような曲折はたしかにいくつかあり、ジェイクの見るところ、『クリブ』現象の再来にはなりえなくとも（ウェンディを筆頭に誰ひとりそうなると言わないのが、すべてを物語っている）、それなりの生存能力を持つ次作にはなりそうだった。ウェンディはそれに満足していた。マティルダもウェンディの満足に満足していた。ふたりともジェイクに満足していた。

ジェイクは明らかに自分に満足していたが、彼の人生はつねにそうだった。職業的に失敗しつづけた長い年月だけでなく、めまいがするような成功を収めたこの二年間も。ひとつの形態の不安と自責が、別の形態の不安と自責に換わっただけだった。毎朝アナの温かいぬくもりとともに目を覚ますと、たちまちもうひとつの、実体のない不快な存在のことを思い出して、今日こそ新たなメッセージが来るかもしれない、自分の世界が壊滅するかもしれないという不安に襲われる。そしてその後数時間はひたすら、恐ろしい事態が起こるのを待ちつづける。アナや、マティルダや、ウェンディに言い訳をしなければならなくなるのを。ジェイムズ・フライが座らされたオプラ・ウィンフリーのカウチに自分も座らされるのを。「いまスティーヴン・スピルバーグに電話をつなぐから」と言われるのを。国際ペンクラブの作家諮問委員の地位を取り消されるのを。誰にも気づかれませんようにと顔をうつむけたまま通りを歩くのを。毎晩、彼は言い逃れでくたびれ果てていた。一日分の嘘が周囲に積みあがり、彼を不眠へと引きずりこんだ。

「ねえ」とアナが言ったのは五月のある晩だった。

「あなた、だいじょうぶなの？」

「え？　もちろんさ」

それはその特別な晩を狙っての憂慮の表明であり、アナのニューヨーク移住半周年の記念日にわざわざ口にされたものだった。ふたりは最初の晩にジェイクが彼女を連れてきたあのブラジル料理店の奥にいて、ちょうどカイピリーニャのグラスが運ばれてきたところだった。

「でも、明らかに上の空よ。夜にわたしが帰ってくると、なんだか無理をしてるみたいな、そんな感じがする」

「無理をするのはかならずしも悪いことじゃないさ」とジェイクは努めて軽い口調で言った。

「無理にわたしの顔を見るのがうれしいふりをしてるってこと」

ジェイクは不安が高まるのを感じた。

「え。それはちがうよ。きみの顔を見るのはいつだってうれしいよ。ただ、いまはほら、ちょっとテンパってるからさ。ウェンディにだいぶ書き直しを命じられてるんだ。話したと思ったけどな」それはもちろん嘘ではないが、書き直しは些細な点ばかりで、かかってもせいぜい二週間だった。

「わたしが手伝ってあげる」

彼はアナを見た。アナは真面目な顔をしていた。

「ぼくは孤独な道を歩んでるんだ」彼はまだそれを冗談にしようとしていた。「いや、ぼくだけじゃない。作家はみんなそうだよ」

「作家がみんな同じ孤独な道を歩いてるのなら、そんなに寂しくないはずよ」

もはや非難の響きに耳を閉ざすのは不可能だった。こんなアナは初めてだった。ドアをドンドンとたたいて、ジェイクの考えや悩み事に立ち入らせろと要求するアナは。むしろ彼女は出会ったときからひかえめに、ジェイクが自分の生活に欠けているのにすでに気づいていたもの——人づきあい、愛情、上等な家具、大いに改善された食事——を次々に提供してくれ、一度も「何を考えてるの?」という決定的な、心をうち砕く質問はしなかった。だがいまは、そのアナでさえ優しさの限界に達したようだった。

それともついに、職場で暇な時間にジェイクの名前を検索エンジンに打ちこんだのかもしれない。あるいはヨガの仲間と一緒にコーヒーを飲みにいって、こんなふうに言われたのだろうか。「ねえ、あなたジェイコブ・フィンチ・ボナーと暮らしてるんでしょ? 最悪よね、彼、どうなっちゃうのかしら」

いまのところはまだそんな事態になっていなかったが、いずれそうなったら——なるに決まっていた——はたしてアナはマティルダの台詞のバリエーション（〝そう、告発された剽窃者、それがぼくだ! ぼくはいまこそ本当に成功したんだと思う〟）や、トラウマをまぬがれさせてくれる苦しい言い訳を、受け容れてくれるだろうか?

受け容れてくれないだろう。その結果、ジェイクが実はどういう男かを悟るのだ。とんでもないことをしでかして非難されているのみならず、その非難を彼女から隠していた男だと。それも、付き合いはじめた当初からずっと。その結果どうなるか——去っていくだろう、この愛すべき美しい女性は。彼のいるところからもっとも遠い、大陸の反対側に帰ってしまい、二度と戻ってこないだろう。ジェイクはそう考えていた。

だからアナには黙っていたし、黙っていることを正当化しつづけてきた。

理解してもらえるはずがないではないか。アナは作家ではないのだから。

「きみの言うとおりだ」と、いま、ジェイクはアナに言った。「ぼくは少々芸術家になりすぎちゃってる。ただ、いまはちょっと――」

「ええ。聞いた。テンパってるのよね」

「テンパるというのは――」

「意味はわかってる」

ウェイターがジェイクのフラルディーニャ（ボトムサーロイン）とアナのムール貝を運んできた。ウェイターが立ち去るとアナは言った。「わたしが言いたいのは、あなたをそれほどテンパらせてるものがなんであれ、わたしに教えてくれてもいいんじゃないかってこと」

ジェイクは顔をしかめた。答えはもちろん〝そんなわけにいくか〟だった。が、いくつかのもっともな理由からそれは口にしなかった。

彼はグラスを掲げ、話題をもっと記念日にふさわしいものに戻そうとした。「きみに感謝するよ」

「どうして？」アナはどことなく怪しむように言った。

「だってほら、何もかも捨ててニューヨークへ引っ越してきてくれたからさ。すごく勇敢だったから」

「まあね」とアナは言った。「とてもいい予感がしてたから、最初はね」

「シアトル交響楽団の講堂でぼくに目をつけて、狡猾にもきみのラジオ局に来るように手配したしね」ジェイクはからかった。

「やめてほしかった？」

「まさか！　ただ、自分がそんな努力に値する男だったというのが信じられなくてさ」

「あらそう」とアナは微笑んだ。「値したわよ。それに、いまも値してる。たとえ〝孤独な道を歩んで〟いてもね」

「自分がときどき鬱をまき散らすことがあるのは自覚

してる」

「これはあなたが鬱をまき散らしてるっていう話じゃない。鬱になってるっていう話。わたし、自分の鬱なら対処できる。でも、あなたの鬱のことはちょっと心配なの」

なんとも気づまりな一瞬があり、ジェイクは自分が泣きだすのではないかと思った。だが、いつもどおりアナが救ってくれた。

「ねえ、詮索するつもりはないのよ。でも、何かがおかしいのははっきりわかる。わたしの言ってるのは、力になれない？　ってことだけ。力にはなれなくても、せめて話してくれない？」

「いや、おかしなことなんか何もないよ」とジェイクは言い、それを証明しようとするようにフォークとナイフを手に取った。「心配してくれるのはとてもうれしいけど。でも、ほんとに、ぼくの人生は順風満帆だよ」

アナは首を振った。食欲があるふりさえしなかった。

「たしかに順風満帆よね。健康だし。すてきな家族はいるし。経済的には安泰だし。そのうえなんと、成功を収めたいと望んでた唯一のもので成功を収めたわけだし！　あなたがなし遂げたことをなし遂げられずにいる作家たちのことを考えてみて」

考えていた。そういう連中のことはしじゅう、よからぬ形で考えていた。

「あなたが幸せじゃなかったら、そんなものになんの意味があるの？」アナは言った。

「でも、ぼくは幸せだよ」彼は言い張った。

アナはまた首を振り、ジェイクは不意に恐ろしい考えに襲われた。アナがいま言っているのは重大なことなのだ。言い換えればこういうことなのだ。〝わたしは生気にあふれた、創造的な、楽しい人物と一緒に暮らすつもりではるばるやってきたのに、ここにいたのはことあるごとに自分の幸福を減退させているこの不機嫌男だった。だからわたしは自分が元いたところに帰るつもり〝心臓がどきどきしてきた。アナが本当に帰るつもりだったらどうする？　せっかくこうして一緒にいるのに、自分は愚かにも、自分がこれほど明らかに手にしているもの——成功、健康、アナ——のありがたさに気づいていなかった。

「いや、ごめん。ぼくはありがたいと思わなくちゃいけないな、そういう……すばらしいものに」

「人にもね」

「そうだな」ジェイクは心からうなずいた。「そう見えないとしたら、それは……」

「それは？」とアナは彼を見つめた。

「それは……感謝を口にするのがいやだったからだ……」

アナは銀髪の頭を振り、「〝感謝〟」と軽蔑するように言った。

「ぼくの人生は……」とジェイクは、見るからになじみのない英語の茂みに危なっかしく踏みこんだ。「きみと暮らすようになってものすごくよくなったよ」

「あらそう？　ま、それは疑わない。実際的見地からはね。でも、白状すると、わたしはそれ以上のものを期待してた。つまり——」アナはもう彼を見てはいなかった。「わたし、自分の気持ちは最初からわかってた気がする。はっきり言って、シアトルを離れるなんて狂気の沙汰だったかもしれないけど、でも、わたしたちはもう半年も一緒に暮らしてる。誰もがわたしみたいにすぐに自分の気持ちがわかるとは思わないけれど、でも、わたしはもうこれで充分だと思う。だから、あなたがまだどうなってほしいかわからないとしたら、それ自体が答えなのかもしれない。これがわたしのテンパってる問題よ、正直に言っちゃうとね」

ジェイクは彼女を見つめた。気分がむかむかしていた。出会ってから八カ月、カップルとして一緒に暮らすようになって半年、ニューヨークを探訪して歩き、猫を譲り受け、ジェイクの両親や友達に会い、共通の友人の輪を広げてきたというのに……おまえはいったいどうしたんだ？　ネット上のゴミみたいな陰湿な相手に気を取られるあまり、テーブルの反対側にいるこの、真に人生を一変させてくれるような現実の人間に気づかないとは。このディナーは、自分が単純に想定していたようなありふれた記念日のお祝いではなく、アナにしてみればひそかなトライアル期間の終わりだったのだ。それを自分は台なしにしようとしていた。まだしでなければ、すでに台なしにしてしまったか。まだしていなくても、かならず台なしにしてしまうはずだ——このまま何もしなければ。

結婚してくれないか。彼はアナにそう言った。

わずか数秒でアナはにやにやしはじめ、さらに数秒で彼もにやにやにやしはじめ、長くても一分後には、アイダホ出身の——シアトルと、ウィドビー島と、再度シアトルを経て、いまはニューヨークに住む——アナ・ウィリアムズと結婚するという考えは、奇妙でもなんでもなくなり、わくわくする楽しい確定事項になっていた。それからふたりは湯気を立てる皿の横で手を握りあった。

「ワオ」とアナは言った。

「ワオ」とジェイクも言った。「指輪を持ってないよ」

「あらそう、それはかまわない。でも、買えるのよね？」

「もちろん」

一時間後、さきほどの話題は蒸しかえすことなく追加のカイピリーニャを何杯か運ばせたあと、ふたりは酩酊したひどく睦まじいカップルとなって店を出た。

19　残された唯一の場所

アナは派手なことには興味がなかったし、待つことにはふたりとも意義を見出せなかった。マンハッタンのダイヤモンド地区に行って〝エステート〟リングと呼ばれるものを選ぶと（中古指輪の態《てい》のいい言い換えなのだが、アナがはめるととてもきれいだった）、それから一週間もしないうちに市庁舎でほかのカップルとともに硬いベンチに座って順番を待った。眼鏡をかけたレイナという役人から夫婦となったことを宣言されたあと、ふたりは数ブロック歩いてチャイナタウンに行き、披露宴にあたるものをひらいた（ジェイクの側は両親のほかに、いとこがふたり、それにウェズリアン大学と修士時代の友人が二、三人。アナの側はポ

ッドキャスト・スタジオの同僚がひとりと、ヨガ仲間の女性がふたり）。一同はモット・ストリートの中華料理店の奥で円卓をふたつ占拠して、それぞれ真ん中の回転台に載った料理を食べた。ジェイクとアナはシャンペンを持ちこんだ。

翌週、マティルダがお祝いにふたりを新しい〈ユニオン・スクエア・カフェ〉に招待してくれ、ジェイクが数分遅れで到着してみると、彼のエージェントと新妻はグラスの縁にピンクの塩をつけたマルガリータを飲みながら、額をつきあわせて長年の知り合いのようにおしゃべりをしていた。「ほんと?」という声を聞きながら、ジェイクはブース席のアナの隣に腰をおろした。どちらが言ったのかさえわからなかった。

「何が?」

「ジェイク!」とマティルダが前例のない非難の口調で言った。「あなた、奥さんがランディ・ジョンソンの下で働いてたって教えてくれなかったでしょ」

「あ……ああ」と彼は認めた。「どうして？」

「ランディ・ジョンソンはね！　あたしの青春のBGMだったんだから。あたしがシアトルの隣のベルヴュー出身だって知ってるでしょ！」

知っていたか？　いや、知らなかった。

「一度会ったこともあるんだから」とマティルダはなおも言った。「友達とふたりで彼の番組に出たの。あたしたちが立派な目的のためにチャリティ・マラソン大会を企画してたから。実際にはその目的はアイヴィリーグの学校にはいることだったかもしれないけど、それは気にしないで。父があたしたちをラジオ局まで車で送ってくれたの。いま彼がいるところとは別の局だったと思うけど」

「たぶんKAZKね」とアナが言った。

「ああ、そうかもしれない。ちなみに彼、あたしたちを口説こうとしたのよ。ひとりずつ、放送中に！　こっちは十六歳だったのに！」

「名うてのスケベだから」とアナは言った。

「うちの父がスタジオにいたのによ！」マティルダは美しくマニキュアされた手を呆れたように持ちあげてみせた。ゴールデンブロンドに染めた髪は金をかけて手入れされていて、見るからに多忙で有能な高給取りのマンハッタン女性だった。それに比べると、銀髪の三つ編みに、何も塗っていない爪、カジュアルな仕事着のセーターというアナは、いかにも世間知らずで、途方もなく洗練されていないように見えた。

「いまだったらランディもきっとそんなことはしないと思う」とアナは言った。「お父さんがトイレに行くのを待つはず」

「まったく、どうしてあんな男がまだMeToo《ミー・トゥー》運動で葬られてないのかしら」

「まあ、その日も近いと思う。一度あったし。わたしがまだいたころに、インターンを相手に問題を起こしたの。でも、相手が否定したから、ランディはまんまと切りぬけられたわけ。どのみち彼は地元の名物だしね。ごめんなさい、ジェイク。わたしたちがピーチクパーチクうるさいのは大目に見て」

「あたしたち会ったばかりだけど」とマティルダは言った。「奥さんとなら永遠にピーチクパーチクしていたい」

「うれしいわ」とアナは言った。「あなたはすごく生真面目な人だって、いつも聞かされてたから」

「あら、生真面目な人間よ！」とマティルダは、ジェイクがウェイターにふたりと同じものを頼んでいるあいだに言った。「でも、それはオフィスでだけ。それがあたしの秘密。みんなには〝ジャッカル〟と呼ばれたものよ、よくある綽名だけど。それはあたしが闘うこと自体を愛してるからじゃなくて、クライアントのために闘うことを愛してるから。なぜならあたしはクライアントを愛してるから。そしていまの場合、あたしは喜んでこう言う——あたしはクライアントの新妻もまた愛していると」マティルダはふたりに向かってグラスを掲げた。「ほんとにうれしいわ、アナ。あなたがどこの出身か知らないけど、ここに来てくれたことが」

ふたりはグラスを打ち合わせた。ジェイクも水のグラスでそれに加わった。

「アナはアイダホの出身なんだ。アイダホの田舎町の」彼は教えてやった。

「そう、とっても退屈なところ」とアナはテーブルの下でジェイクの脚に触れながら言った。「わたしもあなたみたいにシアトルで育ちたかったな。大学にはいってシアトルに行ったら、とにかくものすごく……そう。IT企業が押しよせてきていて、そのエネルギーときたらもう」

「食べ物もね」

「コーヒーも」

「音楽は言うにおよばずね、あなたが音楽好きだったら」とマティルダは言った。「あたしはちがった。あたしはフランネルのシャツを着こなせなかった。でも、まわりにいてもほんとに興奮した」

「それに海も。フェリーも。港に沈む夕陽も」

ふたりはたがいを見つめあい、一度だけの幸せの時を分かちあった。

「あなたのことを聞かせて、アナ」とマティルダは言い、その晩のほとんどは、アナのウィドビー島時代のこと、その後のラジオ局時代のこと、そこでランディ・ジョンソンの悪臭芬々《ふんぷん》たるスタジオに――文学、パフォーマンス芸術、思想といった――文化的コンテンツを多少なりとも持ちこむのが使命だったことが話題になった。さらにアナが好きな本と、好きなワインのこと、ニューヨークに来て最初の数カ月で形にしたもののことも話題になった。マティルダはアナが制作に協力したポッドキャストのうち、少なくともふたつをフォローしており（ジェイクはそれを知っても少しも驚かなかった）、アナは携帯を取り出して自分の聴くべきほかのポッドキャストの名前ばかりか、マティルダの別のクライアントの連絡先まで記録した。自分自身のポッドキャストをやりたいと騒ぎたてている男で、きわめて頭のいい、意志の強いプロデューサーの協力が必要になるはずだという。

「連絡を取ってみる」とアナは約束した。「彼の本は学生時代からずっと読んでるの。わくわくするわ」

「あなたに協力してもらえるなんて、彼は信じられないくらいラッキーよ。あのオヤジっぽい知ったかぶり《マンスプレイニング》には、あなたきっと我慢できないはず」

アナはにやりとした。「マンスプレイニングの帝王ランディ・ジョンソンのおかげで、もう辟易」

ふたりの会話を聞いているのは不愉快ではなかったが、奇妙でもあった。三年前マティルダと出会って以来、ディナーの席での話題といえばすべて、もしくはほぼすべて、ジェイコブ・フィンチ・ボナーだったからだ。デザートのときになってようやくマティルダは彼がそこにいるのを思い出したらしく、それを示すために、新作の書き直しはいつごろ終わりそうかと尋ねてきた。

「もうすぐだよ」とジェイクは答え、すぐさま話題がシアトルに戻ってくれることを願った。

「ジェイクは無我夢中で仕事をしてる」とアナが言った。「わかるのよ。わたしが毎晩帰宅すると、ストレスで疲れきってるから」

「ま、事情を考えれば、あたしは驚かないけど」マティルダは言った。

アナは問いかけるような表情でジェイクのほうを向いた。

「二作目さ」と彼はぶっきらぼうに言った。「いやまあ、厳密には四作目だけど、『クリブ』以前のぼくのことなんか誰も知らないんだから、ぼくの第二幕みたいなもんでね。怖いんだよ」

「だめだめ」とマティルダはウェイターから黙ってコーヒーを受け取りながら言った。「そんなこと考えちゃだめ。キャリアのことを心配するのをあたしがやめさせられさえすれば、うちのクライアントは倍も本を書けて、たいていはずっと幸せになるんだけどね。あなた、信じないかもしれないけど、エージェントっていう仕事にはものすごくセラピーの要素があるんだから」と、マティルダはまるでその〝セラピー〟とやらの対象であるジェイクなどその場にいないかのように、アナに向かって言った。「あたし、免許なんか持ってないのよ！　プリンストンで心理学入門を取っただけだし、冗談ぬきで、勉強はそこまでしかしてないんだけど。でも、あたしが責任を負ってるらしい連中の脆弱なエゴときたら！　まあ、あなたの夫はちがうけど、なかにはね……たとえば原稿を送ってきても、あたしが数日間返信をしないとするでしょ。なぜかといえば、それが五百ページもあったりとか、週末だったりとか、たまたまほかのクライアントがオークションのまっ最中だったとか、全米図書賞を取ったとか、配偶者と別れて調査アシスタントと駆け落ちしたとか、なんやかんやで。そうすると、原稿を送ってきた当人はナイフを手首にあてて電話してくるわけよ。もちろん――」と、マティルダは言いすぎたと思ったのだろう、軌道修正した。「あたしはクライアントを尊敬してる。誰もかれも、たとえ頑固なクライアントでも。だけど、なかには自分からものごとを難しくしちゃう人もいるのよ。どうして？」

アナは重々しくうなずいた。「最初はきっと大変だったと思うわ、ジェイクにしてみれば。まだあなたもいないし、『クリブ』もこんな成功を収めていないころは。書きつづけるには勇気が必要だもの。わたし、ジェイクが誇らしい」

「ありがとう、ハニー」とジェイクは言い、ふたりの邪魔をしたような気分になった。

「あたしも誇らしい。ことにこの数カ月は」

アナはまたしても戸惑い顔で彼のほうを向いた。

「いや、なんでもないんだ」と自分が言っているのが聞こえた。「じきに解決するよ」

「あたしがそう言ったじゃない」とマティルダ。

「ぼくはこの本を仕上げる。それから次の本を書く」

「その次もね！」とマティルダは宣告した。

「なぜならそれが作家の仕事だからだ、だろ？」

「それがあなたの仕事なの。ありがたいことにね！」

店を出るときジェイクは、マティルダが彼にしたのよりもさらに長くアナにハグをしたのに気づいたが、〈才能あるトム〉がディナーに侵入するのを阻止できたことにほっとするあまり、その晩をひとつの勝利としてしか見ることができなかった。マティルダはどう見ても心からジェイクの新妻のことが気にいっており、その点でアナには大勢の仲間ができたのだ。

実際面では、結婚後のジェイクの生活は大して変わらなかった。アナのほうは変更を最小限にとどめることを選び、正式にはアナ・ウィリアムズ＝ボナーとなり、必要な二、三十の書類に記入してさまざまな役所でさまざまな列にならび、新しい運転免許証とパスポートを手に入れた。銀行口座もクレジットカードも健康保険もひとつにして、遺言書のことで弁護士に会った。アナはジェイクの学生時代と学生時代後の家具類の生き残り——合成皮革のリクライニングチェアと、フィッシュの額入りポスター、二〇〇二年頃に安物家具チェーンで買った毛足の長いラグ——を処分して、居間を塗りかえた。ふたりはニューオーリンズへ短いハネムーンに行き、牡蠣をたらふく食べ、夜にはジャズ（アナの好み）とブルース（ジェイクの好み）とザイデコ（どちらの好みでもない）を聴いた。

　ニューヨークに帰ってきた晩のこと、留守中に猫に餌をやってくれていた隣人にアナがお土産のキャラメルナッツ《プラリーヌ》を持っていっているあいだに、ジェイクはアパートメントにはいって、抱えていた郵便物をキッチンカウンターにおろした。すると、目がすぐさまそれを発見した。アナの《リアルシンプル》誌とジェイクの《詩人と作家》誌のあいだから大理石の天板に滑り出てきたなんの変哲もない封筒が。だが、彼は背筋が凍りついた。

　表の中央には彼の住所。というより、正確にはふたりの住所。

　左上には〝才能あるトム〟という名前。

　ぞっとしながらジェイクはそれを長いあいだ見つめた。

　それからその封筒をひっつかんで浴室に駆けこみ、洗面台に水を流してドアをロックした。震える手で封筒の端をちぎってあけ、はいっていた一枚きりの紙を引っぱり出した。

おまえは自分のしたことを知っている。おれもおまえのしたことを知っている。自分のしたことを世間に知られる覚悟はできているか？　できているといいがな。おれはそれを世間に知らせる準備をしている。そのあとのキャリアをせいぜい楽しんでくれ。

ではこれが、事態が悪化するという感覚なのか。流れる水の音よりも大きな自分の息づかいを聞きながら、彼はそう思った。ついにこの人物は画面のむこうから現実の、手で触れられる世界にはいりこんできたのだ、自分はいま〈才能あるトム〉もその手でつかんだものをつかんでいるのだと。そこには新たな激しい恐怖があった。まるでその紙自体が敵意を、彼に対する不当な怒りを、すべて持っているかのようだった。その敵意と怒りの重さに彼は息を呑み、身動きができなくなって、いつまでもその場にたたずんでいたので、とうとうアナが浴室の戸口にやってきて、だいじょうぶかと尋ねた。

だいじょうぶではなかった。まったく。

ようやくジェイクはその紙を洗面用具入れのポケットに押しこみ、服を脱いでシャワーを浴びた。残されたなけなしの認識能力で状況をじっくり考えてみようとしたが、耐えられるいちばん熱い湯を三十分浴びていても結局それは不可能だったし、その後の日々においてもやはり不可能だった。すでに四六時中やっているインターネットの監視に加えて、郵便物をこっそり取ってくることも始めた。どうすれば先へ進めるのかまったくわからず、それが皮肉にも、残された進路は後方しかないことに気づかせてくれた。

ジェイクにわかるのはリプリーだけだった。リプリーだけは確信が持てた。現在の危機はリプリーで起きた何かと関係があるのだ。それは明らかだったし、無理もないことでもあった。修士課程の——たとえ短期滞在型でも（というより短期滞在型だからか）！——

強烈な仲間意識は、平凡な日常生活のなかで友人や家族相手にさえ作家として〝デビュー〟できなかった人々に強力に作用した。その時期以外は閑散としている大学のキャンパスに、ことによると生まれて初めて足を踏み入れた人々が、突然、初対面の仲間に囲まれて短くも充実した一期間だけ、物語を！　プロットを！　キャラクターを！　語り合えるようになったのだ。エヴァン・パーカーだけはたしかに、ジェイクの公式ワークショップの大いに宣伝された〝安全性〟のなかでも自分の鉄板プロットをほかの学生に話すのを拒みはしたが、しかし参加者のうちの誰かがエヴァンと接触した可能性はいくらでもあった。〈リプリー・イン〉で飲んでいるときとか、カフェテリアで食事をしたあととか。でなければ、滞在期間が終わったあと、エヴァン・パーカーの家かほかの誰かの家で会ったのかもしれないし、〝感想〟を求めて実際の原稿をメールでやり取りしたのかもしれない。

〈才能あるトム〉が何者であれ、ジェイクとジェイクの元学生のあいだに起きたことを（不完全にではあれ）明らかにつかんでいるということは、〈才能あるトム〉自身もまたそのコミュニティとつながりがあるということ、もしくは、つながりのある誰かと接点があるということだ。それなのにジェイクは自分の捜査をヴァーモント州バーリントンのマーティン・パーセルまでで終了してしまっていた。いまこの何者かはジェイクの自宅に直接手紙をよこした。ソーシャルメディアのプラットフォーム経由でも、ジェイク自身のウェブサイトや出版社経由でもなく、実際の物理的住居に直接。そこには妻が一緒に住んでいる。これは耐えがたいほどに近い。@TalentedTom の中傷キャンペーンがこれまでになく強化されたしるしだ。とうてい受け容れがたい。

防衛はそもそも最良の戦略ではないが、こうなった以上もはや選択肢にはなりえない。自分が確実に知っていること――リプリー――に戻って、そこからもう一度始める必要がある。
　去年の秋にマーティン・パーセルから原稿が届いたとき、ジェイクはその大きな封筒をあけもしなかった。それはずっとそのまま彼のベッドの下の箱の中で、ほかの原稿（彼の〝意見〟を求めて現実の友人たちから送られてきたもの）や刊行前の校正刷り（推薦文を求めて出版社から送られてきたもの）とともに埃をかぶっていた。いまジェイクはその箱を引っぱり出して中身を掘りかえしはじめた。パーセルの厚紙の封筒を見つけると、それをあけて同封の手紙を抜き出した。

　親愛なるジェイク（と呼んでいいでしょうか）
　この短篇集を見てもらえることになって途方もなく感謝しています！　ありがとうございます！
お時間があったらぜひ意見を聞かせてください。
どんな意見でも小さすぎることはありません……大きすぎることとも！　自分ではこれを連作短篇からなるひとつの長篇だと考えていますが、それはもしかすると〝長篇小説〟を書くという考えがあまりにも巨大で恐ろしいからかもしれません。小説家のみなさんはいったいどうやっているんでしょう！
　読みおわったら、遠慮なくメールか電話をください。重ねてお礼を申しあげます。
マーティン・パーセル
MPurcell@SBurlHS.edu

　六十ページはあるにちがいない、ジェイクはそう思った。実際に読まなければならないだろうと。居間に戻り、綴れ織りのカウチに腰をおろしてノートパソコンをひらいた。猫のウィドビーがついてきて脚にまとわりつき、ごろごろいいはじめた。
　ハイ、マーティン！　きみの作品を読んでいると

ころだけど。ワオ——すばらしいね。ぜひ論じあおう。

二、三分でパーセルから返信が来た。

ほんとですか！　いつでもＯＫです！

すでに午後も遅く、太陽はグリニッジ・アヴェニューを越えて西に傾いていた。ジェイクはすぐにも家を出なければならなかった。アナと彼女のスタジオの近くにあるお気に入りの日本料理店で落ち合うことになっていたのだ。

彼はこう書いた。

実は二日後にヴァーモントへ行くんだ。そこで会わないか？　そのほうが原稿を検討しやすい。

冗談でしょ！　ヴァーモントに何をしにくるんです？

きみからもっと話を聞き出しにだよ、馬鹿（とは書かなかった）。

朗読会だ。でも、一日か二日滞在しようと思ってるんだ。雑用を片付けるために。ヴァーモントも懐かしいし！

それほど懐かしくはなかった。

朗読会はどこで？　行きます！

そう、パーセルならたしかに来るだろう。その架空の朗読会はどこでやる？

実は、個人宅でのプライベートな催しなんだ。ドーセットの。

ドーセットはヴァーモント州ではかなり気取った町のひとつだ。まさに有名作家を私的な催しに招くような人間のいそうな。

そうなんですか。それは残念。

でも、ラトランドで会わないか？　そこまで来るのがあまり負担にならなければだけれど。

ならないのはわかっていた。たとえベストセラー作家に無料で直接原稿を見てもらえる見込みがなくても、ヴァーモント州民は待ってましたとばかりに州のどこへでも車を走らせることに、ジェイクはむかしから気づいていた。

全然。七号線をまっすぐですから。

ふたりは木曜日の晩に〈バーズアイ・ダイナー〉で会うことになった。

本当にご親切に、マーティンがそう書いてよこすと、ジェイクは**いやいや、とんでもない**と返信したが、それは嘘でも誇張でもなかった。マーティン・パーセルは、〈才能あるトム〉をなんらかの形で生み出した土地への最高の案内役——それだけのことだった。

それにそろそろ、エヴァン・パーカーを生み出した町をじっくり調べる必要もあった。とっくにそうしているべきだったのだ。

『クリブ』

ジェイコブ・フィンチ・ボナー作
ニューヨーク、マクミラン社、二〇一七年、98ページ

サマンサの母親は医者というものを信用していなかったので、自分の右胸で大きくなっていくしこりを医者に見せても癌だと思いこまされるのがおちだと考えていた。サマンサ自身がそのしこりを見たときには、それはもうブラのストラップからはみ出しており、当然ながらひどく進行していた。五年生になっていた十歳のマリアは祖母を説得して、ハミルトンのコミュニティ・メモリアル

病院の腫瘍専門医の勧める放射線療法と薬物療法を受け容れさせたものの、サマンサの母親は抗癌剤の不快さに耐えきれず、二サイクルめを終えたあと、運を神にゆだねると宣言した。神はさらに四カ月を母親にあたえてくれたので、母親も満足しただろうとサマンサは思った。

葬儀の一週間後、サマンサは母親が使っていたいちばんいい寝室に引っ越し、自分の使っていた部屋はマリアに明け渡した。それはサマンサがかつて脱出を夢想したり、妊娠期間をむっつりと過ごしたりしたあの四柱式ベッドのある部屋で、廊下の反対側の突きあたりにあった。それが、ともに暮らした残りの歳月のトーンをかなり決定づけた。サマンサはそのころパートタイムの仕事に就き、〈バセット・ヘルスケア・ネットワーク〉の支店で請求書の作成をしていたのだが、会社のコンピューターで研修コースを受けたあと、キッチンの脇に小部屋をしつらえて、在宅で仕事ができるようにした。マリアは六歳のときからひとりで朝の身じたくができるようになっており、八歳からは自分で朝食のシリアルを食べて、お弁当を用意できるようになっていた。九歳のころには自分の夕食を用意し、買い物リストを作り、サマンサに忘れず税金の支払いをさせた。十一歳のとき、マリアの教師たちはサマンサを学校に呼び出して、マリアを飛び級させたいと伝えた。サマンサはきっぱりと断わった。教師たちを喜ばせてやるつもりはなかった。

20　ラトランドには誰も来ない

ジェイクはひとつの嘘からふたつの用事を作ることにして、アナにこう伝えた。何日かヴァーモントに行って、私的な催しに参加したあと、ウェンディに要求された書き直しを仕上げてくると。アナは当然、一緒に行きたがった。

「ヴァーモントを見てみたい！　ニューイングランドには一度も行ったことがないの」と。

ジェイクはアナを連れていくことも一瞬考えてみたが、もちろんそれはまずかった。

「どこかに缶詰めになれば、やるべきことをやっつけられると思うんだ。でも、きみが一緒だと、きみと時間を過ごしたくなってしまう。そういうことは……何かをウェンディに渡したあとにやりたいんだ。そうすればほかのことを気にせず心おきなく楽しめるからね」

アナはうなずいた。わかってくれたようだった。わかってくれたと思いたかった。

ジェイクは七号線でコネティカット州西部を北上し、ヴァーモント州マンチェスターで昼食をとり、五時ごろラトランドのホテルに到着した。そこでこちこちの四柱式ベッドに寝ころんで、ついにマーティン・パーセルの短篇集に目を通した。それはだらだらした要領を得ない作品集で、記憶に残らない登場人物であふれていた。パーセルがとりわけ関心を持っているのは思春期と成人期のあいだで戸惑う若者たちだった――それはパーセルの職業が高校教師であることを考えれば、まあ、驚くにはあたらないだろう――が、パーセルには表層の奥を見通す力がないようだった。ある登場人物は怪我をしてしまい、好成績を残せそうだった陸上競技シーズンを途中で棒に振る。別の登場人物は試験に落ちて、大学の奨学金が危うくなる。愛しあっている――といっても高校生なりにだが――ように見えるひと組のカップルは、女の子が妊娠してしまうとたちまち、男の子がガールフレンドを捨てる（ジェイクはパーセルが手紙でそれを〝連作短篇からなるひとつの長篇〟のつもりだと述べていることに驚いた。それはジェイク自身が二作目の『余韻』で使った惹句だった。ジェイクは当時誰もごまかせなかったし、パーセルもいま誰もごまかせていなかった）。最後にジェイクは、指摘するポイントをいくつかと、どんなふうに直したらいいか、かなり明確な提案をひとつ――若いカップルに焦点をあてて、ほかの短篇の登場人物たちは背景に移動させてはどうか、というもの――考え出してから、マーティン・パーセルに会うためにそのダイナーに出かけた。

ヴァーモント州で金持ちが住んでいるのは、ウッドストック、マンチェスター、シャーロット、ドーセット、ミドルベリーであって、ラトランドではないので、ラトランドは州内のその他の都市よりかなり大きいとはいえ、今日ではいささか不景気な、足を止める価値のない場所になっており、多くの古い邸宅が保釈保証業者や、中絶〝カウンセラー〟、福祉事務所などに転用され、そのあいだに小さなショッピングモールや、ボウリング場、バス停車場などが点在していた。ジェイクのホテルは〈バーズアイ・ダイナー〉から一キロも離れていなかったが、ジェイクはわずか三分のその距離を車で行った。店にはいったとたん、店内の真ん中あたりのブースで男が立ちあがって手を振った。ジェイクは手を振りかえした。

「ぼくの顔を憶えていてくれるとは思いませんでした」とマーティン・パーセルは言った。

「いや、すぐにわかったよ」とジェイクは嘘をつきながらブースに滑りこんだ。「そりゃまあ、ここまで来るあいだに、オンラインの写真を見つけたほうがいいだろうとは思ったんだけどね。別人と同席しちゃうとまずいから」

「ぼくのオンライン写真はロボットダンス・オタクの一団の後ろに立ってるものばかりですよ。うちの学校のクラブでコーチをやってるんです。この十年で六回、州チャンピオンになりました」

ジェイクはありったけの情熱をかき集めて、それはおめでとうと言った。

「ここまで来てくれてほんとにありがとう」

「こちらこそ、作品に目を通してくれてありがとうございます!」パーセルはひどく興奮していた。「まだ動揺してますよ。女房にその話ばかりしてます。あなたが目を通してくれることになったと伝えたとき、あいつは信じてませんでした」

「なに、別に大したことじゃない。教えるというのはいいもんだよ」これも嘘だった。


〈バーズアイ〉は典型的なダイナーだった。黒と青緑の市松模様のタイルに、ぴかぴかのステンレスのカウンターとスツール。ジェイクはハンバーガーとチョコレートシェイクを注文し、パーセルはチキンスープを頼んだ。

「でも、あなたがラトランドで会おうと言ったのには驚きました。ラトランドになんか誰も来ませんから。みんな通過するだけです」

「ここに住んでる人たちは別だよね」

「ええ。誰が都市計画をしたのか知りませんけど、州内でもとりわけ交通量の多いルートを町のメインストリートにしようと考えたやつは、吊るしあげられてしかるべきですよ」パーセルは肩をすくめた。「当時は名案に思えたんですかね、わからないけど」

「そうか、きみは歴史の先生だったよね? 何かを見るときには過去をふり返って考えることが多いんだな」

パーセルは怪訝《けげん》な顔をした。「ぼく、歴史の教師だって言いましたっけ？　たいていの人はぼくが小説を書いてるのを知ると、ぼくのことを英語の教師だろうと思うんですけどね。でも、誰も知らない秘密を教えましょうか。ぼくは小説を読むのが好きじゃないんです。他人の小説は」

〝それはぼくには秘密でもなんでもない〟ジェイクはそう思った。

「好きじゃない？　じゃ、歴史書を読むのが好きなの？」

「歴史書を読むのと小説を書くのが好きなんです」

「それじゃリプリーではさぞ大変だっただろう。クラスメイトの作品を読むのが」

ウェイトレスが、スチールホルダーつきのグラスにはいったジェイクのチョコレートシェイクを運んできた。びっくりするほどおいしくて、胃の腑にまっすぐ落ちていった。

「いいえ、そうでもないです。あなたもそういう状況に置かれたら適応すると思いますよ。自分の作品をクラスの連中にじっくり読んでほしいと頼むつもりなら、相手にも同じことをしてやる必要があります」

ジェイクはこれを絶好の機会だと判断した。「残念なことに、ぼくの学生はそうは思ってなかった。亡くなった学生は」

パーセルはそれを聞いて溜息をついた。「いつエヴァン・パーカーの話になるんだろうと思ってましたよ」

ジェイクはうろたえて即座に退却したが、あまり説得力はなかった。

「でも、たしかきみの話じゃ、彼はこのあたりの出身だったよね？　ラトランドの」

「そうです」とパーセル。

「今日は彼のことばかり思い出してね。彼はここで何か商売をやってたんだっけ？　バーか何かを」

「酒場です」

ウェイトレスがまたやってきて、おおげさな身振りで料理を置いた。ジェイクのハンバーガーはマンモス級で、添えられたポテトフライは皿が置かれたときテーブルにこぼれ落ちるほど山盛りになっていた。パーセルのスープも、前菜あつかいだったにもかかわらず、主菜サイズのボウルにはいっていた。

「ここの人たちはこれを平らげられるんだね」ウェイトレスが立ち去るとジェイクは感想を口にした。

「冬を生き延びなくちゃなりませんから」パーセルはスプーンを手に取りながら言った。

しばらくのあいだ会話は散発的になった。

「きみたちが付き合いをつづけていたというのはうれしいな。リプリーのあとも。かなり孤立するからね」

「でも、ヴァーモントは別にユーコン地方じゃありませんよ」パーセルは明らかにむっとした口調で言った。

「いや、つまり……ぼくら作家は、ということさ。ぼくらの仕事はひどく孤独だ。あの仲間意識を一度味わうと、それを手放したくなくなるんだ」

パーセルは勢いよくうなずいた。「それこそぼくがリプリーで見つけたいと思ってたものです。教師陣よりもほかの連中との付き合いのほうがずっと、ぼくのやりたかったことに近いかもしれません。だから、そう、何人かとはしっかり付き合いをつづけてましたよ。エヴァンもふくめてね。あいつとぼくは何ヵ月か作品をやり取りしてました。あいつが死ぬまで」

ジェイクは内心で顔をしかめたが、それがふたりのあいだでやり取りされた〝作品〟のことを考えたせいなのか、〝あいつとぼく〟のせいなのかは、にわかには判然としなかった。

「ぼくらには読者がいなくちゃならない。作家というものはみんなそうだ」

「そうですよね。だからほんとに感謝してるんです――

――」

だが、ジェイクはそちらへ進みたくなかった。どうしても進まざるをえなくなるまでは、少なくとも。

「じゃ、きみはぼくに送ってきたのと同じ短篇集を彼にも送ったの？　で、彼も自分の作品をきみに送ってきたわけ？　彼が書いてたあの小説はどうなったんだろうと、ぼくはずっと気になってたんだ」

それはもちろんひとつの賭けだった。パーセルがエヴァン・パーカーの執筆中の作品を実際に読んでいたとしたら、いまごろはもう『クリブ』との共通点を口にしているはずだ。それはほぼまちがいないとは思うものの、つまるところそれを探り出すためにはるばるここまでやってきたのだ。

「まあ、たしかに、ぼくは自分のをあいつに送りましたよ。あいつは死んだとき、ぼくの短篇を二作持ってました。手を入れて送りかえしてくれることになってたんです。でも、自分の作品はなかなか見せようとしませんでした。ぼくは結局二ページしか見てません。

古い家にひとりの女が娘と一緒に住んでいて、心霊ホットラインの仕事をしている？　憶えてるのはそれだけです。あの小説は、きっとあなたのほうがはるかにたくさん目を通してるはずですよ」

ジェイクはうなずいた。「彼はワークショップそのものでもひどく寡黙だった。こと自分の課題作となるとね。彼が提出したのも、きみがいま言った部分だけだよ。だから結局ぼくもそれしか見てないんだ」とわざとらしく言った。

パーセルはチキンを探してボウルの底を掻きまわしていた。

「ほかにあの修士課程に、彼が話をしたかもしれない友人がいたと思う？」

パーセルは顔をあげ、ジェイクの視線をやや不必要に長くとらえた。「それはつまり、あいつがほかの誰かに原稿を見せたってことですか？」

「いやいや、別にそういうことじゃない。ただ、ほら、彼があの修士課程からあまり得るものがなかったとしたら、もったいないと思ってね。いい読者がいれば力になってもらえたはずだし、ぼくの手助けは要らなかったのなら、ほかの教師とコネを作ったのかもしれない。ブルース・オライリーとか」

「まさか！　〝草の葉の一本一本にもそれぞれ背景があるはずだ〟ですよ？」

「でなければ、ほかのフィクション担当の教員か。フランク・リカードとか。リカードはあの年の新顔だった」

「ああ、リカードですか。エヴァンはあの人を最悪だと考えてました。あのふたりのところには絶対に行ってません」

「じゃあ、誰かほかの学生かもしれない」

「あの、気を悪くしないでくださいね、ぼくはあなたの成功に異を唱えてるわけじゃないですから。もし仲間の書き手とつながることでうまくいくなら、それはすばらしいし、ぼく自身も大賛成ですよ、でなければリプリーに行きたいなんて思わなかったし、作品を読んでくださいなんてあなたに頼まなかったはずですから。でもエヴァンは、物書き方面のコミュニティになんてまるで関心を持ってませんでした。一緒にコンサートに行ったり食事に出かけたりするには、たしかに楽しいやつでしたよ。でも、ものを書くなんてそんな……自分をさらけだすようなこと？　パンフレットにあったあの〝唯一無二の声とほかの誰にも語れない物語〟みたいなこと？　そういうのはまったくあいつの好みじゃありませんでした」

「なるほどね」とジェイクはうなずきながらも、自分とエヴァン・パーカーは『クリブ』のプロット以外にも共通するものを持っていたのだ、とひどく不愉快な気分になった。

「それに〝執筆の技術〟だの、〝執筆のプロセス〟だの？　そんなもののこともまったく口にしませんでした。ほんとですよ、原稿も感情も、エヴァンは誰にも明かしませんでした。ポール・サイモンの歌にあるとおり、あいつは岩であり、孤島だったんです」

それを聞いてジェイクは心底ほっとしたが、もちろんそんなことは口にできなかった。かわりにこう言った。「なんだかさみしいね」

パーセルは肩をすくめた。「ぼくはさみしいとは思いませんでした。あいつはたんにそういうやつだったんです」

「でも……彼の家族はみんな亡くなったと言ったよね？　両親も妹さんも。しかも彼がずいぶん若いころに。悲惨だね」

「たしかに。両親はずいぶんむかしに亡くなって、それから妹も亡くなったんです。それがいつのことかは知りませんが。痛ましい話です」

「まったくだ」とジェイクは相槌を打った。

「それに、死亡記事で触れられていたあの姪という人は、葬儀に現われもしなかったと思います。親戚だと名乗る人には誰にも会いませんでしたから。立ちあがって弔辞を述べたのは、あいつの店の従業員と、客と、ぼくだけです」

「それはひどい」とジェイクは言い、半分しか食べていないハンバーガーを脇に押しやった。

「まあ、親しくなかったのかもしれません。あいつの口から姪の話なんか一度も出ませんでしたから。それに、亡くなった妹を、あいつは憎んでましたし」

ジェイクはパーセルを見た。「憎むというのはかなり強い言葉だよ」

「あいつに言わせれば、どんなことでもする女だったそうです。いい意味で言ったんじゃないと思います」

「というと？　どういう意味だったの？」

だが、いまやパーセルはあからさまな不審の目でジェイクを見ていた。共通の知人のことを少しばかり話題にするということはあるだろう。とりわけその知人がわりと最近、わりと近くで死んだのであれば。しかしこれは？　あのジェイク・ボナーが、あの《ニューヨーク・タイムズ》のベストセラー作家が、まったくの他人の短篇集について論じあうだけのために、ラトランドくんだりまでやってくるなんてことがあるだろうか？　ほかにも理由があるのではないか？

「わかりません」ややあってパーセルは答えた。

「そうか。そうだよね。いや、質問ばかりして申し訳ない。今日は、さっきも言ったように、彼のことばかり思い出してね」

「そうですか」

この話はここまでにしたほうがいい、とジェイクは判断した。

「じゃあそろそろ、きみの短篇について話をしよう。どれもたいへん力強いから、どう直したらいいか、いくつかアイディアがあるんだ。いやまあ、それをきみに話してもかまわなければだけど」

パーセルは当然ながらこの話題の変更に喜んだようだった。ジェイクはそれから一時間十五分を、代償としてパーセルのために費やしてやった。店の勘定を払うのも忘れなかった。

21　いやはや気の毒に

駐車場で別れを告げたあと、ジェイクはマーティン・パーセルが車に乗りこんで北のバーリントン方面へ走り去るのを見送ると、念のためさらに数分待ってから自分の車に乗りこんだ。

〈パーカー酒場〉は、ラトランドとウェスト・ラトランドを結ぶ四号線からすぐのところにあり、通りの先からでも〝パーカー酒場、食事と酒〟というネオンサインが見えた。駐車場に車を乗りいれると、《ラトランド・ヘラルド》紙の記事で見た憶えのある、〝三時～六時ハッピーアワー〟という手描きの看板も見えた。

駐車場は混んでいて、ジェイクは数分がかりでようやく場所を見つけた。

ジェイクはあまり酒場派ではなかったが、こういう状況でどうふるまえばいいか、基本的な知識は身につけていた。中にはいってカウンター席に座り、〈クアーズ〉を注文すると、あまり意気ごんでいるように見られないよう、携帯を取り出してちょっとスクロールした。両側に誰もいないスツールを選んでいたが、ほどなくして男がひとり、隣に移動してきた。男はジェイクにうなずきかけた。

「ヘイ」

「ヘイ」

「何か食べますか？」バーテンダーが、次に通りかかるとそう尋ねてきた。

「いや、けっこうだ。でも、〈クアーズ〉をもう一本もらおうかな」

「了解」

四人連れの女がはいってきた。四人とも、ジェイクの左隣の男はその見るところ三十代だった。ジェイクの左隣の男はそちらに体を向けてしまい、テーブル席にいるその女たちを明らかに意識していた。別の女がジェイクの右隣に座った。女が注文する声が聞こえた。一瞬ののち、こんどは悪態をつくのが聞こえた。

「ごめんなさい」

ジェイクは女のほうを向いた。ジェイクと同年輩で、大柄だった。

「なんですか？」

「ごめんなさいと言ったの。悪態をついちゃったから」

「ああ。かまいませんよ」かまわないどころではなかった。おかげで会話の糸口を探さずにすんだ。「どうして悪態をついたんです？」

女は自分の携帯を持ちあげてみせた。画面上の写真では、まるまるした女の子がふたり、頰をくっつけあってにこにこ笑っていたが、その頭のてっぺんをテキストメッセージのどぎつい緑色のバーが横断していた。メッセージには〝ファック・ユー〟とある。

「かわいいですね」とジェイクは見なかったふりをして言った。

「まあ、この写真を撮ったころはかわいかった。いまはふたりとも高校生。それだけでも感謝すべきなんだろうけどね、この子たちの兄は高校一年で学校に行くのをやめちゃったから。いまはトロイにいて何をしてるのかもわからない」

ジェイクはなんと答えていいかわからなかったが、これほどあけすけな隣人からの誘いに乗らない手はなかった。

女の飲み物が運ばれてきた。何を注文したのか知らないが、どう見てもトロピカル・カクテルで、パイナップルのスライスと紙製の傘が添えられている。

「ありがとう、イケメンさん」女はバーテンにそう言うと、それを一気にごくごくと半分飲んでしまった。体にいいとはとても思えなかった。燃料がはいると、女はジェイクのほうに向きなおって自己紹介した。

「サリーよ」

「ジェイクです。それはどういう飲み物です？」

「ああ、あたしのために作ってくれるのよ、特別に。ここは義兄の店だから」

あたり。ジェイクは内心そう思った。なんの努力もしていなかったが、逃すつもりはなかった。

「義理のお兄さんがパーカーという名前なんですか？」

サリーは侮辱されたという顔でジェイクを見た。やけに鮮やかな黄色の髪を長く伸ばしているものの、量が少ないのであちこちから頭皮がのぞいている。

「パーカーは前のオーナーの名前。もう死んじゃったけどね」

「それはお気の毒に」

サリーは肩をすくめた。「別に好きでもなかったわ。ここで育ったの。彼もあたしも」

ジェイクはいったんまわり道をして、明らかにサリーが訊いてほしがっていることをいくつか質問した。その結果、サリーは子供のころニューハンプシャー州からラトランドに引っ越してきたこと、姉がふたりいて、ひとりは亡くなったことが判明した。亡くなった姉の子供たちを育てているのだという。

「それは大変ですね」

「全然。いい子たちよ。でも、いかれてる。母親のせいで」サリーは空《から》のグラスをなかば乾杯として、なかばバーテンダーへの合図として持ちあげてみせた。

「じゃ、あなたはこの店の前のオーナーと一緒に育ったんですか？」

「エヴァン・パーカーっていうの。あたしより学年はいくつか上でね。姉とデートしてた」

ジェイクは反応しないように気をつけた。「ほんとに？　世界は狭い」

「狭い町なの。それにあの男は誰とでもデートしてた。

それを〝デート〟と言ってよければだけど。ぶっちゃけた話、あいつがあたしの甥っ子の父親じゃないって保証はない。どうでもいいけど」

「まあ、それは……」

「カウンターの奥のあそこがパーカーの定位置でね」

サリーは早くも半分空になったグラスを持ちあげて、店内の反対側のほうへ傾けてみせた。「はいってくる全員を知ってた」

「まあ、バーのオーナーというのは社交的でなくちゃいけませんからね。人々の悩みに耳を傾けるというのも仕事の一部ですよ」

サリーはにやりとしてみせたが、それは愉快な笑みとはとうてい言えなかった。「エヴァン・パーカーが？　人の悩みに耳を傾ける？　あの男は他人の悩みなんか屁とも思っちゃいなかった」

「ほんとですか？」

「〝ほんとですか〟」とサリーは彼のまねをした。呂律がいくぶん怪しい。どうやらそのトロピカル・カクテルが今夜初めての酒ではないようだった。「ええ、ほんとよ。だけど、なんだってそんなことに関心があんの？」

「あ。いや、いま旧友と食事をしてきたところなんですが。ぼくらはどちらも物書きでして。その友人から、この店の前のオーナーも物書きだったと聞いたもので。小説を書いていたと」

サリーは頭をのけぞらせて笑った。あまりにけたたましく笑うので、周囲の会話がやんで、ほかの客たちがふり返った。

「あのろくでなしに小説なんか書けるわけないじゃない」とサリーは首を振りながらようやく言い、それ以上の注目を退けた。

「驚いてるみたいですね」

「そりゃそうよ、あいつは小説なんか読んだこともないはず。大学だって行ってないし。あれ、コミュニティ・カレッジに行ってたかな」サリーはカウンターに身を乗り出して反対側の端をのぞいた。「ねえ、ジェリー。パーカーは大学に行ったんだっけ？」と大声で言った。

黒い顎ひげをたくわえたたくましい男が自分の会話から顔をあげた。「エヴァン・パーカーか？ ラトランド・コミュニティ大学だったと思う」男は怒鳴った。

「あれが義理のお兄さん？」

サリーはうなずいた。

「まあ、創作のクラスか何かを取って、ひとつ書いてみることにしたのかもしれません。誰でも作家にはなれますからね」

「そうね。あたしは『白鯨』を書いてるし。あんたは？」

ジェイクは笑った。「ぼくは『白鯨』なんて絶対に書いてませんよ」

サリーはさらに呂律が怪しくなってきた。〝あたし〟が〝あらし〟に、〝白鯨〟が〝はっげー〟になっていた。一瞬ののち、ジェイクは言った。「もし彼が小説を書いていたとしたら、どんな話だったでしょうね」

「夜中に女の子の寝室に忍びこむ話よ、どうせ」サリーのまぶたは半分閉じていた。

ジェイクはサリーが眠りこんでしまう前にもうひとつ試してみることにした。

「一緒に育ったのなら、あなたは彼の家族を全員知ってたんでしょうね」

サリーは不機嫌にうなずいた。「ええ。両親は死んだの。あたしらが高校生のときに」

「ふたりともですか？」とジェイクは初めて聞いたというように言った。

「一緒に。家の中で。ちょっと待って」サリーはまたカウンターに身を乗り出して、「ねえ、ジェリー？」と叫んだ。

むこうの端で義兄が顔をあげた。

「エヴァン・パーカーの両親。ふたりとも死んだのよね？」

パーカーの名を何度も叫ばれたくなかったジェイクは、義兄が片手をあげたのを見てほっとした。まもなく義兄は自分の会話を打ち切って、酔った義理の妹の座っているところへやってきた。

「ジェリー・ヘイスティングスだ」とジェイクに手を差し出した。

「ジェイクです」とジェイクは言った。

「エヴァンのことを知りたいんだって？」

「いや、そういうわけじゃなくて。お店の名前の由来を訊いたんです。パーカーの」

「ああ。このあたりの古い家系でね。むかしはウェスト・ラトランドに採石場を所有してたんだ。邸宅住まいから腕に注射針を刺すまで百五十年。それがヴァーモントなんだろう」

「どういう意味です？」よくわかっていないながらジェイクは訊いた。

ジェリーは首を振った。「はっきり言っちゃうと、あいつは長らくリハビリ中だったんだが、明らかにまた手を出しちまったんだ。みんなびっくりしたよ。だって、常用者のなかには、毎日〝今日がその日かな〟と思わせるやつもいれば、朝起きて仕事に行って、やるべきことをやるやつもいるからさ。そういう場合は唐突に見える。だけど、この店はあんまりうまくいってなかったらしい、聞いた話によるとね。だからあいつは商売を立てなおすために、自宅を売ろうとしてたって話だ」ジェリーは肩をすくめた。

「この人、パーカーは死んだとき小説を書いてたって聞いたんだって」サリーが義兄に教えた。

「へええ？　フィクションの小説？」

〝残念ながらちがう〟とジェイクは思った。エヴァン・パーカーの小説がフィクションだったらどれほどどうれしいことか。だが、あいにくとまったくの現実だ。

「どんな小説だったんだろうね?」ジェイクは声に出して言った。

「なんでそんなこと気にするわけ?」サリーが言った。いささか好戦的になっている。「パーカーのことなんて知りもしないくせに」

ジェイクはジョッキを持ちあげた。「おっしゃるとおりです」

「両親のことは何が知りたかったんだ?」とジェリーが言った。「ふたりとも死んだよ」

「死んだのは知ってる」サリーが皮肉たっぷりに言った。「ガス漏れかなんかじゃなかったっけ?」

「ガス漏れじゃない。一酸化炭素だ。ボイラーからの」サリーの頭越しにジェリーはこっそりとバーテンダーに手まねで合図をしてみせた。それは——ジェイクの解釈が正しければ——〝こいつにはもう飲ませるな〟という合図だった。「いま話してる家のことを知ってるか?」とジェイクに訊いてきた。

「なんでこの人が知ってるわけよ?」とサリーが目を天井に向けてみせた。「この人をこれまでに見かけたことある?」

「ぼくはここの人間じゃないんです」ジェイクは認めた。

「なるほど。ま、ウェスト・ラトランドにあるでかい屋敷だ。築百年にはなりそうな。マーブル・ストリートの採石場のすぐそばだ」

「〈アグウェイ〉の向かい」とサリー。自分がいま指摘したことはもう忘れているようだ。

「わかりました」ジェイクは答えた。

「おれたちはまだ高校生だった。待てよ、エヴァンはもう卒業してたかな。でも、エヴァンの妹はきみと同学年だったよな?」

サリーはうなずき、「あばずれよ」ときっぱり言った。

ジェイクは自然な反応を懸命に押し隠した。

だが、ジェリーは笑っていた。「あの娘が嫌いだったんだ」

「とんでもない女だった」

「あれ？」とジェイクは言った。「ということは、両親はその家で亡くなったけれど、妹さんはちがうということですか？」

「あばずれ」とサリーはまた言った。

こんどはジェイクもサリーを見つめずにはいられなかった。いま話題にしてるのは、高校生のときに両親をふたりとも亡くした少女のことではないのか？　それも自宅で。つまりその娘自身も住んでいた家で。

「いまも言ったけど」と義兄がジェイクに苦笑いしてみせた。「サリーはその娘が嫌いだったんだ」

「みんなから嫌われてたよ」とサリーは不機嫌な口調で言った。仲間はずれにされていることに気づいたのかもしれない。

「その娘も死んだんだ」とジェリーはジェイクに教えた。「パーカーの妹も。何年か前に」

「焼死」とサリー。

ジェイクはその言葉を自分が正しく聞いたのかどうかわからなかった。もう一度言ってほしいと頼んだ。

「焼死したって言ったの」

「うわ。そうなんですか」

「聞いた話だけどね」

「恐ろしい話ですね」

そのとおりだった。まったくそのとおりだったが、それでもジェイクはエヴァン・パーカーのそのほかの家族のためには、人として最低限の同情しか感じることができなかった。それらの人々のことを心から気にかけているわけでもなかったし、いま話題になっている事件はどれも——悲惨なものらしい妹の早すぎる死も、古い屋敷での数十年前の一酸化炭素中毒事故も、さらに言えば、エヴァン・パーカー本人のアヘン剤の過剰摂取も――ジェイクのきわめて喫緊《きっきん》の、きわめて切迫した問題とは実際には関連がなかったからだ。それに、それらはかならずしも新しい情報でもなかった。エヴァン・パーカーのオンライン死亡記事に〝両親と妹もすでに他界〟とあり、ジェイクはそれを何年も前、まだ『クリブ』を一語も書いていないころに、ニューヨーク州コーブルスキルの自分のデスクで読んでいた。

　実際のところ、ジェイクはもうすっかりパーカー酒場を出る気になっていた。疲れていて、ちょっぴり酔ってもいたし、ジェリーやサリーから聞いたことで状況が救われたわけでも、人生がましになったわけでもなかった。それにふたりはもう、額をつきあわせて何やら私的な問題を、明らかに共通の嫌悪をもって熱心に話し合っていた。ジェイクは何か適当なことを言って帰ろうと、最後に共有した話題――〝とんでもない女〟だったというエヴァン・パーカーの妹――に戻ろうとしたが、それももはや過ぎ去った、完全に無関係な話題に思われた。彼はゆっくりと立ちあがり、財布を引っぱり出して二十ドル札をカウンターに置いた。

「しかしまあ、気の毒ですよね」とサリーの後ろ頭に向かって言った。「家族全員が亡くなるなんて」

「妹の娘がいるけどね」とサリーが言うのが聞こえた。

「は？」

「あんたが〝いやはや気の毒に、家族全員が亡くなるなんて〟って言うから」

　そんな言葉を使った憶えはなかったが、それはいまはどうでもよかった。

「娘よ」とサリーはひどくいらだたしげに言った。「でも、その子はまあ、逃げ出してたの。出ていけるようになるとすぐに家を出てったから。無理もないわよ、あんな母親がいるんじゃ。たしか高校を卒業するのも待たなかったはず。じゃ、気をつけて帰ってね！」

　サリーは嫌味たっぷりにそう言うと、用はすんだと言わんばかりにジェイクに背を向けた。見ると義兄もすでにいなくなっており、サリーは反対側のバースツールに新たな友人を作っていた。〝ちょっと待って〟ジェイクはそう言ったが、声が小さかったらしく、どちらも気づかなかった。やむなく彼はもう一度言った。

「ちょっと待って」

サリーはふり向いて彼を見た。一瞬、自分がどこにいるのかも、ジェイクが誰なのかも思い出せないようだった。「待つって何を？」とこんどは本物の敵意をこめて言った。

〝ちょっと待って。エヴァン・パーカーのたったひとりの存命の身内？〟そう言いたかったのだ。

「その姪はどこに住んでるんです？」ジェイクはどうにか言った。

サリーは途方もない軽蔑の目でジェイクを射すくめた。「なんであたしが知ってるわけ？」それで会話は本当に終わった。


『クリブ』

ジェイコブ・フィンチ・ボナー作
ニューヨーク、マクミラン社、二〇一七年、146〜147ページ

世間一般から見ればふたりは似ていた――この母親と娘は。どちらも頭がよく、どちらも短気で、どちらもニューヨーク州アールヴィルで一生を過ごすことだけはすまいと心に誓っていた。そのうえ肉体的にもよく似ていたので――ひょろりとして背が高く、細い茶色の髪をしていて、明らかに猫背気味だった――サマンサは自分の娘にダン・ウェイブリッジの面影を探すのに苦労した。だが、

マリアが成長するのを観察するうちに——実際、サマンサは観察ばかりしていた——いくつか大きな相違点が見えてきた。マリアは、母親が町を出ていくために熱心に準備をしていたのとはまるで対照的に、これといった努力もせず、心配などしている様子もないまま、その目標に向かってふわふわ漂っているように見えた。マリアには（他人に屈服するのはもちろんのこと）他人をなだめるというサマンサの持つささやかな性向すらなく、いかなる親切も求めようとせず、自分を励まして前途を容易にしてくれる大人が自分の人生に（とりわけ学校生活に）いることなど、およそ眼中になかった。サマンサが真面目に勉強をして、面倒を起こさないように（ひとつだけ重大な失敗はあったものの）気をつけていたのに対して、マリアは気が向けば宿題を提出し、興味を惹かれなければ課題から脱線し、教師が題材を誤解している（つまり、頭が悪すぎて理解できない）と思えば教師を軽蔑した。

それに、マリアはレズビアンだった。それはつまり、ほかにどんなことが起きようと、母親のようにゴールポスト直前でボールを落っことしたりはまずしないということだった。

マリアのクラスメイトにはコルゲート大学の教授陣の子供や、この地域に定住したコルゲートの卒業生（大半はオーガニック農家や芸術家）の子供のほかに、土地の旧家（酪農家、郡職員、むかしながらの質素な州北の隠者）の子供がいたが、みな別の基準でふたつに分類できた。すなわち、高校生活を人生最高の時にしようと決意している者たちと、それよりはるかに面白い体験がその先に待ちかまえていると考えている者たちに。マリアはたんに通過しようとしているだけだった。それは誰の目にも明らかだった。彼女は派閥のあいだを漂い、聞いたことのないグループにも、クラスの人間関係における多少の断絶にも、たとえ自分がどれかのグループに属していても、無頓着だった。二度も自分の友達グループを完全に抜けて、仲間たちを当惑させ傷つけた（娘のこういう行為について、サマンサは誰かの母親に電話で苦情を言われるまで何も知らなかった）。何年も家に遊びにきていた女の子と口を利くのをやめてしまったこともあった。その絶交はあまりにも露骨だったので、サマンサでさえ教えられなくても気づいた。問いただしてもマリアはこう答えただけだった。「あんな子とはもう無理」

十三歳になるとマリアは新しいスバル（とうとう動かなくなった祖父のスバルの後継車）で運転を独習し、ノーウィッチの陸運局まで実際に自分で車を走らせて仮免許をもらってきた。十五歳のとき、ラーラという名前の最上級生と《キューティ・ブロンド》のリハーサル中に照明ブースで関係を持った。それは、ほっとすると同時にわくわくする体験だった。数カ月後にラーラが卒業してそそくさとフロリダに行ってしまうと、マリアはほとんど夏のあいだじゅうふさぎこんだ。けれどもやがて、ハミルトンの書店でギャブと出会った。そのあとはもう、ふさぎこまなかった。

22 おもてなし

翌朝遅く、ジェイクは前方にタコニック山地を、バックミラーにグリーン山地を見ながら四号線を西へ向かった。エヴァン・パーカーの家族が暮らしていた家を見つけるつもりだった。正確な住所がわからないので苦労するだろうと思っていたのだが、ウェスト・ラトランドでハイウェイをおりてみると、そこはひどくこぢんまりした町だった。典型的広場と共有緑地を持つニューイングランドのたいていの町よりは確実に小さい。マーブル・ストリートは煉瓦造りの古い役場のすぐ先にあっさりと見つかり、ジェイクは自動車用品店とスーパーマーケットと、いまはアートセンターになっているむかしの採石場の前を通過した。一キロ半ほど走ると大型園芸用品店の〈アグウェイ〉が見え、スピードを落とした。家は〈アグウェイ〉のすぐ先の右側にあり、見落としようがなかった。車を道路脇に停め、シートから身を乗り出してじっくりとながめた。

大理石の基礎を持つどっしりとしたイタリア様式の三階建てで、道路から充分に距離を置いて建てられており、すばらしい屋敷だと言うほかなかった。堂々として、清潔で、黄色に塗られたばかりで、植栽に囲まれていて、ジェイクがこの週末に目にしてきた建築の衰退の埋め合わせをだいぶしてくれた。生垣は屋敷のいまの住人が丁寧に刈りこんであり、建物のすぐ裏手に幾何学式庭園の輪郭が見えた。自分の見ているものの豪華さに、昨夜聞いたエヴァン・パーカーの金銭的苦境を重ね合わせようとしていると、グリーンのボルボが減速して私道にはいっていった。ジェイクは挿したままのキーをつかんでまわしたが、運転手はすでに車からおりてきて、どう見ても友好的に彼に手を振っていた。ジェイクと同年輩の女で、やけに赤い髪を三つ編みにして背中に垂らしている。ゆったりとしたコートを着てはいても、ひどく痩せているのが見て取れる。女は何か叫んでいた。ジェイクは窓をおろした。

「なんですか？」

女はジェイクの車のほうへ歩きだしており、ジェイクの中のニューヨーカーが尻込みをした。自分の家の外に車を停めた赤の他人を相手にこんな危険を冒す人間がどこにいる？ ヴァーモント州にはいるようだ。女は近づいてきた。ジェイクは自分がなぜここにいるのか適当な言い訳を探しはじめたが、何も思いつかなかった。それがおそらく、いちおうの真実を言うことにした理由だった。

「すみません。知り合いがむかしここに住んでいたと思いましてね」

「あらそう？ じゃ、パーカー家の人ね」

「ええ。そうでした。エヴァン・パーカーです」

「なるほど」女はうなずいた。「その人は亡くなったのよ」

「聞きました。とにかく、お邪魔してすみませんでした。ちょうど町を通りかかったもので、その、立ちよってみようかと思いまして」

「わたしたち、その人のことは知らないの」と女は言った。「ご愁傷さま」

エヴァン・パーカーの悔やみを言われるという皮肉に、ジェイクはその場で本当のことを白状しそうになった。だが、求められている言葉を口にした。「ありがとう。実はぼくは彼の教師だったんですよ」

「あらそう？」と女はまた言った。「高校の？」

「いえいえ。創作講座です。リプリー大学の。北東部の田園地帯にある」

「そうなの《エィァ》」と女は本物のヴァーモント人らしく言った。

「ぼくはジェイクといいます。すばらしいお宅ですね」

それを聞いて女はにっこりした。歯が明らかに変色している。煙草かテトラサイクリン系抗生物質のせいだろう。

「いまパートナーに回り縁を塗りなおさせようとしてるところなの。あのグリーンは好きになれないから。わたしはもっと暗めの色にするべきだと思うの」

一瞬ののち、ジェイクは女がその問題について彼に意見を求めているのだと気づいた。「暗めにしてもいいですね」とあわてて言った。それが正しい答えのように思えた。

「そうでしょ！　わたしのパートナーときたら、わたしが町を離れていた週末にペンキ屋を雇ってね。わたしに一杯食わせたのよ」女はそう言ってにやりとした。わたし大して恨んではいない、そう言っているのだ。「わたしはベティ。中をご覧になる？」

「え？　いいんですか？」

「もちろん。斧を持った人殺しじゃないわよね、あなた？」

ばかげた考えが頭に浮かんだ。ほんの一瞬だが、そうではないかと思った。

「ええ。作家です。だからリプリーで創作を教えていたんです」

「ほんと？　何か本を出してらっしゃる？」

ジェイクはエンジンを切ってゆっくりと車からおりた。「ええ、二、三冊。『クリブ』という本を書きました」

ベティの目が丸くなった。「嘘でしょう？　それわたし、図書館から借りてきたの。まだ読んでないけど、かならず読むわ」

ジェイクは手を差し出してベティと握手をした。「うれしいですね。気に入ってもらえるといいんですが」

「あらまあ、姉が聞いたら腰をぬかしちゃう。姉にね、読めと言われたのよ。どんでん返しが来てもあんたにはわからないだろうって。だってわたし、映画を見にいっても、五分後には隣に身を乗り出して、いま何が起きてるのか訊く人だから。呪いみたいなものなの」

ベティは笑った。

「まさに呪いですね」とジェイクは同意した。「ところで、招待してくださってありがとうございます。ぜひ拝見したいんですが。ほんとにいいんですか？」

「もちろん！　図書館の本しかないのが残念だわ！　自分の本を持っていたら、あなたにサインしてもらえたのに」

「だいじょうぶ。帰ったらサイン本をお送りしますよ」

ベティはシェイクスピアの第一ふたつ折り本《ファースト・フォリオ》でも送ると言われたかのように彼を見た。

ジェイクは彼女のあとについてこぎれいな私道を歩いていき、大きな木製の玄関ドアをくぐった。ベティはドアをあけると、奥に声をかけて来客のあることを告げた。「シルヴィー？　お客さまを連れてきたの」

家の奥のほうでラジオが消された。ベティは床から巨大な灰色の猫を抱きあげてジェイクのほうに向きなおった。「ちょっと待っててね」そう言うと、廊下の奥に姿を消した。ジェイクはすべてをじっくりとながめて、細部を貪欲に記憶しようとした。広い木製の階段が上階へとつづく堂々たる玄関ホールは、かなり胃がむかつくようなピンクに塗られていた。右手には、あいたままの戸口の奥に広い居間が見え、左手には、あいたままのアーチのむこうに、さらにあらたまった客間が見える。その規模と細部――凝った蛇腹繰り形、丈の高い幅木――は富を誇示すべく意図されたものだったが、ベティとシルヴィアは俗な格言を収めた数々の額でその尊大さの痕跡をことごとくたたきのめし、息の根を止めていた。階段の壁には〝必要なのは愛と……一匹の猫！〟と〝いかれた猫おばさん〟という額がならんでおり、居間のマントルピースの上には〝愛は愛〟という額が見える。ほかにも、たがいに調和しない鮮やかすぎるラグの数々が木の床板をあらかた抹殺していたし、どこを見ても物がありすぎだった。小さな装飾品であふれたテーブル、本物にしては元気で鮮やかすぎる花が活けられた花瓶、客が大勢来る予定なのか、はたまた帰ったばかりなのか、円形にならべられた多数の椅子。ジェイクはエヴァンがそこにいるところを想像してみた。階段をおりてきて、廊下の突きあたりのキッチンだと思われる部屋にベティのようにはいっていくところを。だが、想像できなかった。ふたりの女はかつてここにあったものといまここにあるものをキッチュな柵によって隔てていた。

ベティが戻ってきた。猫は連れていなかったが、ろうけつ染めのスカーフを頭に巻いた浅黒いでっぷりした女を連れてきた。「わたしのパートナーのシルヴィア」とベティは言った。

「あらまあ。信じられない。こんな有名な作家が」とシルヴィアは言った。

「有名な作家なんて形容矛盾ですよ」とジェイクは言った。それは個人的謙遜を示す彼の十八番の台詞だった。

「あらまあ」とシルヴィアはまた言った。「美しいお宅ですね。中も外も。どのぐらいお住まいなんです？」

「まだ二年よ」とベティ。「引っ越してきたときはぼろぼろでね、話しても信じてもらえないと思う。何もかも交換しなくちゃならなかったんだから」

「二度交換したものもあるのよ」とシルヴィア。「奥へどうぞ、コーヒーでも飲みましょう」

キッチンにはキッチン用の額が飾ってあった。コンロの上には〝シルヴィアのキッチン（味つけは愛）〟、テーブルのかたわらには〝幸せは手づくり〟。テーブル自体も、猫の模様のついた光沢のある鮮やかな青い布でおおわれている。「ヘーゼルナッツ・コーヒーは好き？　あたしたち、それしか飲まないんだけど」

フレーバー・コーヒーはすべて大嫌いだったが、ジェイクは好きだと請け合った。

「シルヴィー、あの図書館の本はどこ？」

「見てないわよ」とシルヴィアは答えた。「クリームは？」

「入れてください」

シルヴィアはマグを運んできた。白地に黒線で猫が一匹描かれ、いい気分《フィーリン・グッド》ならぬ〝猫　気　分《フィーライン・グッド》〟という言葉が添えられている。

「ドーナツがある」とベティが言った。「いま買ってきたところなの。町にある〈ジョーンズのドーナツ〉って知ってる？」

「いえ。この町のことは何も知らないんです。ほんとに通りかかっただけなので。ヴァーモント流のこんなおもてなしを受けるとは、思ってもいませんでした」

「白状するとね」と言いながら、シルヴィアが特大のグレーズド・ドーナツを載せた皿を運んできた。「携帯でこっそり検索してみたの。たしかにあなたはあなたの言うとおりの人だった。そうじゃなかったら奥で州警に電話するつもりだったんだけどね。あたしたちのことを、おもてなしばかりで常識がないと思ってるといけないから」

「なるほど」ジェイクはうなずいた。「それはよかった」車の中で嘘をつかなくて助かった。嘘をつきたがる最近の悪い癖が、真実を伝えようとする本来の衝動を完全には駆逐していなくて助かった。

「信じられませんね、この家が元はぼろぼろだったなんて。いまじゃまったくわかりませんよ！」

「でしょう？　でも、嘘じゃなくて、最初の一年はあたしたちずっと、漆喰の穴埋めをしたり、ペンキを塗ったり、古い壁紙をはがしたりしていたんだから。まともな手入れなんか長年されていなかったの。それは驚きじゃなかったけれどね。この家に住んでた人たちが亡くなったのは、実際、手入れが悪かったからなんだもの」

「悪かったどころか、まったくしてなかったの」と、自分のコーヒーを持って戻ってきたベティが言った。

「どういう意味です？　火事とか？」

「いいえ。一酸化炭素漏れ。石油ボイラーから」

「ほんとですか！」

ベティのあとからキッチンにはいってきていたあの大きな灰色の猫が、彼女の膝に跳びのってそこに身を落ちつけた。

「そう聞いてあなたぞっとする？」ベティはジェイクを見た。「このぐらい古い家だと、住人がそこで亡くなるのは当然なのよ。自宅で生まれて、自宅で死ぬ。むかしはそういうものだったんだから」

「ぞっとはしません」彼はコーヒーをひとくち飲んでみた。まずかった。

「こんなことは言いたくないけれど」とベティは言った。「あなたの教え子っていう人もここで亡くなったの。上の寝室のひとつで」

ジェイクは厳粛な顔でうなずいた。

「ねえ、ひとつ訊きたいんだけど」とベティは言った。「オプラに会うって、どんな感じ？」

ジェイクはオプラ・ウィンフリーのことをふたりに話して聞かせた。ふたりともオプラの大ファンだった。

「あなたの本は映画になるの？」

それについても彼は話して聞かせた。それからようやくエヴァン・パーカーに話を戻すことができたが、そうしながらも、それだけの我慢をした甲斐があったかどうか確信は持てなかった。なるほどこのふたりはパーカー屋敷に住んではいるが、それがなんだというのか。パーカーと面識があったわけではないのだ。

「じゃ、ぼくの元教え子はここで育ったわけですね」ジェイクは言った。

「パーカー家はこの家が建てられたときからここに住んでいたの。採石場を経営していたから。あなたもここへ来る途中できっとその採石場の前を通ったはずよ」

「通ったと思います」ジェイクはうなずいた。「さぞや裕福な一家だったんでしょうね」

「それはもう当時はね」とベティは言った。「でも、長くはつづかなかった。ここを復元するために、わたしたち州からちょっと補助金をもらったの。完了したらクリスマスに家を開放して、みんなに見学してもらうという条件で」

ジェイクはあたりを見まわした。中にはいってからというもの、〝復元〟の名に値するものは何ひとつ見ていなかった。

「それは楽しそうですね！」

シルヴィアが不満の声を漏らした。

「そりゃもう」とベティは言った。「見知らぬ人間がぞろぞろドタドタ、家の中を通りすぎて、あとに雪を残していくんだもの。でも、お金はもうもらっちゃったから、わたしたちも約束は守らないとね。ウェスト・ラトランド界隈では大勢の人たちがこの屋敷の内部を死ぬほど見たがっているから。それはわたしたちの修復作業とはなんの関係もないの。みんな生まれたときからこの屋敷を知ってるのよ。パーカー家のことも」

「ほんとに不運な一家だった」シルヴィアが言った。

またその言葉だ。ただし、いまはもうそれを聞いてもジェイクはさほど驚かなかった。いまはもう関連情報を入手していた。四人全員が死亡していることを。エヴァン・パーカーも妹も両親も。そのうち三人がこの屋根の下で亡くなったのだ。まさに〝不運〟という言葉がぴったりに思える。

「彼が死んだとは知りませんでした、最近まで」とジェイクは言った。「というか、どうして死んだのかまだ知らないんです」

「薬物の過剰摂取」シルヴィアが言った。

「なんと。彼がそんな問題を抱えていたとは知りませんでした」

「誰も知らなかったわよ。少なくとも、まだその問題を抱えてたことはね」

「これはしゃべっちゃいけないんだけど」とベティが言った。「わたしの妹がある自助グループでエヴァン・パーカーと一緒だったの。そのグループはラトランドのルター派教会の地下室で集会をやっていてね、彼は長年そこのメンバーだったのよ。わたしの言いたいことわかるかしら」ベティはちょっと言葉を切った。「みんなとてもショックを受けていた」

「商売がうまくいってなかったって話だけどね」とシルヴィアが言い、肩をすくめた。「その手のプレッシャーがあったとすれば、ふたたび手を出したのも不思議じゃない気がする。しらふのときにバーをやるっていうのも、楽しくはなかったはずだし」

「でも、みんなやってるじゃない」とベティは言った。「彼は何年もうまく対処していたから、もう対処するのをやめちゃったんじゃないかしら」

「そうね《エイア》」

三人ともしばらく黙りこんだ。

「じゃあ、この家はエヴァンの遺産処分で買ったんですか?」

「ちょっとちがう。彼は遺言書を残してなかったんだけど、先に死んだ妹に娘がいてね。その娘が相続したの。でも、その人は感傷的なタイプじゃなかったわけ」

「そうなんですか?」とジェイク。

「伯父さんが死んで一週間とたたないうちにここを売りに出したんじゃないかしら。あのときのここのありさまときたら」シルヴィアは首を振った。「この人がいなかったら、誰ひとり近よらなかったはず。でも幸いにも、この人はむかしからこの家が大好きだったの」

「子供のころはよく、ここには幽霊がいると思ったものよ」ベティが調子を合わせた。

「あたしたちはその人が断われないような条件を提示した」シルヴィアは立ちあがってキッチンカウンターから別の猫を抱きあげた。「ていうか、提示したと思う。その人とは一度も直接には会っていないから。弁護士とやり取りをしただけで」

「ひどい目に遭ったわ」とベティは言った。「その弁護士は地下室にあったガラクタを全部かたづけることになってたの」

「屋根裏部屋もね。しかも部屋の半分には物が置きっぱなしだった。いったい何回あの道化師に手紙を書いたことか。ゲイロードに」

「ゲイロード弁護士様よ」ベティは目を天井に向けて呆れ顔をしてみせた。

「あの男」とシルヴィアはにやにやしながら言った。「なんにでも〝弁護士〟っていう肩書きをつけるの。なにあれ？　ロースクールに行くと自信がなくなるの？」

「しまいにはね、その人が取りにこなければわたしたちが全部ゴミ捨て場送りにしますって、弁護士先生に伝えたんだけど。それでも返事がないの！　だからわたしたち、ほんとにそうしちゃった」

「ちょっと待って。じゃあ、何もかも捨ててしまったんですか？」

エヴァン・パーカーの原稿がはいった箱がこの屋根の下のどこかにまだ存在しているところを、ジェイクは一瞬だが想像してしまった。だが、その想像はすぐに打ち消された。

「古いベッドは取ってある。すてきな四柱式の。あれは、たとえ捨てたくても部屋から出せなかったと思う」

「捨てたくなかったけどね」ベティが満足げに言った。

「上等のラグも二枚取っておいて、クリーニングに出した。たぶん百年ぶりぐらいに。あとは一切合切捨ててもらって、請求書はゲイロード弁護士様に送りつけたんだけど。聞いて驚かないで、とうとう支払ってもらえなかった」

「ていうか、わたしだったら、自分の家族が築百五十年の家を持っていたら、家の隅から隅までチェックすると思うの。たとえそんな、まあ〝アンティーク〟なんかは要らなくても、自分のものは取っておきたいじゃない？　子供のころに使ったものなんかは。それを見もしないで捨てちゃう？」

「ちょっと待って」とジェイクは言った。「姪もここで育ったんですか？　この家で」

彼はできごとの順序を整理しようとしていたが、それはなかなか容易ではなかった。まずエヴァンの両親がここで暮らしていて死亡し、それから妹がここで暮らしてここで娘を育て、それから妹が死んで姪が出ていき――バーの酔客サリーの言葉では〝逃げ出し〟――そのあとエヴァンがここにまた引っ越してきたということだろうか？　たしかに少々こんがらがってはいるが、どれもさほど驚くことではない。結局のところこの家は、エヴァン・パーカーの取るにたらない子供時代の背景と、おそらくは晩年の背景とを目に見える形で教えてはくれても、ほかには何も明かしてくれないのだ。

そう結論してジェイクはふたりに礼を述べ、サイン本を送るために住所を書いてもらった。「お姉さんにもお送りしましょうか？」

「ほんとですか？　ぜひ！」

彼はふたりを従えて廊下を戻り、玄関ドアの前で立ちどまってコートを着た。それから顔をあげた。

ドアの内側の周囲に、古い屋敷の遠い過去の名残が残っていた。パイナップルをずらりと描いた色褪せた帯状装飾が。パイナップル。それが彼の記憶にいったん触れて消え、もう一度触れてこんどははっきりと記憶をよみがえらせた。ドア枠の上に五個。両側にはほぼ床まで少なくとも十個ずつ。細い余白とともに保存されており、周囲の残りの壁は明るいピンクに塗りなおされていた。

「これは」とジェイクは思わず口にした。

「そうでしょう?」とシルヴィアが首を振った。「野暮ったいわよね。ベティがどうしても塗りつぶさせないの。思いっきり喧嘩しちゃった」

「それはステンシルなの」とベティが言った。「前にたことがあるけれど、十九世紀の生活を再現した野外博物館で同じものを見たことがあるけれど、そっくり。パイナップルがドアのまわりと壁のてっぺんにぐるりと描いてあった。この家が建てられたときにまでさかのぼるはずよ、絶対に」

「で、あたしが妥協してね。ドアのまわりだけ塗らなかったの。へんてこでしょ」

たしかにへんてこだった。しかしそれぐらいしか、この屋根の下にあるもので〝復元〟の名に値するものはなかった。それが復元と言えればだが。

シルヴィアが言った。「あたし、そのうち手を加えようと思ってるの。だってその色を見てよ。すっかり薄くなっちゃって! 保存しなくちゃいけないのなら、少なくとも上塗りはさせてもらう。ぶっちゃけた話、うちのドアを見るたびにあたし、なぜ壁にパイナップル? と思っちゃう。ここはハワイじゃなくてヴァーモントなんだから! どうして林檎やブラックベリーじゃないわけ? ここで育つのはそっちでしょ!」

「もてなしのしるしなんです」ジェイクは思わずそう言っていた。色褪せたパイナップルの連なりからどうしても目を離せなかった。めまいがしていたからだ。ばらばらのことがらが彼の周囲をぐるぐると回転し、着地するのを拒んでいた。

「なんの？」

「もてなしの。象徴なんです。理由はわかりませんが」

読んだことがあるのだ。どこで読んだのかはっきり憶えていた。

長いあいだ誰も口を利かなかった。何を言うことがあろう？　なぜ自分はそのむかしリチャード・パン・ホールのあのオフィスで、これに思いいたらなかったのか？　初めて小説に挑むパーカーはおそらく当人がいちばんよく知っている人間たちのこと、かつて同じ屋根の下で暮らしていた人間たちのことを描こうとするはずだと、なぜ気づかなかったのか？　作家のデビュー作が自伝的だというのは、あらゆるもののなかでも最大の常套句だと言っていい——〝わたしの子供時代〟〝わたしの家族〟〝わたしの悲惨な学校生活〟。彼自身のデビュー作『驚異の発明』も、もちろん自伝的作品だ。それなのに彼はエヴァン・パーカーを作家の仲間としてあつかうことすら拒んだ。愚かにも。そのミスのせいで、すなわちおのれの傲慢さのゆえに、彼は何ヵ月も無駄にしてしまった。

これはふたりの作家のあいだの、現実のであれ空想のであれ、盗作問題ではなかったのだ。もっとずっと私的な盗み、ジェイクはまったく関与していない、エヴァン・パーカー自身の犯した盗みだったのだ。パーカーが盗んだのは、パーカーが間近でじかに見ていたはずのもの、すなわちその母親と娘であり、そのふたりのあいだに——まさにここで、この家で——起きたことだったのだ。

当然彼女は腹を立てた。自分の物語が語られることなど、それが親しい身内によるものであっても、断じて望んでいなかったのだ。ましてや赤の他人によるものなど。そこまでは、ようやくジェイクにも理解できた。

『クリブ』

ジェイコブ・フィンチ・ボナー作

ニューヨーク、マクミラン社、二〇一七年、178～180ページ

ギャブには〝苦労してばかり〟の母親と、家に居つかない父親がいた。それに囊胞性線維症の妹と、ベッドに縛りつけなければならないこともあるほどひどい自閉症の弟が。要するに彼女の家庭生活は、マリアの家庭環境がテレビのホームコメディのそれに思えるほど悲惨で絶望的なものだった。ギャブはマリアの一学年下で、ナッツ・アレルギーだったのでどこへ行くにもアドレナリン自己注射薬の〈エピペン〉を携帯しなければならず、勉強もできず、なんの取り柄もなかった。

ギャブとの仲が固定化すると、少なくともマリアのほうはいくぶん人生が楽になった。サマンサはお上品ぶらない親、自分の両親のような信心屋ではない親、よくいる支配的な毒親ではない親を自任していたので、娘の恋人の登場をもっぱらこの最後の年月にプラスの影響をあたえてくれるものと見なすようになった。歳月があまりにも急速に過ぎ去ったので、子供のころから住んでいる家の、かつては両親のものだった寝室で朝目を覚ますと、サマンサはときどき、出発の日を指折り数えていたころの自分をまず思い出し、それからキッチンのテーブルで前夜の残りもののペパロニ・ピザを食べているマリアとギャブに遭遇して、自分がすでに齢《よわい》三十二に近い母親だということ、唯一の子供になるはずの娘にまもなく永遠にサヨナ

ラを告げる年齢なのだということを思い出すことがあった。するとまるで何ひとつ起こらなかったかのように歳月が消え、サマンサは過去へ飛んでいるのだった。十年、十三年、十六年前のその同じキッチン・テーブルを囲む、母親と父親と希望を胸にしたかつての自分へ。かつて自分が問題セットの上に嘔吐した教室と、〈カレッジ・イン〉のひどく清潔な部屋へ。きみを妊娠させることはありえない、望んでもそれは不可能だ、ダニエル・ウェイブリッジがそう断言したあの部屋へ。

マリアが高校三年だった年の春、サマンサはある朝、よりによってあのフォーティス先生から電話をもらった。学校に来て同意書に署名してくれれば、娘さんを一年早く卒業させてあげられるというのだ。不可解な話だったが、その日の午後サマンサは学校へ行ってみた。すると年老いたその数学教師は――何年も前に教頭になっており――ますます腰が曲がってますます白髪になり、ますます耄碌《もうろく》していて、もはやサマンサが自分の教え子だということはおろか、面識のある人物だということにも気づかなかった。まして、才能に恵まれた教え子だったのに、力になってやることができずに結局退学してしまった娘だということなど完全に忘れていた。サマンサはその老教師から、自分の娘が自力でオハイオ州立大学への奨学金を獲得していたことを知らされた。

オ《O》ハイオ州《S》立大学《U》。サマンサ自身は一度もオハイオに行ったことはなかった。ニューヨーク州から出たこともなかった。

「さぞ鼻が高いでしょう」と老いぼれのフォーティスは言った。

「ええ」と彼女は答えた。

書類に署名して家に帰ってくると、まっすぐに元は自分の部屋だったマリアの部屋に行き、元は自分の机だったマリアの古いオーク材の机のいちばん下の抽斗から、OSUと記されたフォルダーにきちんとファイルされた書類を見つけ出した。ひとつは、成績優秀者のみを対象とした教養学部のオナーズ・プログラムへの正式許可書で、もうひとつは、ナショナル・バックアイ奨学金なるものとマクシマス奨学金なるものの通知書だった（どちらもOSUの奨学金）。サマンサは長いことそこに、きちんと整えられたマリアのベッドの裾に座りこんでいた。その同じベッドでかつては彼女自身が眠り、脱出を夢見たのであり、その同じベッドに、赤ん坊がおなかにいるあいだ押しこめられていたのだ。その子を妊娠することも、産むことも、育てることも、サマンサは望んでいなかったが、外面的にはひと言も愚痴をこぼさずにやってのけた。それはたんに彼女の人生を当時支配していた人たちにそう命じられたからだった。その人たち――彼女の両親――はとうのむかしにいなくなっていたが、サマンサ自身はまだここにいた。サマンサがすべてを犠牲にした対象自身は、ここを出ていって永遠にふり返りもしないつもりでいるというのに。

もちろんサマンサはその計画自体には気づいていなかった。マリアはサマンサ自身がやったような形であれ、どのような形であれ、チャンスをつぶすようなまねはしそうになかった。ごく幼いころから、文字の名前を読みあげながらよちよち歩きまわっていたころから、大学院まではともかく大学へ行く運命にあったし、アールヴィルはもちろんのこと、おそらくはニューヨーク州北部をさえ離れた土地で暮らす定めにあったのだ。けれどもサマンサには、その最後の年にひとつ期待していることがあった。母親としての人生の内にもしかしたらわずかな逆転の可能性があるのではないか、ひょっとすると報いを得られる可能性すらあるのではないか、そう期待していたのだが、その可能性はいま唐突に消えた。もしかしたらマリアがそのような形で、六年生での飛び級を許可してくれなかった母親にまんまと仕返しをしたのかもしれない。今回はかつての数学教師の忘れっぽい眼の前で、サマンサはいやでも同意書に署名せざるをえなかった。ひどく怖じ気づいてしまい、ひどく後ろめたくて、提出しないわけにはいかなかった。いまは六月だった。マリアは遅くとも八月には出ていくだろう。

サマンサは娘と対決はしなかった。マリアがせめて卒業式には呼んでくれるかどうか様子を見ていたのだが、マリアはクレープ紙で飾りつけられたバスケットボールコートを歩くことにはなんの関心もなく、当日はハミルトンまでギャブに会いにいってしまった。例の書店か、〈カレッジ・イン〉(ダン・ウェイブリッジが膵臓癌で死んだため、いまでは〝四代にわたる家族経営!〟に変わっていた)の入口でまぬけにも逡巡していたのかもしれない。その晩、帰宅したマリアはこう言っただけだった。ギャブとの関係に終止符を打った。それがいちばんいいことなのだと。

暑い夏が始まった。マリアは誰にも会わなかった。サマンサは自分の仕事部屋にこもって扇風機をつけ、マリアが幼かったころからやっている医療請求書作成の仕事をしていた。その給料で娘の食べ物と服を買い、医者の支払いをしてきた仕事を。六月が過ぎ、七月が過ぎても、マリアはまもなく家を出ていくつもりでいることをひと言も口にしなかった。けれどもサマンサは、ある動きが増加しているのに気づくようになった。衣類が袋詰めされては町の寄付ボックスに運ばれ、本が箱詰めされてはアールヴィル図書館でおろされた。古い答案や中学校のテスト、幼いころに描いたクレヨン画が選り分けられたのち、マリアの机の下にある屑籠に突っこまれた。それは完全撤収だった。

「それもう着ないの？」サマンサは一度そう言ってグリーンのTシャツを指さした。

「うん。だから捨てようと思って」

「じゃ、わたしがもらおうかな、あんたが要らないのなら」

ふたりは結局のところ同じサイズだった。

「好きにして」

それが八月の初めだった。

計画していたわけではなかった。本当に、何も計画などしていなかった。

23 唯一の生存者

そのあとジェイクは考える必要に迫られた。町に戻ると、一軒のドラッグストアの外に一時間近く車を駐めて、うつむいたまま両手で膝を握りしめ、@TalentedTom について自分が知っていると思いこんでいた多くのことがらをまずはすべてはぎ取り、それからいま現在もっとも知る必要のあることについてなんらかの考えをまとめようとした。はぎ取るものはたくさんあった。出発点が根本的にまちがっていたからだが、しかし復讐に燃えた小説家や友情に厚い修士課程のクラスメイトという元の先入見にしがみつかないようにするのは容易ではなかった。いまは謙虚にならなくてはいけない。ジェイクはそう決意した。致命傷を負わされる前にこいつを、この女を――と彼はそこで修正した――阻止したいのならば、そうするしかない。

自分の知らないことがらのリストを、携帯におおむね優先度順に打ちこんでみた。

この女は何者なのか？

どこにいるのか？

何が望みなのか？

そのあとそれを二十分見つめ、自分が何も知らないことに打ちのめされた。

二時にはラトランド公共図書館でエヴァン・パーカーの家族について、半日間で調べられるかぎりのことを調べようとしていた。パーカー家はラトランドに深い結びつきを持っていた。一八五〇年代に鉄道とともにやってきたのだが、わずか二十年後には家長のジョサイア・パーカーが、ウェスト・ラトランドのマーブル・ストリートに大理石《マーブル》の採石場を所有する身となり、のちにその同じ通りに、いまはベティとシルヴィアのものになっているイタリア様式の邸宅を建てた。その屋敷は明らかに落成当時はジョサイア・パーカーの富を誇示する場だったが、ラトランドの運勢はパーカー家自体の運勢ともども、地域全体の衰退とヴァーモントの大理石産業の緩慢な消滅とを反映して悪化した。一九九〇年の固定資産税台帳によれば、その価値は十一万二千ドルで、当時の所有者はナサニエル・パーカーとジェイン・サッチャー・パーカーだった。

その子供がエヴァンだ。いや、もっと正確に言えば、エヴァンと彼の亡くなった妹だ。

〝あばずれ〟で〝とんでもない女〟というのが、バーで知り合ったサリーによる人物評だった（公平に見れば、サリー自身もその両方だと言ってさしつかえなかったが）。

〝あいつに言わせれば、なんでもする女だったそうです〟マーティン・パーセルはそう言った。

〝焼死したって聞いた〟

インターネットにはパーカー家のこの一員に対するお悔やみページは見あたらなかった。それは彼女の友人の少なさの証明かもしれなかったし、たんにエヴァン・パーカーの兄妹愛の欠如を明かしているだけかもしれなかった（妹が亡くなったあとのことは、すべてエヴァンが処理したはずなのだから）。名前はダイアナだったらしく、エヴァンが自分の〝フィクションの〟小説で彼女にあたえた名前〝ディアンドラ〟と憐れなほど似ていた。彼女の死亡広告も、そのわずか一年後にエヴァン自身の死亡広告が載ることになる《ラトランド・ヘラルド》紙の死亡記事ページを見ると、ひどく簡単なものだった。

パーカー、ダイアナ（32）、二〇一二年八月三十日死去。ウェスト・ラトランドに終生居住。ウェスト・ラトランド高校に通学。両親はすでに他界。遺族は兄と娘がひとりずつ。

死因についてはとくに言及がなく、通常の決まり文句さえ（〝突然の〟も〝不慮の〟も〝闘病の末〟も）見あたらなかった。私的な言葉（〝愛する〟）や、さりげない嘆き（〝痛ましい〟）はもちろんのこと、どこで死亡したのかも、どこに埋葬されるのかも記されていなかった。追悼式の告知もなければ、エヴァン自身の記事にはあった〝埋葬は親族のみ〟も〝追悼式については追って発表〟の文言もない。この女はひとりの娘であり、妹であり、何よりも母親であったが、どう見ても束縛された、経験に乏しい人生を送ったのち、まちがいなく若死にしていた。ダイアナ・パーカーは、〝通学〟という言葉の用法をジェイクが正しく解釈しているとすれば、高校すら卒業していなかったわけで、ヴァーモント州ウェスト・ラトランドから一度も出たことがなかったとすると、気の毒に思わずにはいられない人物だった。ぱっとしなかった生と――本当に〝焼死〟したのだとすれば――紛れもなく悲惨な死のあとに、考えうるもっともそっけない送別の言葉で送られたことになる。

ダイアナの出生記録と、こちらのほうがもっと重要だが、いまだに名前のわからないダイアナの娘の出生記録を見つけようとして、ジェイクは初めて大きな障害にぶつかった。ヴァーモント州の公文書を閲覧するには正式な申請書が必要だったが、自分にその資格があるかどうかわからなかったのだ。そこで家系調査サイト〈アンセストリ・ドット・コム〉の会員資格をその場で購入すると、ものの数分で判明した。

ダイアナ・パーカー（一九八〇―二〇一二）

ローズ・パーカー（一九九六―）

ローズ・パーカー。その名前を彼は見つめた。ローズ・パーカーはナサニエルとジェインの孫であり、ダイアナの娘、エヴァンの姪だった。一家の唯一の生存者のようだ。

ジェイクはまっすぐ検索ウェブサイトのひとつに行ってローズを捜しはじめたが、データベースには目下三十名近いローズ・パーカーがいたものの、なんとももどかしいことに、ひとりをのぞいてみな生年が合致せず、合致するひとりも、住所はジョージア州アセンズの古い番地で、ヴァーモント州に住む唯一のローズ・パーカーは八十代だった。ジェイクは図書館員にウェスト・ラトランド高校の年鑑はないかと尋ね、参考図書セクションの一角を指さされるとしばし興奮したものの、結局そのコレクションはあまり役に立たなかった。高校に〝通学〟しただけのダイアナは、一九九七年の年鑑にも九八年の年鑑にも卒業記念の顔写真はなかったし、それ以前の年鑑を見ても、クラブやチームで撮った写真もなければ学年委員になった形跡もなかった。ウェスト・ラトランド高校でのダイアナは、異様なほど課外活動に無関心な生徒だったと結論するほかなかった。彼女が学校で多少なりとも有名になったことを示すものといえば、優等生名簿のひとつに名前があったのと、一度、独立戦争中のヴァーモントに関するレポートで入賞して表彰されていることだけだった。娘のローズ・パーカーはそれに輪をかけてもどかしい存在だった。一九九六年生まれで――サリーから聞いた話では――高校を卒業しないまま家を出てしまったはずなので、二〇一二年の卒業生にローズ・パーカーという生徒がいないのはあたりまえだった。それどころかローズ・パーカーの写真は、彼女が高校一年のときの年鑑で一枚見つかったきりだった。短い前髪と大きな丸眼鏡のひょろりとした生徒で、フィールドホッケーのスティックを掲げてチーム写真に収まっていた。小さい写真だしピントも甘かったが、ジェイクはいちおう携帯を取り出して写真を撮っておいた。それしか見つからないかもしれないからだ。

そのあとこんどは、マーブル・ストリートの屋敷の売却について調べてみた。エヴァン・パーカーの相続人から、パーカー姓ではない最初の所有者への売却だ。ベティたちの言ったとおり、ローズは売買の場に姿を現わさず、百五十年にわたる一家の家財の運命にも、自分の子供時代の所有物にも無関心だったようだ。しかし代理人のウィリアム・ゲイロード弁護士はまさにこのラトランドにいたし、代理人なら、ローズ・パーカーの現在の居どころは知らなくとも、売却時にどこにいたかは知っているはずだった。それは大きな手がかりになるはずだ。

ジェイクは自分のメモを集めてラトランド公共図書館を出ると、激しい雨の中を車まで歩いていった。午後の三時をまわったところだった。

ウィリアム・ゲイロード弁護士のオフィスは、かつてラトランドでもっとも裕福な人々が住んでいたノース・メイン・ストリートの家々のひとつにあった。灰色のこけら葺きの屋根とアン女王様式の小塔を持つその家は、信号機のすぐ南の、わびしげなダンススタジオと公認会計士事務所のあいだに建っていた。一台しか車の駐まっていない建物の裏手の駐車場に車を置くと、ジェイクは玄関ポーチまで歩いていった。ドアの横のプレートには〝法律事務〟と記されている。中で女がひとり仕事をしているのが見えた。

自分には明らかに関係のない三年前の不動産売買に関心を持っていることをどう正当化したものか、あまり考えていなかったが、電話で用件を説明しようとするよりは、じかに訪問したほうがうまくいくだろうと判断した。マーティン・パーセルに対しては、かつての教え子を軽く追悼する教師のふりをし、バーの酔客サリーには、一杯飲みに立ちよった無知なよそ者を演じた。ベティとシルヴィアには、ほぼ自分自身を、すなわち亡くなった知人の家を訪問する〝有名作家〟を演じたが、ジェイクにしてみればどれも別に容易ではなかった。サキのもっとも有名な短篇に登場するいたずらな十五歳の少女とはちがって、急に作り話をこしらえるのは得意ではなかった。得意なのは虚構をページ上に構築することであり、物語を作るのに好きなだけ時間をかけられる場合だった。その三回の出会いからは、これまで知らなかった情報を首尾よく持ちかえることができたので、苦労した甲斐はたしかにあったものの、今回はさすがに、関連情報をつかめることを期待して出たとこ勝負の会話を交わすわけにはいかなかった。今回は自分が何を突きとめようとしているのかも、それは率直にずばりと訊けるようなものではないことも、よくわかっていた。

ジェイクは愛想のいい取っておきの笑みを浮かべて中にはいった。

女は顔をあげた。浅黒い肌の南アジア人で——インド系かバングラデシュ系だろう——着ている青いアクリルのセーターは、上部はゆったりとしているのに、ふくよかな胴のまわりはカマーバンドのようにきゅっと締まっている。女はジェイクがはいってくるのを見ると、自分も微笑んでみせたが、それはジェイクの笑みほど愛想のいいものではなかった。

「前もってお電話をさしあげずに恐縮ですが」とジェイクは言った。「ゲイロードさんに何分かお時間を割いていただけないでしょうか？」

女はジェイクをとっくりと観察した。完全なヴァーモント仕様で旅に出てこなくてよかった、とジェイクは思った。着ているのは最後の清潔なシャツと、クリスマスにアナにもらった黒いウールのセーターだった。

「ご用件をうかがってもかまいませんか？」

「不動産物件を購入することに関心があるんです」

「居住用ですか、商用ですか？」女はまだ怪しんでいた。

この質問は想定外だった。答えるまでの間が一瞬長すぎたかもしれない。「まあ、両方ですね。最終的には。でも、とりあえずは商用です。このあたりに事業を移転しようと考えているんです。さきほど図書館に行きましてね、職員のかたに不動産専門の弁護士を紹介してほしいと頼んだんです」

これはどうやらラトランドではお世辞として通用したらしく、紛れもない効果を表わした。「はい、ミスター・ゲイロードは評判がいいんです」と女はジェイクに教えた。「おかけになりませんか？お話をうかがえるかどうか訊いてまいりますから」

ジェイクは彼女のデスクの向かいの一隅に腰をおろした。表の窓と向かいあったふたりがけのソファと、羊歯《しだ》の鉢植えを入れた古トランク、それに《ヴァーモント・ライフ》誌がひと山あったが、いちばん新しいのは二〇一七年発行のもののようだった。奥のほうから女が男に話しかける声が聞こえてきた。ジェイクは自分がここへ来た理由をたったいまどう話したか思い出そうとした。〝商用の不動産物件、このあたりへの事業の移転〟。だが、そこから必要なところまで話をどう持っていくべきかは、自分でもよくわからなかった。

「はい、どうも」

ジェイクは顔をあげた。脇に立っている男は背が高くがっちりしていて、鼻孔から大量の（だが幸いにも清潔な）鼻毛がのぞいていた。黒いズボンに白いボタンダウンのシャツ、ウォール・ストリートになら調和しそうなネクタイという、こざっぱりした服装をしている。

「ああ、どうも。ジェイコブ・ボナーといいます」

「ひょっとしてあの作家の？」

いまだに驚きだった。永遠にそうなのではなかろうか。こうなっては、ラトランド界隈に移転させるはずの事業のことをなんと言えばいいのか？

「ええ、まあ」

「そうですか、有名な作家さんがうちの事務所にいらっしゃるなんてことは、そうありませんよ。妻があなたの本を読みました」

最後の言葉はいろいろと興味深い。

「それはどうも。予約もなしに来てしまってすみません。図書館で訊いたらこちらを——」

「そうですってね、妻から聞きました。おはいりになりませんか？」

ジェイクはソファの前を離れて、ゲイロード夫人と判明した女の横を通りすぎ、ウィリアム・ゲイロード弁護士のあとから彼のオフィスにはいった。

壁には額にはいったさまざまな地元の表彰状と会員証。ヴァーモント法科大学院の学位。ゲイロードの後ろにあるふさがれた暖炉の上には、ゲイロード本人と愛想の不足した笑顔の女の、埃をかぶった額入り写真が何枚か。

「ラトランドにはどんなご用でいらしたんです？」ゲイロードは言い、椅子をきしませながら腰をおろした。

「新作のための調査と、むかしの教え子に会うために来たんです。ヴァーモントの北部で教えてたんですよ。二年前まで」

「おや、そうでしたか。どこだったんです？」

「リプリー大学です」

ゲイロードは片眉をあげた。「あそこはまだやってるんですか？」

「さあ、ぼくがいたときは短期滞在型のプログラムだったんですが、いまはオンラインだけじゃないでしょうか。実際のキャンパスがどうなったのかはよく知りません」

「それは残念ですね。さほど遠くないむかしにリプリーを車で通りましたが、きれいなところでした」

「ええ。あそこで教えるのは楽しかったですよ」

「で、いまは」とゲイロードは自分から話をつづけてくれた。「作家としてのお仕事の拠点をラトランドへ移そうとお考えなんですね？」

「あ、いや……そうではないんです。ぼくはもちろんどこでも仕事ができるんですけれど、妻は……ニューヨークのポッドキャスト・スタジオに勤めていましてね。ぼくらはニューヨークから引っ越して、妻が自分のスタジオを持てるようにしたいと考えてるんです。で、ぼくがこっちにいるあいだにいくつかあたってみることになったんです。理にかなっている気がしたので。ラトランドはこの州じゃ大変な十字路のひとつですからね」

ゲイロードはにやりとして、ぎっしりならんだ歯を見せた。「そうなんですよ。町にとってはかならずしもいいこととは言えないんですが。でも、そう、ここは州内のどこからどこへ行くにもたいてい通過する場所ですからね。事業の拠点にするには悪くないところです。ポッドキャストというのははやってますよね？」

ジェイクはうなずいた。

「となると、商用区分の物件をお求めということですね？」

それから少なくとも十五分、ジェイクは黙って相手に話をさせた。ラトランドの複数の〝繁華街〟のこと、新規事業に対する州のさまざまな優遇制度と特別ローンのこと、従業員を五人以上雇うことを目標とする会社が利用できる免税制度のこと。そのあいだじゅう、うなずいたりメモを取ったりして興味のあるふりをしながら、どうすればウェスト・ラトランドのマーブル・ストリートの屋敷に話を持っていけるか、頭を悩ませていた。

「しかし、ちょっとうかがってもかまいませんか？」とウィリアム・ゲイロードは言った。「というのは、わたしはこのあたりの生まれですから、ここでやっていかざるをえないんですが、ニューヨークやボストンからいらっしゃるかたはたいてい、ミドルベリーやバーリントンをお考えになるものです」

「ですよね」とジェイクはうなずいた。「でも、ぼくは子供のころ何度もここへ来てるんです。たしか両親の友人がこのあたりにいて。ウェスト・ラトランドにね」

「なるほど」とゲイロードはうなずいた。

「夏によく来たのを憶えてます。懐かしいな、あのドーナツ屋。たしか……」と名前を思い出そうとするふりをした。

「〈ジョーンズ〉？」

「そう、〈ジョーンズ〉！　グレーズド・ドーナツが最高だった」

「わたしのお気にいりですよ」とゲイロードは言い、腹までたたいてみせた。

「それにあの泳ぎ場……」

泳ぎ場のひとつぐらいあるだろう。ヴァーモントの町にだって。それは無難な賭けに思えた。

「たくさんありますよ。どこです?」

「さあ、どこでしょうね。ぼくはまだ七、八歳だったはずなので。両親の友人の名前すら憶えてないんです。そんなものですよね、子供のころの記憶なんて。ぼくからすれば、それはドーナッとあの泳ぎ場なんです。ああ、それにあのウェスト・ラトランドの家ですね、採石場のすぐ先の。母はその家をマーブル・ハウスと呼んでました。マーブル・ストリートにあって、大理石《マーブル》の基礎の上に建ってましたから。その前を通りすぎると、両親の友人の家にほぼ着いたんだとわかったものです」

ゲイロードはうなずいた。「その家のことならわたしも知ってると思います。というより、その家の売却はわたしが担当したんです」

〝慎重にいけ〟とジェイクは思った。

「売られちゃったんですか」と言った。自分の耳にさえ、落胆した子供のような口調に聞こえた。「まあ、当然ですよね。実を言うと、きのうここへ車を走らせてくるあいだ、すっかり夢物語にひたってたんです。ラトランドに引っ越してきて、子供のころのお気にいりだったあの古い屋敷を買うんだという」

「売却されたのは二、三年前でした。でも、ひどい状態でしたから、きっと買う気にはならなかったでしょう。買い手のかたがたは何もかも新しくしなくちゃなりませんでした。暖房も、配線も、汚水槽も。だいぶ出費を強いられたはずです。ま、わたしの口からやめろとは言えませんでしたがね。売り手の代理人でしたから」

「ああいう古い家にはそれなりの出費を覚悟しなくちゃなりませんね。ひどく荒れていたのを憶えてます」とジェイクは言いながら、あの家に対する子供のころのベティの評価を思い出した。「もちろん、子供にしてみれば〝荒れている〟じゃなくて、〝幽霊がいる〟ですけど。あのころのぼくは『グースバンプス』のホラー小説シリーズに夢中でしたから。ウェスト・ラトランドのあの幽霊屋敷に、それこそ取り憑かれてました」

「幽霊ですか」ゲイロードは首を振った。「まあ、わたしはその話は知りませんでした。ふつうの古いニューイングランドの不運なら、いろいろとあの一族につきまとっていたかもしれませんが。しかし実際に幽霊が出たという話は聞きません。とはいえ、お望みならこのあたりで別の幽霊屋敷を見つけてさしあげますよ。その手のものにはこと欠きませんから」

ゲイロードは自分が一緒に仕事をしている代理人の名をいくつかジェイクに書きとめさせたあと、ピッツフォード方面に北上したところにある、十年近く売りに出されたままになっているヴィクトリア様式の家のことを、何分もかけて熱心に話した。なかなか楽しそうだった。

「でも、そこにはあのウェスト・ラトランドの屋敷みたいな、家をぐるりと囲むポーチはついてますか?」

ゲイロードは肩をすくめた。「憶えてません、正直なところ。それがないとだめですか? ポーチなどいつでもつけられますよ」

「たしかにそうですね」

もはや策も尽きて、ジェイクは我慢の限界に近づきつつあった。まるで関心のないヴァーモント州ラトランドの商用不動産について、すでに何ページもメモを取っていたし、州の政策や補助や家の購入に関するまったく用のないパンフレットをフォルダーいっぱいもらっていたうえ、ウィリアム・ゲイロード公認弁護士と関係のある不動産業者の要りもしないリストのほか、ラトランド周辺の古屋敷のリストのプリントアウトまでもらっていた。おまけに外は暗くなってきたし、雨はまだ降っていたし、これからニューヨークまで長いドライブをして帰らなければならなかった。それなのに、来たとき以上のことは何もわかっていなかった。「じゃあ」と言いながらジェイクは書類をまとめてペンにキャップをしてみせた。「その家を新しいオーナーから買い戻すのはまったく無理なんですね？　ぼくは汚水槽や配線を新しくするのを拒んだりしませんが」

ゲイロードはジェイクを見た。「本当にあそこがお好きなんですね。しかし無理です。その人たちがすっかり手を加えてしまったいまとなっては。三年前においでになれば、はっきり言って、たいへん意欲的な売り手をご紹介できたんですが。ま、厳密にはわたしが紹介できたわけじゃないんですが。わたしはその売買の州内コンサルタントで、売り主の女性とは一度も直接やり取りしたことはないんです。その女性にはジョージアに代理人がいたもので」

「ジョージア？」とジェイクは訊きかえした。

「あっちの大学に通ってたんです。しがらみを断ち切って、どこかでやりなおしたかったんでしょう。最終手続きにも帰ってきませんでしたよ、家の片付けにさえね。あの一家に起きたもろもろの不幸を考えると、責める気にはなれませんが」

「そうですね」とジェイクは答えたが、内心ではベティとシルヴィアに代わってその女をたっぷり責めていた。

24　故障車《ブレイクダウン》レーン

オールバニーにさしかかったところで、後ろの席に置いた携帯が振動した。アナだ。ジェイクは車を路肩に停めて電話に出た。彼女の第一声で、まずいことが起きたのがわかった。

「ジェイク。あなただいじょうぶ?」

「ぼく?　もちろんさ。だいじょうぶだよ。どうしたんだ?」

「とんでもない手紙が届いたの。こんなことになってるって、なぜ教えてくれなかったの?」

ジェイクは目を閉じた。想像したくもなかった。

「手紙って誰からの?」知らないかのように訊いた。

「トムとかいうくそったれ!」アナはキーキー声で言った。怖がっているのか腹を立てているのかわからなかった。おそらく両方だろう。「そいつ、あなたはペテン師だ、エヴァン・パーカーという人のことをあなたに訊いてみろってわたしに言うの。その人が『クリブ』のほんとの作者だって。いったいどういうこと?　ネットを見てみたら……ジェイク、なんなのこれ?　どうしてこんなことが起きてるのに教えてくれなかったの?　去年の秋からの投稿をツイッターで見つけたわよ。フェイスブックでも!　どこかの読書ブログにも何か書いてあった。なんだってわたしに話してくれなかったの?」

パニックが襲ってきて胸が苦しくなり、手足から力が抜けた。ついに来たのだ。これまであらゆる時間を費やして懸命に阻止しようとしてきたものが、この故障車レーンでとうとう現実になったのだ。この期におよんで自分がまだショックを受けるというのが、ジェイクは信じられなかった。自分の私生活の防壁が破られたのも、それを自分が阻止できなかったのも、これが初めてではないというのに。

「話すべきだったね。ごめん。ただ……きみがすごく動揺するだろうと思うと、できなかったんだ。動揺してるだろ」

「でも、この人、なんの話をしてるの？　エヴァン・パーカーって誰？」

「あとで話す、約束する」と彼は言った。「いまニューヨーク州高速の路肩に車を停めてるんだ、そっちに帰る途中だよ」

「でも、この人、どうやってうちの住所を知ったの？　前にもあなたに連絡してきたことがあるの？　こんなふうに直接に？」

アナに隠していたものの大きさにジェイクは愕然とした。

「ああ。ぼくのウェブサイトにね。マクミラン社にも接触してきた。その件でぼくらは会議もひらいた。それに……」これはとりわけ認めたくなかった。「ぼくにも手紙が来た」

アナは長いこと黙りこんでいた。それからわめきはじめた。「冗談でしょ？　この人がうちの住所を知ってるのを、あなた知ってたの？　なのに一度もそのことをわたしに言わなかったの？　何カ月も」

「そう決めていたわけじゃないんだけど。ぼくの手を離れてしまったんだ。それについては悪かったと思ってる。始まったときに何か言うべきだった」

「そのあとだって、いつでも言えたでしょ」

「そうだね」

長い沈黙がふたりのあいだの距離を埋め、ジェイクは通過していく車を惨めな気分でながめた。

「何時ごろ帰ってくるの？」

八時ごろだ、と彼は伝えた。「出かけたいの？」

ちがう、とアナは答えた。夕食を作りたいのだと。

「そのときに話し合いましょう」忘れていませんから

ねという口調だった。

電話を切ったあともジェイクはさらに数分そのまま座っていた。最低の気分だった。〈才能あるトム〉のことをアナには話すまいと最初に決めたのはいつのことだったのか、考えてみた。すると驚いたことに、それはあの最初の日にまで――ラジオ局でアナに初めて会った日にまでさかのぼった。八カ月ものあいだ、あてこすりや、脅しや、毒を最大限に拡散するためのハッシュタグにさらされながら、何をしてもそれを止められなかったのだ！　問題をうまく処理できていれば話はちがったのだろうが、問題は処理できなかったばかりか、さらに大きくなり、オウムガイのように渦を巻いてどんどん拡大し、ジェイクの大切にしている人たちまで次々に巻きこんだ。マティルダ、ウェンディ、そしてこんどはついにアナまで。アナの言うとおりだった。最大のあやまちはアナに黙っていたことだった。それがいまわかった。


いや。最大のあやまちは、そもそもエヴァン・パーカーのプロットを拝借したことだ。『クリブ』は自分のものだということ、すべて自分で書いたものだということが、いまさら重要だろうか？

だが、あの本の成功は、あの夜エヴァン・パーカーがリチャード・パン・ホールで語った物語を形にしたこの自分の才能と分かちがたく結びついている。あれはたしかに類を見ない物語ではあった。それはたしかだが、はたしてパーカーはそれを十二分に活かせただろうか？　なるほど、文章を綴るそれなりの能力は持っていた。それはジェイクもリプリーで気づいていたが、しかし物語の緊張を作り出す能力はあったか？　読者の心をつかんで放さない能力は？　読者が関心を持って自分の時間を投じたくなるような人物を生み出す能力は？

ジェイクはエヴァンがそれらを持っていたかどうか判断できるほど彼の作品を読んでいなかった。だがあの晩、物語を語ったのはエヴァンのほうであり、そこには一定の所有権が付随するはずだった。一方、ジェイクはその物語を聞いた側であり、そこには一定の倫理的責任が付随するはずだった。

少なくともその語り手が生きているあいだは……

しかし、エヴァンはもう死んでいる。あんなプロットを本当にエヴァンの墓に投げこめというのか？ 小説家なら誰でもぼくのしたことを理解してくれるはずだ。ぼくと同じことをしたはずだ！

そう自分に言い聞かせて、みずからの正当性を再確認すると、ジェイクはふたたび車を発進させて南のニューヨークへ戻りはじめた。

アナには好んで作るほうれん草スープがあった。強烈な緑色をしているので見るだけで健康になる気がするしろものだ。アナはそれを作って待っており、ジェイクが高級食材店〈シタレラ〉で買ったワインとパンを持って帰宅してみると、ばらした《ニューヨーク・タイムズ》の日曜版を前にして居間に座っていた。ジェイクはアナの強ばったハグを受けながら、コーヒーテーブルに広げられているのが読書セクションのベストセラー・ページなのに気づいた。自分が目下ペーパーバック小説リストの四位にいることは、マクミラン社からの週ごとの報告で承知していた。むかしの彼なら興奮で腰を抜かすような数字だったが、この一ヵ月間、順位は実をいうと下降していた。だが、そんなことは今夜の喫緊の問題ではなかった。

「シャワーを浴びてきたい？ おなか空いてる？」

ウェスト・ラトランドであのドーナッツを食べたのを最後に、もう何時間も食べ物を口にしていなかった。

「まずはそのスープをいただきたいね。でも、その前にワインが飲みたい」

「荷物を置いてきて。一杯ついでおくから」

寝室に行くと、アナが受け取った封筒がベッドに置いてあった。彼に届いたものと同じく差出人名はあの

〝才能あるトム〟で、表側の中央にはふたりの住所とアナの名前が――今回は――記されていた。便箋を引っぱり出して一文だけの文面を読むと、恐怖で体が痺れた。

おまえの剽窃者の夫に、『クリブ』の真の作者エヴァン・パーカーのことを訊いてみるがいい。

その場でくしゃくしゃに丸めてしまいたいという衝動をどうにかこらえた。

それから汚れ物を洗濯籠に入れに行き、歯ブラシをいつもの場所に戻した。鏡に映る自分の顔は、見るのが恐ろしくて目をそむけていたが、やはり見てしまった。するとこの数カ月の影響がくっきりと刻みこまれていた。目のまわりの黒い隈。青白い肌。ぱさぱさの髪。そして何より、抑えがたい恐怖の表情。だが、いまそれを取り繕うことはできなかったし、抜け道もなかった。ジェイクは妻の待つ居間に戻った。

アナはシアトルから一揃いの使いこんだナイフと、〝ダッチ・オーヴン〟と、学生時代から使っている古い木の俎板《まないた》を持ってきていた。それに、のちにパン種のスターターだと判明した、密閉式ジャー半分ほどの乾燥したタピオカ・プディングのようなものまで。それらを用いて彼女はこの数カ月間、続々と本物の食べ物を生み出してきた。バランスの取れた食事、砂糖漬け、キャセロール料理、スープ、それにいまでは冷蔵庫のフリーザーや棚を埋めるようになった調味料の類まで。しかもアナは、ジェイクの持っていた食器を（ナイフやフォークやグラス類まで）まとめて十四丁目の慈善団体に送ってしまい、かわりに〈ポッタリー・バーン〉で新しいものを一揃い買ってきた。ジェイクが席についたとき、アナは緑色のスープのはいったがっちりしたボウルをちょうどテーブルに置いているところだった。

「ありがとう。きれいだね」ジェイクは言った。

「〝心労のもつれを解きほぐしてくれるスープ〟」

「それは〝スープ〟じゃなくて〝眠り《スリープ》〟だったと思うけどな（『マクベス』第二幕第二場）。スープは心に効くんだよ」

「これは両方に効くの。たくさん必要になるだろうと思ったから、いつもの倍こしらえて、残りは冷凍しておいた」

「きみの開拓者気質がありがたいよ」ジェイクは微笑んで最初のひとくちを飲んだ。

「というより、島気質ね。ウィドビー島にスーパーマーケットがなかったわけじゃないけど。でも、島の人はつねに孤立する準備をしたがってるみたいだった」

アナはパンの端をちぎり取ってジェイクに渡した。それから彼が食べはじめるのを見守った。

「で、どういうことなの？　わたしが質問しなくちゃだめ？　それともあなたが話してくれる？　いったい何が起きてるのか」

その瞬間、空腹で長い一日を過ごしてきたにもかかわらず、彼は食欲を失った。

「ぼくが話すよ」

ジェイクはやってみた。

「リプリーで教えていたとき、エヴァン・パーカーという学生がいた。彼はひとつの小説のすごいアイディアを持っていた。そのプロットは……まあ、衝撃的だった。忘れがたいものだった。母親と娘が出てくるんだ」

「嘘でしょ」とアナは小声で言った。それはパンチのようにジェイクを殴りつけたが、ジェイクは話しつづけた。

「ぼくはびっくりした。その男にフィクションの本当のセンスがあるとは思えなかったからね。読者としても大したことはなかった。それはつねに指標になるんだ。書いてきたものを何ページか読んでみて、彼がものを書けることはまあわかったけれど、それは誰が見ても、傑作になるとは思えないものだった。本人には傑作だったとしても、ほかの人間にはね。もちろんぼくにも。しかしそれでも——彼が温めていたのはすごい物語だった」

ジェイクは言葉を切った。早くもうまくいっていなかった。

「じゃあ……あなたはそれを盗んだの？　それがあなたの言ってること？」

ジェイクは急に吐き気をもよおして、スプーンを置いた。「もちろんちがう。ぼくは何もしていない。自分に少々落胆はしたし、世の中にちょっと腹を立てはしたけどね。こんなやつがしょっぱなからこんなすごいアイディアを思いつくなんて、と。あの男は学生としては最悪だった。ワークショップにいるほかの学生のことなど自分の時間を無駄にしているといわんばかりにあつかったし、ぼくにだって敬意のかけらも持っちゃいなかった。あれほどいやなやつじゃなかったら、ぼくはこんなことをしただろうかと、ときどき思うことがあるよ」

「ふうん、わたしだったら頼まれてもそんなことには手を染めないけどね」とアナはたっぷりと皮肉をこめて言った。

ジェイクはうなずいた。もちろんアナの言うとおりだ。

「たしか一度、ぼくらは話をしたことがあった。授業以外で。個人指導のとき。彼がそのプロットをぼくに全部話してくれたのはそのときだ。でも、個人的なことはいっさい話さなかった。ぼくは彼がヴァーモントの出身だとか、仕事は何をしてるのかとか、そんな基本的なことも知らなかった」

「じゃあ、その人は……ヴァーモントの人だったの？」とアナはゆっくりと言った。

「ああ」

「そこへあなた、偶然に行ってたわけ？　朗読会をして、原稿の書き直しをするために」アナは自分のグラスを置いた。

ジェイクは溜息をついた。「ああ。というか、いや、偶然じゃなかった。書き直しをしてたわけじゃないし、もっと言えば、朗読会もしてない。彼のリプリー時代の友人に会ってたんだ。ラトランドで。彼の生まれ故郷で」

「ラトランドに行ってたの？」アナは愕然としたようだった。

「うん。これまではこの件からちょっと逃げてたんだけど。そろそろきちんと対処する必要があると思ってね。何かわかることがあるかもしれないと、むこうへ行ってみたんだ。何人かの人たちに話を聞いてみたんだよ」

「どんな人たち？」

「まあ、ひとりはそのリプリー時代の友人だ。パーカーのところにも行った」

「その人の家に？」アナは驚いて言った。

「いや、家じゃない。まあ、家にも行ったんだけど。いまのはパーカーの経営していたバーという意味だ。酒場だよ」とジェイクは言いなおした。

ややあって、アナは言った。「わかった。じゃあ、リプリーの講座が終了したあと何があったのか教えて。授業以外の場所で一度話をしたあと」

ジェイクはうなずいた。「基本的には、彼のことはすっかり忘れていた。というか、ほとんど忘れていた。一年にいっぺんぐらいこう思ったよ。〝おい、あの本はまだ出てないぞ〟と。もしかしたら、本を書くというのは思っていたよりずっと難しいことだと彼も気づいたのかもしれないと」

「で、最後にあなたはこう判断したわけ？　〝あいつにはいつまでたっても書けないだろう、だからぼくが書こう〟と。だからいまそのエヴァン・パーカーに、アイディアを盗んだことを暴露すると脅されてるわけ?」

ジェイクは首を振った。「いや。それはちがう。それに、ぼくを脅してるのが誰かは知らないけど、エヴァン・パーカーじゃない。パーカーは死んだんだ」

アナはまじまじと彼を見た。「死んだ?」

「ああ。それもずいぶん前に。そのリプリーのワークショップの二カ月後ぐらいに。彼はその本を書かなかったんだ。少なくとも書きおえてはいない」

アナはしばらく黙りこんでいた。それからこう言った。「どうして死んだの?」

「薬物の過剰摂取だ。悲惨ではあるけれど、彼の物語とは絶対に関係ない。ぼくとも。その話を聞いたとき……ぼくは本当に悩んだよ、もちろんね。でも、放ってはおけなかった。そのプロットを。わかるだろう?」

アナはワインをひとくち飲んでから、ゆっくりとうなずいた。「なるほど。それで?」

「その前に、きみに理解しておいてほしいことがある。ぼくの世界じゃ、物語の移植というのは誰もが認めてることであり、尊重してることなんだ。芸術作品というのは重なり合うこともあるし、響き合うみたいなこともあるんだよ。いまの時代、盗用をめぐる懸念がいろいろあるから、それはひどく炎上しやすいものになってはいるけれど、ぼくは以前からそこには——そんなふうに物語が形を変えて何度も語られることには——ある種の美しさがあると考えてた。物語というのはそうやって世代を超えて生きつづけるんだよ。ある作家から別の作家へ、さらにはぼくへと、作品の着想を追うことができるなんて、ぼくには力強くてわくわくすることに思えるんだ」

「ふうん、それはとても芸術的で、神秘的で、すてきに聞こえるけれど」とアンは明らかに棘をふくんだ口調で言った。「あなたたち物書きが霊的交換のように見なすものが、一般のわたしたちには剽窃みたいに見えちゃっても許してちょうだいね」

「どうしてそれが剽窃になるんだ？」とジェイクは言った。「ぼくはパーカーの書いていたものを二、三ページしか読んでいないし、思い出せる細部はことごとく避けたんだ。それは剽窃じゃない、これっぽっちも」

「わかった。ならば剽窃という言葉は正しくないかも。物語のパクリというほうが近いかも」

それはひどくこたえた。

「じゃあ、きみはジェーン・スマイリーがシェイクスピアから『大農場』をパクったとか、チャールズ・フレイジャーがホメロスから『コールドマウンテン』を盗んだとか言うのか？」

「シェイクスピアもホメロスももう死んでる」

「エヴァン・パーカーだってそうだ。しかもあいつはシェイクスピアやホメロスとはちがって、他人が盗めるようなものを実際には何も書いてない」

「あなたの知るかぎりではね」

ジェイクは急速に冷えていくスープを見おろした。口に運んだのは数匙だけであり、それも遠いむかしのことのように思えた。彼が何より恐れていることをアナはみごとに指摘したのだ。

「ああ、ぼくの知るかぎりではだ」

「いいでしょう」とアナは言った。「じゃあ、わたしに手紙をよこしたのはエヴァン・パーカーじゃない。とすると誰なの？　あなた知ってるの？」

「知ってると思ってた。リプリーでぼくらと一緒だった誰かにちがいないと。だって、あいつが自分の本のことをぼくに話したのなら、修士課程のほかの誰かにだって話して不思議はないだろ？　学生たちはそのためにあそこへ来たんだから。自分の本のことをみんなに話すために」

「それと、すぐれた書き手になる方法を教わるためにでしょ」

ジェイクは肩をすくめた。「ま。そんなことが可能ならね」

「と、創作学科の元教員は言いました」

ジェイクは彼女を見た。明らかにまだ彼に腹を立てていた。無理もない。

「自分ひとりでそいつを追っぱらえると思ったんだ。きみを巻きこみたくなかったんだ」

「どうして？　この情けないネット荒らしがわたしには耐えられないと思ったから？　あなたが人生で何かをなし遂げたからというので、どこかの負け犬があなたを標的にすることにしたって、それはそいつの問題であって、あなたの問題じゃない。お願いだから、こういうことをわたしに隠すのはやめて。わたしはあなたの味方なのよ」

「きみの言うとおりだ」とジェイクは言ったが、その声は実際にはかすれていた。「謝るよ」

アナは立ちあがった。ほとんど手をつけていない自分のスープのボウルをキッチンの流しに運んでいった。ジェイクが後ろから見ていると、アナはそれをすすいで食洗機に入れた。それからワインの瓶を持ってテーブルに戻ってきて、それぞれのグラスに注ぎたした。

「ねえ、ジェイク」とアナは言った。「わかっているとは思うけど、わたしはこんなやつのことなんかなんとも思ってない。こんなまねをするやつにはなんの憐れみも感じない。いくら本人が自分は正しいんだと思っていようとね。わたしが心配なのはあなた。わたしの見たところじゃ、あなたはほんとにこれに痛めつけられてるみたい。打ちのめされてるんじゃないの？」

〝まったくそのとおりだ〟ジェイクはそう言いたかったが、どうにか口にできたのは「ああ」だけだった。

ふたりはしばらく黙りこんだまま座っていた。アナは自分が正しかったことを知ったら——彼がこの数週間たしかにひどくつらい思いをしてきたことを知ったら——溜飲を下げるだろうか、それとも悲しむだろうか、とジェイクは考えた。だが、アナは根に持つタイプではなかった。いまは彼の秘密と隠しだての規模にいらだっているようだったが、早くも共感がそれにまさりつつあった。それでも、ジェイクがしなければならないのは、洗いざらい話すことだった。

ジェイクはワインをひとくち飲んで、またそれに挑戦した。

「だからいま言ったように、ぼくはそいつをリプリー時代の誰かだろうと考えたんだが、そうじゃなかった」

「ふうん」とアナは用心深く言った。「じゃあ誰なの？」

「ちょっと質問していいかな。『クリブ』がこれほど世間に受けたのはなぜだと思う？　いや、褒めてほしいわけじゃなくて、つまり……毎年たくさんの小説が出版されてるよね。その多くがきっちりとしたプロットを持ち、意外性に満ちていて、よく書けてる。なのにどうして『クリブ』だけがはじけたと思う？」

「それは」とアナは肩をすくめた。「物語が……」

「そう。物語だ。では、なぜこの物語はそれほど衝撃的だったのか？」彼はアナの答えを待たなかった。

「あんなことは実生活じゃ起こりえないからだ。現実の母親と娘にはね。ありえない！　フィクションというのはぼくらを異常なシナリオに誘いこんでくれる。それこそぼくらがフィクションに求めるもののひとつだ。だろ？　だからぼくらはそんなことを現実だと思わずにすむんだ」

アナは肩をすくめた。「そうね」

「よし。じゃ、これが現実だったとしたら？　どこかに現実の母親と娘がいて、『クリブ』で起こることが実際にそのふたりに起きていたとしたら？」

アナの顔から血の気が引くのがわかった。「でも、そんなの恐ろしすぎる」

「たしかにね。でも、考えてみてくれ。もしそれが現実なら——現実の母親、現実の娘なら——その女が絶対に望まないのは、何があったのかを本で読むことだ。それも世界中で出版されてる小説で。当然、むこうは著者が誰なのか知りたがる、そうだろ？」

アナはうなずいた。

「そこでカバーの袖の著者紹介を見て、ぼくがリプリー大学の修士課程に関わっていたことを知る。とすればこの著者はリプリーでエヴァン・パーカーと接点があったのだろう、リプリーでパーカーの物語を聞くことができたのだろう。そう見当がつく」

「でも、たとえそうだったとしても、なぜあなたに腹を立てるの？　そもそもあなたに話したのはパーカーなんだから、パーカーに腹を立てるべきじゃない？　ていうか、最初にパーカーにその話をした人に腹を立てるべきじゃない？」

ジェイクは首を振った。「パーカーはそれを誰かから聞いたんじゃないと思う。近くにいたんだと思う。直接見えるほど間近に。で、自分の見たものを理解したとき、こいつは無駄にするには惜しい話だと考えたんじゃないかな。だってあいつは物書きだったし、物書きなら、あんな物語はめったにないすごいものだとすぐにわかるはずだからね」ジェイクは首を振った。同じ物書きであり、同じ被害者でもあるエヴァン・パーカーに、初めて本物の敬意を覚えていた。

「これは剽窃とは全然関係なかったんだと思う」とジェイクは言った。「それをパクリと呼ぼうと、なんと呼ぼうときみの勝手だけど。文学上の問題ではまったくなかったんだ」

「どういうこと？」

「つまりまあ、たとえぼくが厳密には自分のものじゃないものを盗んだとしてもだ、最初にそれを盗んだのはエヴァン・パーカーだし、盗まれたほうもその点に腹を立てた。ところがそこでパーカーは死んでしまった。だから、話はそこで終わった」

「終わってないけどね、どう見ても」とアナは言った。「ああ。なぜかといえば、それから三年後『クリブ』が登場したからだ。それがパーカーの試みとはちがって、実際に本になってしまったから、実際に誰かが出版してしまったからだ。いまその物語は印刷されて、華々しく公開されて、二百万人もの赤の他人に読まれてしまった——ハードカバーで、ペーパーバックで、マスマーケット版で、オーディオブックで、大活字版で！　おまけに三十カ国語に翻訳されて、カバーにオプラ・ウィンフリー推薦のステッカーまで貼られて、まもなく近くの映画館にやってくるし、地下鉄に乗るたびに誰かがその本をひらいてるんだ。目の前で」ジェイクはいったん言葉を切った。「その人物がどんな気分でいるかは察しがつくよ。わかるだろ」

「なんだかすごく怖くなってきた」

〝ぼくなんか何カ月もおびえてきたんだ〟ジェイクは心の中で言った。

そこでアナが体を起こした。「ちょっと待って。あなた、その人物が誰なのか知ってるんでしょ。わたしにはわかる。誰なのその男は？」

ジェイクは首を振っていた。「男じゃない」

「え？　ちょっと待って」アナは灰色の髪をひと房、指ではさんでひねっていた。

「男じゃない。女なんだ」

「どうしてわかるの？」

ジェイクは答える前にちょっとためらった。口に出して言おうとしてみると、それは正気とは思えなかった。

「ゆうべパーカーの酒場で、ぼくの隣に座っていた女がパーカーを知っていてね。あいつのことをぼろくそに言うんだ。とんでもないろくでなしだったと」

「なるほど。でも、それはすでにわかっていたことでしょう」

「ああ。そのあと、ぼくはその女に別のことを思い出させられた。パーカーにはダイアナという妹がいたんだ。それは前から知っていたんだけど、妹のことなんかこれまで考えたこともなかった。だって妹ももう死んでるんだから。兄貴より先に死んだんだ」

アナはほっとしたようだった。笑みを浮かべようとさえした。「でも、だったらその人じゃないわね。明らかに」

「明らかなことなんてこの件には何ひとつない。ダイアナには娘がいた。『クリブ』に書かれてるのはその子に起きたことなんだよ。これで納得した？」

アナは長いあいだ彼を見つめてから、ようやくうなずいた。これで、その価値はどうあれ、知っている人間はふたりになったのだ。

『クリブ』

ジェイコブ・フィンチ・ボナー作

ニューヨーク、マクミラン社、二〇一七年、212～213ページ

ふたりは何週間も口を利かなかった。これまでずっと口を利かずに過ごしてきたというのに、今回はこれまでとはちがうものが何かある気がした。もっと厳しくて、冷たく、とことん有毒なものが。廊下や階段やキッチンですれちがっても、おたがい相手を見もしなかったし、サマンサはときおり自分の内部に鬱積しているものが物理的に振動するのを本当に感じることもあった。だが、何かを

するつもりはまだなかった。ただ何かが近づいているという意識、いくら努力してもそれは避けられないという意識が芽生えてきただけだった。避けられないものならば無理をしてもしかたない。そう観念したらすっかり楽になり、そのあとはもはや何も感じなくなった。

永遠に家を出ていった晩、マリアは母親の仕事部屋のドアをノックして、スバルを貸してくれないかと頼んだ。

「なんのために？」

「出ていくの」とマリアは答えた。「大学へ行くの」

サマンサは反応すまいとした。

「高校はどうするの？」

娘は腹立たしくも肩をすくめた。「高校なんてくだらない。あたし、一年早く願書を出したの。オハイオ州立大に行くつもり。州外出身学生のための奨学金をもらえることになったから」

「あらそう。いつその話をするつもりだったの？」

マリアはまたしても肩をすくめた。「いま、かな。まず荷物をむこうへ運んだら、いったん車を返しにきて、こんどはバスかなんかで行けばいいかなって思うんだ」

「まあ。すばらしい計画。ずいぶん考えたんでしょうね」

「だって、ママが大学まで送ってってくれるはずないもん」

「そう？」とサマンサは言った。「そんなことになってるのをママに話してもくれないのに、送っていけるわけがないじゃない」

マリアは身をひるがえし、廊下をすたすたと自分の部屋へ戻っていった。サマンサは立ちあがってあとを追った。

「なぜなの、それはそうと？　なぜわたしは自分の娘が一年早く卒業するのを、高校時代の数学教師の口から聞かなくちゃならなかったの？　なぜわたしは自分の娘が州外の大学へ行くのを知るために、あんたの机の抽斗を調べなくちゃならなかったの？」

「やっぱりね」マリアは腹立たしいほど冷静な口調で言った。「あたしのものを引っかきまわさずにはいられないんだよね？」

「ええ、たぶんね。あんたがドラッグをやってると思った場合とおんなじ。親の務めよ」

「へええ、笑えるね。いまごろになって急に親の務めに目覚めたなんて」

「わたしはずっと――」

「はいはい。気にかけてきたのよね。勘弁してよ、ママ、あたしたちあと、ま、二日ぐらいは一緒に暮らさなくちゃならないんだから。いまぶち壊すのはやめよう」

マリアはベッドから立ちあがって母親の前を通りすぎようとした。たぶん廊下の先にある〈サマンサがかつてハミルトンの〈スリフトドラッグ〉で買った妊娠検査薬で自分が窮地に陥ったのを確認した〉浴室か、階下の〈サマンサがかつてその赤ん坊を産むのは、あるいは産んだとしても育てるのは、まったく――まったく！――不合理だと自身の母親を説得しようとした〉キッチンへでも行くつもりだったのだろう。当時もその後も現在も、一度も、一瞬たりとも欲しいと思わなかったその子供が自分の前を通過したとき、サマンサに見えたのはぎょっとしたことに、自分自身だった。すらりとして平板な体、細い茶色の髪と代々伝わる猫背――その自分自身が、むかしと同じようにいまも、マリアがまもなくやろうとしているようにこの家を出ていける日を、ひたすら夢見て待ち望んでいた。自分が何をしているのかも、何をしようとしているのかもわからぬまま、サマンサは娘の手首をつかんで乱暴にぐいと引っぱり、その先についている体を勢いよく、目に見えぬ弧を描いて引きもどした。そうしながら彼女は、幼い少女を宙に振りあげている自分の姿を思い浮かべていた。少女の笑顔に笑いかけながら、手をつないでぐるぐるとまわっている姿を。それは映画の中やテレビ・コマーシャルで——婦人服や、フロリダのビーチや、あどけない子供が遊べるように裏庭をきれいにしてくれる除草剤のコマーシャルで——母親が娘とやるようなこと、娘が母親とやるようなことだったが、ただしサマンサ自身は一度もそんなことをした記憶はなかった。まわす母親のほうであれ、まわされる少女のほうであれ、完璧な弧を描いてそんなふうにぐるぐるまわったことなど。

マリアの頭があの古い四柱式ベッドの木の玉のひとつにぶつかり、そのゴツッという音のあまりの大きさに世界が静まりかえった。

マリアは何か軽いもののように、ほとんど音も立てずに倒れ、そのままになった。そのむかし、サマンサが子供のころには両親の寝室の前に敷かれていた古い編み込みラグの上に、中途半端に体を載せたまま。サマンサは娘が起きあがるのを待ったが、待ちながらも意識は平行軌道を走り、別のものにたどりついた。マリアはもう行ってしまったのだという、不気味なまでに穏やかな確信に。

マリアは消えたのだ。逃げたのだ。脱出したのだ、ついに。

サマンサがそこに座りこんでいたのが一分だったのか、一時間だったのか、その夜の大半だったのか、それは定かではないが、彼女はそこに倒れているものを長いあいだ見つめていた。それが自分の娘マリアのなれの果てだった。だとしたらなんという無駄なまねだったことか。なんという無意味な努力だったことか。ひとりの人間を産み育てたあげく、前よりもさらに孤独になり、さらに消沈し、さらに失望して、さらにものごとの意味がわからなくなるとは。この子は一度も母親に手を伸ばしたことも、愛情を示したこともなく、母親がしてきたことにも諦めたことにも——諦めたといっても、自発的にではなく観念して、責任を取って諦めたのだが——まるで感謝を示さないいま、結局こんなことになってしまった。いったいなんのためだったのか？

夜のもっとも更けたころにサマンサは一度、〝わたしはショックを受けているのかもしれない〟と考えた。だが、それは長続きしなかった。その考えは彼女についていけなくなり、これまた静かに横たわった。

その晩サマンサはたまたま、マリアの捨てたグリーンのTシャツを着ていた。そのシャツは柔らかく、娘を包んでいたのとほとんど同じようにサマンサを包んでいた——同じ狭い肩と、同じ平らな胸を。彼女は木綿の生地をつまんで指が痛くなるまでこすった。以前から気にいっていた娘のTシャツがもう一枚あった。フードつきの、ゆったりとして着心地のよさそうな黒い長袖のTシャツが。サマンサは自分がそれを着ているところを想像して、もし誰かに会ったら〝それマリアのシャツじゃない？〟と訊かれるだろうかと考えた。そうしたら自分はどう答えるだろう？　〝これ？マリアが大学へ行っちゃったときにくれたの〟か。でも、マリアはもう大学へは行かない。そのことはきっとみんなに知れわたるはずだ。でも、誰がそんなことを教えるのか？

〝わたしは教えない〟とサマンサは思った。誰にも教えるつもりはないと。

そのあとはすべてがはっきりと見えてきた。サマンサは娘の所持品を荷造りし、自分のものも少しばかり鞄に詰めた。家の戸締まりをして、すべてを車に積みこむと、西へ向かった。これまでに行ったことのあるいちばん西の、さらに遠くまで。ジェイムズタウンで南へ曲がり、ついにニューヨーク州を離れ、その日の午後遅くにはアレゲニー国有林の奥深くにはいりこんでいた。曲がるたびに道はますます人里を離れていくようだった。チェリー・グローヴという町でレンタル・キャビンの看板を見かけた。あまりに辺鄙なところなので、オーナーは彼女を安心させようとして、四駆など持っていなくてもだいじょうぶだと言った。

「わたしはスバルを持っています」サマンサはそう答え、一週間分を現金で支払った。

あくる日は最適な場所を探すのに費やし、その晩、アールヴィルから持ってきたシャベルでそこに穴を掘った。次の晩、娘の死体をそこに運んでいって地中深くに埋め、岩と藪でおおった。そのあと彼女はシャワーを浴び、キャビンを整頓すると、指示されていたとおりに鍵をフロントポーチに置いた。それから自分の古びた車に乗りこみ、そことも別れを告げた。

第四部

25 ジョージア州アセンズ

「ジョージアへ行く必要がある」ラトランドから帰ってきた翌日、ジェイクはアナにそう告げた。アパートメントから〈チェルシー・マーケット〉へ歩いていくところだったふたりは、たちまち言い合いをはじめた。

「ジェイク、そんなのまともじゃない。あちこちへ行ってバーで人と話をしたり、他人の家やオフィスに忍びこんだりするなんて！」

「忍びこんでなんかいないよ」

「ほんとのことを言わなかったでしょ」

たしかに。だが、その甲斐はあった。数ヵ月がかかりで突きとめたよりも多くのことを、わずか二十四時間で知ることができたのだから。いま彼は、自分がこれまで実際には何を相手にしてきたのか、というより何を相手にするのを避けてきたのか、はっきりと悟っていた。

「ちがうやりかたがあるはずよ」アナは言った。

「そりゃあるさ。たとえばぼくの同類のジェイムズ・フライみたいに、もう一度《オプラ》に出て、うつむいたまま自分の〝制作過程〟について憐れっぽくしゃべれば、みんなすっかり納得してくれるだろう。それならぼくがなし遂げたことを何もかもぶち壊しにはしないし、新作はもちろんのこと映画もキャンセルにならないし、ぼくは残りの人生を爪弾きにされて生きることもない。あるいは、マティルダかウェンディに公開懺悔みたいなものをセッティングしてもらって、エヴァン・パーカーを悲劇的な死を遂げた偉大な小説家に仕立てあげて、書きもしなかった本に対する功績を認めてやってもいい。でなければ、この女に人生を完全に支配されるのを放置して、ぼくのキャリアと評判と生活を好きなように破壊させてやってもいい」

「そんなことをしろなんて、わたしひと言も言ってないでしょ」アナは言った。

「その女を見つける方法はわかってるんだ。少なくともどこから捜しはじめればいいかは。いま中止しろと言うのはまちがってる」

「まちがってない。あなたがひどい目に遭うんだから」

「ひどい目に遭うのは何もしない場合だよ、アナ。むこうもぼくと同じくらい暴露されることは望んでない。支配権を握りたがっていて、それはいまのところ成功してる。でも、むこうのことを知れば知るだけこっちも対等になれる。正直言って、ぼくにはそれしかないんだ」

「でも、なぜいまだに〝ぼく〟なの？　わたしだってその女から不愉快な手紙を受け取ったのよ、忘れた？　それにたとえそんなことがなかったとしても、わたしたちは協力してこれに対処すべきでしょ。夫婦なんだから！　一心同体なのよ！」

「わかってる」とジェイクは惨めな気分で同意した。

たしかに彼は今回の告白に追いこまれるまで、自分のごまかしがアナにあたえたショックも、新婚生活にもたらした悪影響も、本当には理解していなかったかもしれない。半年にわたり〈才能あるトム〉の存在を（エヴァン・パーカー本人の存在はむろんのこと）隠してきたせいで自分が消耗しきっているのはわかっていた――そこまでは理解していた――が、いまはそれに加えて、自分がアナとともに引き受けてきたリスクにも気づいていたし、話すことを強制されなければ自分はやはり何も話さなかったはずだということも思い知らされていた。それは自分の人間性の残り滓《かす》に対する恐るべき告発であり、アナが腹を立てるのも無理はなかったが、しかし前夜の告白が最終的には事態を改善してくれるだろうと期待していた。気は進まないながらも、自分の個人的地獄の圏内にアナを入れてやれば、たがいの絆は深まるのではないかと。そう期待するしかなかった。彼はなんとしてもこれを終わらせたかった。終わらせることができたら、アナに対してもほかのすべてに対しても、気持ちを新たにしてやりなおす、そう心に誓っていた。

「どうしてもジョージアへ行く必要がある」ジェイクはまた言った。

ラトランドの弁護士ウィリアム・ゲイロードのことと、ゲイロードが売り手の州外代理人と協力して屋敷の売買にたずさわったことは、すでに話してあった。ジョージア州アセンズにかつて住んでいた、年齢の該当するローズ・パーカーのことも話してあった。そしていま、こんどはオンラインの〈ヴァーモント行政ポータル〉の二十四時間パスに五ドル払って調べたことがらを、アナに話した。その州外代理人はアーサー・ピケンズという弁護士で、やはりジョージア州アセンズに事務所をかまえているのだと。

「行くとどうなるの？」とアナは訊いた。

「アセンズにはほかに何があるか知ってる？　大きな大学だ」

「まあ、そうだけど。それは動かぬ証拠とはいえない。むしろ大きな偶然かも」

「なるほど。もしそれが偶然だったら、ぼくはむこうでそれを偶然だと知ることになる。そしたら観念して、この女にぼくらの人生を破壊させてやってもいい。でもまずは、アセンズにこの女がいるかどうか知りたいし、いなかったら、家を出たあとどこへ行ったのか、それが知りたい」

アナは首を振った。ふたりは〈チェルシー・マーケット〉の九番街入口に到着しており、人々がぞろぞろと出てきていた。「でも、どうしてその弁護士に電話するだけじゃいけないの？　どうして実際にむこうへ飛ぶ必要があるの？」

「いきなり訪ねていったほうが会える可能性が高いと思うんだ。ヴァーモントではそれが功を奏した気がする。きみも一緒に来ていいんだよ」

でも、それは無理だった。アナはシアトルに帰って保管してある私物を処分し、KBIKとの最後の仕事を片付ける必要があった。すでに二度延期していたし、ポッドキャスト・スタジオのボスからも、六月下旬（彼が結婚してハネムーンで中国に行くとき）と七月（彼がオーランドでひらかれるポッドキャスト会議に参加するとき）はどこにも行かないでほしいと言われていた。アナは自分のシアトル行きを翌週に計画しており、ジェイクはそれを変更するよう彼女を説得しようとしたものの、ついに匙を投げ、ふたりのあいだにははっきりとわかる緊張が残った。ジェイクは翌週の月曜日にアトランタへ飛ぶ便を予約すると、それまでの日々を使ってウェンディのための書き直しを終えた。日曜の夜遅くにそれを送信し、翌日の午後アトランタに着陸したあと携帯をオンにすると、本は製作にまわされたと知らせるメールが届いていた。これで少なくともそちらの重圧からは解放されたわけだ。

アトランタはこれまで販促ツアーで二度ほど通過したことはあったものの、一度もきちんと訪れたことのない都市だった。空港で車を借りて北東のアセンズに向かい、ディケイターを通過した。ディケイターは十数カ月前、『クリブ』が国民の意識に初めてのぼりはじめたころ、ジェイクがブックフェスティバルに参加して初の〝登場喝采〟を受けた場所だった。わずか一年半ほど前のその日のことを彼は思い出した。自分が自分の知らない誰かに（それもこの場合は大勢の誰かに）知られているというあの不思議な、実感をともなわない感覚と、自分の書いた本を他人が金を払って買い求め、時間をかけて読んでくれたばかりか、著者が何か（たぶん）興味深いことを言うのを聞こうと会場に詰めかけるほどその本を気にいってくれたのだという驚きを。その高揚した瞬間と現在のなんという隔たりか。二百八十五号線のディケイター出口の標識を通過しながらジェイクは考えた。新作が世に出たとき、ぼくはそれを誇りに思うことが許されるだろうか。あるいは、この試練をなんらかの形で平和裡に解決することができたとしても、そのあとではたしてまだ何かを書くことができるだろうか。そしてもしこれを解決できなかったら——この女にまんまと屈服して、同業者や読者や、みずからの職業的信用を懸けてぼくの信用を擁護してくれた人たちの面前で辱《はずかし》めを受けたら、はたしてぼくは作家としてだけでなく人間としても、そのあと胸を張って生きていけるだろうか。

だからこそ、なんとしても答えを手に入れなければならない。彼はそう思った。

アセンズに到着したときには時刻も遅く、食事をする以外には何もできなかったので、ジェイクはホテルにチェックインしたあとバーベキューを食べにいき、自分のリブとビールが来るのを待ちながら、訪ねる必要のある場所を地図上にマークアップしていた。周囲はジョージア大学の赤いシャツを着たブロンドの若い女の子たちでいっぱいだった。彼女らは歌うような酔声で何やら非学術的なものの勝利を祝っており、ジェイクは文句なしにきれいなその若い子たちと自分の妻がどれほど異なっているか、自分がアナと結婚できてどれほど幸せに感じているかを思った。たとえアナが彼のしてきた選択に明らかに傷ついて、彼に基本的には腹を立てているにしても、その気持ちは変わらなかった。毎朝アナが仕事に出かけたあと、シャワーの排水口にからみついた彼女の灰色の髪の毛を見つけてそれを片付けると、彼は異様ではあるが強烈な満足感を覚えた。自分たちの家は暖かく、幸せで、居心地がよかった——どれも独身時代にはかなえられなかったことだ――し、冷蔵庫とフリーザーには自家製のスープやシチューからパンまで、おいしい食べ物がつまっていた。それに猫のウィドビーもいた。生き物と同居する満足感は格別であり、その生き物(子供のころの悲惨なほど短命だったハムスター以来久々の本物のペット)がきわめて快適な生活への感謝をときおり見せてくれる様子も、また格別だった。夫婦としての自分たちの暮らしには、好ましい人々が少しずつ加わっていた――何人かは文学界の人々であり(いまのジェイクには彼らを妬む理由がなかったので、人間としての付き合いを楽しめるようになっていた)、何人かはアナがいま移住しつつある新しいメディア圏の人々だった。それらすべてが、自分はいま人生最良の時期にさしかかっているのだという感覚をしみじみと味わわせてくれた。

女子学生の騒ぐテーブルの隣でビールを飲んでバーベキューリブを食べながら、ジェイクはいま、その巡り合わせのすべてに感嘆した。ぎちぎちの販促ツアーにオーティス(自分のツアー連絡係の名前をもはや忘れかけていた!)が土壇場で勝手に追加したあのスケジュール、侮辱すれすれのいらだたしいライブ・インタビュー、コーヒーを飲まないかという完全に自発的な誘い、そして何よりも、自分の人生をみずからひっくり返し、多くのものをなげうって彼と生活をともにしたアナの思いがけない勇気。その結果自分はこうして、一年もたたないうちにその賢くて魅力的な女性と結婚して新生活を始め、着想に一点の疑惑もない新作小説を書きあげることができたのだ。前途はまさに洋々とひらけている――

エヴァン・パーカーとそのろくでもない家族を過去のものにすることさえできれば。

26　気の毒なローズ

翌朝ジェイクはジョージア大学のキャンパスまで歩いていき、学籍課のオフィスを探しあて、そこでヴァーモント州ウェスト・ラトランド出身のローズ・パーカーという学生の記録を閲覧したいと申し出た。疎遠になった姪と危篤の祖父という作り話を用意していたのだが、何も訊かれなかったし、身分証も要求されなかった。ただし、開示された情報のほうも、バックリー修正条項なるものによって許可されたものに限られていたため、彼の抱いているすべての疑問に比べればささやかなものだった。だがそれでも、驚くほど具体的な事実をいくつか明らかにしてくれた。ひとつは、ローズ・パーカーが二〇一二年九月にアセンズのジョージア大学に専攻を特に決めないまま入学したこと。ふたつめは、彼女がキャンパス内の寮に住む権利（新入生に対する特典）を放棄すると申し出て受理されたこと（大学に提出されたキャンパス外の住所は、ジェイクが先日インターネットで見つけたものと一致した）。三つめは、わずか一年後の二〇一三年秋にはこの大学の三万七千人の在籍者のなかにローズ・パーカーなる人物はもはやいなかったこと。むろん学籍課は郵便物の転送先も、現在のいかなる連絡先も把握していなかった。かりにローズの学業記録が、彼女の転学を援助するため別の高等教育機関に送られていたとしても、その情報はジェイクが閲覧を許可されているものの範囲にはなかった。

ジェイクは六月の午前の光の中に出ると、ホームズ・ハンター・アカデミック・ビルディングの前の木製ベンチに腰をおろした。ローズ・パーカーが学内の通路を歩いている姿や、南部のプランテーションを思わせるこの建物の前のまさにこのベンチに座っている姿を想像すると、不思議な気がすると同時に心がざわついた。彼女はまだアセンズにいるのだろうか？　いる可能性もなくはないが、たぶんとうのむかしにどこか別の州の別の町に行ってしまっただろう。ジェイクはそう思った。そこで何かほかのことをしながら、ジェイクとジェイクの作品に対する執念深い闘いをつづけているのだろう。

ジェイクはカレッジ・アベニューでアーサー・ピケンズ弁護士の事務所を見つけ、考えをまとめるため数軒先にあるカフェの屋外テーブルに陣取った。その席で、ヴァーモント州ラトランドであの弁護士を訪ねて以来集めてきたピケンズに関する芳《かんば》しからぬ情報を見なおしていると、ピケンズの弁護士事務所に、腹を立てた様子の父親がジョージア大学のおなじみの赤シャツを着た大学生ぐらいの息子を連れてはいっていくのが見えた。親子は長いあいだ中にいた。ふたりがようやく出てくると、ジェイクはカフェをあとにして同じドアから中にはいった。そこは急な階段の下だった。二階にあがって事務所のガラスドアをあけると、赤ら顔の男がどっしりしたマホガニーのデスクのむこうに座っていた。後ろの書棚には法律書がぎっしりならんでいたが、どれもまっさらで、ひらかれたことなど一度もなさそうだった。それはジェイクがアーサー・ピケンズ弁護士に関して調べたことと矛盾しなかった。

男は怪訝な顔をしていた。ジェイクも怪訝な顔をしていた。そこで彼は自分が先に口を切らなければならないのを思い出した。

「ピケンズさんですか？」

「そうですが。おたくは？」

「ジェイコブ・ボナーです」

ジェイクは手を差し出して部屋を横切った。北部人の思い描く南部風の礼儀正しさを狙ってみたのだ。

「前もってお電話せずにすみません。おいそがしいようなら出なおしてきます」

ところがピケンズは座ったままだった。手を伸ばしてはこなかった。いくらふりの客でも、ふつうはこれほど冷ややかにはあしらわれないだろう。

「その必要はないと思いますよ、ボナーさん。わたしはあなたの力にはなれませんから、たとえ出なおしてこられても」

ふたりはたがいをにらんだ。ジェイクは手をおろして、どうにかこう言った。「といいますと?」

「おわかりにならなくて残念ですが。弁護士と依頼人のあいだの秘匿特権により、あなたの質問に答えることはできないんです」

「ぼくがなんの話をしにきたのかすでにご存じだと、そうおっしゃってるわけですか?」

「お答えできません」ピケンズは言った。

「では、念のためにうかがいますが、ぼくの質問があなたのどの依頼人に関するものなのかも、ご存じなんですね」

「それにもやはり、お答えできません」

予測はいろいろしていたし、通りの先のカフェで一時間も時間をつぶしていたというのに、このシナリオだけは考えていなかった。もはやお手上げだった。

「というわけで、どうかお引き取りください、ボナーさん」とピケンズは言い、さらに立ちあがった。

大きなデスクの下には長い脚が隠されていたらしい。立ちあがったピケンズはかなりの長身で、どこを取ってもみごとに南部人の男らしさを体現していた。そのスポーツマンらしい体つきも、赤ら顔も、あまりに一様な茶色なので完全な地毛だとはとうてい思えないオールバックの髪も。立ったまま両手をデスクについて身を乗り出し、さほど敵対的ではない妙な笑みを浮かべていたものの、明らかにジェイクがそれ以上つべこべ言わずに出ていくのを待っていた。

だが、ジェイクはデスクの向かいの椅子のひとつに勝手に腰をおろした。

「ぼくは弁護士を雇うことにしました。いやがらせと脅しを受けているので、名誉毀損で訴えたいんです」

ピケンズは怪訝な顔をした。聞かされていた話には、いやがらせも脅しも名誉毀損もふくまれていなかったのかもしれない。

「そのいやがらせの出どころはここアセンズだと信じるだけの理由があるので、代理人になってくれる地元の弁護士が必要なんです」

「それなら喜んで誰かを紹介しますよ。アセンズには優秀な弁護士がたくさんいますから」

「でも、あなたも優秀な弁護士ですよね、ピケンズさん。というか、いかにもそう見えますよ、あまりよく調べなければね」

「それはどういう意味です?」ピケンズは鋭く言った。

「つまり、あなたは明らかにぼくをご存じです。ということはぼくが作家だということもご存じでしょう。作家というのはものを調べます。だからもちろん、ぼくはあなたのことを調べました」

ピケンズはうなずいた。「そりゃうれしいですね。わたしのオンライン評価はすばらしいですから」

「たしかに！ デューク大学卒。ロースクールはヴァンダービルト大学。実にすばらしい。まあ、デューク大学であのカンニング事件がありましたが。あれはあなたの友愛会全体が関わっていましたから、あなただけを槍玉にあげるのは不公平でしょう。それから依頼人の娘さんとのあの一件もありましたし、ご自分の飲酒運転も何度かありましたが。でも、飲酒運転の前科ぐらい誰でもありますよね？ それにまあ、クラーク郡の警官は日ごろから、あなたみたいな成功した被告側弁護人を狙っていたはずですから。それでもあれは、州の弁護士界から追放されかねない危機でしたね」

ピケンズは腰をおろした。激怒しており、顔色が一段と赤みを増していた。

「いずれにしろ、弁護士を探す人はたいていフェイスブックか、ビジネス評価サイトの〈イェルプ〉を調べる程度だと思いますから。あなたはまず安泰でしょう」

「いやがらせや脅しをしてるのはどっちなんです、いったい？　お引き取りくださいと言ったはずですよ」

「ぼくが会いに来るかもしれないとあなたに伝えたのはローズ・パーカーですか？」

ピケンズは返事をしなかった。

「ローズがいまどこにいるか知っていますか？」

「ボナーさん、わたしはもう何度もお引き取りくださいと言いました。こんどは警察に電話しますよ。そうしたらあなたもこのクラーク郡で刑事告訴状を受け取ることになりますがね」

ジェイクは溜息をついてから立ちあがった。「そうですか、ご自分のなさっていることはおわかりのはずですからね。ぼくはただ、ヴァーモントの事件に関して当局が話を聞きにきたら、そういう古傷が世間に知れてしまうんじゃないかと心配してさしあげているだけです。でも、あなたはもう覚悟ができてるようですね」

「ヴァーモントの事件なんて何も知らないぞ。ヴァーモントなど足を踏み入れたこともない。メイソン・ディクソン線（北部と南部の境界線）から北へは一度も行ったことがないんでね」

ピケンズは誇らしげにそう言うと、せせら笑いまでしてみせた。憐れな負け犬だ。

「そうですか」とジェイクは肩をすくめた。「それはけっこうですが、北部人の捜査官がやってきたら、お引き取りくださいと言ったぐらいじゃ追いはらえないと思いますよ。ご自分の代理人を雇わなくちゃならないでしょうね。ぼくに紹介しようとしたその優秀な弁護士のどなたかを。あなたの飲酒運転か未成年の少女との問題を処理してくれた人でしょうかね。それに、ぼくは自分の訴訟であなたを名指しすることになるでしょう。あなたの依頼人に損害賠償を求めるときに。だからそれもその人に依頼すれば、値引きしてもらえるかもしれませんね」

アーサー・ピケンズ氏はノックアウトされたように見えた。

「くだらない訴訟で金をドブに捨てたければ、勝手にやってください。さきほど言ったとおり、弁護士と依頼人の秘匿特権により、依頼人に関する情報はいっさい提供できませんのでね。お引き取りください」

「いやいや、たくさん提供してくださいましたよ」とジェイクは言った。「いまだに依頼人のローズ・パーカーと接触があると認めてくださいました。そんなことは、数分前ここにはいってきたときのぼくには知るよしもありませんでしたからね、感謝します」

「ただちに出ていかないと警察を呼びますよ」

「わかりました」とジェイクは言い、のんびりと出口へ向かった。「では、これが職業倫理に抵触しなければですが、依頼人にこうお伝えください。メールや手紙や投稿をやめなければ、ぼくはこれまでにつかんだことをヴァーモントの警察に洗いざらい話す。そこにはエヴァン・パーカーの死に関して気になっていた二、三のことがらもふくまれると」

「なんの話かわかりませんね」とピケンズはかろうじて冷静さを保ちながら言った。

「でしょうね。でも、あなたの依頼人が彼を殺害したのであれば、そしてあなたもそれに関与しているのであれば、ぼくは保証しますが、あなたはメイソン・ディクソン線から北へ行くことになりますよ。北部人の裁判所があるのはむこうですから。北部人の刑務所も」

アーサー・ピケンズ弁護士は口が利けなくなったようだった。

「では、また。お邪魔しました」

ジェイクは怒りとアドレナリンを全身に駆けめぐらせて事務所を出た。彼がいま初対面の相手に当人の事務所で口にした驚くべきことがらは、ほぼ百パーセント・アドリブだったものの、関連事実はすべてこの数日間に調べあげていた。ピケンズが友愛会仲間と行なったカンニング行為は、デューク大学の学生新聞が少なくとも四本の記事で詳述しており、関与した全員のクラスと氏名まで明らかにしていた。依頼人の十九歳の娘との厄介な状況（合法だが不適切）は、当の少女と母親によってフェイスブックにさらされていたし、飲酒運転にいたってはネットをちょっと検索するだけですぐに出てきた（本来ならどうにかして削除しているはずだから、さほどすぐれた弁護士ではないのかもしれない）。

最初はエヴァン・パーカーの死など持ち出すつもりはなかった。ましてや、本人による過剰摂取事故という線以外の話や、依頼人がヴァーモントで犯罪に関与していた場合にピケンズが直面する法的危機の話など。だから自分の論拠が危ういのは承知していた。五年前の薬物過剰摂取に関する自分の疑問をラトランドの地元警察に伝えたところで、どうなるのか個人的には見当もつかなかったが、さほど真剣に対応してもらえるとは思えなかったし、ヴァーモント州が捜査官をウェスト・ラトランドに派遣するとはとうてい思えなかった。ましてやジョージア州のアセンズになど。それに、アーサー・ピケンズに公的捜査を恐れる理由などほとんどないことも、依頼人にはさらにないことも、実のところかなりはっきり見当がついていた。だが、あの事務所で〝北部人の刑務所〟という言葉を口にするのは途轍もなく気分がよかったし、あそこで覚えた怒りは一歩ごとにさらに大きくなってくる気がした。

ピケンズとのあいだにいま起きたことに彼は自分でも呆れており、返答を熟慮し和らげてから返す暇がなかったことを、少々ありがたく思った。あの事務所にはいったときには、とくに楽観していたわけではないにしろ、最初の質問も発しないうちに拒絶されるとは思っていなかった。そこで探りを入れてみようと考えた。弁護士を雇いたいと水を向けてみて、トラブルの内容を具体的に訊かれたら、〈才能あるトム〉のしていることを話して、おもむろにローズ・パーカーの名を出そうと。そうすれば、依頼人の連絡先を教えることをピケンズが拒否しても、なんらかのメッセージを、それほど声高なものではないにしろ、伝えて帰ることには成功するのではないかと。シアトル空港に向かう車の中であのぞっとする最初のメッセージを読んでからのこの数カ月、ジェイクはずっと守勢に立っていた。次のメッセージにそなえながらも、二度と来ないのではないかと、まるで根拠のない期待を抱いていた。おかげで多くのものを奪われてしまい、いま初めてその数カ月間に蓄積してきた激しい怒りを感じはじめていた。この女に対する深い憤りを。この女はジェイクを責めたて苦しめることを自分の務めであり権利だと考えていた。ジェイクがひとつの物語を見つけてそれをみごとな、読者を惹きつける作品に仕上げたというだけの理由で。ジェイクのしたことは作家というものがまさにずっとやってきたことだというのに！　とはいえ、あの男には何かがある。あの赤ら顔と、染めた髪と、棚につまった法律書と、先制拒否には。その何かがジェイクの喉をつかんで、〈才能あるトム〉本人から学んだような言葉をしゃべらせたのだ。そうとも、とジェイクは思った。こんな連中にこれ以上やられっぱなしにされてたまるか、やられたらすぐさまやり返してやる。

彼はすでにウェスト・ハンコック・ストリートに曲がり、ラトランド公共図書館で最初に見つけた住所に近づいていた。つい一週間あまり前には、ジョージア州アセンズのローズ・パーカーなど、展開中のエヴァン・パーカーとその復讐の天使の大河ドラマには無関係だと決めつけていたというのに、いまはその住所が、すなわちディアリング・ストリートの〈アテネの園《アシーナ・ガーデンズ》〉なるアパートメントが、ローズ・パーカーの居どころをつかむ最後の希望になっていた。もちろん彼とて、転居先や現住所がわかるなどと期待するほどおめでたくはなかった。アセンズのような大学町では、六年という歳月は町の多くのアパートメントで学部生が完全に入れ替わることを意味するのだから。しかしそれでも彼は、この女のことを思い出す人間が見つかる可能性はあると考えていた。外見なり、記憶なり、この女を見つける手がかりになるようなことを。

ジェイクがこの町ですでに見かけたアパートメントは、一見するとカントリークラブのクラブハウスのような、鉄製のゲートのあいだからプールやテニスコートが垣間見えるような豪華なところだったが、〈アテネの園〉はその最簡略版で、さながら赤煉瓦の更生施設か、落ち目の会社ばかりがはいった小さなオフィスビルのように見えた。表に看板があり、〈アテネの園〉の特典（毎月の家賃にふくまれる害虫駆除と生ゴミの始末、低額での清掃）と、一寝室、二寝室、三寝室という多様な間取りの選択肢をアピールしていた。ローズ・パーカーが二〇一二年の秋に、大学の寮でルームメイトと同居することをわざわざ避けたあとどのタイプの部屋を選んだのか、疑問の余地はほぼなかった。ローズはこの〈アテネの園〉でひとり暮らしをしていたはずだ。人づきあいをせず、自分の古い人生を脱ぎすてていたはずだ。

玄関口のすぐ内側に管理事務所があり、女がひとりデスクのむこうに座ってコンピューターで仕事をしていた。かっちりと内巻きにしたページボーイ風の髪型は、まん丸の顔をいっそう際立たせることにしかなっていないし、初期設定の表情はこう語っていた。〝あなたのことは好きじゃないけど、好きなふりをするためにお給料をもらってるの〟ジェイクがはいっていくと、女は取ってつけたような笑みを浮かべた。それでもその笑みは、アーサー・ピケンズ弁護士から受けた挨拶よりははるかに温かいものだった。

「どうも。お邪魔じゃないといいんですが」

女はジェイクと同年輩に見えた。あるいはもう少し上に。「だいじょうぶよ。ご用件は?」

「娘のためにいくつか候補を探してるんです。この秋に二年生になるんですが、寮を出るのが待ちきれないんですよ」

女は笑った。「よくある話です」と言って立ちあがり、「わたしはベイリー」と手を差し出した。

「どうも。ジェイコブです」ふたりは握手をした。

「娘が授業に出ているあいだに何軒か見てくることになりましてね。賛同してやれる物件があるかどうか、伝えてやらなくちゃなりません。従兄に聞いてきたんです。従兄の娘も数年前ここに住んでいたもので」

「この〈アテネの園〉に?」

「ええ。安全なところだと言われました。安全さこそぼくが重視してる点なんですよ、実のところ」

「当然です! お父さまなんですから!」とベイリーは言い、デスクのむこうから出てきた。「うちにも大勢のお父さまがいらっしゃいます。みなさん、トレーニングルームにエアロバイクが何台あるかなんて気になさいません。娘さんが安全だということをお知りになりたがるんです」

「そのとおりですよ」ジェイクはうなずいた。「カーペットの色が知りたいわけじゃありません。ぼくが知りたいのは、入口は施錠されているかとか、警備員はいるかとか、そういうことです」

「すばらしいトレーニングルームがないわけではないんですよ。きれいなプールもね」

ジェイクは通りを歩いてくるあいだにそのプールを目にしていたので、それには同意しかねた。

「それにワシントン・ストリートにあまり近いのも困

ります。やたらとバーがありますから」

「そうです、そのとおりです」ベイリーは呆れた顔をしてみせた。「アセンズの繁華街にはごまんとあるんですよ、ご存じでした？　土曜の晩は大騒ぎです。というより、たいていの晩は大騒ぎです。じゃあ、部屋をいくつかご覧になります？」

最初に見せられたのはすさまじい二寝室のアパートメントで、前の住人（キッチンの流し台にならんだ酒瓶のコレクションからすると、ずいぶん酒好きだったようだ）の残していった染みだらけのカーペットがまだ敷いてあった。次に見せられたのはシナモン・ポプリの香りのする一寝室の部屋で、その次に見せられたのはまだ住人のいる部屋だった。本来なら他人に見せてはいけない部屋だろう。

「娘さんは一寝室をご希望なんですよね？」

「ええ。今年はひどいルームメイトに悩まされていましてね。州外からの」

「なるほど」とベイリーは言った。それ以上言う必要はなさそうだった。

「ここはいつできたんです？」とジェイクは訊いた。

二十年近く前ですとベイリーは答えたが、それはジェイクもすでに知っていた。あらかじめ調べてあった。それればかりか、アセンズじゅうの黒人地区がブルドーザーで押しつぶされたおかげで、この手の（大半はこよりずっと小ぎれいな）アパートメントにもっぱら白人学生がはいれるようになったことも知っていた。だが、彼がここへ来たのはもっと具体的な過去を知るためだった。

「で、あなたは？　いつからここで働いてるんです？」

「二年前からです。その前はほかの物件の管理をしていました。わたしどもの会社は四軒のアパートメントを所有してるんです。すべてアセンズに」

「すごいですね」とジェイクは言った。「さっきも言いましたが、従兄の娘がここに住んでいたんです。きっと楽しい経験をしたことでしょう。ローズ・パーカーという名前です。憶えてはいないでしょうが」

「ローズ・パーカー？」ベイリーは考えこんだ。「はい、聞き憶えはないですね。キャロルなら憶えているかもしれません。専属の清掃係です。別途料金になりますが」と念を押した。

「うわ。こんな大勢の学生の部屋を掃除するんですか。それは大変でしょうね」

「キャロルは自分の仕事を愛しています」とベイリーは少々弁解がましく言った。「寮母のような人です」

「なるほど」

ジェイクはなんと言っていいかわからなかった。そのままベイリーに一寝室をもうひとつと、みすぼらしい小さなトレーニングルームと、ふたりの若者が安物のビーチチェアにちょうど寝そべっているプールを見せられた。そのあと、パンフレットと規則リストを差しあげますからオフィスに戻りましょうと言われ、そうなったら自分は目的を果たせないまま、なんの手がかりもつかめずに〈アテネの園〉をあとにするしかないのだと気づいた。ベイリーはジェイクと彼の実在しない娘のために翌日に予約を入れようとしていたが、ジェイクは翌日にはもうグリニッジ・ヴィレッジのわが家に帰っていなければならなかった。気を揉んでいるアナに報告できることもろくにないまま。

「実はですね」とジェイクは言った。「あなたにお詫びしなくちゃなりません」

ベイリーはたちまち警戒した。無理もない。

「そうなんですか？」ふたりはまだオフィスに着いていなかった。プールからオフィスのある本館に戻る途中の通路にいた。

「娘はもう、自分の気にいった物件を見つけてるんです」

「なるほど」とベイリーは言った。もっと悪いことを予想していたようだった。

「ぼくがここを見たかったのは――さきほど言ったその従兄？　彼に頼まれたからなんです」

ベイリーは怪訝な顔をした。「その娘さんがここに住んでいたんですよね」

「ええ、二〇一二年から一三年にかけて。でも、この二年ほど連絡がないんです。従兄はとても心配していましてね。ぼくに頼んできたんです。見込みが薄いのは当人も承知していますが、でも、とにかくぼくがアセンズにいたので。彼女がここの誰かとまだ連絡を取っているかもしれないと……」

「なるほど」とベイリーはまた言った。「その娘さんはまちがいなくまだ、その……」と口ごもった。

「ええ、〝ソーシャルメディア〟とやらで活動してますから」とジェイクは皮肉をこめて両手で引用符を作ってみせた。「中西部のどこかで暮らしているのはわかっています。でも、どんな呼びかけにも反応しないんです。だから、もしぼくが彼女とまだ連絡を取りあっている人を見つけられたら、まあ、メッセージを伝えられると考えたんです。ぼく個人としては、それほど期待できないだろうと思ったんですが……これが自分の娘だったらと思うと……」

「ええ。悲しいですね」

ベイリーはしばらく黙りこみ、ジェイクが自分の作り話と演技のどちらかがまずかったのだろうと思いはじめたころ、ようやくこう言った。「さきほど申しあげたとおり、わたし自身は一昨年ここに配属になったばかりですし、ここの入居者のほうは、八割がジョージア大学の学生さんで、大半が学部生ですからね。その娘さんがここにいたときにいた人たちは、もうとっくにいなくなっています。大学院の学生さんたちはもう少し長くいますが、二〇一三年からここにいる人はいないと思います」

「さきほどおっしゃったあの清掃係の女の人は？」

「そうですね」ベイリーはうなずくと、携帯を取り出してテキストメッセージを送った。「今日はここにいます。まだ会っていませんが、一時から仕事をしているはずです。表に来てほしいと伝えました」

ジェイクはやや過剰に礼を述べると、ベイリーとともにオフィスの外の応援エリアに戻った。行ってみると、ジョージア大学のマスコットキャラクター〈ブルドーグ〉の赤いスエットシャツを着たたくましい女がすでに来ていた。

「キャロル、ハイ」とベイリーは言った。「こちらはミスター……」

「ジェイコブです」ジェイクは言った。

「キャロル・フィーニーですけど」キャロルは不安げだった。

「だいじょうぶ」とベイリー。「ジェイコブさんはしばらく前ここに住んでいた女の子を捜し出そうとしてるだけよ」

「従兄の娘なんです」とジェイクも保証した。「連絡が取れなくなっていましてね。みんな心配してるんです」

「あらまあ」とキャロルは言った。触れ込みどおりまさに寮母だった。

「わたしの来る前のことだけど、あなたなら憶えているんじゃないかしら」とベイリーは言った。

「どこかでちょっと……」とジェイクはあたりを見まわした。ベイリーがオフィスを提供してくれるとは思えなかった。ジェイクが客にならないことが判明した以上、彼女が自分のスペースを明け渡してくれるはずはなかったし、狭い部屋に一緒にいるのもいやがりそうだった。隣のちっぽけなみすぼらしいラウンジに椅子が二脚あった。さきほどベイリーが案内してくれたとき、共有ルームと呼んでいたところだ。ジェイクはそちらを指さした。「何分かいいですか？」

「いいですとも」とキャロルは答えた。色白で、左右の鎖骨に沿って黒っぽい黒子がたくさんある。ジェイクはそれを見つめないようにするのに苦労した。

「では、幸運を」とベイリーは言った。「娘さんの物件がだめだったら、ここのことを思い出してくださいね」

「お世話になりました。そうします」ジェイクは答えた。

そのつもりはなかった。ベイリーもそれは承知していた。

ラウンジに行くと、ジェイクとキャロル・フィーニーは古びた肘掛け椅子にそれぞれ腰をおろした。見かけどおり座り心地の悪い椅子だった。キャロルは早くも、音信不通になっているというその名前のわからない娘のことを悼んでいるようであり、〝しばらく前〟にここにいたというその娘が誰なのか知るのが怖いようだった。

「というわけで、ぼくの従兄の娘がここに住んでいたんです、一年生のときに。二〇一二年から一三年にかけて」

「一年生のとき？　一年生はふつうキャンパス内の寮にいますけど」

「ぼくもそう聞いていますが。その娘は寮に住む権利を放棄したんです」

キャロルの目が大きくなった。「待ってください、それってローズですか？　ローズのことを話してるんですか？」

ジェイクは息切れがしたような気がした。これほど一気に話が進むとは思っていなかった。なんと言っていいかわからなかった。

「ええ。ローズ・パーカーです」

「二〇一二年て言いました？　たしかそのぐらいです。行方不明なんですか？　気の毒なローズ！」

気の毒なローズ。ジェイクはどうにかうなずいた。

「なんてことかしらねえ。あんまりだわ。お母さんもすでに亡くなってるんですよ」

ジェイクはうなずいた。まだ確信が持てなかった。

「ええ。本当に痛ましいできごとでした。ローズのことで何か憶えていることはありませんか？　父親が彼女を見つける手がかりになりそうなことは」

キャロルは膝の上で手を組んだ。大きな手で、もちろん荒れていた。

「そうですねえ、あの娘はとても大人でしたね。ほかの学生とはあまり趣味が合いませんでした。バーにも行かなかったし、試合の観戦にも行かなかったと思います。友愛会にもはいってませんでした。あたし、ローズの部屋の掃除はしてませんでしたから、ときどきしかはいったことがないですけど。たしか北部の出身でした」

「ヴァーモントです」とジェイクは教えた。

「そうですか」

ジェイクはキャロルが話をつづけるのを待った。

「ここの女の子はたいてい、ベッドを縫いぐるみでいっぱいにしてます。六歳の子供みたいに。壁にはポスターがびっしりだし、部屋はクッションだらけだし、外へ出なくてもソーダが飲めるように、みんなミニ冷蔵庫を持ってます。なかには身動きもままならないほどいろんなものを持ちこんでる娘もいます。でも、ローズの部屋は飾り気がなくて、きれいにしてありました。言ったように、ローズは大人だったんです」

「家族のことは何か話してましたか？」

キャロルは首を振った。「憶えてないです、ええ。お父さんの話はしませんでした。あなたの従兄さんのことは」

「父親は別居していたんです。ローズが生まれてからほとんど」ジェイクはあわてて考えながら言った。

「だからでしょう」

キャロルはうなずいた。ひどく傷んだオレンジ色の髪を二本の三つ編みにしている。「あたしはお母さんの話しか聞いたことがありません。でもそれは、お母さんにあの恐ろしいできごとがあったばかりですからね。ローズがここに来る直前に。そのことしか頭になかったんでしょう」キャロルは首を振った。「恐ろしい話です」

「それはあの……火災のこと、ですよね？」とジェイクは言った。「自動車事故だったんですか？」

それがまさにパーカー酒場でサリーのあの忘れがたい〝焼死〟という言葉を聞いて以来、ジェイクの想像してきたことだった。家で起きたことではないのは明らかだった。家で起きたのならば、シルヴィアかベティがそう言ったはずだ。一族の者たちがそこで生まれては死んできた古い屋敷で起きたもうひとつの惨事として、一酸化炭素中毒と薬物の過剰摂取に付け加えたはずだ。パーカー酒場でサリーに話を聞いてからというもの、ジェイクはほぼ一貫してその火災を、〝車が側溝に落ち、ひっくり返り、斜面を転げ落ち、炎上する〟映像として思い描いてきた。そういう場面は映画やテレビドラマでいくらでも見かけたし、場合によってはさらに、その車から間一髪で逃れた不運な、あるいは幸運な同乗者が、泣き叫びながら上の道からその火災を見つめている場面もあった。

「ちがいますよ」とキャロル・フィーニーは言った。「テントにいたんです。ローズはかろうじて逃げ出して、見てるしかなかったんですよ。もう手のほどこしようがなくて」

「テント？　じゃあふたりは……キャンプしてたんですか？」

そのような驚愕の事実は、事故で死亡した女性の元夫の従弟なら知っていて当然のものだった。だが、ジェイクは知らなかった。

「車で北部からアセンズに来る途中です。ヴァーモントからでしたっけ」キャロルはジェイクをじっと見つめた。「誰もがホテルに泊まれるお金を持ってるわけじゃないんですよ。ローズはあたしにこう言ったことがあります。自分がこんなに遠くの大学に来なければ、お母さんはまだ元気だった、北ジョージアの墓地になんかいなかったはずだって」

ジェイクはキャロルをじっと見つめていた。「待ってください、待って。それはジョージアで起きたんですか？」

「ローズはお母さんをそこの墓地に葬らなくちゃならなかったんです。事故が起きた場所の近くの町に。想像できます？」

できなかった。いや、しようと思えばできたが、問題はそれを想像することではなく、納得がいくようにすることだった。

「ローズはなぜ母親をヴァーモントに運んでいって埋葬しなかったんです？　家族全員がヴァーモントに埋葬されているのに」

「言っときますけど。そんなことあたしは訊きませんでした」とキャロルはたっぷり皮肉をこめて言った。

「母親を亡くしたばかりの人に訊くことだと思います？　ローズにはもう故郷に誰もいなかったんです。自分と母親だけだったって、そう言ってました。きょうだいもいないって。それにさっきも言ったとおり、あなたの〝従兄〟のことも、なんにも話しませんでした」とわざとらしく言った。「たぶん彼女なりの理由があったんですよ、その場で後始末をする理由が。あの娘を見つけたら、あなたが自分で訊けるんじゃないですか」

調査は――これを調査と言ってよければだが――明らかにまずい方向に進んでいた。ジェイクはほかに何を訊かなければならないか、必死で考えた。

「あの娘は一年で大学を辞めました。どこへ行ったのか知りませんか？」

キャロルは首を振った。「出ていくなんて知りませんでした。ローズの部屋を掃除するように言われて初めて知ったんです。いなくなったあとで。でも、ローズがよそに行って勉強することにしたのは全然驚きじゃなかったです。ここは遊び人ばかりのパーティ大学ですから。ローズは遊び人じゃありませんでした」

自分もそれは承知しているというようにジェイクはうなずいた。

「当時ここに住んでいた人はほかに誰もいませんか？あの娘がまだ連絡を取りあっていそうな人は？」

キャロルは考えた。「いいえ。さっきも言いましたけど、ローズはほかの学生たちと趣味が合いませんでした。二、三歳でも、あの年頃じゃ大きな差になりますから」

「ちょっと待って。ここに住んでいたとき、あなたのお考えでは、ローズはいくつだったんです？」

「訊いたことないです」キャロルは立ちあがった。「すいませんね、お力になれなくて。ローズが行方不明だなんて考えたくもないです」

「ちょっと待って」とジェイクはまた言い、後ろのポケットから携帯を引っぱり出した。「ちょっと……写真を一枚見てもらえませんか？」とフィールドホッケーチームのぼやけた女の子の写真を探した——短い前髪と大きな丸眼鏡の女の子の写真を。あるのはそれだけだったからだ。それが唯一の証拠だった。高校を一年早く三年で終えて、本来なら四年生になるときに家を出て、母親のいない十六歳の少女としてここジョージアにやってきたはずのローズ・パーカーの唯一の証拠だ。「念のために確認したいだけです」と、彼はその写真を差し出してキャロル・フィーニーに見せた。

キャロルは顔を近づけてそれを見た。するとたちまち全身から心配が消えるのがわかった。彼女は体を起こした。

「これはローズじゃありません」と首を振った。「あなたの話してるのは別人です。ああ、よかった。あの娘はもう充分に苦労してますから」

「でも……これがあの娘です。これがローズ・パーカーです」

キャロルはもう一度写真を見たが、こんどはせいぜい一秒だった。

「いいえ、ちがいます」

『クリブ』

ジェイコブ・フィンチ・ボナー作

ニューヨーク、マクミラン社、二〇一七年、245～246ページ

最初の年は忘れずに二度帰郷して、アールヴィルやハミルトンで知り合いに——長い付き合いのある人たちに——出会うと、マリアがオハイオ州立大学で元気にやっていることをそれとなく知らせた。

「娘は歴史を専攻するつもりなの」銀行の窓口係には、オハイオの娘の口座に送金を依頼しながらそう言った。

「あの娘は転学を考えています」老教師のフォーティスには、スーパーマーケットの外で彼が車からおりてくるのを見かけたときにそう伝えた。

「もっと広い世界を見たいんですって」

「ま、そういうもんだろう」フォーティスは答えた。

「あの娘はむこうですごく幸せみたい」ギャブには、ある日ギャブが家を訪ねてきたときにそう言った。

「たまたま通りかかったんです。あなたの車を見かけて？」ギャブは質問のような口調で言った。

「ずっと見かけませんでしたから、通りかかっても」

「オールバニーのすぐ郊外にボーイフレンドがいてね。そこで彼と一緒に過ごしてることが多いの」サマンサは答えた。

「そうなんですか」

ギャブは八月からずっとマリアにメールをし、テキストメッセージを送り、電話をかけつづけていたが、やがてその番号はもはや使われていないというメッセージを受け取ったという。

「あの娘はあなたが意図を汲んでくれることを願ってたのよ」とサマンサはギャブに言った。「こんなことを伝えるのは残念だけれど、マリアにはいま本気のガールフレンドがいるの。哲学のクラスで一緒の人でね。すごく頭のいい娘さんなの」

「そうなんですか」とギャブはまた言った。それから五分後、悲しげな顔で帰っていったので、その件はそれで終わった。終わったはずだった。

「オハイオに引っ越そうと考えてるんです、むこうで娘と一緒に暮らそうと」不動産チェーンの地元オフィスの女性に、サマンサはそう言った。

「うちの家、いくらぐらいになると思います？」

それは必要な金額よりだいぶ安かったが、それでもサマンサはその春、家を売り、スバルに乗ってふたたび西へ向かった。ただし今回はレンタルのトレーラーを連結し、ペンシルヴェニアには寄り道をせずに。

27 フォックスファイア

アナが腹を立てるのは電話する前からわかっていた。彼女自身のシアトル行きが迫っていたし、予定ではジェイクは翌朝、二日間の旅を終えてニューヨークへ帰ることになっていたのだから。そもそも行かないでほしいと言われていた旅から。それなのに予定を変更し、レンタカーを延長して借りたうえに、なんと、今日まで聞いたこともなかった土地へ北上するつもりでいるのだ。訪ねる理由などこれまでまったくなかったジョージアの片田舎へ、突然。

「もう、ジェイク、やめて」それを聞くとアナは言った。

彼はホテルの部屋に戻ってきて、図書館からの帰り道に買ったハンバーガーを食べているところだった。

「でもね、ぼくはダイアナがヴァーモントで死んだものと思ってたんだ。事故がジョージアで起きたなんて思ってもいなかったんだよ」

「だからなに？」とアナは言った。「起きた場所がどうして重要なの？　だって、ねえ、ジェイコブ、それでいったい何が明らかになると思ってるわけ？」

「わからない」とジェイクは正直に答えた。「ぼくはただ手を尽くしたいだけなんだ。この女がぼくをゆするのを阻止するために」

「でも、むこうは何もしてない」とアナは言った。

「ゆすりだったら要求があるはずでしょ。この女は一ペニーも要求してない。白状しろとも言ってない」

その言葉をジェイクはしばらく放置せざるをえなかった。自分を懸命に抑えた。

「白状？」と、ようやく彼は言った。

「ごめん。でも、言いたいことはわかるでしょう」

わからなかった。そこが少々問題になりそうだ。彼はそう思った。

「きみはおかしいと思わないのか？　この女は死体を道端に捨てて旅をつづけたっていうんだぞ。ヴァーモントの墓地には百五十年前からパーカー家の墓があるというのに！」

「思わない」とアナは答えた。「わたしにはそれほど奇妙なことだと思えないもの。状況を考えれば。事故が起きたとき、彼女はヴァーモントからジョージアに行く途中で、車の後ろにはたぶん全財産を積んでいたはずでしょ？　自分が故郷に戻らないことはもうわかっていたんじゃないかしら。基本的に感傷的な人じゃなかったのかもしれない。いろんな理由があったのかもしれない！　だからこう考えたのかもしれない。だいじょうぶ、わたしの人生は後ろにじゃなくて前にある。ママにはいい墓地を見つけてあげるから、このまま先へ進もうって」

「ほかの身内は？　友人たちは？　彼らにも意見があったかもしれない」

「友人はいなかったのかもしれない。エヴァン・パーカーは彼女たちの暮らしの一部じゃなかったのかもしれない。こんなことはまるで重要じゃないのかもしれない。お願いだから帰ってきて」

　だが、それは無理だった。彼はさきほど図書館で、ほんの三十秒と〝ダイアナ・パーカー＋テント＋ジョージア〟という検索用語だけで、この短いきわめて問題のある記事を見つけていた。レイブン・ギャップという町の《クレイトン・トリビューン》紙の記事だった。

> 　八月二十六日日曜日午前二時ごろ、チャタフチ・オコニ国有林にあるフォックスファイア・キャンプ場のテント内で三十二歳の女性が焼死した。亡くなったのはヴァーモント州ウェスト・ラトランドのダイアナ・パーカーさんで、妹のローズ・パーカーさん(26)とキャンプ中だった。ローズさんが難を逃れて、最終的に急を告げることができたため、レイブン郡救急隊の隊員とジョージア州警察C隊の隊員が駆けつけたが、キャンプ場に到着したときにはすでにテントは全焼していた。
>
> 　　　　レイブン郡、二〇一二年八月二十七日、ニュース担当者記す

　ジェイクはいまそのリンクを、〝ここにある問題に気づかない？〟という質問を添えてアナに送った。

　アナは気づかなかったが、それは無理もなかった。

「ローズ・パーカーは十六歳だった。二十六歳じゃない」

「なら打ちまちがいね。一文字だもの。人的ミスよ」

「〝妹〟は？　娘じゃないのは？」

「勘ちがいでしょ。あのね、ジェイク、わたしは田舎

町で育ったからわかるの。こういう地元紙はね、《ニューヨーク・タイムズ》とはちがうの」

「勘ちがいじゃない。虚偽なんだよ。だってさ」とジェイクは言った。「おかしいと思わないか？　この家族は誰も病気にならないみたいだ。みんななんらかの不慮の事故で急死してる。一酸化炭素中毒。薬物の過剰摂取。それにテント火災だぞ！　いくらなんでも多すぎる」

「でもね、ジェイク、人は実際にそういう死にかたをするじゃない。一酸化炭素検知器がついてないことだってあるし、たとえついてたって、やっぱり中毒になることはある。過剰摂取だってよくあることよ。この国にはあなたも知ってるように、ドラッグが蔓延してるんだから。それにシアトルでは、ホームレスのテント村でしょっちゅう火事があった」

きみの言うとおりだ、とジェイクは言った。でも、自分はやはりもう一日かけてそこへ行ってみる。誰か話を聞ける人が見つかるかもしれない。事件当時その場にいた人とか、生存者と話をしたかもしれない人とか。それに、そうすれば火災が起きたキャンプ場にも行けると。

「でも、なぜよ？」とアナは激しいいらだちをこめて言った。「どこかの森の中のキャンプ場でしょ？　そんなところで何がわかると思うわけ？」

正直なところ自分でもわからなかった。

「それに彼女が埋葬されている場所も見たいし」

だが、それについてはさらに弁解が難しかった。

翌朝ジェイクは車でピードモント台地を北に横断してブルーリッジ山脈にはいった。あまりに美しいところなので、最前から頭を悩ませている問題をしばし忘れるほどだった。レイブン・ギャップについたら誰と話をしようか、なんと言おうか、いくら考えても答えは出なかったが、前途には何か決定的発見が待ちかまえている気がしてならなかった。何かこの（アトランタ空港とはまるでちがう方角への）長距離ドライブと、追加の経費と、フライトの変更に見合うだけでなく、妻の明白な反対を押し切っただけの価値のあるものが。何かほかではつかめないもの、この女が何者なのか、なぜ彼を狙うのか、どうすれば阻止できるのか、ついに明らかにしてくれるものが。

　そのキャンプ場は、グーグル・マップでは簡単に見つかったのだが、実際に探しあてるのはずいぶんと難しかった。山のなかにはいったとたんに携帯のGPSが戸惑いを見せはじめたのだ。ジェイクは思いきりアナログな方法に頼ることにして、クレイトンの雑貨店に立ちよって道を尋ねた。だが、求める情報にたどりつく前に、まずは要領を得ない情報の交換が必要だった。

「許可証は持ってっか？」カウンターの中の男はジェイクが用件を伝えるとそう言った。

「と言いますと？」

「持ってねえなら、うちで買えるぜ」

〝なんの許可証です？〟とジェイクは訊きかえしたかったが、それは友好関係を築くのに得策とは思えなかった。

「ああ、それはいいですね」

　男はにやりとした。左右のもみあげを顎のほうまで長く伸ばしているが、先端でくっついてはいない。顎の先はカーク・ダグラス風に割れている。だからだろう。

「釣りに来たんじゃねえみたいだな」

「ええ、ちがいます。キャンプ場を見つけようとしてるだけです」

　男はうれしそうに（そして長々と）、フォックスファイアの呼び物が鱒《ます》釣りだということを説明してくれた。滝のすぐ南のジリー・クリークが人気スポットだという。

「ここからどのくらいですか？　ざっと」

「ざっと二十分てとこかな。ウォーウーマン街道を西へ十八キロ。林道を左へ曲がる。そこから三キロばかし先だ」

「テントはいくつぐらい張れるんです？」

「そんなにいくつも張る必要があんのか、あんた？」

男は笑った。

「実を言うと、ひとつも必要ないんです。そこで起きた事件に興味があるだけなので。数年前のことですから、あなたも憶えてるかもしれません」

男はにやにやするのをやめた。「かもな。あんたの言ってるのがなんのことか、よくわかってるかも」

男はマイクという名だった。生まれも育ちも北ジョージアで、なんとも運のいいことに、ボランティア消防隊員だった。二年前の夏の午後、彼の隊は混雑するフォックスファイア・キャンプ場に駆けつけて、取っ組み合いをしているふたりの女を引き離した。ひとりは手首を骨折していた。その四年前には、ひとりの女が深夜にテント内で焼死した。その二件をのぞくと、この数十年で記憶に残る事件といえば、せいぜいが、小ぶりの鱒をリリースしない釣り人がいたことぐらいだった。

「あのパイン・マウンテンから来た喧嘩っ早いお姉ちゃんたちに関心を持つ理由があんたにあるとは思えねえ」とマイクは言った。「その死んだ女に関心がある理由ならわかるってわけじゃねえけど。でも、あの女はここらの人間じゃなかったし、あんたもちがうみたいだからな」

「ぼくはニューヨークから来ました」とジェイクは言い、男の最悪の予測が正しかったことを認めた。

「あの女のほうは？」

「ヴァーモントです」

「なるほど」マイクは自分の考えが証明されたというように肩をそびやかした。

「ぼくは彼女のお兄さんと知り合いだったんです」一

瞬ののちジェイクは言った。

これには少なくとも真実だという利点があった。

「そうか。まあひでえもんだった。見られたもんじゃなかった。妹のほうはヒステリーを起こしてたよ」

うっかりしたことを言うとまずいので、ジェイクはうなずいただけだった。〝妹〟

「じゃ、その晩あなたも現場にいたんですか？」

「いや。だけど、翌朝はいた。救急隊にできることは何もなかったんで、おれたちが片付けにいったのさ」

「それについて訊いてもかまいませんか？」

「もう訊いてるだろうが。いやだったらおれはもうあんたを止めてるよ」

マイクはふたりの弟と一緒にその店を経営していた。ひとりは刑務所にいて、もうひとりは倉庫にいた。その弟がいま戻ってきて、説明を求めてマイクの顔を見た。

「フォックスファイア・キャンプ場のことを知りたいんだと」マイクは言った。

「許可証は持ってっか？」と弟は言った。「持ってねえなら、うちで買えるぜ」

ジェイクは同じことを繰りかえさずにすませたかった。「釣りはしないんですよ。今日から始めるつもりもありません。ぼくは作家なんです」

「作家は釣りをしねえのか？」マイクがにやりとした。

「この人はしねえんだ」

「何を書くんだ？　映画か？」

「小説です」

「フィクションの小説か？」

ジェイクは溜息をついた。「ええ。ジェイクといいます」そう言って、ふたりと握手した。

「あのフォックスファイアの女のことを小説に書くのか？」

すでに一冊書いたのだと説明する気にはとてもなれなかった。

「いえ。さっきも言ったように、彼女のお兄さんと知り合いだったんです」

「なんなら、乗っけてってやるぜ」とマイクは言った。倉庫から戻ってきた弟も、それを聞いてジェイクと同じくらい驚いたようだった。

「ほんとですか？　それはご親切に」

「ここはリーが見ててくれると思うからさ」

「かまわないぜ」と弟が言った。

「あんたが自力であそこを見つけられねえとは言わねえけどな」

ジェイクには自分が自力でそこを見つけられるとはとうてい思えなかった。

ふたりはマイクのトラックに乗りこんだ。少なくとも四回分の食事の空容器と包み紙が足元に散らばり、メンソールのにおいがぷんぷんした。のんびりした田舎道を十八キロ走るあいだ、ジェイクは北ジョージアの鱒釣りのもたらす莫大な税収が、それを生み出した地元にはろくすっぽ還元されず、たとえば州のほかの地域のオバマケアの補助金になったりしているという話を、知りたくもないのに延々と聞かなければならなかったが、その苦労はトラックが街道から小道に曲がったときに報われた。自力で来たとしたら、その道は絶対に見落としていたはずだ。それに、たとえそこは見落とさなかったとしても、その先でやはり断念していただろう。土の道を森の奥へ何キロもはいっていかなければならなかったからだ。

「ここだ」マイクはそう言ってエンジンを切った。

〝ここ〟というのは、ピクニックテーブルがふたつと、傷んだ古い看板がひとつあるだけの小さな駐車エリアだった。看板にはキャンプ場の使用時間（一日二十四時間、午後十時から午前六時までは〝静かに〟すること）と、予約ポリシー（予約不可）と、設備（汲み取り式ケミカルトイレなるものが二基）と、使用料（一泊十ドル、料金箱に入れること）とが記されている。

通年営業で、最大二週間滞在でき、もよりの町は、ジェイクがいまやよく知っているとおり、二十一キロ離れたクレイトンだとある。本当に何もないところだった。

だが、美しいところでもあった。あまりに美しくて静かで、すっかり森に囲まれているので、真夜中になったらいったいどうなるのか、想像もつかなかった。こんな場所でだけは危機に直面したくなかった。とりわけ命にかかわる危機には。ただし、まさにこんな場所でその手の危機に直面したい場合は別だ。

「その女たちがテントを張ってた場所を見せようか」

マイクは先に立ってクリーク沿いを歩いていき、左に曲がり、テントを張るスペースとバーベキュー・ピットを備えた空き地をいくつか通りすぎ、森のさらに奥へはいっていった。

「その晩はほかに誰かここに泊まってましたか？」ジェイクは訊いた。

「別の場所にひと組泊まってたけど、見てのとおり、テントサイトはかなり散らばってる。いろんな径沿いに。その妹がそばに誰かいるのをたとえ知ってたとしても、見つけようがなかったんじゃねえかな。ことに闇の中じゃ。それにたとえ見つけられたとしても、あんまり助けになったとは思えねえ。なにせスパータンバーグから来た七十代の夫婦だったからさ。ひと晩じゅうぐっすり眠って、翌朝、荷物を積んだりゴミを捨てたりするために駐車場まで来てみたら、救急隊や消防でいっぱいだったんだ。何があったのかも知らなかった」

「じゃ、彼女はどっちへ助けを求めにいったんです？妹は。道路のほうですか？」

「ああ。ここから三キロ歩いて本道に出たんだけど、もちろん車なんか走っちゃいねえ。朝の四時なんだから。さらに二時間かかって、やっと人に出くわしたんだ。そのころには、パイン・マウンテンにさらに三キロも近づいてた。しかも寒い夜だってのに、ビーチサンダルと長袖のTシャツしか身につけてなかった。みんなびっくりするけど、山はすごく寒くなるんだよ。八月でも。まあ、あのふたりはそれを計算に入れてたと思うけどな」

ジェイクは怪訝な顔をした。「というと？」

「ヒーターを持ってたんだろ？」

「ヒーターというと、その、電気ヒーターですか？」

マイクはまだ二、三歩先にいたが、ふり向いてジェイクをにらんだ。

「電気ヒーターじゃねえ。プロパン・ヒーターだよ」

「それで火事になったわけですか？」

「ま、そう見ていいんじゃねえか」マイクは笑った。「ああいうもんの場合、ふつうは二酸化炭素を心配するが、何かのそばに置いたり、何かをかぶせたり、誰かがぶっ倒すようなところに置いたりするのも厳禁だ。最近のやつは倒れると知らせるようになってる。アラームが鳴るんだ。けど、そのヒーターは最近のじゃなかった」マイクは肩をすくめた。「とにかく、おれたちはそれが原因だったと考えてる。検死官が聞いた話じゃ、妹は夜中に起きてトイレに行ったらしい。おれたちが車を駐めたところまで歩いてった。いなかったのは十分ぐらいだ。あとになってこう言ってた。テントを出るとき、そいつにぶつかったかもしれねえ。ひょっとしたら倒しちまったかもと。すっかり打ちのめされてたよ、そう話してるときは」

マイクは足を止めた。ふたりは奥行き十メートルほどの空き地にいた。クリークの音はまだ聞こえたが、背の高い松とヒッコリーの枝を吹きわたる風の音のほうが大きかった。マイクは両手をポケットに入れた。生来の不謹慎さも影をひそめている。

「ここがそうですか？」

「ああ。テントはそこにあった」マイクは平らに整地された場所に顎をしゃくった。かたわらにはしばらく使われていないバーベキュー・ピットがあった。

「ほんとに山奥なんだな」とジェイクはつぶやいた。

「そうさ。ま、キャンプ好きにとっちゃ世界の中心てわけだ」

ダイアナとローズはキャンプ好きだったのだろうか。そう考えて、ジェイクは自分がふたりについてほとんど何も知らないことを改めて痛感した。知っているると思っていたことは結果的にほとんどまちがっていた。そういうことは小説を読んでいても起こる――他人の小説でも自分の小説でもそれは変わらない。

「彼女が携帯電話を身につけていなかったのが残念ですね」ジェイクは言った。

「持っちゃいたんだが、テントに置きっぱなしだったんで、戻ってきたときには炎の中だった。あっというまに燃えあがって、何もかも呑みこんじまったんだ」マイクは言葉を切った。「ま、どのみちここじゃ使えなかったけどな」

ジェイクはマイクを見た。「何がです?」

「携帯さ。自分で確かめてみな」

たしかに使えなかった。

「彼女たちがなぜここにいたのかわかりますか?」とジェイクは尋ねた。「ヴァーモントの女ふたりがなぜジョージアのキャンプ場にいたのか」

マイクは肩をすくめた。「いや。おれはその女と話しちゃいないんで。ロイ・ポーターは話したけどな。レイブン・ギャップの検死官だから。おれは、キャンプしながら旅をしてまわってたんだろうとしか思わなかった。家族を知ってんなら、あんたのほうがおれたちよりよくわかるんじゃないか」マイクはジェイクを見つめた。「知ってると言ったよな」

「亡くなった女性のお兄さんを知ってたんですが、彼に訊いたことはありません。彼も亡くなってるんですよ、この事件の一年後に」と身振りでキャンプ場を示した。

「へぇえ。運の悪い一家だな」

「最悪です」とジェイクは同意せざるをえなかった。

それが運ならばだが。「検死官はぼくと話をしてくれると思います？」

「そりゃしてくれるさ。ここはもう《脱出》の時代とはちがう。いまはみんなよそ者にも親切だ」

「え？　何とちがう？」

「《脱出》だよ（山中で地元民に命を狙われるよそ者たちのサバイバル映画、一九七二年公開）。あの映画はここから三、四キロむこうで撮影されたんだ」

彼はぞくりとした。どうしようもなかった。

「ああよかった、先にそれを聞かされなくて！」とジェイクは軽い口調に聞こえることを願いながら言った。「聞かされてたら、赤の他人と一緒に携帯も使えねえ〝山奥〟へなんぞ来てなかったか？」

冗談を言っているのかどうかジェイクにはわからなかった。

「そうだ、あなたたちおふたりをどこか夕食にご招待できませんか？　お礼に」

マイクはその提案を必要以上にじっくりと考えているようだった。けれども最後には同意した。「ロイに電話して訊いてやるよ」

「すばらしい。どこへ行きましょう？」

言うまでもなくそれはきわめてニューヨーク的な質問だった。クレイトンでは選択の幅は限られていた。ジェイクは〈クレイトン・カフェ〉という店でふたりと落ち合う約束をし、自分の車を回収するために雑貨店の前でおろしてもらうと、〈クオリティ・イン〉を見つけて、その晩はそこに泊まることにした。アナに電話かメールをすべきなのはわかっていたが、ベッドに寝ころんだまま、むかしの《オプラ・ウィンフリー・ショー》をながめていた。ドクター・フィルが十六歳のカップルに、もっと大人になって赤ん坊に対する責任を取りなさいとアドバイスしていたが、ジェイクは観客の不満の声を子守歌がわりにして、ずっとうとうとうとしていた。

〈クレイトン・カフェ〉は町のメインストリートに面した、縞模様の日よけと〝一九三一年より地域に奉仕中〟という看板が目印の店だった。店内には白黒の市松模様のクロスをかけたテーブルとオレンジ色の椅子がならび、壁はローカル・アートでおおわれている。入口でジェイクを出迎えた女性は、スパゲティ・トマトソースの皿をふたつ運んでいた。どちらのてっぺんにもガーリック・ブレッドがひと切れ載っている。それを見てジェイクは自分が、その朝アセンズで出がけにイングリッシュマフィンをひとつ食べたきり、何も口にしていないのを思い出した。

「待ち合わせてるんです。マイクと」と言いながら、マイクのラストネームを聞いていなかったことに遅まきながら気づいた。「それに……もうひとりと」検死官の名前は完全に忘れていた。

女性は店内の反対側の、数時間前にジェイクが訪ねた森にきわめてよく似た森を描いた絵の下にあるテーブルを指さした。そこに男がひとりすでに座っていた。青いポロシャツを着た年輩のアフリカ系アメリカ人だ。

「すぐに行くから」とウェイトレスは言った。

そのとき、男が顔をあげた。その顔は、職業柄だろうが、何も明かしていなかった。笑みすら見せない。ジェイクは男の名をまだ思い出せなかった。近づいていって手を差し出した。

「どうも、ジェイクです。あなたが……マイクのお友達ですか?」

「マイクの隣人だ」その訂正はひどく尊大に聞こえた。男はジェイクの差し出した手を品定めでもするようにながめた。それから、自分の衛生基準にかなうと結論したらしく、それを握った。

「いらしてくださって感謝します」

「招待してくれてありがとう。赤の他人が夕食をおごってくれるなんてことはめったにない」

「おや、ぼくはしょっちゅうありますよ」

その冗談はみごとに着地に失敗した。ジェイクは席についた。

「ここは何がおいしいんです？」

「ほぼなんでもだ」と検死官は言った。自分のメニューはひらいていなかった。「ハンバーガー。カントリー・フライドステーキ。キャセロールはいつでもうまい」

彼はジェイクの後ろにある何かを指さした。ジェイクがふり返ってみると、その日の特別料理のボードがあった。今日のキャセロールはチキンとブロッコリーとライスらしい。マイクがはいってくるのも見えた。入口のすぐ内側に座っている誰かにうなずいてから、奥にはいってきた。

「マイク」と検死官は言った。

「やあ、マイク」

「どうも、ロイ」とマイクは言った。「あんたら、もう知り合いになったか？」

〝いや〟とジェイクは内心で答えた。

「ああ、なったとも」ロイが言った。

「マイクは今日ぼくのためにひと肌脱いでくれましてね」

「そうだってな」とロイは言った。「なんでそんなことをしたのか知らんが」

ウェイトレスがやってきた。ジェイクはマイクと同じものを注文した。ポピーシード・チキンと、グリンピースのマッシュ、オクラのフライ。ロイは鱒を頼んだ。

「釣りはしますか？」ジェイクはロイに訊いた。

「するので有名だ」

マイクは首を振った。「ロイは釣りマニアだ。魔法の手を持ってる」

ロイは肩をすくめたが、相当のプライドを抑えこんでいた。「それはどうかな」

「ぼくもそういう忍耐心があればいいんですが」

「ないなんてどうしてわかる？」マイクが言った。

「さあ。ぼくの性分じゃないんでしょう」

「じゃ、どんな性分なんだ？」

「ものごとを突きとめる性分かな」

「それは性分か？」と検死官が言った。「目的じゃないのか？」

「両方です」ジェイクはいらだってきた。この男はただめしを食いにきただけなのか？　鱒ぐらい自分の金で食えそうに見えるが。「ぼくはキャンプ場で死んだ女性のことにすごく興味があるんです。マイクから聞いたかもしれませんが、その女性の兄と知り合いだったんです」

「女性たちの兄だ」ロイは言った。

「は？」

「あのふたりは姉妹だった。したがって、一方の兄はもう一方の兄でもあったはずだ。それともわたしは何か勘ちがいしているか？」

ジェイクは深呼吸をして自分を落ちつかせた。「あなたもあの事件に関してぼくと同じ疑問をお持ちのように聞こえますね」

「ふむ、それはちがう」とロイは穏やかに言った。「わたしは疑問など持っていない。それにきみが疑問を持つ理由もわからない。マイクの話じゃきみは作家らしいが。わたしはなんらかの出版物のためのインタビューを受けているのか？」

ジェイクは首を振った。「いいえ、ちがいます」

「新聞記事か？　最終的に雑誌に載るようなものか？」

「まったくちがいます」

ウェイトレスがまた現われ、アイスティーのプラスチックグラスを三つテーブルに置いていった。

「では、飛行機で隣に座った男の手元を見たら自分が本に載っていたなどという心配はしなくていいわけだな」

マイクがにやりとした。自分はそんな心配をぜひともしたいのだろう。

「そのとおりです」

ロイ・ポーターはうなずいた。彼は深く窪んだ目をしており、青いポロシャツのボタンを上まできちんとかけ、幅広の革バンドのついた大ぶりの腕時計をしている。そのうえ、ひどく陰鬱なパワーを放っていた。さまざまな死のせいだろう。人が他人に対して行なう恐ろしいことがらのせいだ。ジェイクはそう思った。

ウェイトレスが食事を運んできた。見かけもにおいもたいそうおいしそうなので、ジェイクはなんの話をしていたのか忘れそうになった。自分の注文したものがどういうものなのかよくわかっていなかったし、現物を見てもまだわからなかったが、がつがつと食べはじめた。

「あなた自身はキャンプ場に行ったんですか？」

ロイは肩をすくめた。チキンをせっせと口に放りこんでいるジェイクとはちがい、検死官は楽しみを先に延ばして鱒を丁寧にほぐしていた。

「行ったよ。朝の六時に着いたんだが、見るべきものは大してなかった。テントはほぼ全焼しており、残っていたのは若干の寝具と、鍋が二、三個、それにヒーターぐらいだった。もちろん死体もだ。しかし死体は完全に黒焦げだった。わたしは写真を何枚か撮ると、その残骸を安置所に運ばせた」

「安置所に運んだあとでわかったことはありますか？」

ロイは顔をあげた。「いったい何がわかると思うんだ？　炭みたいになった死体だぞ。きみはあの、公園の蹄《ひづめ》の音の話を聞いたことがあるか？」

ジェイクはあるような気がしたが、ないと答えた。

「公園で蹄の音が聞こえたら、馬かシマウマか、どちらだと思う？」

「わかんねえな」マイクが言った。

「馬だと思います」ジェイクは答えた。

「そのとおり。なぜなら公園に野生の馬がいる可能性のほうが、野生のシマウマがいる可能性よりはるかに高いからだ」

「やっぱりわかんねえ」とマイクが言った。「野生の馬を走りまわらせてる公園なんてあるか？」

いい点をついていた。

「つまり、その女性が焼け死んだのは明白だったとおっしゃってるわけですね」

「そんなことは言ってない。焼けたのは明白だった、まちがいなく。しかし焼け死んだのか？　それはわからん。だから現場に行くんだよ、ひとつには。その人物が火災の最中に動いたかどうかを調べるために。生きながら焼かれた人間はたいてい動きまわる。すでに死んでいるか、もしくは意識を失っている人間は通常、動かない。それに検死官というのは、たとえそれが馬だと思っても、シマウマの可能性をチェックするよう訓練されている。この死体は状況に鑑みて、一連のＰＭＣＴを受けた」

「ＰＭＣＴ？」

「死後コンピューター断層撮影《ポストモルテム・コンピューテッド・トモグラフィー》。骨折や金属物を探すんだ」

「つまり……膝の人工関節とかですか？」

ロイは鱒を食べようとしていた手を止めて、呆れ顔でジェイクを見た。

「銃弾とかだ」

「なるほど。じゃあ、骨折はなかったんですか」

「なかった。異物もなかった――人工関節も」ひと間おいてからロイはそう付け加えた。

マイクがにやにやしていた。彼は自分のチキンを着々と平らげていた。

「それに銃弾も。それはたんにテント内で焼死した女性であり、火事の原因はほぼまちがいなくプロパン・

ヒーターで、それが現場に倒れていたのはわたし自身が見ている」

「なるほど」とジェイクは言った。「でも……身元確認はどうなんです？　PMCTはそれの役に立ちますか？」

「身元確認だと？」

「ええ、まあ」

検死官はフォークを置いた。「きみはその若い女性が、同じテントで寝ていた人物の身元を勘ちがいしていたと、そう考えてるのか？」

〝少しちがう〟とジェイクは思った。

「でも、証明する必要はあるんじゃないですか？」

「われわれはテレビドラマにでも出てるのか？」とロイ・ポーターは言った。「わたしは犯罪を解決する〝ドクター刑事クインシー〟なのか？　手元には人体の残骸が一揃いあって、身元確認をしてくれる人物がいた。それはわが国のどこの死体安置所でも通用する。わたしはDNA検査でもするべきだったか？」

〝どっちのDNA検査を？〟とジェイクは冷ややかに考えた。

「わかりません」と彼は答えた。

「そうか、ならばわたしが保証するが、ミス・パーカーには通常の身元確認証人と同じ手順を踏んでもらっている。事情聴取を最終的には受けて、当人にまちがいないことを証明する宣誓供述書に署名したんだ」

「なぜ〝最終的には〟なんです？　キャンプ場では話ができなかったんですか？　安置所でも」

「キャンプ場ではヒステリー状態だった。ああ、わかっている。たしかにこの用語は今日では好まれない。しかし、忘れないでほしいが、そのとき彼女は姉が焼死するのを目撃し、真夜中に助けを求めて山道を二時間も、それもTシャツ姿で走りまわったあとなんだ。われわれが病院に到着したときには、ひどいありさまだった。安置所に連れていくなど論外だった。病気ではなかったから入院は認められなかったものの、病院は彼女を帰らせまいとした。このあたりに知り合いはいないし、姉を、それも悲惨な形で亡くしたばかりなんだから。しかも、自分がテントを出るさいにヒーターにぶつかったことが事故の原因になったと信じこんでいた。救急室にいるわたしの同僚が鎮静剤を打つことにしたんだ」

「で、身分証の提示は求めなかったんですか？」

「ああ。彼女の身分証がテントにあったのは知っていたからな。彼女はたしかトイレに行っただけだった。きみの住んでいるところじゃどうか知らんが、われわれは夜中に小便に出るときはたいてい、身分証は家に置いていくんでね」

「では、彼女から話が聞けるようになったのはいつです？」

「翌朝だ。州警の警官とわたしがカフェテリアに連れていって食事をさせたら、何があったのか概略を話してくれて、姉の名前と年齢、家の住所、社会保障番号を教えてくれたんだ。誰にも連絡はしたがらなかった」

「親戚にもですか？　郷里の友人にも？」

ロイは首を振った。

「なぜここに、クレイトンにいたのかは話しましたか？」

「一緒に旅をしていただけだ。生まれて初めて郷里から出たんだよ、どこか北の――」

「ヴァーモントです」ジェイクは言った。

「そうだ。古戦場をいくつか訪ねてきたところで、これからアトランタへ行くつもりだったと言っていた。最後はニューオーリンズまで行くつもりだったと」

「じゃあ、大学へ行くという話はしてなかったんですね？」

そこで初めてロイは本当に驚いたような顔をした。

「大学？」

「ぼくが聞いた話では、彼女たちはたんにアセンズにいく途中だったそうです」

「ほう、わたしにはなんとも言えん。しばらく旅をして、それから北部へ帰る。聞いたかぎりではそれだけだ。レイブン・ギャップを通過する旅行者はたいていアトランタへ行く途中で、立ちよって釣りやキャンプをすることもある。われわれにしてみればごくふつうのことだ」

「彼女はここに埋葬されたと聞きました。ダイアナ・パーカーは。どうしてそんなことになったんです?」

「うちの病院には若干の用意がある」とロイは言った。「貧困層や、近親者が見つからない人々に対しての。看護師のひとりがわたしを脇に連れていって、この娘さんに何かしてやれないかと言うんだ。ほかに身寄りもないし、お姉さんの遺体をどこかへ搬送する手立てもないようだと。そこでわれわれが申し出たんだ。あれは正しい行ないだった。キリスト教徒的な態度だ」

「なるほど」ジェイクはうなずいたが、まだ呆然としていた。マイクはすでに料理を平らげており、次にウエイトレスが通りかかったとき、こんどはパイを頼んだ。ジェイク自身は半分ほど食べたところで断念していた。ロイがキャンプ場にあった死体を〝炭みたいになった〟と表現したあたりで。

「正直に言うとな、彼女が〝はい〟と答えたことにわたしは少々驚いた。人というのはとても自負心が強くなることがある。しかし彼女は、その申し出をしばらく考えてから受け容れた。で、地元の葬儀屋が棺を寄付してくれた。ピケット墓地にわれわれの利用できる区画もあった。きれいなところだ」

「うちのばあちゃんもそこにいる」とマイクが藪から棒に口をはさんだ。

「そこでわれわれは二日後、ささやかな葬式をやり、墓石も注文した。名前と日付だけのな」

マイクのパイが運ばれてきた。ジェイクはそれを見つめた。さまざまな考えが頭を駆けめぐっていたが、口にはできなかった。

「だいじょうぶか？」

ジェイクは顔をあげた。検死官が見つめていたが、心配よりも好奇心のほうが明らかにまさった表情だった。ジェイクは額に手の甲をあてた。離すとじっとり濡れていた。「ええ」とどうにか答えた。

「どういうことなのかわれわれに話したところで死にはしないぞ。きみは家族を知っていたのか？　わたしにはそうは思えんが」

「それは本当です」ジェイクはそう答えたが、自分の耳にも説得力がないように聞こえた。

「われわれは陰謀論に慣れている。検死官というのは。世間の連中はテレビドラマを見たり、ミステリ小説を読んだりする。そしてどんな死の背後にも邪悪な企みがひそんでいると考える。検出できない毒やら、これまでお目にかかったこともないような突飛な殺害法やらがあると」

ジェイクは力なく微笑んだ。皮肉なことに、そういう連中の一員になったことはこれまで一度もなかった。

「わたし自身が悩むような事例、あとあとまで気に病むような事例はこれまでにあったか？　もちろんあった。この銃は〝暴発した〟だけなのか？　とか、この人物は凍った階段でたまたま足を滑らせただけなのか？　とか、確信の持てない事例はたくさんあったし、そういうものは忘れられない。だが、これはちがう。はっきり言わせてもらおう。これが示していたのはまさに、ヒーターが倒れたことによるテント火災で人が焼死したときの様相だったし、人が突然トラウマとなるような形で近親者を亡くしたときの様相だった。それなのにきみはいま、会ったこともない人々に関してきわめて挑発的な質問を繰りかえしている。何か思うところがあるのだろう。きみ自身は何があったと考えているんだ？」

ジェイクはしばらく黙りこんでいた。やがて上着のポケットから携帯を取り出して、例の写真を見つけ出し、それをふたりに差し出して見せた。

「誰だよこれは？」マイクが言った。

検死官はじっくりと見ていた。

「ご存じですか？」ジェイクは訊いた。

「知っているはずなのか？　見たことのない子だ」

奇妙にも、ジェイクが何より感じたのは安堵だった。

「これがローズ・パーカーです。つまり本物のローズ・パーカーという意味です。ちなみに本物は、ダイアナ・パーカーの妹じゃありません。娘です。十六歳で、実際にはアセンズに行く途中でした。新入生として大学に入学するためです。でも、アセンズにはたどりつきませんでした。このジョージア州クレイトンにいるんです。あなたがたの寄付した墓地区画の、あなたがたの寄付した墓石の下の、あなたがたの寄付した棺の中に」

「そんな突拍子もない話があるかよ」マイクが言った。

やがて、長く落ちつかない間のあと、ロイ・ポーターがどういうわけかにやにやしはじめた。そのにやにやがどんどん大きくなり、とうとうロイは笑いだした。

「わかったぞ、どういうことか」そう言った。

「なんだ？」とマイク。

「自分を恥ずかしいと思わないのか」

「なんのことかわかりませんが」ジェイクは言った。

「あの本だよ！　去年、誰も彼もが読んでいたあの本だ。うちの妻も読んでいて、読みおえたあとで粗筋を話してくれた。母親が娘を殺すんだよな？　で、娘になりすますんだ」

「ああ、あれか」とマイクが言った。「その本のことならおれも聞いたことがある。うちのお袋もブッククラブで読んでたよ」

「なんという本だったかな？」ロイはなおもジェイクを見つめながら言った。

「忘れた」とマイクは答えた。ジェイクはもちろん憶えていたが、言わなかった。

「それがこれなんだ！　そういう物語を、きみもここででっちあげようとしてるんだろう？」検死官は立ちあがっていた。背はとくに高くなかったが、鋭い角度でジェイクを見おろすことに成功していた。もう笑ってはいなかった。「きみはあの本でばかげた話を読んで、ここで起きたことをああいうものに仕立てあげられないか調べてみようと考えたんだ。気はたしかか？」

「くっそ」というのがマイクの意見だった。彼も立ちあがっていた。「なんて野郎だ――」

「ぼくは物語を〝でっちあげ〟てなんかいません」――と無理矢理その言葉を口にする――「何があったのか突きとめようとしてるんです」

「何があったのかは、わたしが話したとおりだ」とロイ・ポーターは言った。「あの気の毒な女性は失火で死亡したんだよ。妹さんがそれを乗りこえて生きていってくれることを願うばかりだ。きみの携帯にある写真が誰なのかは知らないし、それを言うならきみが誰なのかも知らないが、きみのほのめかしていることは病的だと思うね。ピケット墓地に眠っているのはダイアナ・パーカーだ。妹さんは埋葬の一日か二日後に町を出ていった。墓参りに戻ってきたかどうかは知らんがね」

〝まあ、ぼくなら戻ってこなかったほうに賭けますが〟ジェイクはそう思いながら、ふたりが帰っていくのを見ていた。

28　終着点

そのあとジェイクは、マイクが食べたのと同じパイをひと切れとコーヒーを注文し、しばらくじっくりと考えてみたが、真相はつかみかけたと思うたびにするりと逃げてしまった。事実は小説よりも奇なりというのは、それ自体広く認められた事実だが、それが事実であるならばなぜ、人はつねにこれほど激しくその事実に抗うのか？

敵意を抱きつつからみあう母親と娘——それはたいていの家族の日常だ。

相手に暴力をふるうことを辞さない母親と娘——これは幸いにもそれほど多くないが、聞かないわけではない。

母親を殺害して利益を得ようとする娘——これはセンセーショナルな犯罪実話の世界だ。センセーショナルではあるが、実話でもある。

しかし娘の命を奪ったあげく、奪った命をこんどは自分自身が生きる母親？　それはもうお話でしかない。数百万部を売りあげて、エヴァン・パーカーの言う〝一流の監督〟による映画の原作になるような小説のプロットだ。ジョージア州クレイトンのブッククラブで誰かの母親が読むようなプロットであり、客席数二千四百というシアトルの大ホールを満席にするようなプロット、著者を《ニューヨーク・タイムズ》のベストセラーリストと《詩人と作家》誌の表紙の両方に載せるようなプロットだ。人を殺してでも手に入れたいようなプロットではあるが、ジェイクはそんなまねはしていなかった。落ちているものをひろっただけだ。

〝絶対確実なもの〟——あの日エヴァン・パーカーは自分の物語をそう呼んだが、それはたしかにあたっていた。だが、ひょっとしたらエヴァンはこうも言ったかもしれない――〝おれの妹が娘にしたことの物語だ〟。あるいはこうも言ったかもしれない――〝この物語は誰かがおれの跡を継いで語るかもしれない。おれが語る物語じゃないからだ〟。さらにはこうも言ったかもしれない――〝命と引き換えにするほどの価値はなかった〟と。

ジェイクは勘定を払って〈クレイトン・カフェ〉を出ると、車に戻って墓地に出かけた。レイブン郡歴史協会の前を通りすぎて左折し、ピケット・ヒル・ストリートにはいった。森の奥につづく草ぼうぼうの狭い道だ。一キロ近く走ったあと、墓地の標識の前を通過すると、スピードを落としてのろのろ運転に切り替えた。日が暮れかけており、森の中で迷子になったような気がした。頼まれもしなければ望まれもしなかったこの冒険が自分を導いた場所を、彼は思いかえした。ラトランドの酒場から、アセンズの低所得者向けアパートメント、そして北ジョージアの森の中にひらかれたこのがらんとした土地まで。終着点のような場所だったが、事実そのとおりだった。このあとにどこがあるというのか？　さまざまな場所を経て、ついにここにたどりついたのだ。大地のこの一角に埋葬された変わりはてた遺体に。墓石がならんでいるのが見えたとき、道が終わった。

墓はたくさんあった。少なくとも百はあり、最初に出くわしたものはどれも一八〇〇年代にさかのぼるものだった。ピケット姓、レイミー姓、シュック姓、ウェルボーン姓。世界大戦で戦った老人たち、数カ月か数年しか生きられなかった子供たち、一緒に埋葬された母親と新生児たち。マイクの祖母の墓や、町の人々の施しを受けた困窮者や身寄りのない人々の墓は、もう通りすぎたのだろうか。日は上空に深い青を残して急速に翳っており、西の森のむこうはオレンジ色に染まっていた。永遠の時を過ごすには穏やかな場所だ。

それはまちがいない。

最後に、墓地のいちばん奥の端でジェイクはその墓を見つけた。かすかに赤みを帯びた一枚の簡素な石が地面に平らに置かれ、そこに埋葬された人物の名が刻まれていた。〝ダイアナ・パーカー、一九八〇―二〇一二〟これ以上ないほど簡略だというのに、その恐ろしさに彼は立ちすくんだ。「きみは誰なんだ？」そうつぶやいたが、疑問があるわけではなかった。答えはすでにわかっていた。それはウェスト・ラトランドのパーカー屋敷のドアのまわりにステンシルされていたあの古いパイナップルを見た瞬間からわかっていたし、彼がジョージアで話を聞いた人々はみな――怒りをあらわにした弁護士も、高校のフィールドホッケーチームの写真のローズ・パーカーが誰なのかわからなかった清掃係も、蹄の音を聞いて馬だと考えたのだと自己弁護した検死官も――その確信を裏づけたにすぎなかった。ジェイクは地面に膝をついて土を搔きのけたかった。母親の人生の道具であり邪魔でもあったその憐れな少女にたどりつくまで、地面を掘りかえしたかった。だが、たとえその突き固められたジョージアの土を搔きのけて、寄付された棺の奥までたどりつけたとしても、見つかるものといえばわずかばかりの塵だけだろう。

一日の最後の光の中でジェイクはその墓の写真を撮り、埋葬されている人物の正しい名前を書き添えただけで妻に送信した。それ以上のことは家に帰ってからでいい。家に帰って妻と差し向かいになったら、ここで本当は何があったのか説明しよう。あと一歩で逃げられるところまで来ていた少女が、ジョージアの山奥の墓地で母親の名を刻んだ石の下に埋葬されるまでの経緯を。殺された少女の変わりはてた遺体が地面の下に見えるとでもいうようにその墓を見おろしているうちに、ジェイクはふと、この特異きわまりない物語はもう一度、こんどはフィクションではなく実話として、完全に語りなおされてもいいのではないかと思った。それどころか、ローズ・パーカーの実話を書くことこそ、自分がこの件でずっと目指してきたゴールなのかもしれないと。これは自分の本を、あの奇蹟の『クリブ』をもう一度書くまたとないチャンス、著者自身もその存在を知らなかった実話に光をあてるチャンスなのかもしれない。マティルダも、いったん疚《やま》しさを押しのければ好奇心をそそられて、きっと興奮するだろう。ウェンディはすぐさま飛びつくはずだ。世界的ベストセラーを著者自身が脱構築する？　大事件！

それを書くには、エヴァン・パーカーという亡くなった教え子のことを白状しなければならないとしても、フィクションとは何か、どのようにして作られるのかという深い問題について、自分と同じすべての小説家や短篇作家のために（！）自己分析と熟考を重ねることで、話をコントロールできるだろう。『クリブ』の語りなおしはメタ叙述となり、あらゆる書き手を擁護してあらゆる読者の心に響くものになるはずであり、それを語る自分は勇気ある大胆な芸術家と見なされるだろう。それに、〝自分にしか語れない〟この物語を語るのに自分の〝唯一無二の声〟を用いることができないとしたら、有名作家であることにいったいなんの意味があるだろう。

墓のまわりはもうすっかり暗くなっていた。

〝わが業《わざ》を見よ、強き者らよ、見て絶望せよ！〟（シェリーの詩「オジマンディアス」の一節）

かたわらには何ひとつ残っていなかった。

『クリブ』

ジェイコブ・フィンチ・ボナー作
ニューヨーク、マクミラン社、二〇一七年、280ページ

サマンサはオハイオ州コロンバスのジャーマンヴィレッジに小さな家を借りていた。キャンパスから八キロほど離れた閑静な地区で、オハイオ州立大の学生はあまりいなかった。〈バセット・ヘルスケア〉の請求書作成はまだつづけていたものの、仕事をするのはもっぱら夜で、昼間は授業のためにあけていた。歴史、哲学、政治学、どれも楽しかった。学期末レポートも、試験も。コロンバス・キャンパスの六万人の学生のなかに自己を埋没させなくてはならないことや、教師たちと親しくなりすぎてはならないことすらも楽しかった。墓からよみがえって人生唯一の目標を実現したことに、深いスリルを覚えた。長年押し殺してきた夢をかなえて、新たな人生を日々生きていくことに。あの十八年の中断がなかったら、自分はいまごろどこにいただろう？　弁護士として働いていたかもしれないし、何かの教授になっていたかもしれない。それとも科学者か医者だろうか？　作家だってありうる！　そう考えると耐えられなかった。いまはもうなんでもよかった。希望はすべて捨てていた。

五月の終わりのある午後、サマンサが帰宅してみると、いちばん現われてほしくない小鼠のギャブが、みすぼらしい小さなバックパックをしょって戸口の階段でサマンサを待っていた。

「中にはいりましょう」とサマンサは言い、ギャブを急いで居間に通した。そしてドアを閉めるなりこう詰問した。「ここで何してるの？」

「大学の学籍課でマリアの住所を聞いてきたんです」と少女は言った。小柄だったが、余分な肉がひとまわりついている。「あなたもここにいるなんて知らなかったんです」

「数カ月前に引っ越してきたのよ」とサマンサはそっけなく言った。「家を売ったの」

「ええ」とギャブはうなずき、ぱさぱさの髪が頬にあたった。「聞きました」

「言ったでしょう、あの子には新しいガールフレンドができたんだって」

「はい、わかってます。ただあたし、西海岸へ行く途中なんです。むこうで暮らしてみようかなって思って。どこかはわからないんですけど、まだ。サンフランシスコかＬＡあたりで。で、思ったんです、ちょうどコロンバスを通るから……」

この子は通りかかってばかりいる。

「通るからなに？」

「ちょっと思ったんです、マリアに会えたらすごくいいなって。ちょっと気持ちの、その……」

〝整理？〟とサマンサは思った。その言いまわしはとりわけ嫌いだった。

「整理をしたいなって」

「そう。なるほどね。あの娘はいま大学に行ってる。でも、一時間かそこらで帰ってくるはずだから、三人でピザでも食べましょう。一緒に買いに行かない？」

ギャブは言われたとおりにした。それはありがたかった。寝室がひとつしかない家の中をうろつかれて、マリアは夜どこで寝ているのだろうなどと詮索されるのだけはごめんだった。サマンサはいつもピザを注文している〈ルイジ〉に車を走らせながら、さりげない質問をいくつかして、ギャブには——サマンサ自身と同じく——二度と故郷に帰るつもりも、故郷の人々とのつながりを維持するつもりもないことを知った。ギャブの持ち物はすべて、彼女が勇敢にもそれで西へ向かっているヒュンダイ・アクセントの中にあり、最後の気持ちの〝整理〟をつけたら、ギャブはその車で文字どおり〝夕陽の中へ〟走り去るつもりでいた。でもそれは、このコロンバスで不運な発見をしてニューヨーク州アールヴィルに逆戻りするはめにならなければの話だ、とサマンサは思った。はっきり言って、これはもうすでに完全に不運な発見ではないかと。「すぐに戻るから」サマンサはそう言うと、店内にピザを買いにはいっていった。

　後刻、ギャブが小さなダイニングルームの三人がけテーブルに座っているあいだに、サマンサはカウンターの天板の上でひとつかみのピーナツを金属のへらで押しつぶし、それをべたべたするペパロニの生地の裏にくっつけた。

　もちろんペパロニだ。

なぜならサマンサはそれを憶えていたからだ。

なぜなら彼女はいい母親だったからだ。たとえそうでなかったとしても、それに異を唱える人間はもう誰もいなかった。

29 とんでもない エネルギーの無駄づかい

ジェイクが家に着いたときアナは留守だったが、ほうれん草スープの鍋がコンロに載っており、口をあけたメルローが一本テーブルに置いてあった。だが、それらの明白な事実より――スープよりワインより――はるかにうれしかったのは、〈ポッタリー・バーン〉の食器がふたり分ならべてあったことで、それを見て彼はわが家に帰ってきたのだと実感した。帰ってきたという事実だけでも充分だったはずだが、はっきりと知るのはやはり大切だった。

彼は寝室に行ってバッグをあけ、アトランタ空港へ戻る途中で買った〈スティルハウス・クリーク〉バーボンの瓶を取り出した。それからラップトップをひらいてみると、信じがたいことにまたしても、自分のウェブサイトの連絡フォームからメッセージが転送されてきていた。彼はまじまじとそれを見つめ、大きく息を吸ってからクリックしてひらいた。

一両日中に以下のような声明を発表するつもりでいる。発表前に訂正してほしい個所はあるか？

〝二〇一三年にリプリー大学で〝教えて〟いたとき、ジェイコブ・〝フィンチ〟・ボナーはエヴァン・パーカーという学生と出会い、パーカーの書いていた小説の内容を聞いた。その年パーカーは不慮の死を遂げ、その後、ボナーは真の作者の了解なしに『クリブ』という小説を発表した。われわれはマクミラン社に対し、原著者のある原作への違法行為を認めるとともに、この不正な作品を回収することを要求する〟

勝手につけたミドルネームへの揶揄《やゆ》――いらだたしいが、それ自体はかならずしも秘密ではなかった。ジェイクは数えきれないほどのインタビューで、『アラバマ物語』とアッティカス・フィンチへの愛を公言している。教師としての真価への難癖――これは初めてであり、かなりいらだたしかった。だが、この文章の主眼は、公表するという差し迫った脅しと、ジェイクが『クリブ』のプロットのみならず、その一語一句にいたるまで、不運な〝真の〟作者から盗んだというほのめかしだった。それに、ここにはもうひとつ、ジェイクの被害妄想でなければ、彼が真の著者の、すなわち教え子の〝不慮の死〟に対してなんらかの責任があるというほのめかしも、ふくまれているように思われた。

もろもろを考えれば、ジェイクはこの最新のメッセージに震えあがってしかるべきだったが、実際には自分のベッドの端に腰かけたまま、その脅しを無視していた。怖くなかったのだ。たとえば、その〝われわれ〟という語からは、地下室から聖なる戦いを挑む爆弾魔ユナボマーのような、いかれた一匹狼どものでっちあげた〝同志〟たちと変わらぬ弱さが感じ取れた。そればかりではなく、この書き手はジェイク自身とまったく同じように、暴露されるのをいやがっていた。そろそろ返信ボタンを押して、一方通行だったやり取りに終止符を打ち、こちらがその女の正体を知っていることを明らかにすべきときだった。その女の物語を世間に知らせる用意のあることを。それも、ジェイクが以前にはからずも書いてしまった物語ではなく、こんどはその女が実の娘にしたことと、世間に示している偽りの正体についての、実際の、事実どおりの顚末を。その物語自体かなり注目を集めるのではないか？たとえば《ピープル》誌の表紙と同じぐらい。実際、ジェイクはそこに座ったまま、しばし大いに楽しく、自分の最初の——そして運がよければ最後の——その女へのメールの文面を頭の中で考えた。

おまえがこちらの人生から消えて口をつぐんでいない場合、こちらこそ以下の声明を発表するぞ。発表前に訂正してほしい個所はあるか？

〝二〇一二年に、ローズ・パーカーという若い女性が実の母親の手にかかって非業の死を遂げた。母親はその後、娘になりすまして娘のジョージア大学の奨学金を横領し、以後、娘として生きている。目下、さる有名作家への中傷をつづけているが、実際は、自分こそ世間に名を知られてしかるべきである〟

居間に戻ると、スープのにおいがした。そこに使われている健康にいい野菜のにおいが。猫のウィドビーが膝に跳びのってきて、期待に満ちた目でテーブルの上をながめたが、自分のためのものは何もないのを見て、アナがジェイクの生活改善運動の一環として選んだ綴れ織りのカウチに退却した。アナはジェイクがジョージアに行くのをはっきりといやがったが、ジェイクが突きとめたことをすべて話せば、それが正しい決断だったのを理解してくれるだろうし、彼の持ちかえった情報を最大限に利用するのにきっと力を貸してくれるはずだった。

ドアの音が聞こえた。アナがパンを持って帰ってきて、ジェイクの帰宅時に留守にしていたことを詫びた。彼が抱きしめると、アナも抱きしめかえし、ジェイクは自分でも思いがけないほどの安堵が体に広がるのを感じた。

「こんなものを買ってきたよ」とジェイクはバーボンを渡した。

「いいわね。でも、わたしは飲まないほうがよさそう。

二時間後にはラガーディア空港に行かなくちゃいけないから」

ジェイクは彼女を見た。「あしただと思ってた」

「ちがうの。深夜便」

「どのくらい行ってるの？」

はっきりしないけれど、できるだけ短期間にしたい、とアナは答えた。「だから深夜便で行くの。機内で寝て、空港からまっすぐ貸倉庫へ行くつもり。たぶん三日以内には全部片付くと思う。仕事のほうもね。もう一泊する必要が出てきたらそうするけれど」

「そうならないといいな。ずっと寂しかったよ」ジェイクは言った。

「寂しかったのは、わたしが怒ってるのがわかってたからでしょ。あなたが行っちゃったことを」

ジェイクは顔を曇らせた。「そうかもしれないけど。そうでなくても寂しかったよ」

アナはスープを取りにいき、ボウルをひとつだけ持って戻ってきた。

「きみは食べないの？」ジェイクは訊いた。

「いまはね。まずは何があったのか聞かせて」

アナが、買ってきたパンを組板に載せて、おたがいのグラスにワインを注ぐと、ジェイクはアセンズを離れてからのことを何もかも話した。北の山地へのドライブ、雑貨屋での思いがけない出会い、クリークの音も聞こえないほど森の奥にはいったキャンプ地。携帯で取った写真を差し出すと、アナはそれをしげしげと見た。

「人が焼け死んだ場所のようには見えない」

「そりゃ六年も前なんだから」

「ここへ案内してくれた男の人、その朝現場にいたって言ったっけ？」

「ああ。ボランティア消防士だからね」

「それってすごく幸運なめぐりあわせね」

ジェイクは肩をすくめた。「どうかな。小さな町だし。そんな事件は大勢の人間が関わるし――救急隊員、警官、消防士。病院の人たち。検死官はその男の隣人だった」

「で、そのふたりが、まったく見知らぬ相手と一緒に食事をして、何もかも話してくれたわけ？　それってちょっと不適切な気がしない？」

「そうか？　ぼくは感謝すべきだと思うな。何はともあれ彼らのおかげで、ぼくはレイブン・ギャップじゅうの墓地を、懐中電灯を持って歩きまわらずにすんだんだから」

「どういうこと？」とアナは言い、ジェイクのグラスにワインを注ぎたした。

「そのふたりが墓の場所を教えてくれたんだ」

「あなたが写真を送ってくれたお墓？」

ジェイクはうなずいた。

「ねえ、念のためにもっと具体的に言ってもらえる？　あなたの言っていることを何もかも理解しているか確かめたいから」

「要するに、ローズ・パーカーはジョージア州クレイトン郊外のピケット墓地というところに葬られてるんだ。墓石にはダイアナ・パーカーと刻まれているけど、実際はローズなんだよ」

アナはそれについてじっくりと考える時間が必要なようだった。そして納得すると、スープの味はどうかと尋ねた。

「おいしいよ」

「よかった。このあいだ食べたものの残りの半分なの。あなたがヴァーモントから帰ってきたときに。エヴァン・パーカーのことを話してくれた晩」

「〝心労のもつれを解きほぐしてくれるスープ〟か」彼は思い出した。

「それそれ」アナはにっこりした。

「もっと早くきみにこの話をしていればよかった」ジェイクはそう言いながら、重いスプーンを口に運んだ。

「気にしないで。飲んじゃって」

彼はそうした。

「じゃあ、ここまで話してもらったから訊くけど、要するに何があったと思うの、正確には？」

「要するに、ダイアナ・パーカーは二〇一二年八月、ほかの何百何千という親と同じように、子供を大学へ送っていくところだった。そしておそらく、大半の親と同じように、子供の門出に複雑な感情を抱いていた。ローズは明らかに頭のいい子だった。高校四年生をすっ飛ばして大学にはいったんじゃなかったかな」

「そうなの？」

「しかも奨学金つきだったらしい」

「天才ね」とアナは言ったが、さほど感心しているようには聞こえなかった。

「母親から逃れたい一心だったんだろう」

「おぞましい母親からね」アナは目を天井に向けてみせた。

「そう。それにたぶんローズはすごく野心家だった。ダイアナのほうもかつてはそうだったかもしれないけど、ダイアナは結局ウェスト・ラトランドから逃げ出せなかった。妊娠やら、懲罰的な両親やら、われ関せずの兄やらのせいで」

「ダイアナを妊娠させたあと知らんぷりを決めこんだ男のことも忘れないで」

「そうだな。そしていまダイアナは、自分たちがこれまで暮らしてきた唯一の場所から、自分たちがこれまで来たこともないほど遠くまで娘を乗せてきて、娘が二度と帰ってこないのを知っている。自分の人生を十六年も脇に置いて娘を育ててきたと思ったら、いきなりさよなら。娘はいなくなる」

「ありがとうのひと言もなくね」

「かもしれない」ジェイクはうなずいた。「で、ダイアナはこう思っている。〝なぜこれがわたしじゃなかったの？　なぜわたしがこの人生を生きることにならなかったの？〟と。だから事故が起きたとき――」

「〝事故〟ってどういうこと？」

「そうだな、ダイアナは検死官にこう語っている。夜中にテントから出るさいに自分がプロパン・ヒーターを倒してしまったかもしれない。トイレから戻ってきたらテントは炎上していたと」

アナはうなずいた。「わかった。それなら事故ね」

「検死官はダイアナがヒステリーを起こしていたとも言った。彼の言葉だよ」

「なるほど。ヒステリーのふりはできないものね」

ジェイクは眉を寄せた。

「それで？」

「で、事故が起きたあとダイアナはこう考える。〝これは悲しいことだけれど、あの娘を生き返らせることはできない〟と。それに前途には奨学金が待っているし、故郷に帰っても何もない。そこでこう考える。〝ジョージアでは誰もわたしのことを知らない。キャンパスの外に住んで、授業を取って、自分の人生をどうしたいのか見きわめよう〟と。さすがに自分を三十二歳の女の娘だとは言えなかったから、焼死した女の娘ではなく、妹だと言ったんじゃないかな。でも、ジョージア州クレイトンを出た瞬間から、彼女がローズ・パーカーになり、母親のほうが悲惨な火災で死亡したことになったんだ」〝焼死〟したことに。

「あなたの言いかただと、ほとんど理にかなったことみたいに聞こえる」

「まあ、やりきれない話ではあるけれど、理にかなってないわけじゃない。犯罪ではあるけれどね、明らかに。だっていま話してることは、どう割り引いても、盗みなんだから。娘の名前も。大学での地位も。実際の奨学金も。でも、自分の夢をかなえられなかった女、しかもまだ若い女にとっては、思いがけないチャンスでもあった。三十二歳というのはぼくらよりだいぶ若い。三十二だったら、まだ自分の人生を大きく変えられる気がしないか？　きみがいい例だよ。きみはもっと年を食ってるけど、自分の知り合いをすべて残して国の反対側にやってきて、ぼくと結婚したじゃないか。それもわずか……どのくらいだ、八カ月のあいだに？」

「そうね」とアナは同意しつつ、ジェイクのグラスにメルローの残りを全部注いだ。「でも、ひとつ指摘させてもらうと、あなた、ダイアナのためにいちいち言い訳をしてあげてるみたい。あなたほんとにそこまで理解してるの？」

「ま、小説では――」と彼は言いかけたが、アナにさえぎられた。

「誰の小説？　あなたの？　それともエヴァンの？」アナは穏やかに訊いた。

ジェイクはエヴァンがリプリーで提出した原稿にそこまで書かれていたかどうか思い出そうとした。もちろん書かれていなかった。エヴァン・パーカーはアマチュアだった。ふたりの女の内面にはたしてどこまで深く分け入ることができただろう。あの晩リチャード・パン・ホールで非凡なプロットを披露しながらも、エヴァンはディアンドラ（母親の名）とルビー（娘の名）の複雑さを、わざわざ語ったり認めたりはしなかった。かりに小説を完成させられたとしても、完成した作品の中でもせいぜいその程度だったのではないか。

「ぼくの小説だ。ぼくの小説ではサマンサは挫折した人間、ひどく不幸な人間だ。挫折や不幸というのは、悪に惹かれる性向とまったく同様に人を堕落させる。ぼくはつねに彼女を、恐ろしい絶望の穴に落ちた人物として考えていた。その絶望は時とともに――わが子がみずからの門出の準備をするのを見ているうちに――彼女に影響をおよぼし、破滅的な結果をもたらす。ところがそれは実際に起きてみると、一種の事故だった。少なくとも計画されたり準備されたりしたものではなかった。彼女はそういう人間じゃないんだよ。その手のいわゆる――」

「社会病質者じゃないわけね」

ジェイクはひどく驚いた。それが読者のあいだで一般的な見解だということはもちろん承知していたが、アナがサマンサのことをそう評したのは初めてだった。

「じゃあ、そこに境界線があるわけ？」と妻は訊いた。「人が状況によってはしかねないことと、真の悪人だけがすることを分ける一線が。それが計画の有無なわけ？」

ジェイクは肩をすくめた。持ちあげた肩は信じがたいほど重く、すとんと落ちた。「そのあたりが適当だと思うな」

「わかった。でも、それはあなたのこしらえた登場人物にかぎっての話ね。この実在の女の人生にはあてはまらない。この女の頭の中で何が起きていたのか、あなたには見当もつかない。この女がこの無計画な行ないの前後に、ほかにどんなことをしたのかも。だって、誰にもわからないでしょう？　このダイアナ・パーカーがほかにどんなことをしでかしたのか。この家族は誰も病気にならないみたいだって、あなた、自分で言ったじゃない」

「たしかにね」とジェイクはうなずいたが、頭を前に傾けるとくらくらした。彼はこの恐ろしいひとつのできごとをめぐって一冊の小説を書きはしたが、そんなまねができるような現実の母親がいるとはなかなか思えなかった。実の娘がそんなふうに死ぬのを見て、そのまま先へ進む？「でも、そんなの信じられないよ。そうじゃないか？」と自分が言うのが聞こえた。

アナは溜息をついた。「この世にはね、あなたの世界観では想像もつかないようなことがあるのよ。スープをもっと飲む？」

ジェイクが飲むと答えると、アナは席を立って、なみなみとよそった湯気の立つおかわりのボウルを運んできた。

「すごくおいしいよ」

「でしょう？　母のレシピだから」

ジェイクは怪訝な顔をした。それについて何か訊きたいのに、何を訊きたいのか考えられなかった。ほうれん草、ケール、ニンニク、鶏肉エキス。まちがいなく美味で、体の内にぬくもりが広がるのが感じられた。

「あなたが写真を送ってくれたそのお墓《プロット》、きれいなところみたいね。もう一度見せてくれる？」

ジェイクは携帯を手に取ってその写真を見つけようとしたが、それは思いのほか難しかった。スクロールするたびに行きすぎたり戻りすぎたりして、見せたい写真のところでなかなか停止しないのだ。「ほら」と彼はようやく言った。

アナは携帯を受け取って写真をじっくりと見た。

「この石。すごくあっさりしてる。いいじゃない」

「たしかにね」

アナは一本の三つ編みにした灰色の髪の端を持ちあげ、それを指で何度も何度も、ほとんど催眠術のようにひねりつづけていた。ジェイクは彼女のいろいろな姿を愛していたが、その銀色の髪がなかでもいちばん好きだと思った。その髪がゆったりと揺れるさまを想像すると、頭の中で心臓がどきどきするような音がした。彼は何日も旅をしてきたし、何カ月も不安にさいなまれてきた。多くのピースが収まるべき場所に収まったいま、心底くたびれていた。望むのはベッドに潜りこんで眠ることだけだった。もしかしたら、アナが今夜出発するというのもそう悪くないかもしれない。自分には回復する時間が少し必要なのかもしれない。おたがいに二、三日ひとりきりになる必要があるのかもしれない。彼はそう思った。

「じゃあ、事故のあと、残された母親はそのまま南へ向かったわけね」とアナが言った。「災いを転じて福となしたってこと？」

ジェイクは重い頭でうなずいた。

「そしてアセンズに到着すると、ローズの名前で入学して、一年間キャンパス外に住む許可を得た。で、そのまま二〇一二年から一三年の学年末までそこにいた。そのあとはどうなったの？」

ジェイクは溜息をついた。「ま、ダイアナが大学を去ったのはわかってる。そのあとのことは、どこへ行ったのかも、どこにいるのかもわからないけど、それは実のところどうでもいいんだ。ダイアナは自分の現実の犯罪が暴かれてしまうと、ぼくが自分の架空の犯罪を暴かれるのと同じぐらい困ることになる。だから明日ぼくはダイアナに、とっとと失せろというメールを送るつもりだ。CCでそのメールをあのクソ弁護士にも送りつけて、メッセージがかならず伝わるようにしてやる」

「でも、あなた、ダイアナがいまどこにいるのか知りたくない？　なんていう名前を名乗っているのか。名前は絶対に変えているはずだもの。彼女がどんな顔をしてるのかもあなたは知らないんだから。でしょう？」

アナはジェイクのボウルをシンクに持っていって洗いはじめた。ジェイクのスプーンも、スープを温めるのに使った鍋も洗った。そのあとそれらを食洗機に入れて、スイッチを入れた。テーブルに戻ってくると、彼の横に立った。「あなた、横になったほうがいいかもね。すごく疲れているみたいに見える」

ジェイクはそれを否定できなかった。寝室に行く元気もなかった。

「でも、あのスープを飲んでくれてよかった。母から受け継いだ数少ないもののひとつなの、あのスープは」

そこでジェイクは彼女に何を訊きたかったのか思い出した。

「それって、ロイス先生のこと？」

「ちがうちがう。実母のこと」

「でも、実のお母さんは亡くなったんだろ。きみがまだ幼いころに、車で湖に乗り入れて。湖に乗り入れたんじゃなかったっけ？」

　突然、アナは笑いだした。それは軽やかで快《こころよ》い音楽的な笑いだった。まるでこんな滑稽な話は――スープのことも、教師のことも、アイダホの湖に車で突っこんだ母親のことも――初めて聞いたという笑いだった。「どうしようもない人ね、あなたって。作家のくせに《シルビーの帰郷》（一九八七年公開のカナダ映画。母親を自殺で亡くした姉妹が自由奔放な叔母と同居するようになるが、姉は叔母に反発して〝ロイス先生〟に引き取られる）のプロットも知らないなんて。アイダホ州フィンガーボーン！　自分のこともふたりの姪のことも面倒を見られない叔母！　わたしは先生の名前すら変えなかったんだよ！　それも危険を承知のうえで。自分の考えが正しいのを証明したかったのかな」

　考えって？　ジェイクはそう訊きたかったが、呼吸することとしゃべることを喉に同時にさせるのが、なぜか急に、ナイフをジャグリングするのと同じぐらい難しくなっていた。それに、彼はもう知っていた。他人の物語を盗むことははたしてそれほど難しいのか？　誰にでもできるのだ――〝作家〟でなくてもいいのだ。

　それでも、これにはまだ理解できない点があった。というより、理解できることなどろくにない気がしたし、まだ残っているなけなしの集中力はすべて、雪中で凍死しかけている人間の血液がすべて重要器官に集中するように、以下の三つに向けられていた。ひとつ――アナはこれから空港へ行こうとしている。ふたつ――アナはぼくの知らないことを知っているようだ。三つ――アナはまだぼくに腹を立てている。三つすべてを質問する力はもはやなかった。そこで彼は最後のひとつについて質問した。最初のふたつはすでに忘れていたからだ。

「きみはまだぼくに腹を立ててるよね？」誤解されないようきわめて慎重にそう言った。するとアナはうなずいた。

「そうね、そのとおりだと言わざるをえない。わたしはずっと前からあなたに腹を立てていたの」

30 細部に対する小説家の目

「こんなことまだするつもりじゃなかった」とアナは言い、ジェイクの腋に腕を引っかけて彼を引っぱりあげた。というか、立ちあがらせた。ジェイクはいつのまにか恐ろしく体重が軽くなっていたらしい。さもなければ部屋の床が四十五度傾いて助けてくれたのだろう。アナは彼をしっかりと抱きかかえて、綴れ織りのカウチの前を通過した。カウチは壁をするすると移動してふたりを通してくれたが、不思議なことに、実際には動いていなかった。「急ぐ必要なんかなかったのに。あなたったら名探偵ピーター・ウィムジイ卿みたいに走りまわりはじめるんだから。あなたのそういうところがわたし、どうしてもわからないのよね。なんでもかんでも理解したいというその欲求が。その激しい衝動が！　自分のしたことにそんなに悩むんだったら、なぜそもそも他人の物語を盗んだりするわけ？　あとで自分をそんなに苦しめるんだったら。とんでもないエネルギーの無駄づかいじゃない。しかもわたしはここにいるんだし、盗むのがすごく得意なのに。そう思わない？」

自分は盗んでなどいないので、ジェイクは〝思わない〟と首を振りかけたが、そこで、しかしアナは得意なのだと悟り、こんどはうなずいた。だが、どちらもアナは気づかなかっただろう。アナはジェイクの腕を肩にまわして手首をしっかりとつかみ、彼をゆっくりと寝室まで歩かせていた。ジェイクはうなだれたまま摺り足で彼女の横を歩いていたが、かたわらを猫がすりぬけて居間に駆けこむのは見えた。

「あなたに薬を用意してあるから」とアナは言った。

「それをのませたらもう、わたしの物語をあなたに話さない理由はなくなる。だってあなたのことでひとつわかることがあるとすれば、あなたはいい物語をきちんと評価できる人だっていうことだもの。わたしの〝唯一無二の声〟による、〝わたしにしか語れない〟物語を。話さない理由がある？」

ジェイクは〝ない〟と思ったが、それもそのはずで、質問の意味がわからなかった。ベッドに腰かけると、アナがカプセルを三、四錠ずつ手渡してくれた。欲しくなどなかったのだが、残りがなくなるまで全部のみくだした。「いい子ね」と彼女はひとつかみごとにそう言い、ジェイクにグラスの水を飲ませると、それをベッド脇のテーブルに置いた。空になった二本の薬のボトルの横に。なんの薬なのか知りたくはあったが、そんなことが本当に重要だろうか？

「さてと、まだしばらく時間がある」とアナは言った。「何かとくに訊きたいことはあった？」

〝何かあった〟とジェイクは思った。だが、いまはもう思い出せなかった。

「じゃあ、わたしが、思いつくままに話すわね。もう知っていることがあったら止めて」

〝ああ〟とジェイクは答えたが、自分が実際にそう言っている声は聞こえなかった。

「なに？」とアナは言い、自分の携帯から顔をあげた。いや、ジェイクの携帯だ。「何かつぶやいてるのね」

そう言うと、自分のしていたことに戻った。

「子供のころのことを愚痴ってばかりいる人間にはなりたくないけれど、わが家じゃなんでもエヴァン中心だったということだけは言っておかなくちゃならない。エヴァンとフットボール。エヴァンとサッカー。エヴァンと女の子たち。あいつは愚鈍だったけれど、家族ってのがどういうものかわかるでしょう？　パーカー家の誇り！　得点をあげた、進級した――ワオ！　エヴァンがドラッグをやりはじめても、両親はあいつのことをちやほやしつづけた。わたしなんかいくら頭がよくても、成績がよくても、将来何になりたくても、関係なかった。存在しないも同然だった。エヴァンは女の子たちを手当たりしだい妊娠させても、天国から来た天使だったけれど、わたしが妊娠すると、わたしを罰して一生どこへも行けないようにするのが、両親の務めみたいなものになった。〝おまえは高校を辞めてこの赤ん坊を育てろ、それが当然の報いだ〟ってわけ。中絶させてももらえない。赤ん坊を養子に出させてももらえない。そのへんに関しては、あなたの書いたことはドンピシャだった。わたしの場合もまさにあのとおりだった。これは褒め言葉じゃないからね、ちなみに」

褒め言葉だとは思っていなかった。

「そんなわけで、わたしは自分も両親も望んでいない赤ん坊を産んで、学校を中退して、一日じゅうその子と家にいて、両親からは家名を汚したとぎゃあぎゃあ言われつづけてた。そんなある日、ふたりが留守のときに、地下室で何かがピーピーいっているのが聞こえてね、行ってみると一酸化炭素検知器が狂ったように鳴ってた。どういうことなのかわからなかったけれど、少しばかり調べてみたの。で、電池を取り出して、切れた電池と交換しておいた。うまくいくかどうかわからなかったし、うまくいったとしてもどのくらいかかるか、わたしたちのうちのどっちが死ぬことになるかもわからなかったから、わたしは自分の部屋の窓をつねにあけておいた。部屋には赤ん坊もいたけれど、正直言って、どうなろうとかまわないっていう気持ちだった」

アナは話を中断すると、ジェイクのほうへ身を乗り出して呼吸をチェックした。

「先をつづけてほしい?」

でも、ぼくがどう思おうと関係ないんだよね?

「わたしはベストを尽くした。楽しくはなかったけど、でもまあ、こう思ってたから。もうわたしたちふたりだけだ。頼れる人もいないし、困ったことになっても責任をなすりつける相手もいないって。同級生が卒業してしまうと、わたしはちょっと気力を失った。それは認める。そして、こんなふうに考えるようになった。こうなる定めだったのかもしれない。自分の人生はこの子の人生のために諦めるべきなのかもしれないと。わたしはそれでもかまわないと思ったし、それに、人が子供と一緒にやるとされているようなことが嫌いだったわけでもないの。あの触れ合いだのなんだのが。ところが、あの子ときたら」

携帯がピンと音を立てた。ジェイクの携帯が。アナはそれを手に取った。

「あら見て。マティルダがね、あなたのフランスでの版元から新作に五十万のオファーがあったって。二、三日中に彼女に連絡しておくわね。まあ、そのころにはもうこの版元はわたしたちのリストのトップにはいなくなっていると思うけど」アナは言葉を切った。

「どこまで話したっけ？」

猫が戻ってきてベッドに跳びのり、お気にいりの場所に収まった。ジェイクの右のふくらはぎの横に。

「愛情表現なんて、十六年間でただの一度もなかった。わたしが授乳しようとしたら、あの子はわたしを押しのけたのよ、マジで。わたしのそばに物理的にいるよりは、飲まないほうがよかったの。わたしに世話をされたくないから、トイレも自分でできるようになった。出ていけるようになったら一日たりともぐずぐずせずにラトランドを出ていくつもりだってことはわかってたけれど、少なくともふつうのやりかたでやるだろうと思ってた――高校を卒業して、せいぜい州内のバーリントンあたりへ行くんだろうと。ところがローズときたら。十六歳のある日、二階からおりてきていきなりズドン、夏の終わりに出ていくから、とわたしに宣言したの。わたしはあの子に、千六百キロも離れた州外の大学に行かせるお金なんかないと伝えることすらできなかった。あの子はもう奨学金も寮の部屋も手に入れて、生活費の給付までむこうの篤志家から受けることになってたの。わたしはせめてあんたを送っていきたいと言った。あの子がそれさえいやがってるのがわかったけれど、でも、あの子は現実的に考えてみて、それは自分にとって都合がいいと気づいた。二度と帰ってこないつもりでいたから、わたしに車を運転させたの。わたしはあの子に車いっぱい荷物を積みこませた。必要なものは何もかも。わたしのものはほとんど積む余地がなかった。でもね。わたし自身はそれほど持っていきたいものはなかったの。若干の衣類と、古いプロパン・ヒーターだけだった」

ありったけの力をふり絞ってジェイクはアナのほうに顔を向けた。

「事故じゃなかったのよ、ジェイク。すばらしいとされるあなたの想像力をもってしても、それは理解できなかったみたいね。もしかしたらあなたは母性というものに対して、性別にとらわれた思いこみがあるんじゃないかしら。母親がそんなまねをするはずはない、みたいな。父親だったらわが子を殺しても、誰もまぶたひとつ動かさないのに、子宮を持つ者が同じことをしたら、ドカン——世界が爆発する。それって、考えてみれば性差別じゃない？　ちなみに言っておくと、エヴァンはそんな差別意識を持ってなかった。あいつの書いた原稿じゃ、わたしは夜更けに高校生の娘に肉切り包丁を振るって、裏庭に埋めたことになってた。だってあいつは実際のわたしを知ってたから。実際のローズを知ってたから。それを忘れないで。あの子がどんなあばずれか知ってたの」

その言葉でジェイクは何かを思い出した。だが、何を思い出したのかわからなかった。

アナは溜息をついた。まだジェイクの携帯を手にしていた。写真をスクロールしながら次々に削除している。遠くのほうで、ふくらはぎに体を押しつけた猫のウィドビーが喉を鳴らしはじめたのがわかった。

「わたしはあの田舎っぺたちにローズを埋葬させた」とアナはまた話しはじめた。「人間ていうのは悲劇を見ると、かならず関わりあいになりたがるのよ。後始末なんかわたし、喜んでやったんだけどね。遺体を火葬にしてもらうのも——だって、半分はもう焼けてたんだから——遺灰をまいたりするのも。その手のことにわたし、思い入れはないから。でも、むこうが申し出てくれて、費用も全額払ってくれたから、わたしはこう言ったの。〝みなさんのご親切には言葉もありません〟〝おかげで人間性への信頼を取りもどしました〟〝祈りましょう〟と。それからアセンズに向かって出発したわけ」

アナはにっこりとジェイクに笑いかけた。「アセンズのことをほんとはどう思った？　わたしがあそこで暮らしているところを想像できる？　もちろん、目立たないようにしていた。社交的なものにはいっさい関わらなかった。なにしろ友愛会とフットボールばっかり、ビッグヘアと気さくな南部男《グッド・オールド・ボーイズ》ばっかりで、みんな学内のみすぼらしいアパートメントで暮らしてるでしょ。わたしは母を亡くしたばかりだからと伝えて、そこに住む権利を放棄したんだけど、ほんとにひとりになりたかったのよ。それに大学の住宅課に行く必要もなくなるし。わたしはいつも年齢より若く見られていたけれど、十六歳で押しとおせる自信はなかったから。とくに髪がこんなふうになっちゃってからはね」とアナは彼に笑いかけた。「こうなったのは母が死んだときだってあなたには話したけど、まんざら嘘でもなかったわけ。とにかくジョージアにいるあいだはブロンドに染めてたの」アナはにやりとした。「おかげで人目につかなくなった。よくいる偽ブロンドのジョージア大学生」

ジェイクは最後の力をふり絞ってベッドの上で反転しようとしたが、完全に横向きにはなれなかった。それでも枕の上の頭は動き、半分空になったグラスと全部空になった二本の薬のボトルがぼんやり見えた。

「鎮痛薬の〈バイコディン〉よ」とアナが親切に言った。「それに、わたしのむずむず脚症候群《レストレス・レッグス・シンドローム》のために処方されたガバペンチンという薬。麻薬性鎮痛薬の効きをよくしてくれるの。わたしがむずむず脚症候群だって知ってた？　まあ、ほんとはちがうんだけど、そうだって言ったの。検査なんか実際にはしないから、医者に行ってこう言えばいいだけ。〝先生！　脚を動かしたくて我慢できなくなっちゃうんです。とくに夜になると！　むずむずするような感覚がして！〟すると医者は鉄分の欠乏と神経の問題だと判断して、たちまち診断がくだされる。処方箋を出す前に睡眠検査を受けろと言われるかもしれないと思って、去年の秋に予約を入れたんだけど、この先生はいい人でね、余計な手間は省いてくれた。そのうえ、痛みがひどい場合にそなえてオキシコンチンも出してくれたし、ボーイフレンドが盗作をしたというひどいデマがネット上に書きこまれていて、わたしたちふたりとも信じがたいほどストレスを溜めこんでいるんですと話すと、精神安定剤《ヴァリウム》までおまけしてくれた。それがスープにはいっていたヴァリウムよ、ちなみに」アナが笑うのが聞こえた。「ヴァリウムはもちろん母のレシピにはなかったけどね。それに、吐き気を抑えるものも入れておいた。わたしがシアトルへ向かっている途中で、あなたがわたしの労作をみんな吐いちゃうといけないから。まあ、この組み合わせはほぼ万全だから、わたしだったら心配しないけど」アナは溜息をついた。「ねえ、もう少しだけここにいられるから。なんなら見届けてあげてもいいわよ。いちばんつらいところを。そうしてほしい？　手を握っていてあげようか？」

ジェイクはどうしてほしいのかも言えず、何をすることになっているのかも忘れてしまい、手を握られるのを感じて握りかえした。

「そうよね」とアナは言った。「ほかには？　そうそう……アセンズね。わたしはまた勉強ができるようになってすごくうれしかった。教育って若者にはほんとに無駄じゃない？　高校生のころわたし、同級生やエヴァンやエヴァンの友人たちを見てはこう思った。〝信じられない！　みんな一日じゅうここに座っていろんなことを学んでいるのに。あんたたちはどうしてそんなにろくでなしなの？〟って。ちなみに、なかでもエヴァンは最大のろくでなしだった。生まれてこのかたわたしを気づかってくれたことなんて一度もなかったし、やさしい言葉をかけてくれたこともなかったから、二度と会わなくても全然かまわなかったんだけど、そのうちあいつがわたしに連絡を取ろうとしはじめたの。つまりローズにってことだけどね。しかも、それはあいつが急にローズに関心を持ったからじゃなかった。家を売りたかったからなの。バーの経営が苦しくなってたせいなのか、またドラッグをやりだしたせいなのか、それはわからないけれど。とにかく、ローズに相談しないわけにはいかないし、訴訟を起こされても困ると思ったんでしょうね。わたしがその電話やメールを無視してたら、その冬のある日、あいつはジョージアまでやってきた。〈アテネの園〉の前に車を駐めてわたしを待ってたの。こっちが気づく前に姿を見られてしまった」

アナはまた時間をチェックした。

「とにかく、わたしは兄のことを好意的に解釈してあげた。〝なるほど。エヴァンはわたしを見た。妹の顔はさすがにわかるはずだから、エヴァンみたいな馬鹿でも、ここで何があったのか見当はつくはずだ〟とね。わたしはこれまでずっとそうしてきたみたいに、そのままおたがい干渉せずにやっていきたかった。兄がもうちゃっかり家に舞いもどってるのは知ってたから、むしろ感謝してほしいぐらいだったのに、もちろんエヴァンはそんな人間じゃなかった。ある日わたしはフェイスブックで、あいつが北東部の田舎の大学の創作講座に参加したのを知った。まあ、あなたはこう考えるかもしれない。〝なるほど、でも、なぜエヴァンがこの一件を書いたはずだと思うんだ？〟と。それにはこう答えるしかない――わたしはエヴァンという人間を知っていると。エヴァンはいわゆる想像力のある人間じゃなかった。ただのカササギだった。地面に落ちているぴかぴかしたきれいなものを見つけて、〝こいつは値打ちのあるものにちがいない〟とそう考えて、勝手にひろったわけ。他人に自分のものをそんなふうに盗まれるのがどんな気分か、あなたならわかるでしょう。だから二カ月後、わたしはヴァーモントに戻って、あいつが仕事に出かけるのを待った。そうしたら驚いたことに、あのぼんくらがなんと二百ページ近くも書いてたのよ、わたしの物語を。あいつがそれを自分で読むために書いたなんて思わないでね。あれは創作を通じての内面探求なんかじゃなかったし、〝自分の声を見つけ〟ようとしたり、自分の生まれ育った家庭の中心にある苦悩を理解しようとしたりすることでもなかった。出版コンテストやエージェントのリストが見つかったし、《パブリッシャーズ・ウィークリー》誌まで購読してたんだから。あいつは自分のしてることがちゃんとわかってたの。大金を稼ぐつもりだったのよ。わたしをネタに。いまの人たちは、文化的に固有の単語やヘアスタイルを勝手に使われると文句を言うでしょ？　あのくそったれは、わたしの全人生の物語を勝手に自分のものにしたの。そんなのまちがってるでしょう、ジェイク？　その創作講座で言ってることとはちがうでしょう？　〝あなたの物語はあなたにしか語れない〟はずでしょう？」

〝あなたの人生はあなたにしか生きられない〟のそう遠くない変種だ。ジェイクはそう思った。

「とにかく、わたしは家じゅうを調べて、残しておきたくないものを全部集めた。エヴァンの〝傑作〟の原稿とメモ。そのへんにまだ残っていたわたしやローズの写真。ああ、それに、母親のレシピがすべて書いてある料理ノートも。あなたの好きなあのスープのレシピもそこに載ってたの。何カ月もうちのキッチンにあったんだけど、シンクの上の棚に。あなたは気づきもしなかった。細部を見るあの小説家の目はどこへ行っちゃったの？　あなたにもそなわってるはずなのよ、知ってる？」

知っていた。

「それにもちろん、エヴァンのドラッグも見つけた。山ほどあった。だからわたしはあいつが帰ってくるのを待っていて、あいつが店から帰ってくると、家を売ることについてそろそろ礼儀正しく話し合おうと言ったわけ。ちなみに、睡眠薬をどっさりのませてようやく、注射器を持って近づくことができたんだけど、あいつくらい長いことアヘン剤をやってると、そういうことになっちゃうのよね。別にかわいそうだとは思わなかった。いまでも思わない。それにあの死にかたは、これよりはるかに気持ちがよかったはず。まあ、これだって気持ちがいいとは思うけどね。そのはずだから」

気持ちよくはなかったが、苦しくもなかった。綿菓子みたいなふわふわしたものの中を潜りぬけようとしているのに、どうしても潜りぬけられない、そんな気分だった。苦痛はかならずしも感じていなかったが、ひとつの考えに絶えずさいなまれていた。どこかへ行くことになっているのに、それがどこなのかも、なぜそこへ行くのかもわからないときのような。おまけに同じ考えが頭の中を跳ねまわりつづけていた。〝待って、きみはアナじゃないの?〟と。だがそんなはずはなかった。彼女はどう見てもアナだった。理解できないのは、なぜ自分はこれまでそれを疑問に思わなかったのかであり、なぜいま疑問に思っているのかだった。

「そのあとわたしはアセンズから出ていくことにした。南部にはあんまり向いてないのよね。戻るとすぐに荷物をまとめて、弁護士を見つけてヴァーモントの家の売却をまかせたわけ。それはそうと、ピケンズのことをどう思った? なかなかの下衆野郎じゃない? 一度べたべた触ってきたから、法曹協会に知らせると脅してやったの。知ってるかもしれないけれど、あの男はほかにもいろいろと悪さをして協会から除名される寸前だったから、それ以降はずいぶん丁重で紳士的になった。先週あいつに電話して、ボナーという男が現われるかもしれないと伝えて、弁護士と依頼人の秘匿特権という神聖な絆を思い出させてやったんだけど、そんなことをしなくてもあいつ、あなたにはしゃべらなかったと思う。わたしの不興を買うようなまねは絶対にしないはずだもの」

〝そうだろう〟とジェイクは思った。自分もアナの不興を買うようなまねはしたくない。いまそれがわかった。

「そんなわけで、わたしは西部へ行って学位を取りたかったんだけど、どこがいいかわからなかった。サンフランシスコにしようかと考えていたんだけど、結局ワシントンにした。あ、それに名前も変えた。もちろんね。アナはちょっとダイアナに似てるし、ウィリアムズはアメリカで三番目に多い名字なんだって。スミスやジョンソンじゃあまりに露骨な気がしたんだと思う。それに髪を染めるのもやめた。シアトルには白髪の女性がたくさんいたし、なかにはわたしより若い人も多かったから、すごく気楽になった。ウィドビー島には住んだことがないけれど、ランディと二度ばかり楽しい週末を過ごしたことはある。局で研修をしていたころに、ちょっとした仲になったのよ。それがプロデューサーの仕事を始めるとき有利に働いたのはまちがいないかな。ねえ」とアナは言った。「いい加減であの薬を見つめるのをやめたら? どうせもう何もできやしないんだから、ね?」

アナはジェイクの肩を引っぱってふたたびあおむけにした。ジェイクの目は、あいているときもあれば閉じているときもあった。アナの話を聞くのもだんだん難しくなっていた。

「そんなわけで、何もかもうまくいって、わたしは家と仕事とアボカドの苗木を手に入れたんだけど。ある日の午後、シアトルの高級コーヒーショップのひとつで、女たちが自分の読んでいる本の話をしているのが聞こえてきた。母親が娘を殺してその子になりすますという、とんでもない小説の話が。わたし、信じられなかった! そこに座ったまま〝絶対にありえない!〟と思った。わたしに関係があるはずはないと。だって知っている可能性のある人間は誰も残っていないし、それに、わたしはすべてをあの家から持ち出して、読んだあとで全部破棄したんだから。USBメモリとプリントアウトは、アイゼンハワー州間高速道路網のあらゆるゴミ箱に捨ててきたし、エヴァンのコンピューターは、ミズーリのどこかの仮設トイレに放りこんできたんだから！　まるでとんでもない偶然の一致か、でなければあのろくでもない兄が、地獄で自分の本を書きあげて出版社に送信したみたいだった。悪魔と魔王の経営する〝嘘と盗作がわが社の専門！〟みたいな出版社にね」とアナはにっこりした。「そこでわたしは〈エリオット・ベイ書店〉に行って、そういう本はないかと尋ねた。娘を殺す女の小説はないかと。するとあった。で、あなたのことを調べて、リプリーの芸術修士課程で教えていたのを知ったとき、どういうことなのかはっきりわかったわけ。だってあんなプロット、無からは生まれないでしょう？　ねえ、そうでしょ？」

ジェイクは答えなかった。

「あなたの本はそれ専用の平台に置かれていた。店にはいってすぐのところに。そう聞いてうれしいでしょう？　作家にとっては配置が重要なのよね。『クリブ』はその週のリストの第八位だと、〈エリオット・ベイ〉の店員が教えてくれた。なんのリストか、あのころはわからなかったけれど。いまはわかる。信じられなかったわ、自分のお金を払って自分自身の物語を読むなんて。わたしの物語よ、ジェイク。兄が語っていい物語じゃないし、もちろんあなたが語っていいものでもない。店を出る前にもうわたしは、自分があなたからそれを取りかえすつもりでいるのがわかったけれど、方法を考えついたのはしばらくたってからだった。あなたはブックツアーでもうシアトルを通過していたから、じれったかったけれどね。もう一度シアトルに来るまで待たなくちゃいけないわけだから。でも、市の〈アーツ・アンド・レクチャーズ〉の講演企画が発表されると、わたしはすぐランディに働きかけた。それがわたしの計略《プロット》だった――そう言ってもいいんじゃないかしらね」とアナはたっぷりと皮肉をこめて言った。「はっきり言って、わたしは自分にかなり感心してるんだけど、でも、どうして自分のものを取りもどすのに、それを盗んだ相手とわざわざ結婚までしなくちゃいけなかったのか、あなた説明できる？　そこに何か小説にできるようなテーマがあるんじゃない？　わたしには小説なんか書けないけどね。だってわたしは作家じゃないんだから。あなたとちがって」

　ジェイクはぼんやりと彼女を見あげた。そんなことが自分とどう関係するのか理解するのがすでに難しくなっていた。

「あらまあ」とアナは言った。「あなたの瞳孔。ちっちゃな点みたいになってる。体もすごくじとじとしてるし。気分はどう、教えてくれる？　いまわたしたちが待ってるのは、呼吸抑制――医学用語で呼吸が遅くなることね――と、眠気と、細脈なの。それによく〝精神状態の変化〟と言われるやつも。まあ、実際にどうなるのかよくわからないし、いまのあなたに精神状態を教えてもらえるとも思えないけれど」

　ジェイクの精神状態は、精神が完全に停止してくれることを望んでいたが、それと同時に、方法さえわかれば自分はまだ悲鳴をあげるだろうとも感じていた。

「途中で切りあげるのは嫌だけど」とアナはつづけた。「いつまでもこうしてると渋滞でやきもきすることになっちゃうから、もう行くわね。その前にいくつか、あなたを安心させるために言っておくと、まず、猫には餌も水もたくさん出しておくから、あの子のことは心配しないで。それから、このあとわたしがどうやって生きていくかについても、心配は要らないからね。法的なことはもう片付いてるし、新作も完成してるから、なんの問題もないはず。それどころか、このあと『クリブ』が《ニューヨーク・タイムズ》のベストセラーリストの一位にポンと返り咲いても、わたしは驚かない。それにほら、さっきのフランスからの太っ腹なオファーを前触れだと考えると、新作もきっとすごく売れるんじゃないかしら。安心したでしょう。ヒット作の次の作品て、期待はずれに終わることもあるじゃない？　でも、結果がどうなろうと、あなたは心配しなくてだいじょうぶ。遺族のわたしがあなたの著作権継承者として、万全を尽くして遺産をしっかりと管理していくから。だってそれがわたしの義務であり――あなたも同意してくれると思うけれど――わたしの権利でもあるんだから。そして最後にもうひとつ。こうしてここでぐずぐずしているあいだに、あなたの携帯に自殺の線で遺書めいたものを書かせてもらったから、あとでこう発表するつもり。誰も責任を感じる必要はありません。夫は何やらひどく絶望していました。なぜかといえば、かくかくしかじか。何者かにネット上でいやがらせを受けていたんです。誰なのかはわかりませんでしたが、盗作をしたと難癖をつけられていました。それは作家にとっては途方もなく恐ろしい体験なのです、とね」

アナは携帯を――ジェイクの携帯を差し出してみせたが、彼女の綴った文章はぼやけていてジェイクにはまったく判読できなかった。自分の最後の文章が、自分の書いたものでも、頼んだものでも、推敲したものでもないとは。これほどつらいことはない。

「読んであげてもいいけれど、その状態じゃ手直しはできないと思うし、それにわたし、もうほんとに行かなくちゃならないの。これはキッチンのカウンターに置いていくから、あなたは電話やメッセージで悩まされることなく、静かに眠りにつけるはずよ。あとは……」とアナは言い、すっかり暗くなった部屋を見まわした。「だいじょうぶ。あとは何もない。じゃあね、ジェイク」

アナは彼が返事をするのをしばらく待ってから、肩をすくめた。

「すごく勉強になった。作家っていう人種のことがいろいろわかって。奇妙な生き物よね、あなたたちって。つまらない反目と、五十通りにこじらせたナルシシズムを抱えちゃって。まるで言葉は万人のものじゃないといわんばかり、物語には現実の人間が付随してないといわんばかりなんだから。ほんとにたちが悪い」アナは溜息をついた。「でもたぶん、それを乗りこえる時間はわたしにはたっぷりある」

アナは立ちあがった。

「そうそう、ついでに言っておくと、ラガーディア空港に着いたら、あなたのことをすごく愛してるというメッセージを送るから。それに、あしたの朝むこうに着陸したときにも、無事に到着したと伝えるからね。あした引きはらう予定の貸倉庫の写真も送るし、夜には旧友たちとウォーターフロントの行きつけの店で再会している写真なんかも送るかもしれない。そのあと、あなたがわたしのメッセージにいっさい返事をくれないから心配になって、電話をちょうだいというメッセージを送りはじめる予定。それを一日か二日つづけたら、ご両親に電話せざるをえなくなるかもしれないけど、それについてはいまは考えないことにしましょ。じゃあ、安らかに眠ってね。さよなら、ダーリン」

そういうとアナはベッドに屈みこんだが、ジェイクにキスをしたわけではなかった。猫にキスをしたのだ。インターンのころボスのランディと二度ばかり楽しい週末を過ごした島にちなんで、ウィドビーと名づけた猫に。それからアナは部屋を出ていき、まもなく玄関のドアが施錠される音がジェイクの耳に聞こえてきた。

猫はそれからさらに少なくとも二、三分はその場にいたが、やがてジェイクの胸にのぼってそこにとどまり、彼が息を吸ったり吐いたりするのにあわせて上がったり下がったりしながら、ジェイクの目をのぞきこんでいた。そこから人のぬくもりがすっかり消えてしまうと、猫はできるかぎり遠くへ離れ、綴れ織りのカウチの下に何日も隠れていた。やがて、ニューオーリンズ土産のプラリーヌを大いに楽しんだ隣人がやってきてその猫をなだめすかし、ようやくのことでそこから連れ出した。

エピローグ

世界的ベストセラー『クリブ』の著者・故ジェイコブ・フィンチ・ボナーは、シアトルのS・マーク・テイパー財団講堂でひらかれている、遺作『あやまち』の出版記念イベントには当然出席していなかったが、妻であり元シアトル市民でもあるアナ・ウィリアムズ＝ボナーがかわりに登壇していた。ウィリアムズ＝ボナーは銀髪を長い三つ編みにした印象的な女性で、大写しにされた本のカバーの前でふたつの肘掛け椅子のひとつに座っていた。もう一方の椅子に座っているのは、キャンディという地元のパーソナリティである。

「わたしにとって悲しいのは」とキャンディが心から同情するような顔で言った。「まさにこのステージ上で、ご主人にインタビューしたことなんですよね。『クリブ』について。一年半前のことでした」

「ええ、知っています」とアナは言った。「その晩はわたしも客席にいましたから。ファンだったんです、ジェイクに会う前から」

「あら！ それはちょっとすてきね。サイン会のあとで会ったんですか？」

「いいえ。本を持って列にならぶなんて恥ずかしくてできませんでした。次の日に会ったんです。当時わたしはKBIKでランディ・ジョンソンのラジオ番組のプロデューサーをしていて、ジェイクがその番組に出てくれたので、あとで一緒にコーヒーを飲んだんです」アナはにっこりと微笑んだ。

「そのあと、あなたはシアトルを捨ててニューヨークへ行ってしまったんですよね。それにはわたしたち、ちょっと眉をひそめたんですよ」

「それはよくわかります」とアナは微笑んだ。「でも、どうしようもなかったんです。恋をしてしまったので。会って二、三カ月後には同居していました。あまり長くは一緒に暮らせませんでしたけれど」

キャンディはうなだれた。その悲劇的事件にショックを受けていたのだ。

「出演に同意してくださったのは、ジェイクの小説を応援するためだけではなく、彼が対処していたいくつかの問題について、はっきりと語る責任を感じていらっしゃるからだともうかがいましたが」

アナはうなずいた。「ジェイクは一連の匿名の攻撃を受けてまいっていました。攻撃はおもにネット上で、ツイッターやフェイスブック経由で来ましたが、出版社にメッセージが送りつけられたり、わたしたちの家に手紙が届いたりもしました。最後のメールが届いたのは彼が自分の命を絶った日でした。彼は攻撃にひどく動揺していて、相手が何者なのか、彼に何を望んでいるのか突きとめようとしていました。思うに、その最後のメールでなにか、心が折れてしまったんでしょう」

「で、ジェイクは何を非難されていたんです？」キャンディは訊いた。

「それが、よくわからないんですよね。その人物はジェイクが『クリブ』の物語を盗んだと言うんですが、詳しいことは実のところ何も書いてないんです。実体のない非難なんですけれど、ジェイクの世界ではそんな非難でさえ身の破滅のように思われるんです。彼はすっかりまいってしまいました。エージェントや版元の人たちに釈明をしなければならないし、もっと多くの人に知れたら自分は読者にどう見られてしまうだろうと心配していました。破滅だと。そのうち、彼がどんどん鬱になってくるのがわかりました。心配ではありましたが、でもまあ、鬱というものをわたしはたいていの人と同じように考えていましたから、夫を見てこう思ったんです。〝この人は小説家として大成功を収めたんだし、わたしたちは結婚したばかりだし、こんなばかげたことよりそっちのほうが大切なんだから、鬱になんてなるはずがない〟と。わたしは二、三日シアトルに戻ってきて、倉庫に預けてあったものを処分したり、友達と会ったりしていたんですが、そのあいだにジェイクは自分の命を絶ったんです。わたしは自分を責めました。だって、ジェイクをひとりにしてきてしまったんですから。それに、ジェイクがのんだのは、わたしが以前自分のために処方してもらった薬だったんです。空港に出発する前に、わたしはジェイクと一緒に自宅で夕食を食べたんですけれど、ジェイクはまったく元気に見えました。でも、翌日から次の日にかけて、わたしのメッセージに返信もくれないし、電話にも出ないんです。わたしは心配になってきて、とうとう彼のお母さんに電話して、彼から連絡がなかったか訊いたんです。あれはつらかったですね、お母さんをあんな目に遭わせるなんて。わたしは母親じゃありませんから、子供を亡くす悲しみは想像するしかありませんけれど、見ているだけでもこたえました」

「自分を責めちゃだめですよ」とキャンディは言った。それはもちろん正しい言葉だ。

「それはわかっていますが、やっぱりつらいです」そこでアナ・ウィリアムズ＝ボナーは一瞬黙りこんだ。聴衆も静まりかえった。

「大変な旅をしていらしたんですね」とキャンディが感想を述べた。「あなたが今夜ここにいて、わたしたちにご主人のことを語り、彼のなし遂げたことばかりでなく、苦闘についても話してくださっているという事実は、あなた自身の強さの証しだと思いますよ」

「ありがとう」アナはそう言いながら背筋を伸ばした。銀髪の三つ編みが左の肩ごしにするりと前に垂れ、アナはその端を指でくるくるとひねった。

「お訊きしますが、あなた自身は何かここで公表できるような計画をお持ちですか？　たとえば、シアトルに戻ってくるとか」

「いいえ」アナ・ウィリアムズ＝ボナーは微笑んだ。「みなさんには申し訳ないんですけれど、わたしはほんとにニューヨークが好きなんです。夫のすばらしい新作を褒めたたえたいし、マクミラン社が『クリブ』の前に書かれた二冊の本を再刊して彼の名誉をたたえてくれている事実も広めたいし。来年『クリブ』の映画版が公開されたら、それも宣伝するつもりです。でも、それと同時に、そろそろ自分のことに意識を向けるときかなとも思っています。ワシントン大学で教授によくこう言われましたから。〝あなたの人生はあなたにしか生きられない〟と」

「いい言葉ですね」キャンディは言った。

「わたしもずっとそう思ってきました。で、いまは少し時間ができたので、人生に何を望むのか、それをどう生きたいのか、じっくり考えてみました。このような場で口にするのは気恥ずかしいんですが、自分が心の底で本当にやりたいと思っているのは書くことなんだと、そう気づいたんです」

「ほんとに！」とキャンディは身を乗り出した。「でも、それってプレッシャーじゃないですか。だって、こんな有名な作家の奥さんなんですから……」

「そうは思いません」アナはにっこりと微笑んだ。「たしかにジェイクの作品は世界中に知られていますけれど、彼はいつも、ぼくは特別じゃないんだと言っていました。〝人はみなそれぞれに唯一無二の声と、自分にしか語りえない物語を持っている。だから誰でも作家になれるんだ〟と」

謝辞

二〇二〇年の春と夏のあいだほど自分の選んだ職業をありがたく思ったことはあまりありません。自宅で仕事ができるばかりでなく、毎日、別の現実に逃避することができたのですから。WMEのすばらしいエージェントのみなさんには感謝の言葉もありません。スザーン・グラックとアナ・ディロイをはじめ、アンドレア・ブラット、トレイシー・フィッシャー、フィオーナ・ベアド、さらにデブ・ファッター、ジェイミー・ラーブにも。それに〈セラドン・ブックス〉の非凡なチーム、ランディ・クレイマー、ローレン・ドゥーリー、レイチェル・チャウ、クリスティン・ミキティシン、ジェニファ・ジャクソン、ジェイミー・ノヴェン、アン・トゥーミーにも。この本はデブのオフィスで生まれました。散らかしてしまってごめんなさい。

両親はニューヨーク市で自宅に軟禁されたまま、この小説の一語一語を、書かれるはじからむさぼり読んでくれました。夫は毎朝コーヒーを、きっかり五時にはアルコール飲料を持ってきてくれました。妹と子供たちはわたしを励ましてくれました。愛する友人たちは執筆中のわたしを支えてくれました。感謝してもしきれません。ことにクリスティナ・ベイカー・クライン、ジェイン・グリーン、エリーズ・パシェン、リサ・エクストロム、エリサ・ローゼン、ペギー・オブライエン、デボラ・ミシェル（とずるがしこい娘さんたち）、ジャニス・カプラン、ヘレン・アイゼンバッハ、ジョイス・キャロル・オーツ、サリー・シンガー、それにローリー・ユースティス。レスリー・キューネンもですが、それはまた、文字どおり、別の物語です。

本書は作家に対して少々きびしく見えるかもしれませんが、それは誰も驚かないでしょう。わたしたちは自己にきびしいのです。それどころか、これ以上に自虐的な芸術家集団もないのではないでしょうか。でも、結局のところわたしたちは幸運です。第一に、わたしたちは言葉を使って仕事をしますし、言葉とはスリリングなものですから。第二に、わたしたちは物語を愛しており、物語の中で羽目をはずします。ねだったり、借用したり、書きかえたり、潤色したり……ときには盗んだりして。それはすべて大いなる会話の一部なのです。〝それをつかめば、ものごとの本質をつかめる。すべてを理解することは、すべてを許すことだ〟（イーヴリン・ウォー『回想のブライズヘッド』）

この小説をローリー・ユースティスに愛をこめて捧げます。

解説

《ニューヨーク・タイムズ・ブック・レビュー》〝注目の新刊〟に取り上げられたベストセラー『驚異の発明』の著者であるジェイコブ・フィンチ・ボナーは、前途を嘱望される重圧に押し負け、一向に新作を書けずにいた。リプリー大学の芸術修士課程のシンポジウムで小説講座を受け持ち、箸にも棒にも掛からぬ作品を書いてくる受講生たちの面倒を見て糊口をしのいでいるジェイコブだったが、当然、いまの仕事に満足をしているはずがなかった。

そんな彼の日々をとりわけ嫌なものにしているのが、エヴァン・パーカーという受講生の存在だ。自分には小説家としての才能があると信じて疑わない彼は、ジェイコブに不遜な態度を取り、果ては授業を受ける意義がないとほかの受講生たちの前で宣言してしまう。だが、そんなエヴァンが語った小説のプロットは、ジェイコブをしても〝恐るべきデビュー小説〟になりうると予感させるものだった。傲慢で、成功に値しない、ろくでなし、と彼が思っている受講生が傑作をものにしようとしているところを横で見せられる形になり、ジェイコブはその才能への嫉妬もあいまって、より腹立たしい気持ちになるのだった。

そんなエヴァンとの出会いから三年がたち、嫉妬の炎も過去のものとなったころ、ふとしたことからジェイコブはエヴァンのことを思い出す。彼の名前をインターネットで検索をすると、エヴァンは出会ってわずか二カ月後に急逝していたことが判明する。その時、ジェイコブの脳内にあったのは、エヴァンが語った素晴らしい小説になりうるプロットのことと、〝よい作家は借用し、偉大な作家は盗用する〟というT・S・エリオットの言葉だった。

かくして、ジェイコブは『クリブ』と題したベストセラーを書き上げ、再び文壇に返り咲くことに成功するのだが、ある日、彼のもとに「おまえは盗人だ。それはおたがいに知っている」と書かれたメールが届く。謂れある批難に動揺するジェイコブだったが、エヴァンが死んだ今、自分を脅迫するものがいるということに違和感を覚える。生前のエヴァンがジェイコブに語ったきり、『クリブ』が書かれるまで形を成していなかったはずのプロットの存在を、なぜ脅迫者は知っていたのだろうか？脅迫者の正体とは？　そして、彼のプロットに隠された真実とは……。

本書は、《ニューヨーク・タイムズ》紙の「二〇二一年注目の一冊」に選出されたジーン・ハンフ・コレリッツの***The Plot***（2021）の全訳である。原題が示す通り、本作は小説の〝プロット〟をめぐる物語なのだが、ここでのPlotには「計略」の意味も込められている。

著者のジーン・ハンフ・コレリッツは、一九九六年に『洗脳裁判』（角川文庫、一九九七年）で作家デビュー。女子学生殺害事件の容疑者として逮捕されたホームレスを弁護する弁護士の奮闘を描いた本作は、《パブリッシャーズ・ウィークリー》誌や《カーカス》誌などで高い評価を受けた。続く二作目の ***The Sabbathday River*** でも法廷を舞台にしたミステリを書き、アメリカの老舗ブッククラブである〈ブック・オブ・ザ・マンス・クラブ〉のメインセレクションに選出されるなど、こちらも高い評価を受けた。だが、三作目の ***The White Rose*** からいったんミステリから離れ、ロマンス小説や文芸小説を書き始めるようになる。その後も数年おきにコンスタントに新作を書き続けるも、文芸小説よりのものが多く、二〇二一年に本書『盗作小説』を書き、久しぶりにミステリのフィールドに戻ってきた。長らくミステリから離れてはいたものの、本書はそのブランクを感じさせることはない、スリリングで、とても面白い作品だ。

コレリッツは、作家以外にもコラムニストやイベンターとしても活躍しており、《リアル・シンプル》誌や《ニューヨーク・タイムズ》紙でコラムやエッセイを書く傍ら、〈ブック・ザ・ライター〉という著者と読者が交流することができる読書会を主催している。この読書会には『ジャック・オブ・スペード』のジョイス・キャロル・オーツや『オリーヴ・キタリッジの生活』のエリザベス・ストラウトなどの作家が参加しており、拠点であるニューヨークでは大変人気のあるイベントだという。こうした読書会を主催している経験が、本作に出てくる小説家志望の受講生エヴァンがかもしだすあの嫌な感じや、作家ジェイコブの、一作目がベストセラーになったというプライドにしがみつきながら自分は特別な人間なのだと自分に言い聞かせているというリアルな描写につながっているのだろうか、と邪推してしまうのだが、どうだろうか。

本作を読んで面白いと感じるのは、そうした創作にかかわるものの苦悩や、嫉妬などのリアルさがあってこそなのだろう。

第一部、第二部で作家ジェイコブの苦悩と、才能ある受講生エヴァンへの嫉妬をありありと描写し、エヴァンが遺したプロットを盗用するまでを書いたのち、全体の半分以上を占める第三部では、プロットの盗用について脅迫されるジェイコブが、脅迫者の正体を暴こうとする過程が描かれる。ジェイコブが調査を進めていくうちにエヴァンの過去が明らかになっていくのだが、それと同時に、読者は作中作の『クリブ』を読むことで彼が遺したプロットがどういった物語だったのかを知っていくことになる。だんだんとわかってくるのは、エヴァンが『クリブ』のような物語のプロットを思いついたとは到底思えないような人物であることだ。そして、第三部の終盤、ジェイコブがプロットの秘密にたどり着いたとき、彼はエヴァンを作家のひとりであったと認めることになる。なぜそうなったのかというのは実際に読んで確かめてみてほしい。

そして、本書のミステリとしてのツイストは第四部から先にある。読者が油断したところでガツンと衝撃の真相をたたきつけられ、事件の謎がたちどころに氷解していく。勘のいい読者の方なら、もしかしたら解決篇を待たずして真相にたどり着くかもしれないが、それでもそこに至るまでの仕込みの周到さと、回収の上手さには満足をしてくれるはず。そして、エピローグににやりとするはずだ。

最後に、ジーン・ハンフ・コレリッツの新作について少し紹介をしておきたいと思う。

二〇二二年五月に刊行された*The Latecomer*は、ニューヨークを舞台に、三つ子の兄弟と、その両親の関係に焦点があてられた物語で、三つ子たちよりも十七歳も若い妹が家族に加わったときに、家族という共同幻想が崩れ去り、守ってきた秘密が現れるというあらすじ。『盗作小説』に比べると幾分ストレートな物語だが、プロットの捻りで読者を楽しませてくれるミステリとしての面白さは健在だ。

今後も魅力的な物語を書き続けてくれるであろうジーン・ハンフ・コレリッツの動向に注目していきたい。

（編集部Ｉ）

HAYAKAWA POCKET MYSTERY BOOKS No. 1989

鈴《すず》 木《き》 恵《めぐみ》
早稲田大学第一文学部卒
英米文学翻訳家
訳書
『アルファベット・ハウス』ユッシ・エーズラ・オールスン
『深夜プラス１〔新訳版〕』ギャビン・ライアル
『その雪と血を』『真夜中の太陽』ジョー・ネスボ
『拳銃使いの娘』ジョーダン・ハーパー
『第八の探偵』アレックス・パヴェージ
『われら闇より天を見る』クリス・ウィタカー
（以上早川書房刊）他多数

この本の型は、縦18.4センチ、横10.6センチのポケット・ブック判です。

〔盗作小説《とうさくしようせつ》〕

2023年３月10日印刷　　2023年３月15日発行

著　者　ジーン・ハンフ・コレリッツ
訳　者　鈴　木　恵
発行者　早　川　浩
印刷所　星野精版印刷株式会社
表紙印刷　株式会社文化カラー印刷
製本所　株式会社川島製本所

発行所　株式会社　早川書房
東京都千代田区神田多町２－２
電話　03-3252-3111
振替　00160-3-47799
https://www.hayakawa-online.co.jp

（乱丁・落丁本は小社制作部宛お送り下さい
送料小社負担にてお取りかえいたします）

ISBN978-4-15-001989-1 C0297
Printed and bound in Japan

ハヤカワ・ミステリ〈話題作〉

1983
かくて彼女はヘレンとなった
キャロライン・B・クーニー
不二淑子訳
ヘレンが五十年間隠し通してきた秘密。それは、ヘレンは本当の名前ではないということ。過去と現在が交差する衝撃のサスペンス！

1984
鏡の迷宮
パリ警視庁怪事件捜査室
エリック・ファシエ
加藤かおり訳
十九世紀、七月革命直後のパリ。若き警部ヴァランタンは、探偵ヴィドックとともに奇怪な死の謎に挑む。フランス発の歴史ミステリ

1985
木曜殺人クラブ 二度死んだ男
リチャード・オスマン
羽田詩津子訳
〈木曜殺人クラブ〉のメンバーのエリザベスが奇妙な手紙を受け取った。それを機に彼らは国際的な大事件に巻き込まれてしまい……

1986
真珠湾の冬
ジェイムズ・ケストレル
山中朝晶訳
一九四一年ハワイ。白人と日本人が殺害された事件はなぜ起きたのか。戦乱の太平洋諸国で刑事が見つけた真実とは？　解説／吉野仁

1987
鹿狩りの季節
エリン・フラナガン
矢島真理訳
女子高生失踪事件と、トラックについた血との関係とは？　鹿狩りの季節に起きた平穏な日々を崩す事件を描くＭＷＡ賞新人賞受賞作